여성동학다큐소설
내포편

내포에 부는
바람

내포에 부는 바람

박이용운 지음

도서출판 모시는사람들

머리말

바람이 있었다.

그것은 내게 머물다 가기도 하고 스쳐 지나가기도 했다.

모지락스럽기도 했고 싱그럽기도 했다.

바람처럼 동학 인연도 그랬다.

동학과의 인연. 대학 시절, 대서양 어딘가에 존재한다는 아틀란티스처럼 다른 사람에게는 전설이 되어 버린 동학이 내게는 살아 존재하는 활화산으로 다가왔다. 동학은 일 년에 서너 번 어김없이 나를 방문했다. 아니 내가 그를 방문했는지도 모른다. 사월과 오월, 그리고 유월 어느 날이면 나는 그를 찾아 우금티 고개를 넘었다. 그래야만 나는 일 년 내내 긴 숙면을 취할 수 있었다.

동학과의 첫 인연 이후로 30여 년이 지났다. 우연인지 필연인지 동학 소설을 쓰게 되었다. 동학과 소설 영역 모두 내겐 곤혹스런 존재였다. 묘하게도 글을 쓰려고 할 때마다 저절로 내 입에서 전통 놀이 가사가 흘러나왔다.

'우리 집에 왜 왔니 왜 왔니 왜 왔니

꽃 찾으러 왔단다 왔단다 왔단다

무슨 꽃을 찾으러 왔느냐 왔느냐
ㅇㅇ꽃을 찾으러 왔단다 왔단다'

무슨 꽃을 찾아야지? 어린 시절처럼 항상 망설이고 서성댔다. 쉽지 않았다. 설령 꽃을 찾았다 하더라도 가위바위보에서 이기기란 더더욱 어려웠다. 그러나 다행히도 주위의 도움이 있어 이야기를 끝마칠 수 있었다. 이 소설을 쓰기 위하여 인터뷰와 공부 그리고 답사와 조사를 통해 자료(참고문헌 포함)를 정리하면서 얻은 표현이나 문장이 소설 속에 인용되었으나, 일일이 밝히지 못한 점은 양해 바란다.

지금 나는 동학이라는 맑고 투명한 거울을 내 마음 벽에 걸어 놓고 있다. 꽃 한송이 꺾을 때마다, 거칠게 설거지를 할 때마다, 하루살이를 향해 사정없이 손을 내저을 때마다, 사람들을 못마땅하게 여길 때마다 특히나 노쇠한 부모님을 향해 큰 소리를 낼 때마다 그 거울을 살며시 들여다본다. 거울이 부드럽게 내게 속삭인다

'그들 안에 한울님이 있음을 잠시 잊었군요, 한울님을 함부로 대하셨군요'

우주안의 모든 존재들에게 감사드립니다. 제가 있음은 당신 덕택입니다. 고맙습니다.

2015년 풍도 앞바다를 바라보며
박이용운

차례

내포에 부는 바람

내포에 부는 바람

1장/ 슬픈 혼인날

1.

가야산을 보며 살아가는 사람들이 있었다. 이들을 이름하여 내포 사람이라 하고 가야산 언저리 사람이라고도 하였다. 조선 후기에 이르러서는 조정의 당파 싸움을 비웃기라도 하듯 가야산 북쪽에 위치한 태안 서산 면천 당진 사람들은 나는 북인이유, 동쪽의 홍주 덕산 예산 사람들은 동인이유, 서쪽의 보령 결성 해미 사람들은 서인이유 하였다. 주위의 산들이라고 해 봐야 거개가 비산비야로, 구릉진 언덕들이 졸망졸망 서로 손을 잡았다 놓았다 할 뿐이다.

내포, 그곳의 육지는 한없이 깊숙하게 파고드는 바다에 선뜻 제 몸을 내어 준다. 육지와 바다가 동고동락하며 수많은 포구들을 만들어 냈다. 바닷길이 육로보다 더 발달한 시기에는 한양이 지척이요 바다가 지천이요 땅 역시 하늘과 하나를 이루어 풍성하였다. 한양의 세도가들은 앞다투어 이 내포 땅에 농토와 집을 마련했다. 수십 척의 배들이 새우나 서대, 장대, 박대, 조기, 새조개, 피조개, 꽃게 등 진기한 해산물을 포구로 바삐 실어 나르고, 황소 수레가 산처럼 쌓인 해산물과 곡식을 싣고 할 일 없이 따라나선 개들과 호형호제하면서 황토 먼지를 흩날리는 곳이었다.

아미산 쇠학골 둥구나무가 노랗게 물이 들었다. 맞은편 몽산도 울긋불긋하다. 조무래기 여자아이 대여섯 명이 땅바닥에 앉아 둥구나무에 기댄 채 얻어 온 팥고물 떡과 전을 치맛자락에 펼쳐 놓았다. 고사리 같은 손으로 엉겨 붙은 떡과 전을 떼어 허겁지겁 먹었다. 발 빠른 조무래기 남자아이들은 둥구나무를 타고 올라가 실한 나뭇가지 하나씩 차고 앉아 넓적한 빈대떡과 배추 잎 전을 바지주머니에서 꺼내어 정신없이 쭉쭉 찢어 먹었다. 전 부스러기가 노란 잎을 스치며 땅으로 떨어졌다. 그럴 때마다 닭들이 종종걸음을 쳤다. 나무 꼭대기에 앉아 있던 남자아이가 전 조각을 조금 떼어 내더니 한 여자 아이 앞으로 던졌다. 여자아이가 흘끔 위를 쳐다보았다.

"순섬 아씨 시집간다네."

일순간 나뭇가지에 앉아 있던 남자아이들이 먹던 것을 멈추고 여자아이들을 향해 크게 소리를 높였다.

"순섬 아씨 시집간다네. 시집간다네."

"저것들이…."

여자아이들은 남자아이들을 향해 눈망울을 치켜뜨고 눈꼬리를 세차게 치어 올렸다. 이내 "흥!" 하더니 자리에서 일어나 훈장네 잔칫집을 향해 치마를 펄럭거리며 뛰어갔다.

샘물에 둥구나무가 덩그러니 걸려 있다. 샘물이 바람에 흔들릴 때마다 둥구나무에 앉아 있는 남자아이들의 얼굴도 커졌다 작아졌다 했다. 여자아이들이 사라지자 할 일 없이 나뭇가지들을 오르내리던 남자아이들도 서둘러 내려와 잔칫집으로 달려갔다.

"아이고, 이놈들아 그만 좀 가져다 먹어."

뒤껼에서 과방을 보던 언년이는 아이들을 혼내는 척하면서 그들 주머니에 조청 입힌 바삭한 약과를 한 움큼씩 재빨리 넣어 주었다.

"우리 애기들도 이제 그만 먹고 순섭 아씨 혼례 올리는 거나 보러 가자."

"그려, 우리도 과방일랑 그만 보구 신랑 신부 얼굴이나 한번 보자구."

주머니가 불룩해진 아이들은 제각각 엄마 옷자락을 붙들고 마당으로 나섰다.

"신랑 도착한 지가 언제인데 여태 식을 안 올리고 있는감?"

언년이는 조금 전에 뒷간을 갔다 오면서 신랑이 말을 타고 고샅으로 들어오는 걸 얼핏 봤다.

"글씨 말여, 맞절할 때가 되었다 싶어 나와 봤더니 벌써 끝난겨?"

순돌이 엄마가 아쉬워하며 과방으로 다시 발을 옮기려 하였다.

"쉿, 조용히 혀, 일 났어."

"일 났다니? 뭔 얘기여?"

"여기서 말할 게 아녀. 일단 우리 집으로 가자구. 신랑이 노비 자식이랴."

"아니, 그게 무슨 말여?"

순돌이 엄마가 눈을 휘둥그레 뜨며 주위를 살폈다. 마당 한쪽에 마련된 신랑 일행 잔칫상이 손도 안 댄 채 그대로 있었다. 동네 사람들이 이 눈치 저 눈치 살피면서 아이들을 챙겨 하나둘씩 사립문을 빠져나갔다.

"여보, 이게 어찌 된 일이여유?"

홍주댁 얼굴이 하얗게 질렸다.

"시끄럽게 굴지 말고 가만 좀 있어 봐."

순섬이 아버지는 마당에 놓인 잔칫상을 보며 곰방대에 불을 붙였다. 퇴색한 담배 연기가 마루 위에 차려진 잔칫상 위를 서성거리다가 자취를 감췄다.

"신랑 이창구라는 작자가 노비 아들이랴. 나 원 참"

"뭐라구유? 자세히 좀 얘기해 봐유."

"순섬이는 어떡하고 있어? 좀 진정됐으면 데리고 와 봐."

홍주댁이 대들보를 잡고 일어섰다. 홍주댁 얼굴에서 닭똥 같은 눈물이 흘러내렸다.

"순섬아."

홍주댁은 순섬이 방 앞에서 겨울날의 손잔등 같이 갈라 터진 목소리로 딸의 이름을 불렀다.

"……."

"아버지가 건너오라는디…. 동리 사람들은 죄다 갔어."

"……."

홍주댁이 조심스럽게 방문을 열자 순섬이는 앉아서 벽을 쳐다보고 있었다.

"어린것이 무슨 죄여. 조상 제사를 소홀히 한 것도 아니고 친척이나 이웃에게 싫은 소리 한 번 안 했구만. 번듯한 살림살이 하나 없어도 인의예지신을 행하며 살아왔는디. 하이고, 불쌍한 우리 순섬이…. 순섬아, 아버지가 부르시니 나가자."

홍주댁은 순섬의 손을 잡아끌었다. 순섬은 마지못해 하면서 방을 나왔다.

"순섬아, 이 애비도 무슨 청천벽력인가 싶다. 신랑과 함께 온 요객 말로는 그 신랑이 노비 아들이라는디…, 그 어미가 도망 나온 노비라는 거여."

"당신은 왜 여태 그걸 몰랐어유? 중신애비는 알았을건디, 그 사람이 우리를 속인 거유?"

"중신애비도 노비 아들인 줄은 꿈에도 몰랐다는겨."

"바깥사돈은 뭐라고 하던가유?"

"폐 끼쳐서 송구스럽긴 하지만 이 혼사 성사시키자고 그러지. 창구 어미의 신분이 노비라는 증거도 없고, 본인은 공명첩이긴 하나 가선대부 동지중추부사에 임명되었으며, 창구 역시 학문도 할 만큼 했다는 거여. 상황 보아 가며 거금을 들여서라도 아들 창구를 위해 좋은 관직 자리 하나 마련하겠으니 걱정하지 말라고."

"그래서 뭐라고 하셨어유?"

"뭐라고 말하긴! 김씨 가문이 공명첩으로 양반이 된 가문과 혼인을 맺는 것만도 구설수에 오르는 판인데, 하물며 어미가 노비인 집안과 혼인을 하는 것은 가당치도 않은 일이라고 말했지. 내 딸에게 평생 동안 그 멍에를 지울 수는 없다고 했지."

"돈 있는 집안이니 우리 순섬이 생각해서 그냥 허락하시지 그랬어유."

홍주댁은 다소 원망 섞인 시선으로 남편의 얼굴을 살폈다.

"뭐여? 그렇게는 못하지. 몰랐으면 몰라도 안 이상은 안 되지."

순섬은 아무 말 없이 방으로 들어왔다. 오늘 일어난 일이 행여 꿈인가 싶었다. 맞절조차 못하고 혼사가 깨졌다. 족두리를 벗어서 의걸이장 위에 놓고 원삼과 붉은색 댕기는 장롱 안에 넣었다. 족두리의 장식품들이 반짝거렸다. 오늘 아침까지만 해도 자신의 삶이 저렇게 빛날 거라고 생각했다.

'내 신세는 이제 봄날 우박 맞은 매화꽃이네….' 눈앞이 캄캄했다. 자신의 일이건만 아무것도 할 수 없는 처지가 한스럽고 한심했다. 신랑이 될 수도 있었을 이창구란 남자를 떠올렸다. 혼인을 파할 만큼 신분이라는 게 그렇게 중요한 것이냐고 아버지께 정중히 따져 묻던 그의 음성이 천둥처럼 들려왔다. 그의 선명한 눈매 또한 마음속에서 떠나질 않았다.

2.

"딜아실 도령님!"

이창구가 혼례 일행과 달아실마을로 들어서자 동네 사람들이 눈을 휘둥그레 뜨고 어찌할 바를 몰랐다. 아침에 집을 나선 이창구 혼례 일행이 점심 지나 바로 돌아왔으니 그도 그럴 만했다. 달아실 사람들은 어려운 사람들을 알뜰히 살피는 이창구네를 달아실의 자랑이라 칭송하며 이창구를 달아실 도령님이라고 불렀다.

이창구는 아무런 표정도 대꾸도 없이 동네 가운데 우뚝 서 있는 정 남향 기와집을 향해 또각또각 말을 몰았다. 집으로 들어서자 처마 밑에 있던 제비 한 쌍이 마당을 낮게 두서너 번 돌더니 하늘 높이 날아 갔다. 제비가 돌아간다는 중양절이 지난 지가 한참 됐다. 진작 떠났어야 할 제비였다. 이창구는 제비가 날아간 하늘을 물끄러미 올려다 보았다. 순섬이 아버지의 처사가 야속했다. 딸의 혼사를 내동댕이칠 만큼 내 처지가 그리 초라한가? 물론 본인 역시 반상 제도로부터 완전히 자유로운 것은 아니었다. 외면할 수만 있다면 외면하고 싶었고, 버릴 수만 있다면 버리고 싶었던 노비의 아들이라는 신분이었다.

창구 아버지는 찢어지게 가난한 평민이었다. 노총각으로 살던 어느 날 저녁 늦게 밭일을 하고 집에 돌아와 보니 울타리 밑에 한 처자 가 고양이마냥 몸을 웅크린 채 숨죽이고 있었다. 어느 동리 사람이냐, 무슨 일이냐, 혹시 도망 나온 노비 아니냐 물어도 도통 말이 없더니 저녁밥을 먹겠느냐는 말에 "예." 하고 대답을 하였다.

저녁밥을 물리고 나서도 떠날 생각을 하지 않았다. 하는 수 없이 하룻밤 묵고 갈 거냐고 물어보니 얼굴에 화색이 돌면서 또 "예." 하고 대답을 하였다. 그러면서 연이어 하는 말이 이웃 동네에서 어떤 스님을 만났는데 저 고샅으로 가면 이러저러한 집이 있을 터이니 그곳에 의지할 수 있을 거라고 말을 했다는 것이다. 아는 스님도 없는데다가 식구 하나 더 들일 양식도 없어 머뭇거리는데 "예." 하고 좋아라 하는 기색을 보니 너무 안돼서 기왕지사 날도 어두웠으니 묵고 가라고 허락하였다.

다음 날 날이 환하게 새었는데도 그 처자는 떠나려 하질 않고 집안 곳곳을 묵묵히 쓸고 닦을 뿐이었다. 그렇게 며칠이 지나고 몇 달이 지나니 정이 들어 시나브로 한 식구처럼 지내게 되었는데, 결국 노총각은 마땅한 혼처 자리도 없고 해서 그녀와 혼인을 했다. 바로 아기가 태어나 이름을 창구라 지었다. 그녀는 노비 얘기만 나오면 바로 자리를 피했으며, 그런 그녀를 두고 동네 사람들은 노비일 거라고 추측했다. 그러거나 말거나 하늘이 감응을 하였는지 그 후로 이 씨의 일이 순조롭게 풀렸다.

어느 날 한양 사는 양반이 인근에 땅을 사러 왔다며 창구 아버지를 찾아왔다. 본래 입이 무겁고 건실하여 동리 사람들조차 일감이 있을 때마다 제일 먼저 맡기곤 했는데, 이 한양 나리도 창구 아버지를 잘 보아서인지 선뜻 자신의 농토를 맡으라 했다. 창구 아버지는 하늘이 내린 기회라고 생각하고 농토를 잘 가꾸어 흉년에도 남보다 소출을 두 배나 내었다. 그 후 한양 나리는 매사를 신중하게 처리하는 창구 아버지의 됨됨이를 알고 지인들의 농토도 적극적으로 주선해 주었다. 당시 한양의 세도가들은 앞다투어 내포 지방의 농토를 사들이고, 농토를 경작할 사람들을 물색하느라 여념이 없었다. 내포와 한양 간은 물길을 이용하면 지척인데다가, 추수가 끝나면 그 물길을 따라 나라 세미들이 오고 가서 그때를 이용하면 도둑들로부터 곡식을 빼앗길 염려가 적었다. 창구 아버지는 세도가들의 재산을 관리하는 바람에 연년이 재산을 불리게 되었다. 재산이 커지면서 그의 인심도 나날이 두둑해져 흉년이 드는 해에는 굶주리는 사람들을 위해 오십 냥을 선뜻 내놓았고 마을 대소사에 앞장서서 비용을 댔다. 그 후로 동리 사람들은 그에 대하여 시기나 질투를 거두었다.

하루는 면천 수령이 공예리를 통해 창구 아버지를 만나자고 기별을 보냈다.

"창구 아범, 지금 자네한테 좋은 기회가 있네. 조정에서 궁궐을 고쳐 짓느라 재정이 말이 아니네. 더군다나 흉년이 들면서 세금이 걷히질 않고 있다네. 그래서 말인데 조정에서 각 부목군현에 공명첩을 배당했다네. 그걸 사는 것이 어떤가? 공명첩을 사면 양반이 될 수 있다네. 돈만 있으면 뭘 하나. 양반이어야 사람 행세를 하지."

수령은 의미심장한 표정을 지으며 창구 아버지의 등을 툭 쳤다. 창구 아버지도 공명첩[1] 이야기는 익히 듣고 있었다. 한양의 땅 주인 양반네도 평민이 양반이 되고, 양반 사대부도 평민으로 몰락하는 시대가 왔다면서 돈을 벌면 공명첩을 사라고 권했었다. 세상이 시시각각으로 변하고 있었다. 자식만이라도 도포 자락을 걸치고 책을 읽게 하고 싶었다.

"좋은 자리 줄 터이니 기대해 봐. 자질구레한 세금도 면제해 주겠네."

"얼마지유?"

"천이백 냥이면 되네."

"그려유? 사또님만 믿고 바로 돈을 준비할 테니 잘 좀 부탁드려유."

창구 아버지는 자식이 양반만 될 수 있다면 이천 냥이고 삼천 냥이고 아깝지가 않았다. 그렇게 해서 그는 가선대부 동지중추부사라는 자리를 얻었다. 교지[2]를 들여다보니 벼슬 이름과 연도만 있을 뿐자기 이름도 날짜도 없었다. 수령이나 담당 색리가 공모해서 공명첩을 위조한 후 그 이익금을 나누어 먹는다는 항간의 말이 있었지만 이런 종이 한 장에 천이백 냥이라니…. 창구 아버지는 중추부사가 되었지만 그 교지를 농 속 깊이 넣어 두고 마음에는 두지 않았다. 그 후로 유생들 향교 보수 비용으로 선뜻 백 냥을 내놓았는데, 그것에 대한 답례로 유생들은 그를 유생 명단에 올려주고 유학생(儒學生)이라 칭하였으며, 이제 진짜 양반 축에 끼었다며 추켜 주었다. 천우신조라더니 두 해 전에 또 행운이 찾아왔다. 한양의 양반 나리가 장터에 포목점을 열자고 제안을 했다. 돈은 댈 터이니 운영만 해 달라는 부탁이었다.

"아이구, 지는 농사만 지어 봤지 당최 장사는 해 보질 않아서유. 셈도 빠르지를 않구⋯."

"그런 건 염려하지 말구 그냥 해 보세. 다른 사람한테는 자네가 주인이라고 하고. 청 상인들이 한양에서 움직이는 걸 보니 앞으로 이쪽 지역도 많이 달라질 거야. 일본을 다녀온 사신들 말로는 앞으로는 장사가 최고라는 거야. 양반이고 뭐고 소용없고 앞으로는 돈이 최고이며, 돈을 모으는 덴 장사가 제일이라는군. 그러니 한번 해 보세. 사람들 이목도 있고 하니 나는 뒤에서 애쓰고 자네는 그냥 내가 시키는 대로 하기만 하면 되네."

마침내 창구 아버지는 집에서 조금 떨어진 틀못 장터에 다른 포목점과는 비교가 되지 않을 정도로 큰 포목점을 내었다. 한양 양반 말마따나 시시각각으로 장터가 커지고 물화가 많이 거래되면서 창구네, 아니 양반네 포목점은 많은 이익을 냈고 덕분에 창구 아버지도 엄청난 재산을 모으게 된 것이다.

혼사도 못 치르고 돌아온 이창구는 죄인마냥 힘없이 고개를 떨구고 있는 아버지와 어머니를 물끄러미 바라보았다. 누가 저 순박한 분들 가슴 한가운데에 돌을 던졌는가? 뿌리 깊은 신분 질서에 대한 분노가 스멀스멀 올라왔다. 분노는 점점 커지더니 반상의 법도라는 올

가미가 되어 더욱더 뚜렷한 실체로 자신의 목을 죄어 왔다. 참담했다.

"창구야, 이리 와서 앉거라."

창구 아버지는 낙심한 표정을 보이지 않으려 헛기침을 두어 번 했다. 창구는 분을 삭이며 마루로 올라갔다.

"일이 예까지 이른 것은 다 이 애비 탓이다."

"그게 어째서 아버지 탓입니까. 지지리도 모자란 나라 탓이고, 알량한 양반 뼈다귀 탓이지요. 걱정 마시고 다른 혼처나 바로 알아봐 주세요."

이창구는 단호하게 말했다.

"아버지, 천하에 몹쓸 반상 제도를 갈아엎지 않는 한 저는 물론이고, 제 아들 손자까지도 같은 고통에 시달릴 겁니다. 나가서 바람 좀 쐬고 오겠습니다."

이창구는 어금니를 앙다물었다. 그가 일어서자 창구 어머니 당산댁이 퍼뜩 일어나 댓돌에 놓인 짚신을 꾸역꾸역 신고 먼저 마당으로 나섰다. 이창구는 머뭇거리다가 그녀의 뒤를 따라 나섰다. 그녀의 웅크린 가냘픈 몸매가 창구의 눈시울을 적셨다. 그녀는 대문을 나서자마자 담장에 기대어 꺼억꺼억 울었다.

"어머니, 울지 마세요. 저는 아무렇지도 않아요. 보란 듯이 잘 살아낼 테니 걱정 마세요."

"… 이 어미가 원망스럽지?"

당산댁은 얼굴을 들지도 못한 채 겨우 소리를 내놓았다.

"어머니…!"

이창구는 눈물이 솟구쳐서 더 이상 말을 할 수가 없었다. 그는 당산댁을 아버지에게 맡기고 송악산으로 향했다. 아산만을 바라보면 답답한 가슴이 트이려나 싶었다. 송악산은 북동쪽으로 아산만이 한눈에 들어오는 야트막한 산으로, 이창구가 사는 달아실마을 뒷산이기도 했다. 산이라고 부르기에는 어색하리만큼 나지막하지만 해안에 인접해 있다 보니 아산만이 훤히 내려다보였다. 어렸을 때 양반집 아이들이 노비 아들이라고 손가락질을 하면 달려와서 숨죽이고 울었던 산이다.

이창구가 열다섯 살 먹었던 어느 가을이었다. 비바람이 세차게 불어와서 나무가 꺾이고 이엉 올린 지붕이 날아갔다. 그날도 이창구는 양반집 아이들이 노비 아들이라고 놀리자 분을 삭이지 못하고 송악산에 올랐다. 저 멀리 수평선이 있었다. 폭풍이 몰려오며 바다를 뒤집고 집채 만한 파도가 솟구치는데도 수평선은 의연히 그 모습 그대로 있었다. 창구는 수평선이 되고 싶었다. 어느 것에도 흔들리지 않는 존재가 되겠다고 마음을 굳게 다잡았다.

잊었던 그 멍에가 스무 살 된 오늘 혼인날 또렷이 되살아났다. 이창구는 마음을 진정시키기가 어려웠다. 아산만을 바라보았다. 평소

처럼 수평선이 펼쳐져 있었다. 어떤 어려움에도 흔들리지 않겠다던 지난날의 맹세가 떠올라 부끄러웠다. 갖가지 우여곡절을 겪으며 살아온 어머니의 고통에 비하면 본인의 오늘 고통은 별 게 아니란 생각이 들었다. 본인 일로 인해 하늘 같은 어머니를 더 이상 가슴 아프게 하고 싶지 않았다.

해가 뉘엿뉘엿 서쪽으로 넘어가자 만선기를 단 어선들이 줄지어 한진 나루터를 향해 들어왔다. 아산만에서 불어오는 스산한 바람이 창구의 축 처진 어깨를 스쳐 갔다.

2장/ 곰방대를 적시는 여름날의 소나기

1.

이창구는 순섬이와의 혼사가 깨진 후 바로 연산에 사는 도씨 규수
와 혼인을 했다. 벌써 십사 년 전의 일이다.

결혼 이듬해에 낳은 아들 찬고가 커서 그의 일을 도왔다. 그동안
그는 포목점과 대부업을 통해 큰돈을 벌었다. 사람들은 그가 재산
을 늘리는 능력만큼은 타고났다고 했다. 그의 포목점이 사람들로 들
끓게 된 데는 연유가 있었다. 그는 무명 열 필을 사면 한 필을 덤으로
주었다. 당장의 이문을 적게 보는 대신 많이 팔게 되니 결국은 나날
이 장사 규모가 커지고 버는 돈이 많아졌다. 대부업도 마찬가지였다.
당시 사채의 이자는 5할 장리로, 춘궁기에 쌀 한 말을 꾸어 가서 가을
에 돌려줄 때는 한 말 반을 갚아야 했다. 그러나 그는 2할 단리를 받
았다. 그러다 보니 나락이 필요한 사람들은 창구네로 몰릴 수밖에 없
었다.

이창구는 장이 파한 후 술 한잔하자는 편중삼의 말에 하루 종일 심

난했다. 무슨 일이 있는 거냐고 물었으나 비가 오니 술 생각이 나서 그럴 뿐이라고 했다. 편중삼은 성격이 소심해서 평소 먼저 술을 청하지 않는 자라 이창구는 의구심이 들었다. 비가 와서 그런지 장터는 일찍 손님이 끊겼다. 그는 도씨 부인을 집으로 보내고 포목점을 닫았다.

"어서 옵슈."

"아니, 이놈이 처다보지도 않고 어따 대고 어서 옵슈야."

이창구는 웃으면서 정원갑의 머리를 살짝 쥐어박았다.

"혼자 오셨수? 형수님은?"

"집에 들어갔지. 막걸리나 한잔하러 가자 금풍쉥이야. 중삼이가 술 한잔하자고 하던데?"

"중삼이가 술을? 어쩐 일이래유? 술도 하자고 하구? 근디 금풍쉥이가 뭐여유, 처자식이 번듯이 있는디."

정원갑은 이창구를 처다보며 눈을 살짝 찌푸리는 척하다가 배시시 웃었다.

"여보, 창구 형님하고 술 한잔하고 올겨. 비가 와서 더 이상 손님은 없을 것 같으니 당신도 일찍 들어가구려."

정원갑은 한쪽 구석에서 황석어에 굵은 소금을 홀홀 뿌리고 있는 광천댁을 향해 큰 소리로 말했다. 그녀는 이창구에게 소금 묻은 손을 흔들어 보였다.

광천장 터줏대감 정원갑. 그는 본래 광천장 장사꾼이었으나, 덕산

장과 면천장을 보기 위해 광천장을 아버지에게 맡기고 본인은 덕산 읍내장과 면천 틀못장에서 어물전을 운영했다. 이창구보다 두 살 아래로 의로운 일에는 물불을 가리지 않았다. 이창구와는 형제처럼 서로 의지했다.

창구와 원갑이가 주막으로 들어서자 미리 와 있던 편중삼이 자리를 옮겨 와 앉았다. 주모가 막걸리와 김이 모락모락 나는 두부 한 모를 내 왔다.

"금풍쉥이란 물고기 말야, 얼마나 맛있으면 본서방에게는 안 주고 샛서방에게만 준다냐? 내 입맛엔 별로구만."

창구가 탁자 위에 놓인 술잔에 막걸리를 따르면서 정원갑을 슬며시 쳐다보았다.

"형님, 다시 한 번 말씀해 보슈. 금풍쉥이가 맛이 있슈 없슈? 한 입으로 두 말하지 마시우."

정원갑은 눈꼬리를 살짝 올려 화난 표정을 지으려 했으나 입가에는 이미 미소를 베어 물고 있었다. 금풍쉥이는 뼈가 원체 단단하고 살점이 거의 없는 물고기인데, 원갑이 속이 워낙 깊고 단단하다며 이창구가 붙여 준 별명이었다.

"내가 너를 어떻게 당하겠냐. 그래 맛있다 이놈아. 그건 그렇다 치고, 나 아무래도 동학을 해야겠다."

창구의 눈빛이 순하게 반짝였다.

"형님이 동학을? 노망 드셨수? 나라가 금하는 것을 했다가는 재산은 고사하고 모가지까지 날라가는 수가 있슈. 덕산 수령에게 제 목을 먹잇감으로 갖다 바치실 생각이슈?"

편중삼은 손사래를 치며 가래침을 탁탁 뱉었다.

"중삼이 얘기가 맞어유. 저희 아버님도 천주학을 하시지만은 천주학쟁이도 피로써 강산을 물들인 후에야 공인을 받았는데 모르긴 해도 앞으로 동학도 마찬가지일 거유."

정원갑은 잔을 쭉 들이키더니 고추장에 박은 무장아찌 몇 점을 집어 입으로 가져갔다.

"돈이면 다 되는 세상에 형님이 뭐가 아쉬워서 동학에 발을 들여놔유? 몰락한 양반도 아니고 평등 시상을 꿈꾸는 돈 없는 떠돌이도 아니잖우? 아, 천하에 족보 찬 도둑인 관아치들이 이렇게 저렇게 뜯어 간다고는 하지만 그만큼 이문 더 남겨서 장사하면 되는 일이고, 될성부르지도 않은 동학쟁이가 될 생각은 당최 하덜 마슈."

중삼이 입가에 끈적한 마른 거품이 죽 덩어리마냥 생겨났다.

"십 년 넘게 생각해 온 거다. 니들도 알다시피 노비 아들이라는 딱지가 얼마나 나를 괴롭혔냐. 헌데 오늘 아들 찬고가 나처럼 똑같이 당하고 왔어. 양반집 자제들이 노비 자식이라고 놀린 모양이야. 하루 종일 울적해 있기에 위로는 해 주었다만서도 그게 내 평생에 한이 된 일인데, 이제 자식도 그런 꼴 당하는 걸 보니 이건 아니다 싶다. 마음이 얼마나 아프던지…. 자식들에게 그런 고통을 물려주고 싶지 않아. 내가 이리 산다고 문제가 해결되는 게 아니었다. 역시 동학 하는 사람들 말이 맞아."

이창구는 각오를 다지듯 눈에 힘을 주었다. 그는 비장한 표정을 지으며 편중삼의 얼굴을 살폈다.

"근데 형님."

편중삼은 그런 이창구의 눈치를 알면서도 모르는 체 말을 냈다.

"제가 오늘 뵙자고 한 것은 다름 아니라…."

처음 말을 내던 기세를 한풀 죽이며, 편중삼은 말을 끊었다.

"다름 아니라 뭐?"

이창구가 편중삼을 다그치듯 그의 입을 바라보았다.

"마음 두지는 마시구유…. 형님 첫 정혼녀 순섬이란 규수 말여유…."

"순섬이…?"

"예. … 그 오라버니란 사람이 곧 형님 가게 뒤편에 있는 우시장에서 일한다나 봐유. 노름에 빠져 가진 재산 다 날리는 바람에 거지가 됐대유. 순섬이란 처자 역시 여태 혼인도 않고 징그럽게 고생하고 있다더만…."

편중삼은 말끝을 흐렸다.

"그래?"

창구는 갑자기 가슴이 쿵 하는 것을 느꼈다. 눈 내린 겨울 아침, 먼 산이 선뜻 가까이 와 있듯 순섬이가 어느새 옆에 와 있는 듯했다. 혼인날 보았던 그녀는 달빛에 비친 수국 같았다. 그녀가 원한다면 어디라도 도망가서 살고 싶었다. 십사 년이 지났지만 그때의 가슴 미어지는 느낌은 생생하기만 했다. 여전히 그녀가 가슴속에 있었던 것이다. 우연인 척하고 그녀와 마주치고 싶어 수소문해서 찾아가고도 싶었으나 도씨 부인에 대한 예의가 아닌 것 같아서 꾹꾹 눌러 참아 왔다.

"십사 년 전 일이여유. 맘 쓰지 마셔유. 호박꽃만도 못하더구만."

정원갑은 순섬이를 향한 이창구의 그리움을 순간 읽었다. 정원갑은 편중삼이 야속했다. 그도 역시 순섬이의 근황을 알고 있었다. 그러나 이창구가 마음 아파 할까 봐 차마 말을 못하고 있었다. 정원갑역시 창구 혼인날 요객으로 따라 나섰다가 그녀를 처음 본 순간 너무 놀랐었다. 하얀 얼굴에 가녀린 눈빛을 한 그녀는 눈이 부실 정도로 아름다웠다. 아무리 고생을 하고 있다고는 하나 그 아름다움의 바탕은 남아 있을 터였다.

"니 눈이 삔 거냐, 내 눈이 삔 거냐? 아니다. 니가 나 생각해서 그녀를 호박꽃이라고 말하는 거 다 안다. 그건 그쯤 해 두자. 이미 지나간 일이다. 나와 인연이 없는 사람들이야."

정원갑이 무슨 말을 더 하려다 그만두었다.

"그런데 원갑아, 동학을 하려면 누구를 만나면 될까?"

"형님!"

"다른 말 하지 마라. 한두 해 고민한 거 아니다. 내가 물은 것에만 답해 다오."

"참, 형님도…. 알려는 드리겠으나 섣불리 입도는 하지 마셔유. 놀라시겠지만 오리정 주막집 부부유…. 안사람이 먼저 동학에 입도했다고 하던데유."

"주막집? 김월화?"

"예."

이창구는 입술을 지그시 깨물었다. 월화라. 하필이면 그녀일까 싶었다. 그녀를 떠올리자 과거의 상처가 다시 떠올랐다.

"그 사람 말고는?"

"그녀 남편이 접주래유. 접주 정도 되면 상당한 위치라고 하던데유."

"고맙다. 믿을 만한 사람이라는 얘기구나. 이왕지사 동학하려면 만나야 할 사람이니 만나 봐야지. 그만 일어나자. 주모, 얼마요?"

"형님, 절대 저한테 동학 하자고 하지 마슈. 목숨 내걸고 싶지 않으니께."

편중삼은 이창구를 보며 다짐을 받으려 했다.

"두부가 일 전 팔 푼이고 막걸리하고… 합쳐서 석 전만 내슈."

"두부 값이 며칠 사이 그렇게 올랐어유?"

정원갑이 눈을 둥그렇게 뜨고 의아해했다.

"같은 장사꾼끼리 왜 이런대유. 한 닢 가지고 백 닢 쓰겠다고 당백전 만들어 냈으나, 백 닢 갖고 열 닢밖에 쓸 수 없으니 헛지랄한 거지유. 콩 값이 얼마나 올랐는지 알어유? 말도 마슈. 돈 벌어 먹기가 죽기보다 어려워유."

주모는 돈을 받으면서 주막집 입구에 걸려 있는 등잔불 심지를 눌러 껐다.

2.

다음 날 아침 일찍 이창구는 오리정을 향해 집을 나섰다. 부리던 말이 다리를 다쳐 다음에 갈까 하다가 이왕지사 마음먹은 김에 가 볼 생각이었다. 오늘 하루 다 내서 오리정까지 다녀오리라. 얼마 전까지만 해도 세파에 시달린 누런 풀들은 방향 없이 이리저리 흐트러진 노파 머리카락처럼 몸을 축 늘어뜨리고 있었다. 이틀간 비가 내리더니 그 사이로 자그마한 연둣빛 새순이 몸을 곧게 세우고 돋아났다. 이창구는 봄이 왔음을 실감했다. 아이 업은 노파가 가던 길을 멈추고 새순을 뚫어져라 보았다.

"어미 뼈다귀 딛고 일어섰구먼그려."

노파는 새순을 보며 혼잣말을 했다. 등에 업힌 아이는 깡마른 노파의 불쑥 튀어나온 등뼈 줄기를 피하려 이리저리 뒤척였다. 그럴 때마다 그녀의 몸은 휘청거리고, 뒤로 깍지 낀 손은 늘어진 엿가락처럼 풀어지려 했다. 그녀가 다시 손에 힘을 주어 몸을 한 번 출썩거리니 뒤로 빠진 아이의 궁둥이가 노파 등에 착 달라붙었다.

"이 어린것도 무거우니…."

그녀가 발걸음을 서둘렀다. 이창구는 동학에 대해 골똘히 생각하느라 그녀와 앞서거니 뒤서거니 했다. 무한천[3]에 이르자 앞서 가던 그녀가 멈추었다. 비로 인해 물이 나무다리 바로 아래까지 차올랐고, 물살도 꽤나 세찼다. 그녀는 아이를 출썩거리기만 할 뿐 건널 생각을 못 하고 있었다.

"아이를 제게 주십시오."

이창구는 그녀의 허락을 구하지도 않고 그녀 등에서 아이를 빼내어 안았다. 그녀가 주춤주춤 다리를 건넜다.

"뉘신지 모르나 고맙수."

그녀는 한 손으로 이마의 땀을 닦으며 허리를 숙여 인사하고는 아이를 받아 업고 다시 앞서서 갔다. 웬일인지 길이 갈리지 않게 계속 동행이다 싶더니, 마침내 그녀는 무한천으로 흘러 들어가는 예산천이 오소리골에서 내려오는 냇가와 만나는 곳에 서 있는 초가집으로 들어갔다. 오리정 주막집. 주인 김월화가 무한천을 자유롭게 떠다니는 오리를 닮았다 해서 동리 사람들이 붙여 준 이름이다. 이창구는 그녀와 목적지가 같다는 사실이 별일이다 싶었다.

주위 초가들과는 다르게 이엉을 언제 이었는지 말끔했다. 오늘 따라 삽티 고개로 향하는 금오산 자락이 뭉툭하게 내려와 있었다. 이창구는 왼쪽 문짝에 시커먼 먹글씨로 큼지막하게 새긴 주(酒) 자를 바라보았다. 그러고는 따스한 봄볕을 받으며 초가지붕 위에 가지런히 놓여 있는 용수에 눈길을 돌렸다. 처마 밑에도 새벽에 청주를 걸렀는지 축축하게 젖은 용수가 새끼줄에 의탁하며 바람결에 왔다 갔다 했다.

이창구는 크게 심호흡을 한 후 노파를 따라 안으로 들어갔다. 금간

무쇠솥 뚜껑 사이로 허연 수증기가 피이식 피이식 흘러나와 시커멓게 그을린 부엌 천정을 향해 쉼 없이 올라가고 있었다. 여자 하나가 펄펄 끓고 있는 무쇠솥을 행주로 닦으며 국밥을 준비하고 있었다. 월화였다. 이창구는 말을 어떻게 건네야 할지 몰라 큰 기침을 두어 번 했다. 그녀가 고개를 들었다. 순간 그녀의 낯빛이 창백하게 변하더니 이내 고개를 숙이고는 무쇠솥 앞에서 꿈쩍도 하지 않고 행주질만 연신 해 댔다. 어색한 침묵을 깬 것은 노파였다.

"박가는 어디 간 게야?"

노파는 월화의 무심함에 신경이 쓰였는지 어느새 잠이 든 아이를 안고 서둘러 방으로 들어가 눕히고 부엌으로 들어갔다.

"그간 안녕하셨어유? 근데 여긴 어인 일이서유?"

월화는 노파의 물음에는 아랑곳없이 부엌 밖으로 나와 더듬거리는 말투로 이창구에게 인사를 했다.

"네, 잘 있었습니다. 부인은 잘 계셨는지요?"

"저야 그럭저럭 지냈지만 그때는 너무 죄송했어유."

월화는 죄인마냥 시선을 발아래로 떨구었다.

"아닙니다. 다 지난 일입니다. 실은….."

이창구는 곤란한 월화의 면을 생각해서인지 얼른 화제를 돌렸다.

"저…, 동학을 해 보려고 왔습니다."

이창구는 단도직입적으로 자신이 온 연유를 밝혔다.

"예? 동학이라구유? 어디서 무슨 얘기를 듣고 오셨는지 모르지만,

잘못 오셨어유."

그녀는 단칼에 이창구의 말을 잘랐다. 그러나 이창구는 그녀가 거짓말하고 있음을 눈빛을 통해서 알 수 있었다. 부엌 안쪽에서 고개를 내밀고 둘의 대화를 지켜보던 노파는 이상하다는 듯 고개를 갸우뚱하더니 밖으로 나왔다. 그녀는 '시천주 조화정 영세불망 만사지(侍天主 造化定 永世不忘 萬事知)'를 중얼중얼 읊조리며 담벼락 아래에 있는 꽃밭으로 걸어가 이것저것 살폈다.

"새 각시 꽃분홍 치마 같은 이 동백꽃 좀 보게나. 나도 꽃분홍 치마 입었을 때가 있었는디…. 에구, 창포는 멀쩡하게 싹을 올렸구만. 원추리 너는 돌 틈 사이를 비집고 나오느라 얼마나 애썼느냐? 벌써 상처가 났구먼그려. 월화 도인, 근데 '시천주 조화정 영세불망 만사지'가 무슨 뜻이라고 했지? 늙은이라 까막까막하는구먼…."

노파가 고개를 돌려 월화를 빤히 쳐다보았다. 월화는 당황하면서 이창구를 쳐다본 후 급히 꽃밭으로 걸어가 노파 귀에다 대고 속삭였다.

"내 안에 한울님을 모시면 저절로 내 마음이 조화롭게 되고 이를 영원히 잊지 않으면 만사를 훤히 알게 된다는 뜻이에유. 제발 저분 갈 때까지만 조용히 계셔유."

"저 양반이 누구시길래 동학을 한다는데도 거절하는 거여?"

"제가 예전에 얘기했던 면천 틀못 장터 포목점 주인 이창구 나으리유."

월화는 이창구에게 순섬이를 소개한 중매쟁이였다. 그녀는 혼사가 깨진 후로는 창구네 포목점에 발을 끊었다.

"그려? 암, 내 눈은 못 속이지. 돈 많고 인품 좋기로 유명한 사람을 입도시키지 않으면 누구를 입도시켜? 부자를 입도시켜야 다른 사람들도 몰려들지. 방 안에 박인호 도인도 있겠다, 조금 있으면 박덕칠 도인도 올 텐데 이만한 기회가 어디 있어?"

"안 된다니까유!"

"안 되긴 뭐가 안 되여?"

노파는 월화의 손을 뿌리치더니 이창구에게 다가왔다.

"나를 따라오시유."

노파는 좀 전에 아이를 눕혔던 방으로 이창구를 안내했다. 사람 하나가 눈을 감은 채 가부좌를 하고 있었다. 얼굴에 비해 몸짓이 꽤나 큰 자로 낯이 익었다. 어디서 보았을까? 떠오를 듯 말 듯했다.

"박 접장, 이분 얘기 좀 들어 보시게."

노파는 이창구에게 방 안으로 들어가라고 손짓을 했다. 방문을 열어도 미동조차 하지 않던 그가 슬며시 눈을 떴다.

"아니, 이창구 나리 아니유? 나를 모르시겠슈? 박인호입니다."

박인호는 느릿한 몸짓으로 이창구에게 다가와 손을 덥석 잡았다. 박인호? 박인호? 이창구는 그의 이름을 속으로 두세 번 되뇌었다. 가물가물하다가 연이어 선명하게 기억이 떠올랐다. 그 사람이구나!

이정규가 덕산 수령으로 부임해 왔던 때였으니 계미년(1883)이었다. 그해는 면천 수령이 네 번이나 바뀌었기 때문에[4] 이창구는 그 해를 정확하게 기억하고 있었다.

어느 날 한 사내가 부들부들 떨면서 창구네 포목점 안으로 들어왔다. 박인호라고 했다. 이야기인즉 덕산 관아에서 나락 한 말을 5할 장리로 빌렸는데 절반이 쭉정이요 그나마 한 말도 안 되더라는 것이다. 관아의 처사가 부당하다고 생각한 그는 꾸어 온 나락을 도로 돌려주려 했으나 아전이 이번에는 나락을 바꿔치기했다며 돈으로 갚으라 했다. 당시 수령들은 춘궁기 때 꾸어 간 나락을 돈으로 받은 후 질이 좋지 않은 나락을 싼값에 사서 나라 세미를 채워 놓았다. 농지를 가진 자라고는 오직 부유한 상인들과 사족들뿐이었으니 관아를 제외하고는 그가 나락을 꿀 길이 없었다. 그의 억울함을 다 듣고 난 이창구는 그 자리에서 두말없이 2할 단리로 나락을 꾸어 주었다.

"그때 많은 도움을 받았습니다."

박인호는 짧고 굵은 목을 구부리며 정중하게 고마움을 표했다.

"도움이라니요? 다 제 잇속이지요."

"그런데 여긴 어쩐 일이십니까?"

"동학을 해 보겠다고 했더니 밖에 계신 어르신께서 저를 여기다 떠밀던데요?"

이창구는 하얀 이를 드러내며 껄껄 웃었다. 이미 동학에 입도하겠다고 다짐한 터라 머뭇거릴 이유가 없었다.

"동학을 하신 지는 오래되셨습니까?"

이창구는 박인호에게 다짜고짜 물었다.

"우연치고는 참 묘한 일입니다. 나리한테 나락 한 말을 꾸어 오던 날입니다."

박인호는 유난히 푹 들어간 눈을 깜박거리며 기억을 더듬었다.

당시 수령과 아전들의 패악이 심했지만 어느 누구도 저항할 엄두를 내지 못했다. 박인호 역시 이창구로부터 나락을 꾸어 오던 날 덕산 관아의 수탈에 분통이 터져 밤이 늦었음에도 술 한잔하기 위해 오리정으로 갔다. 박가는 없고 월화만 있었다. 월화는 박인호의 이야기를 듣고 나더니 동학이라는 것이 영남에서 생겼는데 갯잔디에 불붙듯 충청도 전역에서도 번지고 있다고 했다. 동학 도인들은 양반과 노비, 여자와 남자 할 것 없이 같은 상에서 밥 먹고 서로 맞절을 한다면서 그녀는 치마 속에서 종이 한 장을 꺼내 보였다. 거기에는 '내 안의 하늘을 섬기고 바른 마음으로 믿으면, 이 세상은 새로운 세상이 된다.'라고 쓰여 있었다.

"저는 그때 머리를 한 대 얻어맞은 느낌이었지유. 그래도 나름 유학을 하고 있었지만 그걸 한다고 새로운 세상이 될 거라고는 생각해 보지 못했쥬. 그때 월화 도인에게 내 안에 하늘이 있으면 덕산 수령에게도 하늘이 있는 거냐고 물었지유."

박인호는 진지한 얼굴로 이창구를 바라보았다.

"뭐라 합디까?"

이창구는 궁금증이 일었다.

"그렇다고 하더군유. 포악한 사람에게도 그 본성에는 빛나는 하늘이 있음을 더더욱 믿고 대하라구유. 포악한 사람 스스로는 잘 알지 못하니 옆에서 그렇게 알도록 해 주어야 한다구."

"그러고 나서 바로 입도하셨습니까?"

"쇠뿔도 단김에 빼랬다고 그 자리에서 입도 결심을 했지유. 그리고는 며칠 뒤인 삼월 열여드렛날, 천안 청주 증평을 거쳐 단양 남면 샘골로 가서 해월 선생을 만났어유."

"당시 저처럼 설레셨습니까?"

"세상을 다 얻은 것 같았습니다. 열두 살에 혼인을 하고 그 후 아이가 없다 보니 학문에 관심을 많이 쏟게 되었지유. 아시다시피 유학은 인(仁)과 의(義)를 강조하지만 정작 유학을 한다는 유생들은 음양을 거론하며 양반은 평민을, 남자는 여자를, 주인은 종을 하대하잖아유. 그들에게서 인과 의는 찾아보기가 어려웠지유. 그래서 바로 해월 선생을 찾아갔던 거지유. 나중에 만나시겠지만 그 자리에 안교선, 손천민, 손병희 등 기골이 장대한 청년들이 와 있었슈. 나이가 엇비슷했지유. 우리는 이 세상 사람들 모두가 귀한 하늘님으로 대접받는 새세상을 이루기 위해 동귀일체, 몸과 마음을 하나로 할 것을 결의했지유. 해월 선생 역시 우리 도에 새 운이 트는 것 같다면서 기뻐하셨지유.”

“해월 선생에 관한 이야기를 여기저기서 들었습니다만 어떤 분이신지 궁금합니다. 한번 뵙고 싶습니다.”

이창구는 자못 궁금한 표정을 지어 보였다.

“대단한 분이지유. 수운 선생이 동학의 씨를 뿌리셨다면 해월 선생은 모진 비바람을 맞아 가면서 동학의 꽃을 피우셨다고 봐야지유. 계제 되는 대로 찾아가 뵙시다.”

박인호는 밖에서 인기척이 나자 잠시 하던 말을 멈추었다. 월화가 국밥을 들고 들어왔다. 그녀는 이창구를 보며 멋쩍어했다.

“사람을 그렇게 내치시면 안 됩니다!”

이창구는 김월화를 보며 씨익 웃었다. 그녀는 마음이 놓였는지 잠시 옆자리에 앉겠다며 양해를 구했다.

“나리, 지나간 일이지만 혼사 일로 저를 많이 원망하셨지유?”

“삶이 원망스러웠습니다만, 지나간 일입니다.”

“이제사 얘기인데 당시 순섬 아씨 아버지에게 나리의 어머니 신분을 고자질한 사람이 누군지 아시나유?”

월화는 우울한 얼굴로 이창구를 쳐다보았다.

“누구면 어떻습니까. 알고 싶지 않습니다.”

“덕산 수령이었어유.”

“예?”

이창구는 깜짝 놀랐다. 덕산 수령이 대체 내 혼사에 무슨 억하심장이 있단 말인가?

"그 당시 혼사를 훼방 놓은 자가 누구인지 사람을 시켜 알아봤어유. 덕산 수령이더라구유. 관 창고에 쌓여 있는 곡식을 5할의 장리로 빌려주어 이문을 남기려는디 나리가 2할의 단리를 받고 있으니 방해가 되었던 거지유. 너 좀 당해 봐라 한 거지유."

"장리 문제는 알고는 있었습니다만 혼사에까지 끼어들 줄은 몰랐습니다."

"지금 역시도 덕산 수령이든 면천 수령이든 내포 수령들 눈에는 나리가 눈엣가시일 거유."

"조심하겠습니다."

이창구는 월화가 고마웠다. 동학 도인들이 사람들을 동학에 입도시키려고 눈에 불을 켜는 마당에 자신을 생각해서 동학 입도를 권유하지 않는 월화의 마음씨가 마음속 깊이 와 닿았다.

"땅다당당 땅다당당 땅땅땅땅 땅당당"

갑자기 아닌 대낮에 꽹매기 소리가 오리정을 뒤흔들었다. 풍장을 치는 때도 아닌데 웬 꽹매기 소리일까 싶어 이창구는 귀를 쫑긋 세웠다. 월화가 방문을 열자 마른 체구에 곰보 얼굴을 한 자가 어깨를 으쓱대며 들어오고 있었다.

"한양은 잘 다녀오셨어유?"

"하하하. 꽹매기 가지고 태안 일대를 돌아다녀도 괜찮겠나? 한양 가서 옹기 장사하는 법을 배워 왔네."

그는 방으로 들어와 앉더니 한양에서 청국 상인한테 산 것이라며 짙은 갈색의 담배쌈지를 꺼냈다. 가죽 껍데기가 반들반들한 것으로 보아 이창구는 그가 골초일거라고 생각했다. 그는 부싯돌을 꺼내어 곰방대에 불을 붙였다.

　"한양 분위기는 어떻던가유?"

　박인호는 박덕칠의 담배쌈지를 만지작거리며 걱정스러운 목소리로 물었다. 곰보 얼굴을 한 자는 흘낏 이창구를 쳐다보고 나더니 박인호에게 지청구를 했다.

　"아무리 급해도 인사부터 시키게나."

　"제가 좀 흥분했나 봐유."

　박인호는 쑥스러운 듯 머리를 긁적였다. 이창구가 스스로 나섰다.

　"이창구입니다. 틀못 장터에서 포목점을 운영하고 있습니다. 동학을 하고 싶어 왔습니다."

　이창구는 박인호가 성실해 보이기는 하나 민첩하지 않다고 생각했다.

　"어이구 영광입니다. 소문은 익히 들었습니다. 거부시라구요. 박덕칠입니다."

　박덕칠은 이창구에게 악수를 청했다. 그는 동학 포덕을 용이하게 하기 위해 옹기장수로 나섰던 것인데 특히나 한양을 오가며 물자의 흐름을 익히고 있었다.

　"거부라니요? 송구스럽습니다. 부자라는 것이 부끄러운 일이지요.

제가 땅 파서 번 돈이 아니니 자랑할 만한 것이 못 됩니다."

"겸손의 말씀이십니다. 부자가 되는 법을 한 수 가르쳐 주시지요.
그래야 입도시켜 드립니다."

박덕칠은 히히하 웃으면서 이창구를 바라보았다.

"정말입니까? 입도를 안 시켜 주겠다? 벌써부터 손해나는 장사를
하시는군요."

이창구는 박덕칠을 보고 눈을 찡긋했다.

"장사를 하신다고 하니 실례를 무릅쓰고 말씀드리겠습니다. 손님
의 말과 손짓, 눈빛에 집중하십시오. 예를 들면 한 여인이 포목전에
들어왔습니다. 그녀는 무명을 사러 왔다고 말하면서도 손은 비단을
잡고 있습니다. 그러나 그녀의 눈빛은 무명에 가 있습니다. 그녀는
비단과 무명 중에 어느 것을 사겠습니까?"

이창구는 박덕칠과 박인호를 번갈아 보았다.

"비단이지유."

"저는 무명에 걸겠습니다."

박덕칠은 박인호의 대답이 틀렸다고 확신했다.

"그 여인은 아무것도 사지 않을 것입니다."

이창구는 빙긋이 웃으면서 말했다.

"예?"

박덕칠과 박인호는 어안이 벙벙한 채 서로를 쳐다보았다.

"그녀의 눈빛이 무명에 가 있었으니 무명 아닙니까?"

박덕칠은 고개를 갸우뚱하며 이창구를 호기심 어린 눈으로 쳐다보았다.

"덕칠 나리는 눈의 방향만 본 것이지요. 그녀의 눈빛이 반짝였습니까? 사려는 사람은 어느 순간 눈빛이 반짝이기 마련인데 웬만한 장사꾼은 그 순간을 놓치지 않지요. 그렇다면 모든 장사꾼들이 왜 거부가 못 되는 걸까요?"

이창구가 박덕칠을 뚫어져라 쳐다보았으나 박덕칠은 대답할 수가 없었다.

"대개의 장사꾼들은 그녀가 사지 않을 것이라고 미리 판단하고 본인 일에 집중합니다. 그러나 거부는 눈빛 너머에 있는 그녀의 마음을 읽고 그녀와 사사로운 대화를 나눕니다. 포목을 사지 못하는 그녀의 처지에 대해 들어 보는 거죠. 그리고 나면 그녀는 반드시 가게를 다시 찾아옵니다. 거부가 되려면 사람들의 마음에 집중해야 합니다."

"지가 보면 나리가 말씀하시는 '마음 집중'이라는 게 동학에서 말하는 하늘님인 것 같은데유. 상대방의 하늘님을 살펴라 이 말씀이지유?"

박인호는 이창구라는 자가 보통이 아니다 싶었다. 장사를 통해서 도를 터득하다니!

"이창구 나으리는 삶의 경륜이 이미 몸에 배어 있어서 여느 입도자들과는 다릅니다. 드디어 내포 동학에 우백호가 나타났군요. 좌청룡은 여기 박인호 접장이십니다."

박덕칠은 기분이 좋은지 싱글벙글했다.

"좌청룡이라니유? 형님이야말로 좌청룡이시지유. 덕칠 형님은 저보다 한 살 위시고 이창구 나리는 저보다 두 살 아래인 것으로 알고 있습니다만…?"

"나이까지 기억하고 계시다니요! 맞습니다."

이창구는 박인호의 정확한 기억력에 감탄했다.

"이런 경사스런 일이 있나! 해월 선생이 아시면 기뻐하시겠네. 이창구 나리가 동학에 입도했다는 사실이 알려지면 너도 나도 몰려들 텐데! 입도식 준비하려면 바빠지겠군."

"과한 말씀이십니다. 허나 저로 인해 동학 도인들이 늘어날 거라고 하시니 기분은 좋습니다."

"한양에 가 보니 사대부들은 사치품을 구하느라 혈안이 되어 있고, 청나라놈들과 왜놈들은 조선 땅을 가지고 지들 입맛대로 까불리고 있습디다. 지난 임오년에도 일본 상인놈들이 매점매석해서 쌀, 보리 가격을 두 배로 뛰게 하고, 일본 교관을 파견해서 지들 마음대로 신식 군대를 부리더니만 지금은 더 심해졌습니다. 조정은 무슨 생각을 하고 있는지 참 한심합디다."

박덕칠은 곰방대를 물은 채 한숨을 쉬었다.

"유학만을 정통이라 주장하며 차별을 당연시하는 유생들이 판치는 조정에 무엇을 기대한단 말입니까? 해월 선생께서 말씀하시기를 '한 사람이 착하면 천하가 착해지고, 한 사람이 화하고자 하면 한 집안이 화해지고, 다시 나라가 화하고 궁극엔 천하가 화해진다.' 했습니다. 동학이 나서서 반상 제도나 서얼 차별, 남녀 차별을 타파해야 이 조선이란 나라가 제대로 굴러갈 겁니다."

박인호의 목소리에는 힘이 실려 있었다. 그의 굵은 목이 더욱 굵어 보였다.

"입도식은 언제로 하면 좋겠습니까?"

박덕칠은 이창구를 보며 조심스럽게 물었다.

"제가 조만간 사람을 모은 다음 연락을 드리도록 하겠습니다."

이창구는 혼자 입도식을 치르기보다는 여럿이 함께하는 것이 좋겠다고 생각했다. 정원갑과 편중삼을 비롯해 순섬이 오라버니와 함께 입도식을 하고 싶었다. 순섬이도 같이할 수 있을까?

3.

순섬이는 집안일을 끝낸 후 방으로 들어왔다. 날이 저물고 있었다. 땀을 식힐까 하여 뒤꼍으로 난 문을 열어 놓고 곰방대에 불을 붙였다. 곰방대는 대나무로 만든 것으로 혼사가 깨지고 나서 외로움을 달래라며 아버지가 주신 선물이었다. 장독대에는 진한 진분홍빛 맨드라미가 한창이었다. 꽃 모양새가 영락없이 닭 벼슬이다. 죽는 순간까지도 임금을 지켜 낸 장군의 영혼이 환생한 꽃이라고 아버지가 말했다. 그 옆에는 백 일간이나 피어 있다가 진다는 백일홍이 연분홍 낯을 한창 드러내고 있었다. 매미 역시 자신의 존재를 드러내려 줄기

차게 울어 댔다. 아버지가 돌아가신 지 몇 년이 흘렀건만 곰방대를 입술에 갖다 델 때마다 아버지가 생각났다.

갑자기 순섬이의 눈에서 굵은 눈물이 떨어졌다. 눈물을 따라 순섬은 흐느끼기 시작했다. 맥없이 시작한 흐느낌은 잦아들기는커녕 점점 커져만 갔다. 매미는 순섬이의 흐느끼는 소리를 집어삼킬 듯 거세게 울어 댔다. 얼마 안 있으면 꽃도 매미도 떠나갈 것이다. 그리고 이 집도 조만간 다른 누군가의 손에 들어갈 것이다.

"순섬아…."

홍주댁은 장독대를 쓸다가 눈물을 삼키고 있는 딸을 보았다. 우는 딸을 보고도 달랠 염도 내지 않고 묵묵히 바라보고만 섰다. 자기를 쳐다보는 어머니의 시선에 순섬이는 계면쩍어하며 울음을 그치고 얼른 옷소매로 눈물을 닦았다.

"순섬아, 오라비가 누구를 데려온다는 거냐? 올케가 없으니 하는 말인데, 오라비 말이다, 그동안은 술하고 노름에 빠져 있더니만 이제는 소 장사 한답시고 허구헌 날 장터를 돌아다니던데 어떤지를 모르겠다."

홍주댁은 아들이 데려온다는 사람들 또한 아들과 매일반으로 건달이지 싶어 아침부터 심사가 뒤틀려 있었다. 그녀는 손님이 온다는 말을 듣고 며느리가 아이들을 데리고 밖으로 나간 틈을 타서, 순섬이를 붙잡고 하소연하고 싶었다.

"장터 사람들이래요."

순섬은 어머니의 투정을 피하고 싶었다. 오라버니는 땅거미가 질 때쯤 올 거라면서 아침 일찍 집을 나갔다. 순섬이 역시 누굴까 궁금했으나 자세하게 묻지는 않았다. 아버지가 돌아가신 이후로 손님을 좀처럼 집에 들이지 않는 오라버니이건만 어제부터 마음이 들떠 있었다. 일전 한 푼 없는 오라버니가 저녁상에 내놓으라면서 민어를 사 온 것을 보면 보통 손님들은 아닌 듯싶었다.

오라버니가 들어올 시간이었다. 갑자기 마당이 시끌벅적했다. 문 틈 사이로 밖을 내다보던 그녀는 화들짝 놀라 부엌으로 달려갔다. 예상치 않은 숫자였다. 푹 끓여 뿌옇게 우러난 민어탕에 물을 잔뜩 붓고 나니 멀건 국물이 되어 버렸다. 좀 전의 맛은 온데간데없이 사라졌다. 그녀는 발을 동동 굴렀으나 되돌릴 방법이 없었다. 간이라도 맞춰야겠다 싶어서 소금을 넣는데, 오라버니 김순직이 싱글벙글하며 부엌으로 들어왔다.

"오라버니, 이 일을 어째요. 민어탕이 멀겋게 돼 버렸어요. 사람이 이렇게 많을 줄 미처 생각을 못 했네요."

"괜찮다. 맛으로 먹는 거 아니니 염려하지 마라. 장터 사람들이 말린 박대하고 서대를 가져왔거든. 조금 있다가 내가 알아서 가져다 먹을 테니 방에 들어가 있거라."

김순직은 성큼성큼 부엌을 나갔다. 순섬은 상을 대략 차려 놓고 방으로 들어왔다. 날도 더운데다가 탕까지 끓이느라 불을 지폈더니 옷이 다 젖어 버렸다. 모기가 한창이었지만 그녀는 방문을 열어 놓고 불도 붙이지 않은 곰방대를 베어 물었다. 아버지가 돌아가신 뒤로는 담배도 아꼈다. 얼마 전 오라버니가 생애 처음으로 사 준 성냥도 뜯지 않은 채 그대로 있다. 흐릿한 등잔불 주위로 크고 작은 나방들이 몰려들었다. 큰 나방들이 등잔불에 부딪칠 때마다 툭툭 소리가 났다. 사랑방에서 중얼거리는 소리가 들리더니 이윽고 방문이 열리는 소리가 났다. 손님들이 마당으로 나서는가 보다. 그녀는 궁금해서 문틈 사이로 밖을 내다보았다. 예닐곱 명이 마당에서 웅성거리고 있었다. 오라버니가 상을 마당에 내려놓는 모습이 보였다. 사람들이 잠시 침묵했다. 이어 그들은 마치 시제를 지내듯 절을 네 번 하고, 초학주문이라면서 '위천주 고아정 영세불망 만사의(爲天主 顧我情 永世不忘 萬事宜)'를 한 번 읊었다. 처음 보는 낯선 광경이었다. 그러고 나서야 일이 다 끝났는지 사람들이 웃고 떠들기 시작했다. 어둠에 가려 어떤 사람들인지 알 수는 없었으나 그 웃음소리는 순섬이를 편안하게 했다.

그때 뒤꼍을 향한 발걸음 소리가 들렸다. 그 소리는 점차 순섬이 방을 향해 다가오고 있었다. 분명 오라버니 발자국 소리는 아니었다. 누굴까? 손님들은 마당에서 막걸리를 마시며 웃고 떠들고 있는데. 방문을 닫을까 하다가 혹시나 싶어서 발소리가 나는 쪽으로 눈을 돌렸다. 꽤나 키가 큰 남자였다. 그는 성큼성큼 다가왔다. 그가 순섬이 방 앞에 멈추어 섰을 때 순섬은 심장이 멎는 듯했다. 그 사람이었다. 혼삿날 면포 사이로 보았던 이창구였다. 멎은 듯하던 심장이 쿵쿵 뛰기 시작했다.

"잘 계셨소? 저 이창구입니다."

"……."

"민어탕이 맛있습디다."

"……."

"십사 년이 지난 이제야 혼사가 깨진 것에 대해 사과드리게 되오. 집안 어른들 간의 일인지라 내 이러구저러구 할 위치가 아니었소. 그러나 본의 아니게 한 사람의 인생을 이렇게 붙잡아 놓았으니 미안하오."

"……."

"힘들었겠지요. 나 역시 힘들었소."

이창구는 말끝을 흐렸다. 순섬이는 곰방대에 불을 붙였다. 허연 외줄기 연기가 천정을 향해 올라가더니 이내 사라졌다. 어느새 매미는 울음을 거두었다. 댓잎들도 잠잠했다. 어디선가 모기 한마리가 날아와 윙윙거리고 지나갔다.

"얼마 전 당신 오라버니를 통해 당신의 최근 소식을 들었소. 고생한다고 들었소. 어떻게 생각할는지 모르겠으나 힘 닿는 데까지 당신을 도우리다."

"돕다니요? 그럴 필요 없습니다. 시대를 잘못 만난 탓입니다."

순섬은 일언지하에 거절했다. 그가 자신을 도울 이유가 없었다. 그러나 그의 애정 어린 목소리를 듣고 있자니 까닭 모를 눈물이 저절로 흘러 나왔다. 담뱃불이 꺼져 갔다.

"나는 이미 결혼한 몸이오. 당신은 아직까지도 혼인을 하지 않았다고 들었소. 한 세상 살다 가면서 누군가에게 큰 빚을 지고 싶지 않소. 앞으로 내가 그대를 보살피리다. 당신을 잊은 날이 없었다고 말하면 나의 허물이 용서가 되겠소?"

이창구는 한참을 아무 말 없이 서 있다가 마당에서 자신을 부르는 소리가 나자 왔던 길로 되돌아갔다. 그가 등을 보이자 순섬은 고개를 들어 멍하니 그의 뒤를 바라보았다. '나 역시 힘들었다.', '잊은 날이 없었다.'라는 이창구의 말이 여름날의 소나기처럼 세차게 들려왔다. 그녀 역시 그랬다.

14년 전 혼사가 깨지고 나서 순섬은 집 뒤에 있는 아미산을 즐겨 찾았다. 자신과는 동떨어진 것이라고 생각했던 반상 제도와 과부재가 금지 제도가 자신의 목에 칼을 들이밀고 있었다. 순섬은 사람들이 자신을 과부라고 쑥덕거릴 때마다 절망스러웠다. 그런 그녀의 삶에 아미산을 오르는 일은 큰 위안이었다. 아미산 꼭대기에 이르면 큰 소나무에 가린 떡갈나무가 살아 보겠다고 제 몸집을 줄여 소나무 사이를 뚫고 하늘 높이 올라가는 모습을 볼 수 있었다. 심지어 일부 가지가 부러져 나간 나무들조차 새순을 올리며 의연히 살아가고 있었다. 그런 나무들을 보고 있노라면 삶이라는 것이 절망스러운 것만은 아니었다. 자신을 괴롭히는 반상 제도나 과부재가 금지 제도는 양반들의 헛된 욕망의 쓰레기 그 이상도 이하도 아니었다. 양반 상놈을 가려 자신들의 편익을 도모하려는 양반 남성들이 부리는 횡포였다. 이런 생각을 하고 나자 순섬이는 밑바닥 삶을 살아도 편안했다.

양반 가문의 오라버니가 과거 시험에 번번이 낙방하더니 어느 날부터 투전판에 끼어들어 얼마 안 되는 논답을 팔아먹고 소 장사를 한다고 장터를 오갈 때 그녀는 담담하게 지켜보기만 했다. 가세가 기울어 어린 조카들이 배고픔을 달래려 잔디나 띠를 뜯어 먹을 때도, 그들의 눈망울이 비록 그녀를 가슴 아프게 했지만, 살다 보면 방편이 생기겠지 했다. 그래도 삶은 고통이었다. 흉년이라도 드는 해에는 말할 수 없이 힘들었다. 순섬은 한여름이면 담뱃잎을 땄다. 담뱃잎에서 나온 진액이 머리카락에 엉겨 붙어 빗질을 할 때마다 터져 나오는 비명을 속으로 삼킬 때 그녀의 가슴은 도려내는 듯 아파 왔다. 그 느낌은 밭에서 돌아와 서둘러 마주한 거친 시래기죽 앞에서도 불쑥 치밀어 올랐다. 그렇게 힘들 때는 이창구가 생각났다. 그녀 역시 그를 잊은 적이 없었다.

손님들이 가고 나자마자 김순직이 순섬이 방으로 건너왔다. 그의 얼굴에 화색이 돌았다.

"오라버니, 무슨 일이에요? 절을 하고 주문을 외시던데? 그리고 오신 분들은 누구세요?"

순섬은 이창구가 다녀갔다는 말을 차마 하지 못했다. 입에서만 맴돌 뿐. 그러다 보니 그녀의 얼굴이 홍당무처럼 빨개졌다.

"장터 사람들인데 오늘 동학 입도식을 했어. 사실 이창구 나리도 오셨어."

"동학이라고요? 사람들이 사술이라고 하던데?"

순섬이는 일부러 깜짝 놀라는 표정을 지으며 이창구에 대한 얘기를 비껴 갔다.

"사술이란 말은 반상 제도를 통해 이익을 보려는 양반들의 말이야. 동학 하는 사람들은 반상 차별이나 과부재가 금지를 없애야 한다고 하지. 그렇다면 너도 동학이 사술이라고 생각하느냐?"

순직이는 조금 전 동생 순섬이가 이창구를 만났다는 사실을 알고 있었으나 모른 체했다.

"그러게요. 그렇지만 조심하세요."

"동학은 연원이라는 게 있어. 말하자면 동학의 가르침을 전하는 이를 연원이라 하고, 가르침을 받는 이를 연비라 하지. 이창구 나리가 너의 연원이 되고 싶다고 하더구나."

"예?"

"너를 입도시키고 싶어 하서. 너야말로 동학이 필요한 사람이야. 동학은 여자의 재가를 허용하는데다가 재가녀의 자식이라고 차별하지 않거든."

"천주학과 비슷하네요?"

"그렇잖아도 이창구 나리가 좀 전 입도식 때 박인호라는 분에게 동학이 서학과 비슷한 거냐고 물었어. 근데 그분 말이 운즉일(運則一)이고 도즉동(道則同)이며 이즉비(理則非)라 하시드라구. 운은 하나요 도는 동일한데 이치가 다르다는 거야. 아직은 알 듯도 하고 모를 듯도 하고, 좀 더 자세히 알게 되면 알려 주마. 네가 동학에 들어오면 직접 알아볼 수 있으니 더 좋고…."

김순직은 말을 마치고 난 후 순섬이에게 슬며시 책 한 권을 건넸다.

"이창구 나리가 이 책을 너에게 주라고 하셨어. 동학 경전인데 이창구 나리가 직접 몇날 며칠을 필사하셨대. 유학의 논어나 맹자 같은 책이라고 보면 돼."

순섬은 이창구가 손수 필사했다는 말에 호기심이 생겨 그 책에 눈길을 던졌다. 표지에는 동경대전이라고 쓰어 있었다. 순섬은 오라버니가 방을 나서자마자 그 책을 펼쳤다. 어떤 내용이기에 나에게 선물했을까? 아버지로부터 한문을 배운 덕에 읽는 데는 어려움이 없었다. 밤을 새워 읽었다. 동경대전 글귀 하나하나가 순섬에게는 그야말로 천어(天語)였다. 논어나 맹자와 비교해도 손색이 없을 만큼 마음을 맑게 해 주었다. 책을 거의 읽어 갈 즈음 동이 트고 있었다. 두 글귀가 순섬의 가슴을 깊이 파고들었다.

消除濁氣 兒養淑氣 他人細過 勿論我心 我心小慧 以施於人

흐린 기운을 쓸어버리고 맑은 기운을 어린 아기 기르듯 하라. 남의 적은 허물을 내 마음에 논란하지 말고, 나의 적은 지혜를 사람에게 베풀라.

순섬은 혼인에 실패한 후로 흐린 기운으로 살아왔음을 직시했다.
아미산에 오르면 마음이 맑아지다가도 내려오면 금방 흐려지기 마련
이었다. 이제는 흐린 기운을 맑은 기운으로 쓸어버리고 말씀대로 살
고 싶었다. 불현듯 밝고 찬란한 빛줄기가 그녀의 가슴을 훑고 지나갔
다. 가슴은 빈 허공이 되었다. 그곳에서 이창구의 얼굴이 둥그렇게
떠올랐다. 이창구가 보고 싶었다. 온몸이 시리도록 그가 그리웠다.
그를 만나 동학에 입도하리라.

4.

김순직의 집에서 동학 입도식을 치른 이창구는 바로 포덕에 나섰
다. 그는 가장 먼저 순섬이를 입도시킨 후 정원갑과 함께 장터 포덕
에 나섰다. 정원갑은 덕산 장터를, 본인은 면천 틀못 장터를 거점 삼
아 포덕을 해 나갔다. 이창구가 입도한 지 거의 육 개월이 지난 1892
년 정월이었다.

면천 군수로 심경택이 갈려 가고 홍종윤이 새로 부임을 해 왔다.
조용하던 틀못 장터가 떠들썩했다. 보부상 대표가 신관 수령 홍종윤
의 부임을 축하해야 한다고 장터를 돌아다니며 강압적으로 돈을 갹
출했다.

"이 기회에 관 꼭두각시 노릇을 하는 보부상들과 한판 붙어 봅시

다."

동학 도인들은 축의금 갹출 거부에 나서자고 했다. 보부상들은 면천 수령이 부임할 때마다 돈을 걷어 상납했다. 일 년에 한 번 꼴이면 그나마 다행이었다. 수시로 수령이 바뀌는 바람에 장터 사람들에게 축의금 상납은 큰 부담이었다. 정월인데도 올 들어 벌써 두 번째요 곧 다른 수령으로 갈릴 거라는 소문도 떠돌았다. 더군다나 물러나는 구관 수령 심경택에게도 돈을 주어야 한다며 전보다 더 많은 금액을 요구했다. 동학 도인들은 이번 기회에 보부상에게 잡혀 살던 신세를 털어 버리고 싶었다. 그동안 보부상들은 동학 도인들에게 동학을 한다는 이유만으로 눈을 부라렸다. 심지어 그들이 어깨를 툭툭 치며 시비를 걸고 지나갈 때 조차도 동학 도인들은 꼼짝없이 당해야 했다.

"우리도 이제 세력이 커졌으니 고것들에게 태도를 분명히 합시다."

정원갑은 재차 이창구에게 보부상들과 일대 결전을 벌이자고 했다.

"보부상은 관의 하수인일 뿐, 문제는 관이고 조정이야."

이창구는 틀못 장터를 드나드는 이삼백 명이나 되는 보부상들과 섣부르게 대치하고 싶지 않았다. 어찌 보면 그들 역시 먹고살기 위해서 관에 붙어 살 수밖에 없는 가련한 민초였다. 조정에서 동학을 공인하기만 하면 그들도 도인들을 함부로 대하지 않을 것이다. 이창구는 인사차 면천 군수를 방문해서 동학에 대한 경계를 풀어 달라고 부탁하는 것이 먼저라고 생각했다. 수령 말이라면 보부상들은 머리가 무릎에 닿도록 굽혔다.

　아침부터 날씨가 잔뜩 흐렸다. 눈이 내릴 기세였다. 날씨 탓인지 틀못 장터는 한산했다. 이창구는 면천 수령을 방문하기 위해 포목점을 나왔다. 면천 관아 아전이 며칠째 창구네 집을 들락거렸다. 아전은 시답잖은 말만 내놓으며 희희덕거리다가 돌아갈 뿐이었으나 수령이 부임해 왔으니 방문하라는 무언의 압력이었다. 이창구의 손에는 비단 한 필이 들려 있었다. 그는 신임 군수가 올 때마다 인사 예물로 비단을 올렸다. 면천 읍성이 보였다. 북쪽 가야산에서 뻗어 오던 줄기가 면천 땅을 앞두고 솟아오른 종산인 아미산과 주산인 몽산을 두고, 서쪽에서 흘러들어 동쪽으로 빠져나가는 밋내가 있는 곳에 위치한 면천 읍성을 풍수가들은 길지 중에 상길지라고 했다. 읍성에 들어서자 아전이 나와서 수령에게 안내를 했다.

　"틀못 장터에서 포목점을 운영하는 이창구입니다."

　이창구는 면천 군수 홍종윤을 바라보며 함박웃음을 지었다. 사람 속을 모를 때에는 웃는 것이 상책이었다.

　"얘기 많이 들었소."

　홍종윤 역시 이창구의 웃음에 흔쾌하게 화답했다.

　"변변치 않습니다. 장터에 오실 때마다 제 가게에 들러 주십시오."

　이창구는 말은 군수에게 하면서 비단은 옆에 선 아전에게 건넸다. 그러고는 홍종윤을 보고 다시 한 번 웃었다. 홍종윤은 선물 보따리에 일순간 눈길을 빼앗기는 듯하더니 물끄러미 이창구를 바라보았다.

"고맙소. 만나야 할 사람들이 있어 많은 시간을 낼 수 없으니 한마디만 해 주겠소. 충청 감사가 동학 금령을 내렸소."

홍종윤은 목에 힘을 주며 말했다. 이창구에게 동학을 그만두라고 말하고 싶었으나 첫 대면에 그의 비위를 건드리고 싶지 않았다. 전임 수령이 가면서 이창구는 활용할 가치가 있는 인물이니 부딪치지 말라고 귀띔을 해 주었다. 이창구는 다른 동비들과는 다르게 세상 물정을 꿰뚫는 자라고 말했다. 홍종윤은 이창구가 다른 법을 어기지 않는 한 적정 수위까지는 좋은 낯으로 대하며 화수분처럼 이용하자고 마음먹었다. 수령이란 직책은 하루아침에라도 날아 갈 수 있는 것이어서, 자리에 있을 때 최대한 금전을 모아야 했다. 돈을 우려내기엔 그만인 자였다.

"동학 금령이라고요? 장터에서 보부상들이 동학 도인들을 후리는 모양입니다. 사또님께서는 보부상들에게 상생하는 법을 가르쳐 주시면 좋겠습니다."

이창구는 상생이라는 말에 힘을 주어 말했다. 홍종윤이 막무가내 형이 아니라서 마음에 들었다. 일부 수령들은 대놓고 돈을 요구했다. 하나를 주면 하나를 내놓겠다? 동학 금령 정보를 미리 흘리다니! 이창구는 태연하게 웃고 있었으나 속마음은 타들어 갔다. 조정에서 금령을 내리면 보부상들은 더 설칠 테고 관아 역시도 마찬가지일 것이다. 동학 도인들이 지금보다도 더 수탈을 당할 것은 뻔했다.

"그러지요. 나리도 상생하는 법을 동학 도인들에게 가르쳐 주시구려."

홍종윤은 마땅치 않다는 듯 말꼬리를 올렸다. 이창구가 너무 대차게 나오는 것이 마음에 들지 않았다. 본인 수족이나 마찬가지인 보부상들을 함부로 들먹이다니! 돈도 있겠다 성격마저 곧아서 할 말을 하는 자이군! 너무 강하면 부러질 터인데!

"사또님 말씀 깊이 새겨듣겠습니다."

이창구는 자신의 말이 수령의 심기를 불편케 했다는 것을 알고 한발 뒤로 물러났다. 그는 장날이라 바쁘다는 핑계를 대고 서둘러 읍성을 빠져나왔다. 막막했다. 충청 감사 조병식이 공개적으로 동학 금령을 선포했으니 동학도에게 탄압이 가중될 것은 뻔했다. 대책을 세우는 것이 필요했다.

한 달에 한 번 열리는 내포 도인들의 정기 수련회 날이다. 이창구는 정원갑과 함께 오리정으로 향했다. 오전에 싸락눈이 내리더니 오후 들어 함박눈으로 변했다. 사위가 눈 천지였다. 오리정 초가지붕위에 놓여 있던 용수도 눈에 파묻혀 자취를 감추었다. 이창구가 오리정 사립문을 밀치자 쌓여 있던 눈이 우수수 쏟아져 내렸다. 이창구와 정원갑이 들어오는 것을 보고 월화가 오리정 문설주에 달려 있는 등불을 켰다. 그들은 가슴을 웅크리며 방 안으로 들어갔다. 모두가 수심이 가득 차 있다.

"오늘 장터가 시끄러웠어유. 각지에서 온 수십 명의 보부상들이 떼지어 장터를 돌아다니면서 동학 금령을 발표한 것은 잘한 일이라며 당장 동비들을 때려잡아서 더 이상 퍼지지 않도록 해야 한다고 한목소리를 내더라구유. 가재는 게 편인지라 보부상들이 나서서 조정을 대변하고 있으니 참 답답하네유."

　정원갑은 추위가 가시지 않았는지 손을 엉덩이 밑으로 넣었다.

　"지 밥그릇 놓지 않으려고 동학을 사도로 모는 양반들과 그 앞잡이 조병식, 조병갑, 조병호 같은 놈들이 있는 한 개벽은 어렵습니다. 좌우지간 수운 큰선생이 죄가 없음을 밝혀야 이 보석 같은 동학이 살아날 것입니다."

　이창구는 주자학이 아니면 모두가 사도라던 한 유생의 말이 생각나 결연한 표정을 지었다.

　"앞으로 조병식을 포함해서 각처 수령들이 도인들을 못살게 굴 텐데 큰일이구먼. 더군다나 그들에게는 도인들의 돈을 뜯어먹을 수 있는 좋은 기회일 테고. 도인이라는 낌새만 나면 꼬투리 잡고 돈 내놓으라고 할 테니 뭔가 수를 써야지. 이미 조병식이가 태안 수령하고 한패가 되어 도인들을 등쳐 먹고 있다는구만. 여하튼 이 금령 문제를 어떻게 대처해야 할지 의견을 모아야 하네. 해월 선생도 촉각을 곤두세우고 있어."

　박덕칠은 태안과 서산을 오가며 포덕을 하고 있었다. 태안 도인들이 수령 등쌀에 못살겠다고 아우성이었다.

"수운 큰선생을 신원해서 동학이 위법이 아님을 공표하도록 해야만 합니다. 서학도 공인을 받은 후에는 내놓고 포교를 하지 않습니까."

젊은 김복기가 패기 있게 말했다. 그는 서산 용현리 강당골 사람으로, 내포 내 젊은 선비들과의 여흥 시회에서 글재주를 겨룰 때 한 번도 벌칙을 받지 않을 만큼 문장력이 탁월했다. 그러나 과거 시험에서는 번번이 낙방했다. 임금을 비롯한 권문세도가들의 매관매직은 실력은 있으나 돈 없는 이들의 벼슬길을 막았다. 김복기가 그 확실한 증좌였다. 그가 절망을 넘어 조선의 개벽을 갈구하고 있을 때 그는 우연히 개심사 심검당에서 동학 포덕에 나선 이창구를 만났다. 이창구는 바로 그를 해월 선생에게 데려갔다. 그때 김복기는 하늘이 두쪽 나는 경험을 했다. 해월 선생은 풀 한 포기, 나무 한 그루, 벌레 한 마리, 철 따라 부는 바람, 밤낮으로 뜨고 지는 해와 달, 별 모두 하늘님 아님이 없다고 말했다. 이어 벼슬자리란 삶을 살아가는 하나의 방편일 뿐 삶의 본질은 아니며, 이 세상 모든 존재가 하늘임을 깨닫고 정성 되이 모시면 풀뿌리를 캐 먹더라도 만족하며 살 수 있을 거라고 말했다. 김복기는 벼슬자리 얻는 것을 포기하고 동학을 택했다. 그가 동학에 입도했다는 소식이 전해지자 강당골을 비롯한 인근 젊은이들이 그에게 몰려들었다. 김복기는 바로 접주가 되었다. 그의 접은 다른 접과는 달리 젊은이들 중심으로 조직되었다. 이창구는 그런 김복기를 미래의 내포 동학을 이끌어 가게 될 주역이라며 각별히 대했다.

"빠른 시일 내에 해월 선생과 상의를 해 보지유."

박인호는 내포 동학이 회오리가 몰아치는 언덕에 홀로 서 있는 듯한 느낌이 들었다. 그는 방 안을 둘러보았다. 불안해하고 염려하는 눈빛들에서도 맑게 빛나는 겨울 새벽 별빛이 있었다.

5.

1892년, 팔월이 되었다. 내포 동학 도인들은 동학 금령 후 관의 탄압을 막을 수 있는 마땅한 묘안을 찾지 못해 발을 동동 굴렀다. 관의 탄압은 점점 노골화되고 있었으나 수차례의 회합에도 불구하고 이렇다 할 대안은 나오지 않았다. 그러는 사이 면천 군수 홍종윤이 온 지 얼마 되지도 않아 갈려 가고 다시 조관재가 부임해 왔다. 불과 몇 개월 만에 군수가 교체되자 면천 사람들은 나라가 잘못돼도 한참 잘못되었다고 입에 거품을 물었다. 이창구는 새로 부임해 온 조관재 군수를 만날 생각을 하니 심기가 불편했다. 군수가 자주 바뀌다 보니 관아와 친밀한 관계를 유지하기가 어려웠다. 돈으로써 면천 군수와 아전들의 비위를 맞추는 것도 한계가 있었다. 동학을 세력화하고 신행을 공인받는 것, 그것만이 살길이었다. 그는 도인들을 모으느라 눈코 뜰 새 없이 바쁘게 움직였다.

그때 마침 해월 선생이 상주 왕실촌으로 전국 각 접주들을 소집했다. 내포 동학 도인들은 가능하면 교대로 해월 선생을 찾아갔다. 이번에는 이창구와 박인호가 상주 길에 나섰다. 이창구는 상주에 다녀온 지 얼마 되지 않았으나 포목점을 아들에게 맡기고 다시 짬을 냈다. 해월 선생을 찾아뵙는 것이 시간적으로나 경제적으로 쉬운 것은 아니었다. 대다수 사람들은 생계 때문에 해월 선생을 뵙지 못했으니 이창구는 여유로운 자신의 처지가 감사할 뿐이었다. 해월 선생을 비롯해 동학 지도자들의 영적 역량은 사뭇 지대해서 이창구는 해월 선생 댁을 다녀오면 가슴 전체가 보석같이 영롱하게 빛남을 실감했다. 그는 그 힘을 가지고 도인들을 모았다. 해월 선생도 놀랄 만큼 이창구는 접의 규모를 키웠다.

여름 더위가 한풀 꺾인 때라 상주 가는 길은 그리 힘들지 않았다. 이창구가 박인호와 함께 해월 선생을 뵈러 가는 것은 처음이었다. 박인호가 하루 백 리를 걷는다는 소문이 나 있는 터라 혹시나 따라붙지 못할까 이창구는 내심 우려했으나 막상 걸어 보니 우려는 기우였다. 박인호는 장사치로 단련해 온 자신과는 비할 바가 못 되었다.

"인호 도인이 말처럼 내달린다는 소문에 내 속이 뜨끔했소. 소문이란 때론 부풀려져 있는 것 같수다. 하하하."

이창구는 피식 웃으며 박인호에게 농을 걸었다.

"우리 둘만 아는 일로 해 주슈. 하하하."

박인호는 눈을 찡긋했다. 둘은 중도에 도인들 집에서 신세를 지며 해월 선생 댁에 도착했다. 접주들 대부분이 와 있었다.

"이렇게 모이라고 한 것은 수운 큰선생의 신원 문제 때문이오. 많은 말들이 오가는 모양인데 각 접별로 도인들의 입장을 들어 봅시다."

해월 선생은 다소 상기된 목소리로 말했다.

"도인들에 대한 관의 탄압을 누그러뜨리기 위해서는 좌도난정이라는 죄목으로 돌아가신 수운 큰선생의 죄목을 풀어야 합니다. 감영에 소를 제출하여 대선생을 신원할 것과 탄압을 금단하라고 요구해야 합니다."

서인주가 말을 하자 서병학이 "암만!" 하면서 맞장구를 쳤다. 서인주와 서병학은 선생 댁 문을 들어오면서부터 집회를 열어 본격적인 신원운동을 전개하자고 주장했다.

"서병학 접장, 무엇 때문에 대선생 신원을 주저하는 것 같소?"

"그거야, 저 신미년에 이필제가 이끈 영해에서 있었던 일 때문이지요. 물론 다시 한 번 실패하면 동학을 재건하기가 어렵겠지요. 허나 지금은 그때와는 사정이 다릅니다."

"그때보다 도인의 숫자가 훨씬 많아진 것은 사실이지요. 그러나 일이 잘못되면 피해 또한 그만큼 커진다는 뜻도 되지 않겠습니까?"

서병학은 입도한 지 얼마 안 되는 이창구가 본인의 말에 토를 다는 것이 못마땅해 눈살을 찌푸렸다. 또한 신원에 대해서도 해월 선생처럼 소극적인 것이 마음에 들지 않았다.

"그렇다고 구더기 무서워 장 못 담그는 거요? 날마다 관의 탄압과 토색에 집을 떠나는 도인들이 늘어나고, 목숨을 잃는 이도 적지 않고요. 지목이 심해서 도인들이 애를 먹고 있소. 아녀자들이 재량껏 관속들을 돌려보내고 있지만 하루 이틀이 아니지 않소? 도인들이 못살겠다고 아우성인데 다른 대책이 있습니까? 가만히 앉아 있으라 이 말이오? 충청도야말로 금령이 발표되었으니 어느 지역보다 고통이 자심하지 않습니까?"

서병학의 말 마디는 온건하였으나 목소리가 점점 거칠어지는 바람에 모두 좌불안석이 되어 갔다.

"누가 그걸 모르겠슈. 전라도가 어려우면 충청도도 어렵고 조선 팔도 다 어려운 법이유. 하지만 지금 관에서 눈에 불을 켜고 동학 도인 색출에 나서는 판국인데 만약 신원이 실패해서 도인들이 다치기라도 하면 모처럼 불어온 동학 바람이 한꺼번에 꺼질 수도 있다는 게 문제지유. 새 세상에서 잘 살자고 한 것인데 도인들을 상하게 하거나 죽게 할 수는 없는 일 아니겠슈?"

박인호는 거사를 서두르는 서병학을 포함해 도인들에게 생명의 중요성을 각인시키고 싶었다. 생명을 보듬는 것만큼 고귀한 것은 없었다.

"말 잘했소. 도인들을 더 이상 상하게 하지 않으려고 일을 벌이자는 것입니다. 저들에게 우리의 세력을 단단히 보어주어야만 동학이 한때 지나가는 풍설이 아님을 조정에서도 알게 될 것이고, 그러자면 수운 선생이 신원되어야만 도인들이 마음 놓고 모여들 수 있을 것 아니오?"

서병학의 목소리가 점점 높아졌다. 답답하다는 듯 가슴을 쳤다.

"잠시…."

그때, 해월이 입을 열었다. 도인들이 일시에 입을 다물었다.

"쉬어 보시오. 내포 도인들께서는 어떻게 했으면 좋겠다는 방안이 있습니까?"

해월은 분위기가 심상치 않자 끼어들었다.

이창구 접주가 좌중을 한 번 돌아보며 목례를 하고 해월 선생에게 대답하였다.

"내포 도인들의 주장도 이 자리와 비슷합니다. 일부 도인들은 감사 조병식이 조정의 하수 지방관일 뿐이니 천주학처럼 조정으로부터 직접 승인을 받아야 한다고 주장하면서 조정에 상소를 올리자고 합니다. 그러기 위해서는 집회를 열어 신원을 하자고 합니다. 또 어떤 이들은 지금 동학도의 신분을 드러내는 것은 관의 지목만 용이하게 할 뿐이니 지금 당장은 안으로 도인들의 신심을 다지고, 밖으로 포덕을 더욱 힘써서 세력을 키우는 것에만 전념하자고 합니다. 물론 지금 이 순간에도 도인들이 당하는 고통은 극심합니다. 태안만 하더라도 충청 감사 조병식이 태안 수령과 작당하여 도인들 재산을 빼앗고 있습니다. 그 아래 관속들 또한 말할 것도 없지요."

이창구는 지난 정월 오리정에서 있었던 회합 내용을 그대로 전달했다.

해월은 고통스러웠다. 결단을 내리기가 어려웠다. 이필제와 함께한 영해 거사가 실패로 끝나면서 동학 조직이 하루아침에 무너지지 않았던가! 이를 복구하는 데 수년이 걸렸다. 이번에도 일이 수포로 돌아간다면 그때와는 비견할 수 없는 참극이 전국을 휩쓸 수도 있는 일이었다. 생각만 해도 끔찍했다. 엄청난 고난이 따를 터였다. 그렇다고 대선생의 신원을 요구하자는 도인들의 의견도 틀린 말은 아니었다. 지금 당장 수령이나 아전들로부터 고통받고 있는 도인들의 소식은 여러 경로로 날마다 해월에게 전달되고 있었다.

해월은 자리에서 일어섰다. 따라 일어서려는 도인들을 눌러앉히고 밖으로 나갔다.

서인주가 다시 입을 열었다.

"지금 지역마다 도인들이 처한 입장이나 관의 침학 정도가 다 다를 겁니다. 충청도만 해도 동서가 다르고 남북이 다르니, 전라도 경상도도 모두 처처부동일 겁니다. 그런데 이대로 가다가는 도인들이 다 죽게 생겼다는 점만은 누구에게 물어봐도 한결같을 거라 확신합니다. 용단을 내려야 합니다. 당장에 무력을 동원하자는 것도 아니고, 우선은 각 도 감영에 우리의 요구 사항을 담은 의송을 넣자는 것이니, 그 정도 일로 지금까지의 침학보다 더 심해지지는 않을 것으로 봅니다. 그러면서도 은근히 동학의 세력을 과시하자는 것입니다."

서인주가 일행들을 설득시키려고 눈을 마주치려 했으나 아무도 이에 응하지 않았다. 다들 눈을 감고 생각에 잠겨 있었다. 해월 선생이 안 계신 자리에서 이야기를 더 진전시킨다는 것이 꺼림칙해서도 대꾸를 삼가기도 하였다. 그러고 있기를 한참을 있으니 문이 열리고 밥상이 들어왔다. 해월이 밥상을 뒤따라 들어와 다시 자리에 앉았다.

　"세상 만물이 나타나는 때가 있고 쓰는 때가 있는 법입니다. 지금 당장 결정하기가 어려우니 시월에 다시 만나 상의를 하되 여하튼 서로 합심해 봅시다. 손천민 접장은 충주 신사과에게 서신을 보내서 망석지사 사십 명의 명단과 주소를 구월 초까지 보내라고 하세요. 그리고 호남좌우도편의장 남계천 대접주에게도 백 명을 선발해서 명단을 보내라고 할 참이오. 시월에 다시 한 번 만나서 얘기해 봅시다. 모두들 피곤할 터이니 어서 밥을 드세요."

　해월은 일행들을 둘러보며 숟가락 들기를 청했다.

3장/ 공주 집회

1.

이창구가 상주에 다녀온 지 두 달여가 지난 10월 17일, 해월은 마침내 충청 감영에 수운 선생의 억울한 죄명을 풀어 주고 동학을 금압하지 말아 달라는 의송(소장)을 내기로 결정했다. 서인주를 비롯한 대접주들의 권유가 있은 이후에도 전국 곳곳에서 관의 탄압에 시달리는 도인들의 호소가 대도소로 빗발쳤다. 또 원평과 장내리 일대에는 관의 약탈에 집과 전답을 빼앗긴 동학도들이 하나둘씩 모여들어 이미 동학촌이 되어 가고, 그에 따라 관의 감시의 눈길도 심해지고 있었다. 언제 다시 장내리 대도소가 관의 기습을 받게 될지 모를 일이었다. 가시방석과도 같은 도의 형편을 근본적으로 개선하자면 대선생의 신원이 유일한 길이었다.

해월 선생의 통문이 내포접에도 당도하였다. 각 접별로 덕이 있고 신의가 있고 사리를 아는 대표를 뽑아 수운 큰선생 신원을 위해 사흘 뒤 의관을 정제하고 청주를 거쳐 충청 감영이 있는 공주로 모이라는 내용이었다. 각 접별로 노자를 모아 대표를 파송하되 대표되는 자는 위의를 갖추어 처신하고, 평화적으로, 주변 인가에 피해가 가지 않도록 해 달라는 당부의 말도 덧붙였다.

　이창구는 정원갑과 김복기를 대동하고 어둠 속을 가로질러 오리정으로 향했다. 공주에서 등장(等狀)을 감영에 제출하는 일에 참석할 도인들을 그곳에서 만나기로 되어 있었다. 머릿속으로 별의별 생각이 오갔다. 이번 일이 어떻게 될 것인가? 오랫동안 지하로 숨어 다니던 동학이 이제 세상 밖으로 나가려 한다. 감영에서 소장을 접수해 주기나 할까? 만약 실패한다면? 생각은 꼬리를 물며 머릿속을 어지럽혔다.

　오리정 느티나무에 세찬 바람이 일고 있었다. 잎들은 어느새 자취를 감추고 가지들만 덩그러니 남아 바람결에 흩날렸다. 나뭇가지들은 아무런 저항 없이 바람에 자신을 내맡기고 있었다. 이창구는 알 수 없는 두려움에 요동치는 자신이 나뭇가지보다도 못하다는 생각이 들었다. 무위이화, 자연의 이치에 순응하여 움직이면 모든 일이 뜻과 같으리라 하지 않았던가! 욕망을 놓으면 두려움은 자연히 소멸할 것을!

　오리정 문이 활짝 열려 있었다. 등불도 환하게 켜져 있다. 서릿발이 담장 밑을 제집으로 삼은 지가 한참 된 듯 꽤나 두터웠다. 동백나무에 내린 새하얀 서리는 새벽 휴식을 취한 후 새벽별과 함께 떠날 것이다.

"어여들 오서."

노파가 오리정 마루 앞에 서서 이창구를 맞이했다. 이창구는 노파의 자랑이었다. 이창구를 입도시킨 것만으로도 자기 몫은 다했다고 그녀는 줄곧 말했다.

"우리 창구 도인은 영락없는 평양 감사야."

노파는 마치 자식 살피듯 이창구를 살폈다. 이창구는 참석한 도인들을 일일이 확인했다. 그는 이번 공주 모임에 관한 내포접 책임을 맡았다. 박인호와 박덕칠은 임시 도소인 청주 손천민 집에 머물다 지금쯤은 공주에 가 있을 터였다. 인근 도인들 삼십여 명이 행장을 차리고 모여들었다.

"아전 말에 의하면 내포 지역의 수령들도 공주로 모인답니다. 조병식이가 수령들에게 공문을 보내 자기 지역 동학 도인들의 참석자 명단을 보고하라고 했답니다."

이창구는 내포 동학 역사 이래 처음 있는 이번 일에 대해서 낯설어하고 불안해하는 도인들을 보자 좀 전 느꼈던 어두움이 다시 밀려왔다. 왜 아니겠는가? 이제는 세력이 커졌다 하나 동학은 지금으로서는 어디까지나 국법으로 금하는 사학이 아닌가? 민소(民訴)라는 것도 그동안 기껏해야 현아에 우르르 몰려가 고함이나 치다가 현감의 호통 한마디에 물러나거나, 제법 힘깨나 쓰는 사람이 앞장서면 현감의 능치는 말에 감복하여 물러서는 게 고작이었던 사람들이다. 그런데 이제 이 충청도 최고의 관문인 공주 관아의 감사 앞에 당당히 의관을 정제하고, 양반들의 전유물이던 소장을 당당히 제출코자 한다. 이 일이 어떤 방향으로 흘러가게 될지 누가 알 것인가. 모든 두려움의 첫 출발점은 그다음을 알지 못하는 데서 비롯된다. 어둠이 두려운 까닭도 그 어둠 너머에 무엇이 있는지 보이지 않기 때문이다. 게다가 눈 뭉치가 눈사람 되듯 사람이 궁색해지면 두려움도 커지는 법이었다. 그는 도인들을 쳐다보았다. 얼굴은 피죽도 못 먹은 사람처럼 까칠하고, 몸은 겨울 울타리에 세워진 수수깽이마냥 말랐으나 갓을 올린 정갈한 머리와 정성스럽게 다림질한 두루마기는 정겨웠다.

"심고를 올린 후에 서둘러 떠납시다."

이창구는 노파를 쳐다보며 눈짓을 했다. 노파가 청수를 상 위에 준비해 들고 있었다. 노파 주위로 도인들이 몰려들었다. 그들은 둥그렇게 서서 서로의 손을 굳게 잡았다.

"가는 길이 길이니만큼 내가 청수를 모셨네. 이 청수처럼 밝고 밝은 지혜가 우리 감사님께 훤히 전달되어서, 우리가 하는 말을 죄다 잘 알아듣고 동학 대선생 신원이 꼭 이루어지기를 심고하세. 모두 심고. '하늘님 스승님 감응하옵소서. 공주에서 열리는 수운 대선생의 신원을 위해 여기 내포 도인들이 모였습니다. 아무쪼록 우리 도인들이 지극정성을 다하여 이 일이 잘 성사될 수 있도록 도우시고, 도인들뿐만 아니라 만백성들이 스스로 하늘임을 알아 서로 정성 되이 공경하며 살아갈 수 있도록 도우소서. 시천주 조화정 영세불망 만사지.'"

노파의 심고 소리가 어둠을 타고 먼 곳으로 퍼져 나갔다. 도인들은 다 같이 주문을 외웠다. 뒤이어 침묵이 있었다. 맑은 영혼들이 새벽 허공을 물들였다. 도인들은 두려움을 잊은 듯 입가에 엷은 미소를 띠었다.

"며칠 전부터 이 짚신을 삼았다네. 각자 자기 발에 맞는 것을 골라 보게. 지난번 해월 선생이 월화 도인에게 짚신을 선물했다기에 나도 한번 준비해 보았네."

노파는 도인들이 눈을 뜨자 짚신을 하나하나 챙겨 주었다. 짚신은 아랫목에서 방금 가져온 듯 온기가 있었다. 이창구는 짚신을 신으면서 어른이라는 존재감을 느꼈다. 지켜보고 있으니 소신껏 할 일을 해보라는 무언의 지지가 짚신 안에 녹아 있었다.

"월화 도인은 뭣 하고 있는겨?"

노파는 월화가 보이지를 않자 여기저기를 기웃거렸다.

"저 여기 있어유. 혹시나 일이 길어질까 하여 백설기하고 고구마를 준비했어유."

월화는 커다란 보따리 두 개를 가지고 나와 일행들의 짐 보따리에 넣어 주었다.

이창구 일행은 공주 의송소에 도착했다. 태안 서산 덕산 도인들이 먼저 와 있었다. 박인호와 박덕칠 역시 미리 와서 대기하고 있다가 이창구 일행을 맞이했다. 전국에서 모여든 도인들은 대략 천여 명 정도 되었다. 그들은 모두 깨끗하게 의관을 정제하고 있었다. 시간이 되자 그들은 일렬로 줄을 지어 관아로 들어갔다. 서인주와 서병학 손천민이 앞장을 섰다. 이창구는 내포 도인들과 함께 맨 뒤에 서서 박인호 박덕칠의 뒤를 따라갔다. 인근에서 몰려온 사람들이 처음 접하는 모처럼의 구경거리에 신기해했다. 관졸들은 나와서 도인들의 행렬을 감시했다. 그들은 전날부터 꼬박 밤을 새운 탓인지 얼굴이 푸석거려 보였다. 신원이 성가신 듯 빨리 끝났으면 좋겠다고 한마디씩 했다. 관속들도 나와 있었다. 그저 무지렁이 백성으로만 알던 동학쟁이들이 유생들 못지않은 풍모를 자랑하며 당당히 활보하는 모습에 다들 입을 다물지 못하였다.

"동비들을 다시 봐야겠구먼!"

관속 하나가 자기로서도 난생처음의 대규모 행렬에 놀라면서도 기죽기 싫어서 짐짓 아무렇지도 않은 말투로 지껄였다.

"머리에 쇠뿔이라도 단 줄 알았더니 그게 아니네그려."

옆에 서 있던 관속이 불쑥 말을 내뱉었다. 그 자신 역시 동학도였으나, 공주성 안에서 관속들과 얼굴을 마주하고 사는 처지다 보니 일이 어떻게 될지 몰라 내색을 못하고 있었다.

"과연 들은 대로 예의를 지키는 사람들이구먼."

도인들의 일거수일투족을 지켜보던 관속들은 시간이 지나면서 긴장을 풀었다. 그들은 난리라도 나는 줄 알았다가 차분차분 일이 진행되자 경계심을 늦추었다.

서인주와 서병학이 충청 감사 조병식에게 의송 단자를 제출하였다. 의송 내용은 관에 제출되는 것인 만큼 수운 선생의 도학(道學)이 공맹을 비롯한 선성의 학문과 다르지 않은 인의예지 도임을 밝히면서, 천지를 공경하고 부모에 효도하고 임금에게 충성하도록 가르침으로써 사람이 하늘의 덕을 알고 도리를 다하는 도임을 역설하는 것으로 시작되었다.

이어 '수운 큰선생이 사도로 무고를 당하여 참형된 지 30년이 지나도록 그 원억을 풀어내지 못하여 세상에 떳떳이 드러내지 못하고 있으니 한이 된다.' 면서 '감사께서 임금님에게 밝게 전달하여 스승님의 원통함을 풀어 달라.' 고 간곡히 호소하였다. 의송은 동학의 숙원만이 아니라 나라에 대한 걱정도 함께하였다. 지금의 나라 형편에 외국 상인들이 항구마다 들어와 이익을 편취하여 나라 안에 돈과 곡식이 메마르며 산도적들이 날뛰는 형편이니 동학도들이 모두 보국안민의 기원과 더불어 나라에 보탬이 될 일을 하고자 한다는 뜻을 밝히며, 동학도들의 충정이 이러함에도 무고한 동학도들이 엄동설한에 집과 고향을 떠나 산야를 헤매며, 남편과 자식을 감옥에 가둠으로써 어버이를 이별하고 길가에서 울부짖게 하는 것은 나라의 크나큰 손실이라 호소하였다. 그리하여 외읍에 수감되어 있는 여러 동학 도인들을 모두 석방하여 줄 것과 무고한 동학 도인과 힘없는 백성들을 구박하여 자기 이익을 취하는 탐학한 관리들을 징벌하라 요구하였다. 끝으로 서양 오랑캐와 밀통하여 나라의 부를 유출하는 자를 처벌하고 왜놈 우두머리의 독이 외진으로부터 물러날 수 있도록 함께 힘써 지키자고 강조하였다.

무릎을 꿇고 머리를 숙인 채 소장 내용을 듣고 있던 이창구는 조선이라는 나라의 행태에 치가 떨렸다. 요순 이래로 머리를 하늘로 향하고 땅을 딛고 선 인간으로서의 기본 도리인 경천지 효부모 충군주를 동학만큼 강조하는 도가 없으며, 나라를 위하여 외세를 물리치고 백성의 안녕을 도모코자 탐관의 횡포를 징치하기를 요구하는 동학의 도를 위법이라고 단죄하는 나라, 그 나라가 바로 조선이었다. 한심한 나라였다. 소장을 다 읽었는지 한동안 침묵이 흘렀다. 쥐 죽은 듯한 고요를 깨는 웅성거림은 동학도들이 아니라 구경 나온 인파들 속에서 시작되어 점점 커져 갔다. 사람들의 목소리가 대놓고 커지기 시작한 것은 왜놈들을 쫓아내야 한다는 대목에서였다. 눈치만 보던 사람들도 그에 관해서라면 나도 할 말이 있다는 듯 모두들 한마디씩 했다. 감영의 관속이 의송단자를 받아 안으로 들어갔다.

2.

의송 단자를 받아 든 충청 감사 조병식의 손이 부르르 떨렸다. 동학도들이 뭔가 일을 꾸미는 듯하다는 첩보를 접하기는 했으나 설마했던 일이다. 그런데 왜 하필이면 그 일이 전라도 경상도 아닌 충청도에서 제일 먼저 개최되었는지 생각하면 분통이 터졌다. 동비들이 요구하는 동학 두목 수운 최제우의 신원이라면 자기들의 의송에서도 밝혔듯이 나라의 임금이 직접 하는 일이니만큼 충청 감영에서 이러쿵저러쿵할 사안은 아니라서 하등 신경이 쓰이질 않았다. 문제는 무고한 백성들을 잡아 가두는 지방 수령과 토호들의 죄상을 낱낱이 색출해서 처벌해 달라는 요구 사항이었다.

이는 결국 감사인 자신에게 도정에 관한 책임을 추궁하는 셈이었다. 감히 이놈들이 나를 향해 칼을 들이밀다니! 관하 여러 수령을 다그쳐서 동비는 물론 그 비슷한 혐의자들까지 잡아들이고, 그들로부터 속전을 받아 내거나 재산을 몰수하여 감사 자리 얻으려고 그동안 들인 비용을 충당해 온 저간의 사실이 만천하에 알려진다고 생각하니 머릿속이 하얘졌다. 물론 그중 많은 부분이 한양에 있는 고관대작들이나 궁중으로까지 들어간 것이고 보면 이들의 바람이 털끝만치라도 이루어질 리는 만무했다. 문제는 버러지만도 못한 동비들이 아니라, 이런 일을 빌미로 자신의 목을 노리고 있는 한양의 경쟁자들이었다.

그는 태안 군수, 서산 군수, 면천 군수, 당진 현감 등 내포 수령들을 불러들여 의송을 제출하는 데 참석한 각 지역 동비들의 동태를 작성해서 올리라고 지시하였다. 어떻게든 이들을 일단은 해산시킨 다음 고을별로 우두머리들을 잡아들이면 후환을 막아 내는 일은 어렵지 않으리라 줄거리가 잡혔다. 감사 자리를 얻기 위해 조정에 뿌린 돈을 생각하니 정신이 번쩍 났다. 그는 우선 동비들을 자극하지 않고 시간을 끌어 보기로 했다. 그냥 놔두면 제풀에 꺾어서 해산하겠지! 그리만 되면 최선이 아닌가.

마음을 그렇게 먹자 조병식은 더욱더 동비들의 동태가 궁금해졌다. 의송만 제출하면 금방 흩어져 갈 줄 알았던 동비들은 다음 날에도 여전히 자리를 지키고 있었다.

"아직도 그 방자한 동비 놈들 꿈쩍도 안 하고 있는 게냐?"

조병식은 시간이 지나도 동비들이 움직이지를 않자 짜증이 나서 애꿎은 이방과 관속들을 다그쳤다.

"그렇습니다."

"정탐하러 간 자들은 무얼 하고 있는 거냐?"

"워낙 동비들 입이 철통같아서 정보를 빼낼 수가 없답니다."

이방도 사방으로 사람을 보내어 동비들의 움직임을 알아보려 했지만 소용이 없었다. 시간이 흐를수록 조병식은 초조했다. 그는 계책을 생각해 냈다. 다음과 같은 감결을 의송소 앞으로 보냈다.

"동학을 금하고 금하지 않는 것은 조정의 일이다. 감영은 단지 조정의 명령에 따를 뿐 감영에 와서 호소할 일이 아니다."

조병식은 동비들을 한시라도 빨리 집으로 돌려보내고 싶었다. 본인 관할 지역에서 불미스런 일이 지속되면 조정의 감사 대상이 될게 뻔했다. 조병식은 의송소에 감결을 내려 놓고 불안한 마음으로 기다렸다. 감결을 내린 지 이틀이 지났건만 동학 도인들은 전혀 움직일 기세가 없었다. 조정에 이리저리 끈을 대어 빨리 해결책을 도모해달라고 부탁했으나 소식 또한 두절이었다. 시간이 흐를수록 동비들 기세는 더욱 군건해지고 초조해지는 것은 감사 본인이었다. 어쩌다 관아 밖을 나갈 일이 있어 동비들과 얼굴을 마주치기라도 하면 피하는 기색이 없어 모멸감을 느꼈다. 지위도 재물도 없는 한갓 천한 것들이 자신을 업신여긴다고 생각하니 세상이 뒤집어질 노릇이었다. 동비들이 영부를 태워 마시면 두려움이 없어진다더니 정말인가 싶었다. 그들과 마주치고 싶지 않아 아예 관헌 밖을 나서지 않기로 마음먹었다.

날이 가도 동비들은 꿈쩍을 하지 않았다. 안되겠다 싶어 그는 해산을 시키기 위한 구실로 각 군현에 감결을 하달했다.

"모든 수령들은 동학을 금한다는 핑계로 동학 도인들을 탐학하거나 돈이나 재물들을 강제로 빼앗는 행위를 금하라."

조병식은 감결을 하달하면서 자신의 마지막 자존심을 내려놓았다고 생각했다. 이 감결에도 동비들이 응대하지 않으면 어쩌나 싶었지만 그럴 리가 없다고 생각했다. 본인으로서는 할 일을 다했고 나머지는 조정의 몫이었다.

3.

감결을 받아 든 의송소에서는 의견이 분분했다. 신원운동 지도부는 실망했다. 내심 결정적인 결과를 기대하고 있던 도인들은 수운 대선생의 신원에 대한 임금님의 조칙이 없는 한 자유로울 수 없다며 의송소를 철수하지 말자고 주장했다. 한편에서는 관리들의 탐학을 금한다는 것만으로도 모임의 목적을 달성한 것 아니냐며 해산할 것을 주장했다. 시간이 지날수록 대체로 해산하는 분위기로 기울고 있었다.

이창구가 나섰다.

"조병식은 영악하고 기민한 놈입니다. 우리를 농락하는 거나 다름 없습니다. 이대로 돌아가면 도인들에 대한 관의 탄압만 거세질 것입니다. 수운 대선생을 신원한다는 조칙을 받아 낼 때까지는 움직이지 맙시다. 우리가 세를 보여야만 조병식이 마지못해서라도 움직일 것입니다."

이창구는 칼날 같은 눈빛으로 도인들을 쳐다보았다.

이 말을 두고 다시 논란이 계속되는 가운데 서인주가 말을 꺼냈다.

"한술에 배부를 수는 없소. 비록 수운 대선생의 억울한 누명을 완전히 벗겨 드리진 못했으나 군현 관속들의 토색을 금한다 하니 일단은 된 것이오. 우리로서도 큰 모험을 감수하고 처음으로 무리를 이루어 감영 앞에 당당히 나선 것으로 저들도 달리 생각하게 될 것이오. 또한 우리를 미심쩍은 눈으로 바라보던 백성들이 호의를 보내고 있다는 것도 성과라 할 것이오. 일단 철수하고 추이를 살핀 연후에 다음 행동을 어찌할지 결정합시다."

그는 감결 내용에 찜찜해하는 이창구 등을 무마하여 일단 의송소를 철수하자고 결론 아닌 결론을 지었다. 이번 일은 그의 책임이었다. 이창구는 동학이 공인받지 못하면 관속들의 탐학은 계속될 수밖에 없으리라 생각했다. 죽음의 고개를 넘는 한이 있더라도 동학을 공인받을 때까지는 의송소를 철수하지 말아야 한다고 확신했다. 그러나 도인들의 안색을 살피던 이창구는 자신의 뜻을 더 강하게 밀고 나가기가 어렵다는 것을 직감했다. 이미 얻은 것에 대한 만족감이 얼굴빛에 묻어났다. 아쉽기도 하고 안타깝기도 했다. 다들 물러날 기미를 보이고 있건만 자신을 포함한 일부 도인들만 강경책을 주장하고 있었다. 타협이 필요했다. 굽어 가는 물길처럼 삶도 굽어 갈 필요가 있었다. 어쩌면, 서인주의 말대로 얻은 바가 적지 않았다. 태안 이외 지역의 동학 소식을 접하고, 각지에 동학도들의 세력이 나날이 늘어나고 있다는 점도 확인하였다. 또한 도인들이 합심하고 합세하면 관에서도 함부로 대하지 못한다는 것을 온몸으로 확인한 것은 더할 수 없는 성과라 할 만했다. 이제 동학은 지하에서 꿈틀대는 무리가 아닌 것이다.

"충청 감사 조병식을 믿을 수는 없지만, 집으로 돌아가서 관속들이 탐학하거든 조병식이 내린 감결을 들이밀어 봅시다. 아시다시피 이번 일은 우리도 처음 벌이는 것입니다. 판이 어찌 흘러가는지 지켜본 후에 다음 행동을 취하는 것도 좋을 것입니다."

손천민이 평소의 온유함으로 다시 한 번 도인들을 설득했다. 이창구는 손천민이 자신의 마음을 들여다보고 있다고 생각했다. 손천민의 의견이 어쩌면 평화를 강조하는 해월 선생의 뜻일 수도 있겠다는 생각이 들었다. 애초 신원에 대해 머뭇거렸던 해월 선생을 생각하면 일거에 모든 것을 얻기를 바라는 것보다는 요구 수준을 점점 높여 가되 적당히 타협해 가면서 목표에 도달하는 것이 좋을 수도 있다.

"제 생각에는 추이가 우리의 뜻대로 되어 가지 않으면 다음번에는 한 발자국 더 나가 봅시다. 전라 감영에 의송 단자를 올리는 게 어떨까 생각합니다만…?"

손천민의 제안에 이창구는 무릎을 쳤다. 충청 감영이 안 되면 전라 감영이 있는 삼례에서, 그것도 여의치 않으면 한양으로…! 우물을 파듯이 이곳이 안 되면 저곳을, 저곳이 안 되면 다른 곳으로 옮겨 다니며 끈질기게 요구하는 것도 한 방법일 터. 심사숙고해 보면 수많은 방법이 있을 터였다.

"제 생각도 손천민 도인과 같습니다. 전라 감영에도 올려 봅시다."

강시원이 나서서 손천민을 거들었다. 모두들 동의했다.

4장/ 첫 접촉

1.

틀못 장이 열렸다. 이창구는 공주 집회 일로 오랫동안 집을 비운 것이 도씨 부인에게 못내 미안해 이른 아침부터 포목점에 나와 물건을 정리했다. 도씨 부인은 동학이라면 머리를 절레절레 흔들었다. 오늘따라 유난히도 비단이 눈길을 끌었다. 그는 비단 앞에서 한참을 머물렀다. 여인들은 포목전에 들어서면 비단부터 만졌다. 그들은 비단이 부드러워서 좋다고 했다. 비단처럼 삶이 유연할 수 있다면!

지난 공주 집회에서 손천민은 유연했던 반면 본인은 고집스러웠다. 자신의 외길 주의를 경계할 필요가 있었다. 이창구는 이 비단 저 비단을 만져 보았다. 비단이란 자고로 걸림이 없었다. 걸림이 없는 삶이라! 그는 혼잣말을 하면서 자신의 손길을 연둣빛 비단과 꽃분홍 비단으로 옮겼다. 연둣빛 저고리에 꽃분홍 치마! 이창구의 얼굴이 갑자기 달아올랐다. 그는 순섬이와의 혼사가 깨지고 나서 삼 년 동안을 같은 꿈에 시달렸다. 연둣빛 저고리에 꽃분홍 치마를 입은 순섬이가 그의 앞에 나타나 따라오라고 손짓했다. 그녀의 손을 잡으려 정신없이 쫓아가다 보면 어느새 그녀는 안개 속으로 사라졌다. 눈을 떠보면 꿈이었다. 온몸은 축 처지고 형언할 수 없는 허망함이 거센 파도처럼 밀려왔었다.

"여보, 무엇을 그리 골똘히 생각하세요?"

도씨 부인은 한참 전부터 이창구의 행동을 지켜보고 있었다.

"아무 일도 아니오."

그는 목소리의 주인공이 도씨 부인인 것을 알고 미안한 마음이 들었다.

"공주에 가신 일은 어찌 되셨어요?"

도씨 부인은 언짢은 투로 퉁명하게 물어보았다. 그녀는 남편이 포목 일을 제쳐 두고 동학에 몰두하는 것이 못마땅했다. 시아버지도 사도라며 한사코 말렸으나 도무지 들으려 하지 않았다. 오직 시어머니 당산댁만 아들을 지지하고 나섰다. 최근 들어 도씨 부인은 불안했다. 순섬인가 뭔가 하는 여자 때문이었다. 남편은 다른 사람들에게 빌려주었던 땅 일부분을 거둬들여 순섬이 오빠에게 결세 없이 토지를 빌려주자고 했다. 말도 안 되는 일이라고 거절하기는 했으나 남편의 심지를 꺾을 수는 없었다. 정원갑을 불러 순섬이란 여자에 대해 알아보려 했으나 그는 창구 형님에게 직접 물어보라며 쌀랑하게 돌아섰다. 그녀는 안 되겠다 싶어 이창구가 공주 일로 가게를 비운 사이 편중삼을 불렀다.

편중삼은 마침 공주 집회에 참석을 못해 이창구에게 서운한 감정을 갖고 있었다. 일을 그르칠 만한 도인들은 공주에 참석케 말라는 해월 선생의 지시에 이창구는 편중삼을 배제시켰던 것이다. 편중삼은 본인 스스로가 말이 많아 때론 치명적인 실수를 하다는 것은 알고 있었지만 그래도 그 일로 중요한 자리에서 밀려난 듯하여 화가 나 있었다. 그는 도씨 부인에게 이창구와 순섬이의 관계에 대해 모든 것을 말해 주었다. 그뿐만 아니라 요즘 들어 창구 형님이 순섬이에게 마음이 많이 빼앗긴 것 같으니 조심하라는 충고도 곁들였다.

"이렇다 할 성과는 내지 못했소."

이창구는 자신도 모르게 말을 퉁명하게 내뱉었다.

"돈이면 다 되는 세상에 장터 사람들이 모두들 부러워할 만큼 재산을 모은 당신이 무엇이 부족해서 그러고 다니세요? 찬고를 생각해서라도 자중하세요."

"찬고 때문이오. 그 애가 떳떳하게 살아갈 수 있도록 해 주고 싶어서 그러오."

"세상이 달라질 것 같으면 우리 같은 사람이 나서지 않아도 달라질 거예요. 그 반대라면, 아무리 애쓴다 한들 달라질 게 없고요."

"달라질 거요. 달라지도록 하는 게 사람이 할 도리오. 나는 다만, 도리를 다하며 살고자 하는 게요."

"… 순섬인가 하는 그 여자 말예요…."

이창구는 아내가 정작 하고 싶은 말은 이것이라는 걸 짐작하고 있었다.

"제발 손을 떼세요. 중삼이한테 다 들었어요. 동학 경전에 자신의 부인을 이렇게 홀대해도 된다고 나와 있던가요?"

도씨 부인은 점점 어투가 격양되고 있었다.

"당신을 홀대하다니요? 왜 그런 말을…."

말은 그리하면서도 이창구는 가슴이 철렁 내려앉았다. 도씨 부인의 절망감을 모르는 바 아니었다.

'그간 너무 내 생각만 하였던 게 아닌가.'

자책감이 밀려왔다. 그러나 모든 것이 제자리로 돌려지지는 않았다. 순섬이의 그간의 고통은 누가 무엇으로 보상해 준단 말인가? 나라가? 유학이? 자신 이외에는 없었다. 그는 다시 비단을 둘러보았다. 연둣빛 저고리에 꽃분홍 치마를 입은 순섬이의 모습이 머릿속에서 떠나질 않았다. 그는 그녀에게 비단옷을 입혀 주고 싶었다.

"내가 할 말이 있소."

이창구는 무언가 작정을 한 듯 담담하게 부인을 쳐다보았다. 도씨 부인은 이창구의 단호함에 놀라 좀 전의 기세를 누그러뜨렸다. 이창구는 아들을 불러 일을 잠시 맡기고 도씨 부인을 가게 한쪽에 붙어 있는 방으로 데리고 갔다.

"내 오랜 고민 끝에 말하는 거요."

"무슨 말씀이신데요?"

"순섬이란 여자 말이오. 내가 거두어 보살피고자 하오…."

"안 됩니다."

도씨 부인은 올 것이 오고야 말았다는 생각을 하면서 단호하게 반대했다. 하늘이 놀라고 땅이 요동칠 일이었다.

"오랫동안 생각해 온 일이오. 나로 인해 그 여자는 가시밭길의 인생을 살아야 했소. 죄스런 마음을 떨쳐 버릴 수가 없소. 나를 이해해 주시오. 부인에게 폐를 끼칠 사람은 아니오."

"폐를 끼치지 않다니요? 제가 죽을 것 같은데. 아니 죽어 버릴 테요."

도씨 부인은 말대로 죽고만 싶었다.

"부모님에게는 내가 말씀을 드리리다."

이창구는 물러서지 않았다. 한 번은 부딪쳐야 할 일이었다. 그는 부인의 고통스러워하는 표정을 보고 싶지가 않았다. 그는 포목점을 나와 아미산 쪽을 바라보았다. 가오리 연 두 개가 날고 있었다. 두 연은 상대방의 연을 끊으려 물러섰다가 다가서고 위아래로 움직이기를 반복했다. 두 연이 서로 평화롭게 날 수는 없을까? 순섬이와 도씨 부인의 관계가 평화로울 수는 없을까?

순섬을 다시 보았을 때 간난신고한 흔적이 역력했다. 마음이 찢어질 듯이 아팠다. 입도식을 치르고 집에 돌아와서는 이틀간이나 몸살을 앓았다. 남들은 입도식을 치르느라 고생해서 그랬을 거라고 했지만 실은 순섬에 대한 연민 때문이었다. 그녀는 이창구를 보고도 원망하거나 흔들리는 기색이 없었다. 바람결에도 흔들리지 않는 거목처럼 고고히 있었다. 그래서 더더욱 마음이 갔다.

이창구는 쇠학골로 향했다. 도씨 부인 생각에 마음은 무거웠지만 마음속에 있던 말을 해 놓고 나니 발걸음은 가벼웠다. 먹고살 만한 재산은 모아 놨으니 이제는 이 세상에서 하고 가야 할 일에 열중하고 싶었다. 순섬이네 집에 도착했다. 산 그림자가 계곡에 길게 드리워져 있었다.

"계시오?"

이창구는 사립문을 밀치며 집 안으로 들어갔다. 한참을 기다려도 인기척이 없었다. 땅거미가 지고 있는데 다들 어디 갔을까? 이창구는 뒤꼍으로 발을 옮겼다. 장독대를 돌아 순섬이 방 앞에 이르렀다. 짚신이 놓여 있었다. 슬그머니 문고리를 잡아당겨 방 안을 조심스럽게 살펴보았다. 이불 사이로 새카만 머리카락이 나와 있었다. 사람이 왔는데도 반응이 없다니?

"누구 없소?"

이창구는 누워 있는 자가 순섬이일 거라고 확신하면서 더 큰 소리로 물었다. 이불이 걷혔다. 순섬이였다.

"아니?"

이창구는 깜짝 놀라 신발을 벗고 방 안으로 들어갔다. 그녀는 온통 땀으로 젖어 있었다. 그의 예상치 못한 방문에 순섬은 놀란 듯 일어나려 했다.

"애쓰지 말고 그냥 누워 있구려. 어디가 아픈 거요?"

"몸살이 났는가 봐요. 죄송해요."

"식구들은?"

"사돈댁 혼사가 있어서 외출했습니다만 저는 몸이 여의치 않아서요."

순섬은 땀에 젖어 엉망이 된 머리카락을 두루 쓸어 내렸다. 두루마기를 말끔히 차려 입은 그는 기대고 싶을 정도로 듬직했다. 그녀는 둘이서만 있는 것이 쑥스럽고 당혹스러워 눈을 감았다. 그에게서 뿜어져 나오는 알 수 없는 향기가 그녀의 코끝을 간지럽혔다. 방 안이 온통 그의 향기로 가득 찼다. 처음 맡아 보는 향기였다. 순섬은 온몸이 박하처럼 화해지는 것을 느꼈다. 태어나 한 번도 느껴보지 못했던 행복이 밀려왔다. 남자란 여자에게 이런 존재인가! 순섬은 이 행복이 영원했으면 싶었다. 땀이 비 오듯 다시 흘렀다. 정신이 가물가물해질 정도로 삭신이 아파 왔다.

"내 물수건을 준비해 오리다."

이창구는 밖으로 나가 수건을 찬물에 적셔 왔다. 그는 잠시 머뭇거리더니 작심한 듯 그녀의 이마에 물수건을 놓았다. 그의 손끝이 그녀의 이마를 잠시 스쳤다. 첫 접촉! 순섬은 형언할 수 없는 야릇함을 느꼈다. 이창구는 놀란 듯 물러나 앉더니 어깨를 두어 번 들썩이고는 다시 다가와 앉았다.

"내 말을 잘 들으시오. 나의 부인이 되어 주시오."

이창구는 몸을 숙여 순섬을 물끄러미 쳐다보았다. 순섬은 당혹스러운 듯 눈을 감아 버렸다. 눈물이 그녀의 눈 옆으로 흘러내렸다.

"빨리 털고 일어나시구려. 수일 안으로 삼례에서 집회가 다시 열릴 터이니 그때는 같이 갑시다. 내 나가는 길로 의원을 보내리다."

이창구가 방문을 열고 나갔다.

순섬은 매몰차게 거절해야 한다고 생각하면서도 입을 떼지 못하였다. 몸과 마음이 너무도 지쳐 있어서 그런 거라고 생각하다가, 그간의 설움이 터져 버렸다. 힘에 겨워 목 놓아 울지도 못하고, 꺼억 꺼억 숨이 넘어가게 울음을 뱉어 냈다.

2.

장터가 파할 무렵 이창구는 포목점으로 다시 돌아왔다. 도씨 부인은 눈이 퉁퉁 부어 있었다. 이창구는 그녀에게 집에 가라 이르고 가게를 정리한 뒤 어물전 정원갑에게 갔다. 마침 박덕칠이 와 있었다.

"무슨 일 있는 게요? 부인께서 안 좋아 보이시던데."

박덕칠은 이창구를 보며 염려하는 표정을 지었다. 좀 전 그는 포목점에 다녀갔었다.

"김순섬을 소실로 맞이하겠다고 이야기했습니다."

"… 흠, 부인이 상심할 만하군요."

"그리되었습니다."

"……."

박덕칠은 이창구의 결정을 이해하면서도 부인의 참담한 낯빛이 떠올라 차마 어떤 위로도 건네지 못하고 곤궁한 표정만 지을 뿐이었다.

이창구가 어색한 분위기를 깨며 말길을 돌렸다.

"근데 어쩐 일입니까?"

"통문을 갖고 오셨네유."

정원갑이 이창구의 마음을 읽고 통문을 그의 손에 쥐어 주었다. 이창구는 통문을 펼쳤다. 전라도 삼례 도회소 명의였다.

"… 충청 감영에 억울함을 호소하였으니 전라 감영에 의송 단자를 내는 것 또한 천명이요. 집회에 달려오지 않으면 별단의 조치를 마련함은 물론이요 하늘로부터 죄를 받을 것이다."

이창구가 공주 집회에 다녀온 지 근 십여 일이 지났다. 해월 선생이 전라 감영에도 의송 단자를 내자던 손천민의 의견을 받아들인 것이다.

11월 2일, 이창구는 삼례 집회에 참가하기 위해 순섬이를 비롯해 내포 도인들과 길을 나섰다. 토끼털로 만든 모자를 푹 눌러쓰고 거친 누비옷을 입고 나타난 순섬은 얼핏 보면 영락없는 남자였다. 그녀는 장옷을 벗어 던졌다. 장옷에 감춰진 양반이라는 허울을 벗고 새로운 세상을 보고 싶어서였다. 이창구는 그녀의 모습을 보고 빙그레 웃었다. 그녀도 따라 웃었다. 이창구는 삼례 집회에 순섬이를 꼭 데려가고 싶었다. 순섬이가 더 이상 기죽지 않고 살기를 바랐다. 동네 사람들이 그녀를 과부라고 입질한다는 소리를 홍주댁에게 들었다. 이제 순섬이가 소실로 들어앉은 것을 알면 또 입방아를 찧을 것이다. 그녀가 사람들의 입질에 아랑곳없이 이 세상의 더 큰 가치에 몸담기를 바랐다.

　창구 일행은 삼례에 약간 늦게 도착했다. 삼례는 이미 수천 명의 동학 도인들로 북적이고 있었다. 공주 감사가 의송을 받아들이고 감결을 내린 사실이 입소문을 타고 전국으로 번지면서, 사람들이 삼례로 몰려들었던 것이다. 동학 세상이 오면 질깃한 소나무 껍질을 씹어 먹는 굶주림은 없겠지, 이유 없이 관아에 끌려가 초죽음당하는 일은 없겠지, 평생을 백정으로 살다가 죽기 전에 자식에게 소 잡는 칼을 물려주며 우워워 우워워 피울음을 토하지 않아도 되겠지, 청상과부도 다시 결혼할 수 있겠지 하는 기대감으로 사람들이 삼례로 몰려들었다.

　"해월 선생은 안 오셨어요?"

　순섬은 의송소를 방금 다녀온 이창구에게 궁금한 눈빛을 던졌다. 그녀는 해월 선생을 한 번도 본 적이 없어 이 기회에 꼭 보고 싶었다. '나는 부인과 어린아이의 말이라도 배울 만한 것은 배우고 스승으로 모신다.'고 하신 해월 선생은 어떻게 생겼는지 궁금했다. 순섬이뿐만 아니라 내포 도인들 모두 해월 선생을 기다렸다. 그들은 해월 선생을 볼 기회가 없었다. 해월 선생은 전라도 포덕을 위해서 익산 사자암에서 수련을 하고, 충청도 포덕을 위해서는 손병희와 송보여, 박인호를 대동한 채 공주 마곡사 부속 암자인 가섭암에서 수련을 했지만 내포로는 발걸음을 하지 않았다. 내포는 지리학적으로 큰 산이 없는데다가, 양반 사족들이 빽빽하게 자리를 잡고 있어서 해월 선생이 은신할 만한 곳이 없었다.

"배탈도 나신데다가 오시는 도중 말에서 낙상하시는 바람에 못 오셨답니다."

"저런! 어쩌다 그런 일이!"

순섬은 이창구를 보며 안타깝다는 표정을 지었다

"손천민 접장이 해월 선생으로부터 전권을 위임받아 충청 감영에 올린 것과 같은 취지의 의송 단자를 지금 전라 감사에게 제출했다 하니 기다려 봅시다."

이창구는 내포 도인들에게 잠시 앉아서 기다리라 하고 다시 의송소로 향했다. 한참 후 그가 전라 감사의 감결을 가지고 왔다. 의송소에 내려진 감결을 도인들이 여러 부 필사한 것이라 했다.

"… 동학을 포교토록 허용하기를 바라나 말이 되지를 않는다. 곧 물러가 새사람이 되어 미혹하는 일이 없도록 하라."

전라 감사 역시 첫 감결은 강경했다. 그러나 죽기를 각오하고 모인 도인들이 물러가라는 한마디 말에 쉽게 물러들 가겠는가. 동학 도인들은 원하던 답이 나오지를 않자 아예 자리를 펴고 앉았다. 그들은 시린 발들을 녹이기 위해 여기저기 화톳불을 놓았다. 이창구와 순섬이도 삼삼오오 모여 있는 내포 도인들 틈에 끼어 앉았다. 도인들이 저마다 가져온 짐 보따리를 풀었다. 약초꾼은 더덕이며 도라지를 내놓고, 사냥꾼들은 꿩고기 포를 가져왔다. 농사꾼들은 쫀득쫀득 말린 고구마나 백설기를 내어놓고, 어부들은 말린 서대와 박대를 꺼내 놓았다. 화톳불이 점점 약해지고 별빛이 점점 돌아오자 인근에 사는 나무꾼들이 나무 한 짐을 지어다 놓았다. 빈손으로 온 자도 허다했지만 다들 조금씩 나누어 먹었다. 순섬의 눈시울이 붉어졌다.

"말로만 듣던 유무상자 정신이 삼례에서 꽃을 피우는군요. 해월 선생이 보셨더라면 얼마나 기뻐하셨을까요. 저를 이곳에 데려와 주셔서 너무 감사해요. 평생 이 은혜 기억할게요."

순섬의 밝은 미소가 화톳불 속에서 빛났다. 그녀의 가지런한 이가 드러나 보였다. 화톳불이 꺼져 가자 둘은 자리에서 일어났다.

"나 역시 더욱더 검박하게 살고 싶소. 우리네 생활이야 호사스러울 것도 없지만 때로는 삿된 욕망에 빠져들기도 하오. 나도 오늘 좋은 경험을 했소. 좀 전 의송소에서 전봉준 접장을 만났는데 비록 나보다 대여섯 살 위이긴 하지만 보국안민하겠다는 그의 의지는 산 하나를 번쩍 들어 올릴 기세였소. 조선이라는 나라를 뜯어고쳐 개벽 세상을 만들기 위해 열심히 살고 싶소."

이창구는 각오를 다지는 듯 순섬의 손을 꽉 잡았다. 순섬은 편할 수도 있는 삶을 마다하고 가시밭길에 자신을 내던진 이창구가 태양처럼 느껴졌다.

갑자기 사람들이 떠들썩했다. 이창구는 무슨 일인가 싶어 순섬을 두고 의송소로 갔다. 동학 금지를 빌미로 해서 무고한 백성들의 재산을 수탈하는 것을 금하라는 전라 감사의 감결이 내려와 있었다. 충청 감영과 같은 취지의 감결로, 동학 도인들이 물러갈 기미를 보이지 않자 내려진 조치였다. 만족할 만한 답이 아니었다. 역시 수운 대선생의 신원 문제는 조정에서 하는 일이라며 비껴 갔다. 도인들은 이미 예상하고 있었지만 사실 한 가닥 실낱같은 희망의 끈은 놓지 않고 있었다. 의송소에서는 감영의 한계라며 중앙 조정에 직접 신원하는 방법을 모색하기로 하고 경통을 내렸다.

"수운 큰선생에 대한 신원 요구가 받아들여지지 않은 것은 아쉽지만 방황하지 말고 귀가해서 해월 선생의 지시를 기다려 후일을 도모하자."

신원 지도부의 결정에 따라 접주들은 소속 도인들을 귀가시키려고 했지만, 관리들의 탄압을 걱정하는 일부 도인들은 삼례를 떠나려 하지 않았다. 그들은 인정사정없는 겨울바람이 휘몰아치는 산야를 짚신에서 떨어져 나온 지푸라기들마냥 떠돌아야 할 처지였다. 짚신 끄는 소리가 바람 소리를 삼켰다. 추위에 떨다 죽어도 좋다, 붙들려 가도 좋다, 우리 세상 한번 만들어 보자, 이렇게 서로 힘을 모으면 못할 것도 없다고 도인들은 웅성거렸다. 불을 지필 나무도 점점 소진되어 가는 듯했다. 삼례의 밤은 늑대가 울부짖는 밤보다 더 깊었다. '보은으로 가자.' 그들 가운데서 누가 먼저랄 것도 없이 의론이 정해졌다. 보은은 동학의 대도소가 있는 곳이었다.

이창구는 내포 도인들을 먼저 보내 놓고 순섬이와 함께 해월 선생을 만나러 갔다. 그간 순섬이와 함께 해월 선생을 뵈러 간다 하면서도 사정이 여의치 않았다. 말 나온 김에 순섬이를 해월 선생에게 인사도 시킬 겸 낙상한 발은 어떻게 되었는지 알아보기 위해 청주로 말을 몰았다. 해월 선생 댁은 상주 왕실촌이었지만 마침 삼례 일로 청주 서택순의 집에 와 계셔서 기회가 좋았다.

"집회 소식은 들었소. 고생들 하셨소."

이창구가 순섬이와 함께 서택순의 집에 들어서자 해월 선생은 다리를 절룩거리며 마루로 나와 그들을 반겼다. 이창구가 서둘러 먼저 오는 바람에 집회에 참석했던 도인들은 아직 당도하지 않았다

"감결의 내용이 충청 감영에서 내린 것과 똑같아서 실망하는 교인들도 적지 않습니다."

해월 선생은 이창구의 말에 잠시 두 눈을 감았다.

"그 문제는 대접주들이 좀 더 모이면 대책을 논의키로 하고 방에 들어와 잠시 쉬구려."

해월 선생은 방으로 들어가더니 이내 짚신을 삼기 시작했다.

"그래 김순섬 도인이라 했소?"

"네."

순섬은 해월 선생을 바라보았다. 몸은 깡말랐으나 눈빛만은 영이 살아 있는 듯 번쩍였다. 이름을 기억하고 있다니! 전에 이창구가 해월 선생에게 자신과의 관계를 얼핏 비추었다는 말을 듣긴 했었다. 그러나 이창구가 이름을 강조할 리는 없었을 터였다.

"동학을 해 보니 어떠시오?"

해월 선생은 자신의 보따리를 물끄러미 쳐다보고 있는 순섬을 바라보았다.

"살면서 수많은 바람이 저를 거쳐 갔어요. 고추바람을 맞으면 삶이 매서웠습니다. 칼바람을 맞으면 죽을 것 같았고, 산들바람을 맞으면 살 것 같았어요. 그렇게 저 자신 바람에 흔들렸습니다. 그때마다 저는 바람을 원망하고, 바람을 미워하며 비참한 저의 운명을 한없이 괴로워하기만 했지요."

"호오, 그래요…?"

"네. 죽고만 싶었어요. 그러나 동학을 하고부터는 어떤 바람이 불어와도 결국 흔들리는 것은 저 자신이지 바람이 아니라는 걸 알았습니다. 그리고, 마음공부를 하여 마음 기둥을 튼튼히 하면 할수록 어떠한 바람에도 흔들리지 않을 수 있다는 걸 알았습니다."

이창구는 순섬의 말을 들으며 적이 놀랐다. '아, 저만큼의 깊이로 벌써 깊어졌는가!'

해월 선생은 잠시 얼굴을 들어 순섬을 가만 쳐다보다가 말했다.

"… 고맙습니다. 좋은 공부를 하셨습니다."

순섬은 해월 선생이 고맙다고 하는 말에 왈칵 눈물이 치솟는 걸 간신히 참아 냈다. '아아, 아시는구나. 내 아픔을….' 이제는 까마득한 과거처럼 느껴지는 지난날의 아픔이 해월 선생의 말씀 한마디에 깨끗이 씻어지는 듯했다.

그녀는 짚신을 삼고 있는 해월 선생의 손을 바라보았다. 꺼칠했지만 손놀림은 수를 놓는 여인네의 손길처럼 정성스러웠다. 짚을 대하는 눈길 또한 범접할 수 없을 정도로 심오했다. 그녀는 해월 선생의 정신력에도 놀랐다. 잠시 머물고 있는 제자의 집에서 아픈 몸을 이끌고 짚신을 삼는다는 것은 보통의 정신력이 아니면 어려운 일이었다. 도인들 말에 의하면 허구한 날 피신으로 언제 어떻게 될지 모르는 상황에서도 매일 짚신을 삼는다고 했다.

"이거 하나 신어 보겠소?"

짚은 어느새 완벽한 짚신이 되어 있었다. 해월 선생은 순섬에게 짚신을 건넸다.

"신어 보구려."

이창구는 해월 선생으로부터 짚신을 받아 순섬에게 주었다. 순섬은 송구스러웠으나 해월 선생의 정성이 느껴져 얼른 일어나 신어 보았다. 발에 꼭 맞았다. 본인 자신이 삼아도 그 정도로 꼭 맞지는 않다. 해월 선생의 눈썰미에 순섬은 다시 한 번 놀랐다.

한 생각이 순섬의 머릿속을 맴돌았다. 해월 선생을 만나면 꼭 물어보고 싶은 것이었다. 그녀는 잠시 망설이다가 용기를 냈다.

"선생님, 짚신을 삼으실 때마다 어떤 생각을 하세요?"

순섬은 괜한 질문을 했나 싶어 이창구를 슬며시 바라보았다. 이창구가 엷은 미소를 짓자 해월 선생도 따라 웃음을 지었다. 해월 선생은 긴 묵상 끝에 이윽고 말문을 열었다.

"짚신은 밥이에요. 도인들이 집을 나설 때 봇짐 속에 넣었던 가래떡이요, 백설기요, 미숫가루예요. 길이지요. 도인들이 숨죽여 걷는 들길이요, 산길이요, 물길이에요. 시간이기도 해요. 도인들이 걸어

나섰던 새벽어둠이요, 태양이 이글거리는 한낮이요, 노을 진 저녁이에요. 몸이에요. 엄지발가락이요, 손바닥과 발바닥이요, 그들의 쉼 없는 움직임이지요. 밥줄이요. 장터에서 오고가는 흥정이에요. 대화지요. 짚신을 삼는 자와 신는 자의 긴밀한 소통이에요. 놀이고 휴식이기도 해요. 아이들이 개울물에 띄워 보는 배요, 사람들이 느티나무 아래서 즐기는 한가함이에요. 세상 만물이에요. 그 안에서 씨앗 망태기를 보고 낫을 보고 도리깨와 방아를 보지요. 생명이지요. 볏짚 속에서 저는 뛰노는 메뚜기를 보고 우렁이를 보지요. 긴 호흡이에요. 두려움, 경쟁, 반목의 반 생명을 내쉬고 자비, 평화, 생명을 들이쉬는 시간의 연속이에요. 한울님입니다, 가장 낮은 곳에서 모든 사람을 떠받치는 한울님입니다."

배탈이 났다는 것을 증명이라도 하듯 해월 선생의 목소리는 작았으나 고요했다. 짚신 하나가 그렇게 귀한 존재였던가? 순섬은 가슴이 터질 것 같았다. 세상 만물이 모두 짚신과 같을 터, 귀중치 않은 것은 없다는 말씀이었다. 그렇다면 세상 만물 어느 것 하나 소홀히 대할 수가 없지 아니한가? 시간은 멈춘 듯했다. 한참을 생각하던 순섬은 해월 선생이 준 짚신을 넣으려고 이창구의 바랑을 찾았다. 그것은 해월 선생의 보따리 옆에 있었다. 최보따리라는 별명을 가질 만큼 해월 선생 곁에는 항상 보따리가 있다더니 정말이구나!

"선생님, 도인들 말에 의하면 선생님께서는 항상 보따리를 옆에 두고 계신다던데요?"

순섬은 또 한 번의 용기를 냈다.

"음…. 보따리는 제 생명과 다름없어요. 보따리 안에는 수운 선생의 말씀이 쓰여 있는 문서와 통문 쓸 종이가 들어 있지요. 이 도인의 바랑 안에는 무엇이 있나요?"

순섬은 바랑 안에 무엇이 있는지를 몰라 머뭇거렸다.

"삼례 모임을 알리는 통문이 있습니다."

이창구가 대신 대답을 했다.

"통문이 무엇인가요?"

"……."

순섬은 머뭇거렸다. 통문이란 무엇일까?

"통문은 단순히 글씨가 적혀 있는 종이가 아니오. 그곳에는 하늘이 있고 수운 대선생이 있고, 당신이 있고, 당신 아들 찬고가 있고, 앞으로 태어날 아이들이 있소. 통문은 바로 우리들의 이야기이자 생명의 노래인거요."

해월 선생은 바랑을 무심한 눈으로 쳐다보았다. 순섬이 옆에서 이야기를 듣고 있던 이창구는 입 매무새를 다졌다. 소중한 통문이었다. 갑자기 마당이 시끌시끌했다. 해월 선생을 뵈러 오는 또 한 무리의 도인들이었다. 얘기가 중단되었다.

다음 날 순섬이와 이창구는 해월 선생에게 큰절을 올리고 서택순 집을 나섰다.

"앞으로 응구치구해서는 안 되겠소."

"네? 웅구치구라니요?"

순섬이가 이창구를 보며 의아한 표정을 지었다.

"선생님이 즐겨 쓰시는 말이오. 매사 제멋대로 해서는 안 된다는 말이오."

이창구는 순섬이를 보며 씨익 웃었다.

3.

이창구는 삼례에서 돌아오자마자 부모님의 승낙을 얻어 순섬이와의 혼례를 조촐하게 치르기 위해 준비를 서둘렀다. 집안 식구들에게 잔칫상에 쓸 음식을 간단하게 준비하라고 일렀다. 간단하게 한다고하지만 인륜지대사이고 보니 집안 전체가 음식 준비로 분주했다. 도씨 부인은 순섬이가 소실로 들어온다는 생각에 속이 문드러졌다. 사람들 이목도 두려웠다. 문득 음식을 준비하려고 앞마당을 이리저리뛰어다니는 자신의 꼴이 스스로 볼썽사나워 보였다. 그녀는 일그러지는 표정을 감추기 위해 슬그머니 사람들 눈에 띄지 않는 뒤꼍으로갔다. 여종 하나가 완자전을 만들기 위해 고기를 다지고 있었다. 그녀는 여종에게서 칼을 빼앗아 들고 본인이 직접 고기를 다졌다. 그녀는 내내 울었다. 그녀의 심정을 아는지라 아무도 그녀 곁을 얼씬거리지 않았다.

"아이구 마님, 이러시면 안 됩니다."

멀리서 뒷마당을 쓸면서 그녀를 안쓰럽게 바라보던 하인 하나가 갑자기 소리치며 달려왔다. 사람들도 몰려들었다. 도씨 부인 손에서 피가 철철 흐르고 있었다. 도씨 부인은 칼에 손가락 한 마디가 잘려 나간 것을 무시한 채 칼질을 하고 있었던 것이다. 하인이 달려와서 그녀의 칼을 빼앗았을 때는 이미 검지 위쪽 한 마디가 잘려 나간 뒤였다. 잘려 나간 손가락은 이미 고기와 뒤범벅이 되었고, 손가락에서는 피가 솟구치면서 나무 도마를 시뻘겋게 적시고 있었다. 모든 혼례 준비가 중지되었다.

"미안하오. 정말 미안하오."

방으로 들어온 이창구는 무명천으로 감싼 부인의 검지를 보았다. 하늘님을 내쳤다는 자책감에 마음이 착잡했다. 해월 선생은 도를 통하고 통하지 못하는 것은 내외가 화순하느냐 화순치 못하느냐에 달려 있다고 했다. 부부가 화합치 못하면 천지가 막힌다고 했으니 순섬이 소실 문제를 다시 한 번 생각해야 했다.

"여보, 다시 옛날로 돌아가요. 동학도 순섬이도 없는 그때로 돌아가요."

도씨 부인은 절규했다. 그녀는 이창구의 손을 잡고 한없이 울었다. 그녀의 눈물이 잘린 검지에 떨어지면서 핏물이 방바닥에 떨어졌다. 이창구는 가슴이 타들어 갔다.

"부인, 순섬이를 쇠학골에 그대로 살게 하겠소."

이창구는 도씨 부인을 최대한 배려하는 것이 우선이라고 생각했다.

5장/ 광화문 복합상소

1.

　삼례에 있는 전라 감영에 의송을 제출한 지 3개월이 지났다. 동학
도에 대한 침학을 금하라는 감사의 감결이 있었으나 그때뿐 도인들
의 형편은 조금도 나아지지 않았다. 그럴수록 도인들은 어떻게 하면
스승님의 신원을 이룰 수 있을지 부심했다. 결론은 임금께 직접 상소
하자는 데로 모아졌다.

　1893년 2월 8일, 해월 선생의 통문이 내포에 도착했다. 세자 탄신
축하 과거 시험 때를 이용하여 2월 11일 한양 광화문 앞에서 수운 큰
선생 신원을 하려 하니 모든 도인은 상경하여 호응하라는 내용이었
다. 박인호와 박덕칠은 봉소로서 상소를 준비하기 위해 미리 한양으
로 떠나고, 이창구는 내포접 내 회합을 갖고 상소에 참여할 것을 독
려하였다. 그는 또한 도인들의 한양 체류 경비를 마련하기 위해 정신
없이 뛰어다녔다. 본인도 소 한 마리 값을 내놓았다. 박인호와 사촌
지간인 덕산 도인 박광호가 대표자로 나서는데다가 내포는 한양과
가까이 있어 특별히 내포 도인들의 역할이 중시되었다.

"형님, 그 많은 도인들이 한양에 무사히 들어갈 수 있을까요?"

김복기가 수건으로 얼굴을 닦으며 이창구를 바라보았다.

"세자 탄생 축하 과거 시험이니 조정에서도 그 일에만 신경 쓰겠지. 우리 도인들 상경 소식을 안다 하더라도 어쩌지는 못할 거야."

이창구는 나이 어린 김복기가 근심스런 낯빛을 보이는 게 안타까워 어깨를 툭 쳤다.

"찬고 애비야, 아침밥 먹어라. 아버지가 기다리신다."

당산댁이 밖에서 이창구를 불렀다. 이창구는 바랑을 챙겨 안방으로 건너갔다. 김복기와 정원갑도 따라 들어갔다. 아침인데도 반찬이 한상 가득했다. 당산댁은 아들이 한양 길에 나서려면 속이라도 든든해야 될 것 같아서 이른 아침부터 밥상을 준비했다.

"복기는 이번에야말로 좋은 결과가 있을 거야. 과거 시험에 장정 둘을 대동하고 가는 양반은 없을걸. 잘 보고 오거라."

창구 아버지는 김복기가 이번만큼은 과거 시험에 합격했으면 했다. 그는 김복기가 여느 사람 같지 않게 예의 바르다며 친자식처럼 대했다.

"예? 아 예, 아버님."

김복기는 당황한 듯 말을 얼버무렸다. 그는 이창구와 짜고 과거 시험을 보러 간다고 창구 아버지를 속인 것이다. 어른을 속이고 있다는 생각에 마음이 편치 않았다. 창구는 창구대로 얼굴이 벌개진 김복기를 보고 있자니 불편했다.

"동학 도인들이 상경한다는 소문이 파다하던데 그와는 상관없겠지?"

"예."

"한양 나리 덕분으로 우리 집안이 이만큼 일어섰는데 그분을 욕되게 하지 마라. 네가 동학에 적을 두고 있다는 사실은 알지만 너무 깊게는 관여하지 마라."

"걱정 마십시오. 한양 포목점들의 실태 좀 알아보고 바로 내려오겠습니다."

이창구는 능청스럽게 거짓말하는 자신에게 놀라 숭늉 그릇을 엎었다. 당산댁이 이를 눈치채고 얼른 떠나라고 눈을 껌벅했다. 아버지는 여전히 동학에 회의적이었으나 어머니 당산댁만큼은 그가 하는 일을 음으로 양으로 돕고 있었다.

"다녀오겠습니다."

이창구는 한시라도 빨리 자리를 피하고 싶어 바로 집을 나섰다. 한진 나루터에서 내포 도인들과 만나기로 되어 있었다.

한양으로 가는 내포 길은 세자 탄신 축하 과거 시험을 보러 가는 유생들로 붐볐다. 오랜만에 과거가 치러지는데다가 응시생 한 사람에 한두 사람이 따라가다 보니 길이 북적일 수밖에 없었다. 이창구 일행은 응시생으로 가장하고 유생들 틈에 끼었다. 그들은 한진 나루터에서 배를 타고 아산으로 들어갔다. 그곳부터는 걸어서 가야 했다. 맹추위는 이미 지나간 듯 바람은 봄기운을 머금고 있었으나 날씨는 쌀쌀했다. 가끔씩 말이 지나갈 때마다 흙먼지가 일면서 의복과 머리에 먼지가 수북이 쌓였다. 길가 나무에도 황토 꽃이 핀 것 같았다.

　과거 응시생과 수천 명의 동학 도인들로 인해 한양은 북적였다. 이창구 일행은 동대문 밖 낙타산 부근을 찾았다. 박덕칠이 먼저 상경해서 그곳에 내포 도인들 숙소를 잡아 놓았다.

　2.

　광화문 앞 광장에 깨끗한 두루마기 차림의 동학 도인 사십여 명이 엎드려 있었다. 그들 앞에는 붉은 보자기가 햇빛을 받아 빛나고 있었다. 보자기 안에는 상소문이 들어 있었다. 오가는 사람들은 붉은 보자기가 신기한 듯 힐끔힐끔 쳐다보았다.

　"…스승님의 억울하고 원통함을 신원해 주시고 감영이나 고을에서 억울하게 벌 받고 귀양 가 있는 생령들을 살려 주십시오…"

　소수(疏首) 박광호의 목소리가 쩌렁쩌렁 울렸다. 연이어 동학 도인들이 '지기금지 원위대강 시천주 조화정 영세불망 만사지' 주문을 나직이 읊조렸다. 그들의 손에는 염주가 들려 있었다. 한 알의 염주가 돌아갈 때마다 그들은 주문을 외웠다. 그들은 차가운 길바닥에서 붉은 보자기와 함께 그렇게 왕의 비답을 기다리고 있었다. 의송을 제출한다며 충청 전라 감영 앞에 잇따라 운집하여 소요을 일으키던 동학 도인들이 마침내 한양 한복판에 나타나 좌도난정의 죄로 처형된 수운의 신원을 호소하고 있으나 조정은 묵묵부답이었다. 그들의 간절함을 비웃기라도 하듯 조정을 드나드는 대신들 누구 하나 거들떠보지 않았다. 인왕산만 묵묵히 그들을 내려다볼 뿐. 조정은 떠들 테면 떠들어라 그런 식이었다. 한양 안에 들어와 있던 외국인 사절과 육의전과 운종가를 오가는 상인들만 기이한 광경을 구경하느라 빽빽한 사람 울타리를 치고 설왕설래했다. 광화문 앞에서부터 운종가 일대까지에는 시험 보는 유생과 그 종자로 변복한 동학도들이 만일의 사태를 대비하며 웅송거리고 있었다. 도인들은 새벽녘 날이 밝으면 붉은 보자기에 쌓인 상소문을 앞세우고 광화문 앞으로 나왔다가 날이 저물면 숙소로 돌아가기를 사흘 내리 되풀이했다. 국왕의 비답이 있을 때까지 언제까지고 계속될 듯한 기세였다. 그들을 바라보는 천 개의 눈은 있었으나 도우려는 손은 한 개도 없었다. 조정을 향한 외국인들의 발걸음만 빨라지고 많아졌다.[5]

드디어 사흘째 되는 날 오후, 임금의 명령을 전달하는 사알이 나타나 다음과 같이 왕의 뜻을 전하였다.

"너희들은 집으로 돌아가 그 업에 임하라. 그러면 소원에 따라 베풀어 주리라."

사알은 황급히 와서 이 말만 전하고 갔다. 종이쪽지 하나 주지 않았다. 그가 가고 나자 통곡 소리가 들렸다. 동학 도인들은 백성의 절절한 호소에도 꿈쩍 않는 불통의 임금과 조정을 원망하면서 서럽게 울었다. 붉은 보자기 주위에 삼삼오오 모여 있던 천여 명의 동학 도인들은 얼굴이 흙 빛이 되어 광화문을 떠났다. 이창구 일행의 얼굴에도 짙은 그늘이 드리워졌다.

"태조의 영령이, 남산을 갈아 숫돌처럼 엷어질 때까지, 한강이 말라 띠처럼 가늘게 될 때까지 수를 누릴 것이라구유? 꿈 깨시유. 개돼지만도 못한 조정에 신원해 달라고 청원해 봐야 소귀에 경 읽기유. 다른 나라의 백성도 아니고 지 나라의 백성이 대궐 앞에 와서 사흘간이나 추위에 떨어 가며 호소를 하고 있는데도 누구 하나 내다보지 않는 놈들을 위정자라고 할 수 있슈? 조정에 더 이상 뭘 기대한단 말여유. 힘을 보여주지 않는 한 저놈들은 앞으로도 꿈쩍 안 할 거유. 싸워서 힘을 보여줍시다. 무릎 꿇고 의송 단자 백 번 올려 봐야 헛수고유."

정원갑은 동대문을 나서자마자 옹골차게 소리쳤다.

"절차를 무시했다며 상소문조차 받지 않는 임금이 이 나라의 주인이라고? 썩어 빠진 나라 같으니라구!"

이창구는 다부지게 말했다. 조정이 이 모양이니 지방 벼슬아치들은 오죽하랴 싶었다.

창구 일행은 동대문 밖 이문동을 향해 갔다. 그곳에서 박덕칠을 만나 공사관 거리를 둘러보기로 했다. 그들은 한양에 오기 전 한양 지리에 밝은 박덕칠에게 미리 안내를 부탁했었다. 일을 끝내고 나타난 박덕칠의 얼굴에도 수심이 가득 차 있었다. 서로들 아무 말도 하지 않고 걷기만 했다. 다시 동대문을 지나 종로통을 거슬러 광화문 앞을 지나는데 눈앞의 풍경이 싹 달라졌다. 온통 기와집과 초가뿐이던 풍경 사이로 붉은 벽돌로 각지게 지은 양식 건물이 들어선 낯선 풍경이 불쑥 나타났다.

"이곳이 공사관 거리요."

박덕칠이 무겁게 입을 뗐다. 박덕칠은 옹기 장사하러 한양을 오가면서 보부상들과 연줄이 닿아 여러 달 동안 한양에 머물면서 한양의 형편을 잘 알고 있었다.

"박 접장, 저것 보소. 저 건물은 무슨 건물이유? 저기 저 멋진 건물 말이유?"

정원갑은 잘 손질된 정원이 딸린 단아한 기와집을 가리켰다.

"저 건물? 미국 공사관이여. 명성황후 친족인 민계호 집이었는데 팔아먹은 거지."

"백성들 피 빨아서 왜양놈들 배나 불리고 있으니 이 나라가 잘될 턱이 없지. 썩을 놈들."

"옛 문왕의 동산은 사방 칠십 리였는데도 백성들이 작다고 여겼다잖아요. 백성들이 그 동산에서 나무도 하고 토끼도 잡고 꿩도 잡을 수 있었으니 더 컸으면 했겠죠. 이 민계호의 집은 문왕의 동산에 비하면 발뒤꿈치도 못 따라갈 정도로 작은데 왜 이렇게 커 보이는지요."

김복기는 혀를 끌끌 찼다. 민씨 일족의 부패는 생각했던 것보다 더 심각했다.

"지금 한양에 들어와 있는 행객의 십분지 일은 모두 바리바리 뇌물을 짊어지고 와서 감사나 현감 자리 기다리는 놈들이라고 보면 되오. 그 집에다 지고 온 뇌물을 들이는 데도 줄을 서서 기다려야 하니 저놈들 입장에서야 저 거대한 집도 적다고 할 만하지. 그리고 그 맞은 편에 있는 것이 영국 공사관이고, 북으로 있는 것이 프랑스 영사관, 그 옆이 러시아 공사관. 저 남쪽에 있는 것은 독일 공사관이고….”

박덕칠이 이곳저곳을 가리키며 설명을 하는데 일본인 무리들이 조선 사람을 대동하고 옆을 지나쳤다. 그들 모두 왼쪽 허리춤에 큰 칼을 차고 있었다.

“저것들이 칼은 왜 차고 다니는 거유?”

정원갑은 발에 걸리는 돌멩이를 그들을 향해 찼다.

“우리 도인들이 상경해서 난리를 일으킨다는 소문을 들은 게지요. 바짝 긴장들 하고 있다는구만.”[6]

박덕칠은 아침나절 우연히 만난 보부상을 통해 일본 장사치들과 거류민들이 사태의 추이를 알아보기 위해 자국 영사관으로 몰려들고 있다는 소식을 들었다.

“왜양들을 몰아내자는 괘서들이 장안에 나붙었다 하니 우리 내포 도 그 대의에 맞게 일단 저 왜놈들을 이 땅에서 몰아내는 데 전력을 기울입시다. 그런 연후에 조정을 엎읍시다.”

이창구는 어깨 처진 일행들을 독려하기 위해 일부러 목소리를 높였다.

“임금이 교지조차 내지 않는 것을 보면 동학 도인들의 앞날이 심히 염려스럽네.”

박덕칠의 얼굴은 여전히 수심이 가득했다.

6장/ 보은 집회

1.

광화문 상소에 소두로 참여한 덕산 도인 박광호를 잡아들이라는 조정의 칙령을 받아 들고 면천 군수 조관재는 골치가 아팠다. 게다가 앞으로 동비들이 소란을 일으키는 경우 그 지역 수령을 문책하겠다는 내용도 들어 있었다. 하기사 덕산 수령이나 예산 현감에 비하면 본인은 그나마 다행이었다. 소두 박광호와 봉소 박인호가 속해 있는 덕산 수령과 봉소 박덕칠 관할 지역인 예산 현감은 회합 내내 한숨만 쉬었다. 조관재는 이창구가 봉소 명단에서 빠지는 바람에 한시름 놓았다. 그러나 안심할 상황이 아니었다. 들리는 말에 의하면 동학 내에서의 이창구 위치는 박인호나 박덕칠과 같으면 같았지 못하지는 않다고 했다. 오히려 이창구 접의 세력이 더 커지는 추세에 있기 때문에 박인호나 박덕칠보다 나을 거라고 했다. 문제는 지금부터였다. 조정이 다시금 동학의 발호에 강경하게 대응하라고 지시한 지금 이창구가 도인들을 몰고 다니며 소란을 피울 경우 자신의 수령직이 날아 갈 터였다.

조관재는 일과를 마친 후 퇴청하는 길로 종자만을 데리고 틀못 장터로 향했다. 포목점에 들러 이창구에게 조정의 방침을 넌지시 전달할 생각이었다. 이창구의 심기를 건드릴 이유는 없었다. 동학 접장들 중에 이창구만큼 수령을 극진히 예우하는 이는 없었다. 가족들의 생일은 물론이려니와 명절 심지어 백중까지도 챙겼다.

장이 파할 무렵인지라 장터는 한산했다. 포목점 앞에 이르렀으나 이창구는 보이질 않았다. 짐짓 모른 체하고 종자를 앞세워 포목점을 지나쳐 어물전을 거쳐 우시장까지 느릿한 걸음으로 돌아보았다. 난데없는 사또의 출현에 시장 상인들은 모두들 웬일인가 하여 웅성거리기 시작했다. 조관재는 다시 포목점 앞으로 돌아왔다. 그러나, 여전히 도씨 부인만 가게를 지킬 뿐 이창구는 보이질 않았다. 그녀는 넋 나간 사람처럼 멍하니 있었다.

도씨 부인은 남편이 순섬을 데리고 삼례에 다녀왔다는 사실을 편중삼으로부터 전해 듣고 전날 잠을 이루지 못했다. 일이 손에 잡히질 않아 멍하니 앉아 있었다. 그녀는 한 마디가 잘려 나간 왼쪽 검지를 보았다. 포목을 정리할 때마다 눈에 밟히는 검지였다. 쓴 내가 목구멍에서 올라왔다. 날이 궂기라도 하면 검지가 쑤시면서 속도 타들어 갔다. 자신의 인생도 손가락처럼 한 마디가 잘려 나갔다는 생각이 들었다. 말하자면 순섬이란 여인이 그녀의 인생 마디를 잘라 낸 칼날이었다! 살아도 살아 있는 것이 아니라는 느낌이 온몸을 휘감았다. 아들이 방어막이 될 수는 있으나 아들을 통해 남편의 사랑을 잡고 싶지는 않았다. 한 여인으로서 남편의 가장 가까운 곳에 있고 싶었다. 그리고 마음으로부터 가장 깊은 곳까지 연결되고 싶었다. 그러기 위해서는 동학에 입도하는 수밖에 없었다. 가치를 공유하는 것이 자신에 대해 식어 가는 남편의 마음을 붙들 수 있을 것이다. 하지만 그렇다고 본인마저 동학에 입도를 하는 것은 너무나 위험했다. 집안 전체가 풍비박산이 될 수도 있었다. 빈대 잡자고 초가삼간을 태울 수는 없었다. 순섬이를 소실로 인정해 주면 아무 문제가 없는 것을! 그녀는 고개를 세차게 흔들었다. 아니다! 그녀가 없어져야 한다! 그녀만 없으면 내 사랑이 돌아올 것을! 도씨 부인은 다람쥐 쳇바퀴 돌 듯 순섬이 생각에 골똘했다.

"어험!"

조관재는 종자를 앞세우고 헛기침을 하며 포목점 밖에서 서성였다. 종자가 포목점 입구로 다가섰다.

"이보우."

"……."

"어허, 이보시우."

생각에 잠겼던 도씨 부인은 사또의 종자가 재차 부르는 소리에 그제서야 깜짝 놀라 눈을 비비며 얼른 자리에서 일어났다.

"아, 네, 어서…, 아이구, 사또 나리 아니십니까? 어쩐 일로 이 누추한 곳까지…."

조관재는 뒷짐을 지고 내외를 하고 섰는데, 도씨 부인은 마치 속마음을 들킨 듯 안절부절이었다. 종자가 나섰다.

"바깥어른은 어디 갔소?"

"예, 일이 있어서 아침 일찍 덕산에 갔는데요. 들어오세요."

도씨 부인은 포목들을 주섬주섬 한쪽으로 밀어 놓았다.

"아니오. 바깥어른에게 관아로 방문하라 전해 주시오."

"죄송하지만 어인 일로…?"

도씨 부인은 눈을 동그랗게 뜨고 암울한 표정을 지으며 종자 앞으로 재빨리 다가섰다. 조관재가 눈짓을 하자 종자가 도씨 부인을 포목점 한쪽으로 데리고 갔다.

"조정에서 함부로 날뛰는 동비들을 잡아들이라는 엄명이 내렸소. 사또께서 주인 양반의 협조를 구하고자 들른 참이오. 어험."

종자는 옷깃을 출썩거리며 도씨 부인의 표정을 살폈다. 조관재가 천천히 발걸음을 옮기자 종자가 재빨리 사또를 따라나섰다. 이번에는 도씨 부인이 포목점을 나서는 종자를 붙들어 안쪽으로 끌고 들어갔다. 그러고는 포목점에서도 가장 값나가는 일본산 포목을 보자기에 싸서는 손에 들려 주었다.

"일본산 비단으로 양반가 규수들이 탐내는 포목이에요. 얼마 되진 않지만 마님 수놓는 데 쓰시라고 전해 주세요."

종자는 어쩌지 못하고 조관재를 쳐다보았다. 조관재는 힐끗 쳐다보고는 모르는 척 먼 산을 바라보았다. 종자가 보자기를 받아들었다. 도씨 부인이 사또를 향해 절을 꾸벅 했다. 사또는 귀한 물건이라는 생각이 들었는지 보자기를 흘끗 보너니 웃음 빈지는 얼굴 표정을 관리하느라 애를 쓰며 장터를 빠져나갔다.

도씨 부인은 사또가 시야에서 사라지고 나서야 비로소 정신이 돌아왔다. 그러면서 마음도 좀 편안해졌다. 동학 도인들에 대한 관의 탄압이 심해지면 남편의 활동이 느슨해질 테고 그렇게 되면 순섭이와의 관계도 소원해질 터였다. 이번 기회에 동학을 적당히 하든가 중단하라고 말하고 싶었다.

덕산에서 돌아온 이창구는 아내로부터 면천 군수가 다녀간 소식을 듣고 큰 근심에 휩싸였다. 방문 요청 소식을 전해 들은 그는 관아로 바로 들어갈까 하다가 차일피일 미루었다. 최근 들어 내포 수령들은 서로 연락망을 강화하여 그물질하듯 동학 도인들을 잡아들이거나 탄압을 강화하고 있었다. 면천 수령도 예외는 아니었다. 그는 도인들이 조금이라도 무리를 지을 양이면 갖은 구실을 대어 잡아다가 문초했다. 이창구는 면천 수령에게 구실거리를 주지 않기 위해 하루하루 애를 써 왔다.

2.

조관재가 다녀간 지 한 달이 지난 3월 10일, 수운 대선생 제사가 있어, 이창구는 박덕칠, 박인호와 함께 청산 포전리 김연국의 집으로 갔다. 초가로 된 본채와 사랑채가 있는 자그마한 집이다. 앞마당은 돌담으로 둘러쳐져 있어 정겨웠다. 해월을 비롯한 동학 지도자들이 모두 와 있었다. 동학 도인들은 광화문 앞 상소 이후 조정의 탄압이 가속화되자 위기의식을 느끼고 있었다. 그들은 하루 종일 논의한 끝에 '수운 대선생 신원'보다는 '척왜양창의' '보국안민'을 앞세워 보은 장내에서 대규모 집회를 열기로 결정을 내렸다. 다음 날 바로 해월 선생 명의의 통문을 각 접에 발송했다.

"… 각 포 도인들은 기한에 맞추어 일제히 모이라. 하나는 도를 지키고 스승님을 받들자는 데 있으며, 하나는 나라를 바로 도와 백성을 평안하게 하는 계책을 마련하자는 데 있다."

해월을 비롯한 동학 지도부는 바로 보은 장내로 자리를 옮겨 집회 준비를 했다. 그들은 보은 관아 밖에 다음과 같은 방문을 붙였다.

"… 우리들 수만 명은 힘을 모아 죽기를 맹세하고 왜양을 타파하여 나라의 은혜에 보답하고자 하니 합하께서도 뜻을 모아 협력하여 충의한 선비들을 모아 국가를 보존할 것을 간절히 바란다."

순섬은 보은 집회에 참석하기 위해 내포 도인들과 함께 길을 떠났다. 마침 태안 최장수 도인이 함께하니 가는 길이 수월했다. 장내 입구에 들어서자 빳빳하게 풀 먹인 누런 광목에 '척왜양창의' '보국안민'이라고 쓰여진 깃발이 대나무 끝에서 탁탁 소리를 내며 춘삼월 바람에 나부꼈다. 순섬의 가슴도 깃발처럼 요동쳤다. 과부 아닌 과부로서 홀대받으며 살아온 세월! 깃발이 펄럭일 때마다 가슴속에 응어리진 한들이 부서져서 하늘 높은 곳으로 사라졌다. 이미 장내 너른 들판은 도인들로 발 디딜 틈이 없었다. 걸어오는 자, 수레를 타고 오는 자, 말을 타고 오는 자들로 장내 일대는 일찍이 보지 못한 대규모 인파로 북적거렸다. 대도소 출입은 접주 표식을 가진 이라야 겨우 허락되었고, 산 아래 바람막이 돌담을 쌓은 안쪽에서는 수십 개의 멍석마다 도인들이 앉아서 주문 외는 소리가 마치 산이 무너져 내리듯 하였다. 보은 장내는 충청, 전라, 경상 등 삼남으로 연결되는 교통의 중심지이면서, 해월 선생이 심혈을 기울여 포덕한 동학 마을이 길목마다 자리 잡고 있어서 관군이 혹 움직인다면 미리 그 기미를 알려 올 수 있는 자리였다.

"쌀 사시오."

"엿 사시오."

"마님, 밥 주발 사 가세유. 요긴하게 쓰실 거예유."

사람이 모이는 곳에는 장사치가 따르는 법. 보은으로 향하는 길목마다에는 조선의 장사치란 장사치는 다 몰려든 듯 큰 장터를 방불케 했다.

한 그릇 장수 할머니가 순섬의 손을 잡더니 한 손에 쥘 만한 작은 주발을 내밀었다. 맑은 흰빛이 우러나는 작은 백자였다.

"이거, 청수 그릇이니 하나 사 가시유."

"어쩜 이리도 아담할까! 이렇게 작은 청수 그릇도 있어요?"

최장수는 입을 벌린 채 그것을 요리조리 살펴보았다. 어디를 가든 호주머니에 넣고 다닐 수 있을 만큼 작았다.

"도인님, 청수는 집에서만 모시는 게 아니잖유. 어딜 가시든, 특히 나 힘들고 어려울 때마다 청수를 모셔야 하잖아유. 지니고 다니시려 면 이렇게 작아야 해유. 이곳에 머무시는 동안에도 요긴할 거예유."

그릇 장수 할머니는 매달리다시피 순섬의 옆에 착 달라붙어 뒤뚱 거리며 따라왔다. 순섬은 초입부터 콧물을 질질 흘리며 따라온 그녀 의 모습이 안쓰러워 청수 잔 두 개를 샀다. 하나는 최장수에게 선물 했다.

"여기에 온 기념으로 주는 것이네. 근데 여기가 개벽 세상 맞지?"

순섬은 자기보다 한참 어린 최장수를 보며 살짝 웃었다. 갑자기 아 이가 된 듯한 기분이었다.

"네, 맞아요."

최장수가 순섬을 보고 해맑게 웃었다. 순섬은 평소 그녀의 맑음을 좋아했다. 최장수는 태안포 소속으로 태안 도인들은 며칠 뒤 오기로 되어 있었으나 그녀의 가족은 면천 도인들과 함께 먼저 나섰다. 함께 온 태안 방갈리 도인 문장로는 그녀의 시아버지요 문구석은 남편이 었다. 그녀는 시아버지보다 먼저 입도한 사실로 내포 도인들 사이에 서 줄곧 회자되었다. 그녀의 연원인 최형순은 조상 성묘를 위해 경주 를 오가던 중 해월 선생을 만나 동학에 입도하였다. 내포 동학의 서 막을 알리는 데 중요한 역할을 한 사람이었다. 불행히도 그는 최장수 만을 암암리에 입도시킨 채 세상을 뜨고 말았다. 다행히 얼마 안 있 어 박덕칠 도인이 삿갓을 쓰고 목에 염주를 걸고 태안 방갈리 포덕에 나서는 바람에 시아버지 문장로와 남편 문구석도 입도하게 되었다.

"최 접장, 여기는 어떻게 오게 되었나?"

순섬은 꽤나 궁금했다.

"궁금하시죠? 남편이 처음 보은에 가자고 할 때만 해도 전 엄두가 안 나서 못 가겠다고 했어요. 그랬더니 본인 소원이니 한 번만 들어 달라고 하더군요. 너무 송구스러워서 두말 않고 따라나섰지요. 그이는 앞으로 새 세상이 온다면서 유학이 주장하는 삼종지도에 얽매이지 말라고 했어요. 정말이지 꿈같아요. 여자와 남자가 한데 모여 나라와 백성을 얘기하다니요! 여자는 집안일만 하는 줄 알았거든요."

최장수는 마치 순섬의 마음을 읽기라도 한 듯 주절주절 얘기했다. 그녀는 말을 마치고 나더니 고개를 돌려 연단 쪽을 쳐다보았다. 순섬이도 고개를 돌렸다. 대접주들이 나와 있었다. 이창구와 박덕칠, 박인호도 있었다. 순섬은 이창구가 다른 어느 때보다도 커 보였다. 대접주 한 사람이 연단에 올라와 큰 소리로 외쳤다.

"지금 왜(倭)와 서양이라는 적이 마음속에 들어와 큰 혼란이 극에 달하였습니다. 진실로 오늘날 나라의 도읍지를 살펴보면 마침내 오랑캐들의 소굴이 되어 있습니다. 임진왜란의 원수와 병인양요의 수치를 어찌 차마 말할 수가 있으며, 어찌 차마 잊을 수가 있겠습니까? 우리는 비록 힘없는 백성이지만, 이제 수운 대선생과 해월 선생으로부터 큰 가르침을 받았으니, 어찌 귀하고 천한 것을 가리겠으며, 어찌 충성하고 효도하는 데에 반상을 가려 뒤에 서겠습니까?"

우레와 같은 단하의 함성이 땅을 채우고 하늘까지 솟구쳐 올라 연설이 중단되었다. 단상에 선 이는 집회를 시작하면서 보은 관아에 통고한 격문을 소개하고 있었다. 함성이 가라앉자 연설이 계속되었다.

"옛말에 이르기를 '큰 집이 장차 기울어지면 하나의 기둥으로는 지탱할 수 없고, 큰 풍랑이 장차 일어나면 하나의 조각배로 맞서기 어렵다.' 하였으니, 우리 동도들은 오늘 이후 함께 죽기를 맹세하여 왜와 서양을 제거하고 격파하여 한울님과 스승님께서 세우신 보국안민의 큰 뜻을 펼쳐야 합니다. 이러한 뜻으로 일어서는 우리 동학도가 어찌 사학에 물들었다 할 것이며, 수운 대선생께서 어리석은 우리를 깨우쳐 큰 배움의 길로 나아가게 하고 어진 사람이 되는 도리를 알려 그 근원에 이르게 하셨으니, 마땅히 신원하는 것은 물론 나라의 큰 스승으로 모셔야 할 것입니다."

여기저기서 박수 소리가 터져 나왔다. 사람들은 "왜양을 물리치자."고 연호했다. 냇가 돌을 주워다가 임시로 쌓아 올린 석루 곳곳에서 덕의포, 예포, 청산포, 창의포 등의 수많은 깃발이 연호에 응답이라도 하듯 나부꼈다.

순섬이가 보은에 온 지 사흘이 지났다. 그 사이 내포 도인들이 속속 당도하였다. 이창구와 박덕칠, 박인호 대접주가 이끄는 내포 도인들은 위풍당당하면서도 능청능청한 특유의 몸짓을 과시하며 일거에 보은 장내의 명물로 떠올랐다. 걸진 입담과 거칠 것 없는 주의 주장이 사람들의 이목을 끌기에 부족함이 없었다.

순섬은 하루하루가 새로웠다. 남의 눈치를 보아 가며 마음 졸이며 모시던 청수를 하루 세 차례씩이나 모시는 것도 그러하고, 언제든 도인들 사이에 좌정하고 앉아 목청껏 주문을 외는 것도 꿈만 같았다. 하루 두 차례 최장수와 함께 임시로 준비된 부뚜막 하나를 맡아 도인들의 식사를 준비하는 일은 정말이지 신바람 나는 일이었다. 부뚜막을 차지하고 앉은 여인네들은 인근 도인의 부인들과 따님들이 많았으나 순섬과 장수처럼 멀리서 온 축들도 적지 않았다. 처음에는 며칠 못 가서 바닥이 날 것 같던 곡식이 어디서 들어오는지 끼니마다 밥이 모자라는 적이 없었다. 보은에서 집회를 시작한 지 며칠이 안 되었을 때 보은 군수는 '많은 사람이 한꺼번에 몰려들면 인근의 곡식이 품귀하게 되니 민폐가 우려된다.'며 해산을 종용하였으나, 도소에서는 그런 일이 없을 거라 장담했다 한다. 과연, 무리 지어 오는 각처의 도인들은 수레에 곡식을 싣고 오는 경우가 다반사였다. 그러니 그 곡식을 사들여 떡을 만들어 파는 상인들까지 나타난 게 아닌가. 외려 끼니를 다 챙기지 못하고 살던 인근의 가난한 사람들이 몰려들어 잔치 음식 기다리듯 밥때를 기다리기까지 하였다.

개벽 세상이 따로 없었다. 그러나 평안은 아주 잠시였다. 보은 관아의 통인이 하루에도 몇 번씩 도소를 오가더니 결국은 한양에서 선무사가 내려온다는 소문이 들리고, 그 이튿날로 어윤중이라는 고관이 이중익 군수는 물론이고 신식 군인들을 대동하고 장내에 나타나 다음과 같이 전하였다.

'도인과 속인이 난잡하게 뒤섞여 앉는 것은 옳지 않으니 각기 앉을 자리를 가려라. … 밭 가는 사람은 농사에 부지런해야 한다. … 명에 따르지 않으면 군율로 다스리겠다.'

도소에서는 허연, 이중창, 서병학, 이희인 같은 이들을 내세워 어윤중과의 담판을 시도했다. 모두들 유학(儒學)에도 조예가 깊은 양반 출신의 도인들이었다. 서병학이 담판의 대표자로 나서서 동학이 가르치는 바와 하고자 하는 바, 그리고 수운 대선생의 억울한 죽음, 동학도들에 대한 관의 침학에 대한 절절한 설명과 더불어 호서, 호남 감영과 군현의 구체적인 비리도 제시하였다. 그는 동학이 공맹의 도에 어긋나지 않는 것임을 강조하였다. 이어 공주와 삼례, 그리고 광화문 상소까지 그동안의 활동과 결국 척왜양을 부르짖는 데까지 이른 이유를 낱낱이 설명하였다.

"신하와 백성이 직분은 다를지라도 의를 위해서는 뜻을 같이해야 한다. 우리 또한 전하의 은혜를 입고 살아온 백성으로, 왜놈들과 서양적이 우리나라를 침범하여 제멋대로 날뛰고 있는데도 이를 나와는 상관없는 것으로 생각하거나 보거나 듣거나 한다면 어찌 사람이라 하겠는가. 우리의 충정을 곡해한다면 장차 이 나라는 엄청난 화를 입게 될 것이다. 우리는 오직 충효의 의로운 마음으로 이 자리에 모였다."

대도소는 보은 집회에 모인 동학도인들이 군율에 버금가는 엄정한 질서를 유지하는 가운데 오직 성심으로 나라를 위하여 신명을 바칠 수 있도록 동학 활동의 자유를 바란다는 점을 알리고 한편으로 밀리 원평에서는 젊고 혈기 왕성한 도인들 수만 명이 회집하여 조정의 조치가 얼마나 이 나라와 백성을 위한 길로 나아가는지를 예의 주시하고 있다는 점을 은근히 과시하였다.

한편 어윤중은 나름대로 열린 사람이었다. 그는 동학도를 대표하여 나온 이들이 공맹의 도를 논하는 데도 한 치의 모자람이 없을뿐더러 나라를 위하고 백성을 위하며, 선사(先師)에 대한 의리를 목숨처럼 귀히 여기는 고귀한 성정을 지녔음도 세세히 관찰하였다. 마음 깊은 곳에서는 이들의 충의를 조정이 모두 용납하여, 나라를 새롭게 하고 부강하게 하는 데 귀한 원력으로 쓰는 것이 옳다는 확신이 들었다. 그러나 그것을 곧이곧대로 내비칠 수는 없었다. 자신은 몰라도 조정에서는 결코 용납하지 않을 일이었다. 왜냐하면 전국의 유생들이 '동학을 금압할 것'을 요구하는 빗발치는 상소를 조정에 올리고 있었다. 그는 양면책을 취하였다. 동도들의 의견을 들어 충청 감사 조병식 등의 죄상을 조정에 올리는 등의 유화책을 취하는 한편 무장 병력의 시위를 통해 해산을 종용했다. 그는 조정의 입장을 다시 한 번 강조했다.

"백성과 신하는 서로 뜻을 같이하는 것은 맞으나 서로의 앉은 자리가 다른 법, 그대들은 각기 집으로 돌아가서 자기의 본업에 충실하라. 나라를 다스리는 것은 조정을 비롯한 신하들이 할 일이다."

그러나 시간이 갈수록 어윤중은 초조해지고 있었다. 적어도 눈길이 닿는 곳에서만 보자면 이들 스스로 장담하는 바대로 무기가 될 만한 것은 몽둥이 하나도 보이지 않았다. 하여 무력으로 진압하려 든다면 비록 수만의 군중이라 하나 결코 적수가 되지 못하리란 자신감도 있었다. 그러나 이는 의리를 아는 선비가 할 일은 아니었다. 더욱이 이들은 백성이고 자신은 임금으로부터 전권을 위임받은 위정자가 아닌가.

해월 선생으로부터 신중한 대응을 당부받은 서병학은 어윤중의 눈빛을 읽었다. 그는 청산의 도소에 물러나 있던 해월 선생을 찾아뵈었다. 어윤중과의 담판 자리에 함께하지 못했던 이창구 등도 함께였다. 서병학은 우선 어윤중과의 사이에 오고간 이야기를 낱낱이 밝혀 말했다. 여기저기서 해산해서는 안 된다는 목소리들이 터져 나왔다. 그러자 한편에서는 시커먼 총구와 날 선 창끝이 도인들의 목을 노리고 있는 판국이니 이쯤에서 물러서는 것이 옳다고 극구 주장하였다. 이창구는 한참 만에 분분한 의론의 틈을 비집고 나섰다.

"지금 보은에 모인 도인들은 멀리 호남의 바닷가와 북쪽의 황해도에서도 몰려왔습니다. 처음으로 참여하시는 분들도 있으나, 여기서 물러서면 이제 벼랑 끝으로 내몰리는 도인들도 적지 않습니다. 관속이나 양반 지주들의 농간에 뼈가 녹고 살이 문드러지는 가난한 도인들과 백성들은 물론이려니와, 그런 대로 논마지기나 장만하고, 장사라도 해서 먹고살 만하다는 사람들조차 왜상들이 설치고 다니는 통에 모두들 죽음의 골짜기로 내몰리고 있습니다. 이 기회에 동학에 대한 탄압을 중지하고 대선생을 신원하는 것은 물론, 우리와 더불어 나라의 기틀을 바로 세우고, 다시는 도인들에게 해코지하지 않겠다는 약조를 받아 내기 전에는 결코 해산해서는 안 됩니다. 여기서 흩어지면, 다음번에는 영영 기회를 잡을 수 없을 것입니다."

장장한 이창구의 열변에 주위가 일순 조용해졌다. 해월 선생과 선생을 좌우에서 호위하고 있던 손병희, 김연국 등은 눈을 감고 아무 말이 없었다.

시간이 흐르면서 점차 식량이 바닥이 났다. 보은 진입로인 청주에 육백여 명의 병사가 대기하고 있다는 정보가 떠돌았다. 물론 이미 백여 명의 청주 병사는 장내 주변에 들어와 있었다. 도인들은 도소의 의론이 길어지자 불안에 휩싸였다.

순섬은 나서서 여인네들을 부추겨 파전에 화전이며, 온갖 먹을 것들을 만들어 내놓으며 웅성거리는 분위기를 가라앉히려 애를 썼다. 대접주들은 도인들이 우왕좌왕하지 않도록 독려하는 한편 만일의 사태에 대비하여 노약자들부터 차츰 돌아갈 채비를 차리도록 하였다. 보리쌀과 소금을 가져와 주먹밥을 만들어 달라는 접주도 있었다. 아예 돌아가기로 결정을 내린 듯했다. 접주들은 어느 방향이든 도인들의 왕래에 강요하지 않기로 했다. 다만 떠나는 도인이든 뒤늦게 도착하여 허둥대는 도인이든 간에 도인들의 마음을 들뜨게 하거나 불안하게 하는 이는 한쪽으로 불러내 진중할 것을 다잡는 것이 중요한 일과였다.

순섬은 돌아가야 할 시간이 오고 있다는 것을 알았다. 이창구가 도소로 들어가면서 해산 반대를 극구 주장하겠다고 했지만, 돌아가는 판이 이대로 길게 가지는 못할 것 같다는 짐작의 말을 남기고 간 터라, 그녀는 일이 그렇게 돌아갈 것으로 짐작했다.

"장수 접장, 내가 이곳에 있었다는 사실이 꿈만 같네. 척왜양 창의와 보국안민이라는 게 남자들만의 일인 줄 알았더니 우리 여자들의 일이기도 하네. 앞으로 열심히 해 보세나."

순섬은 고요한 눈빛으로 장내를 떠나는 사람들을 바라보았다. 최장수 역시 눈길을 그곳으로 돌렸다.

"동학이 아니었으면 저는 아마도 양반집 여자라는 허울 속에서 평생을 살아갔겠죠? 새로운 세상이 오면 우리 여자들은 어떻게 살아갈까요?"

최장수는 순섬의 손을 꼬옥 잡았다. 어느새 그녀는 성숙해진 것 같았다.

갑자기 주변의 분위기가 달라졌다. 이창구가 잰 걸음으로 순섬을 향해 다가왔다.

"해산하기로 하였소. 이미 대접주들께서는 길을 떠났소. 도인들이 동요하지 않도록 우선 노약자들이 먼저 길을 나서게 할 것이오. 젊은 도인들과 근거지가 가까운 도인들은 차츰 틈을 보아 가며 해산하기로 했소. 모쪼록 지금까지 해 왔던 대로, 도인들이 불안하여 떨지 않도록 최선을 다해 주시오."

이창구는 다소 상기된 표정으로 내포 도인들을 둘러보았다.

"해산하시오. 다들 집으로 돌아가시오. 임금님의 윤음입니다."

이윤 중이 주변에서 진을 치고 있던 병사들을 이끌고 장내로 들어왔다. 무장한 병사들을 보자 사람들은 두려움에 떨었다. 노인들과 약자들이 먼저 장내를 빠져나갔다. 동학 지도부에 대한 체포령이 내렸다는 소식도 있었으나 집으로 돌아가려는 도인들을 기찰하지는 않았다. 그 정도의 선까지는 선무사의 권한으로 수령들을 통제할 수 있었던 것이다.

순섬은 내포 일행들과 마지막까지 장내를 지키다가 결국 내포를 향해 출발했다. 그녀는 장내를 떠나며 하루 사이에 텅 비어 버린 들판을 하염없이 바라보았다. 도인들이 모두 나서서 지푸라기 하나까지 긁어모아 치운 덕에 언제 사람이 있었냐 싶게 깨끗하였다. 다만, 공들여 지은 돌담과 들판에 줄지어 선 수십 채의 초막들은 그대로 있었다. 언제 다시 쓰게 될지도 모를 일이기 때문에 그대로 두기로 했다.

7장/ 사라져야 할 것들

1.

순섬이 보은 집회에 다녀온 지 구 개월이 지났다. 보은 집회 이후 내포 일대 큰 포만 해도 무려 십여 개가 넘을 정도로 동학이 불같이 번졌다. 박덕칠은 예산에 거점을 둔 예포 대접주로, 박인호는 덕산에 근거지를 둔 덕의 대접주로, 이창구는 면천 송악산을 거점 삼아 목포[7] 수접주로 바쁜 나날을 보냈다. 순섬이 역시 동학을 포덕하고 다니느라 분주했다.

순섬은 어머니 홍주댁과 함께 창리에 있는 오라버니댁을 방문했다. 아버지 제삿날을 이틀 앞두고서였다. 오라버니는 연제지 옆에 있는 이창구의 논을 관리하느라 쇠학골에서 분가해 나가 살고 있었다. 며칠 전 오라버니가 뱃전에 부딪쳐 심하게 다치는 바람에 그물 엮는 일도 도와줄 겸 올케와 함께 동네 포덕도 나설 생각이었다.

순섬은 아이를 업은 올케 응예와 함께 낡은 그물을 손질하러 남새밭으로 나갔다. 그물은 끊어져서 망가진 부분이 한두 군데가 아니었다. 이런 어망으로 고기를 잡았으니 빠져나가는 고기도 많았겠구나 싶었다.

강아지가 뒹굴 때마다 먼지 삼킨 거무스레한 털 뭉치가 땅 위를 오르락내리락했다. 땅바닥에 내려놓은 아이는 그 털을 잡으려고 일어서고 넘어지고를 반복하다가 급기야는 옆 다랭이 논에 털썩 주저앉았다. 어린 딸의 가랑이 사이를 강아지가 파고들며 얼굴을 비벼 대자 다시 발라당 넘어졌다. 아이는 강아지를 잡고 몸을 일으키려 해 보지만 영 소용이 없자 그만 으앙 하고 울음을 터뜨렸다. 딸이 논바닥에 넘어진 것을 보고 웅예는 재빨리 달려가 젖을 물렸다. 으앙 하는 울음소리가 젖과 함께 넘어가면서 아이는 금새 울음을 그쳤다. 논에는 이미 물길이 끊긴 지 오래라 거뭇한 검불만 눈에 띌 뿐이었다. 음지쪽은 얼마 전 내렸던 눈의 흔적이 군데군데 남아 있었지만 남새밭은 볕이 좋아 보송보송했다. 그러나 표면만 그럴 뿐 겨울 땅이란 항시 얼음이 버티고 있어서 오래 앉아 있다 보면 한기가 올라왔다. 정오를 지나자 햇볕이 바로 식는 듯했다.

"애아버지가 왜 이렇게 늦는 걸까요?"

웅예는 찢어진 낡은 그물을 손보며 걱정스런 눈으로 순섬을 바라보았다.

"글쎄요?"

순섬이 역시 그물 손질을 거들면서 의아한 눈으로 연제지 쪽을 바라보았다.

"무슨 일이 생긴 것은 아니겠지요?"

응예의 얼굴에 짙은 그늘이 졌다. 남편이 불편한 몸을 이끌고 이정규한테 후릿그물을 가지러 간 지가 벌써 세 시간이 넘었다. 그 후릿그물은 남편이 매제인 이창구에게서 빌려 온 것이다. 면사로 만들어진 것으로 잉어나 납자루, 피라미들을 잡기에 그만인지라 동네 사람들 모두가 탐을 냈다. 그런데 빌려 온 지 얼마 지나지 않아 저수지 지기인 이정규가 찾아와서 저수지 옆에 있는 논의 수세를 내지 않았다며 막무가내로 그 그물을 빼앗아 갔다. 이미 수세는 낸 터였으나 근거가 없다며 다시 수세를 내라고 우겼던 것이다.

남편은 근간에 겨울바람이 몹시 세차게 불던 날, 포구에 매어 놓은 배를 뭍으로 옮기다가 몸을 심하게 다쳤다. 꼼짝도 못하고 누워 있다가 어제서야 겨우 차도가 있어 오늘은 그 후릿그물을 찾아오겠다고 나선 것이다.

한편 김순직은 후릿그물을 찾기 위해 성치 않은 발걸음을 옮겨 이정규네 집에 도착했다. 매제인 이창구가 알아서 한다고 했지만 항상 도움을 받는 처지라 본인이 나서서 이번 일을 해결하고 싶었다. 한겨울인데도 식은땀이 났다. 발을 디딜 때마다 오른쪽 갈비뼈가 송곳에 찔리듯 아파 왔다. 이정규의 집 대문은 보란 듯이 열려 있었다. 어두컴컴한 공간! 들어설 때마다 저승사자에게 끌려가는 듯했다. 예사로 보기에는 어디 하나 흠잡을 데 없는 대가였으나 김순직에게 그 집은 웬일인지 그렇게 느껴졌다. 토벽에 '더러운 새끼 이정규'라고 큼지막하게 욕이라도 쓰고 싶었다.

십 년 전까지 덕산 군수를 지낸 이정규는 전라도 수군절도사와 병마절도사를 끝내고 낙향하면서 홍주목 신남면 창리[8] 저수지 옆에 대궐 같은 집을 지었다. 사람들은 그 집을 큰집이라고 불렀다. 동으로 난 문은 솟을대문이라, 그 집 하인은 주인 이정규가 출타할 때마다 허리를 굽실거리며 자기 몸보다 석 자나 크고 대 여섯 배나 무거운 문을 열고 닫고 했다. 천자 같은 솟을대문을 닫기라도 하면 행랑채와 연결된 지붕이 있어서 삼면이 막힌지라 환한 대낮에도 어두컴컴했다. 마치 광 안을 거닐 듯 열 발자국 정도 걸어가서 오른쪽으로 꺾어 들면 훤히 트인 널찍한 마당에 남향집 한 채가 쑤욱 나타났다. 땅을 돋워 집을 올린지라 이정규가 방에 앉아 있기라도 하면 하늘 쳐다보듯 고개를 올려야 얼굴을 마주할 수 있었다. 어둡다가 다시 높아지는 이 낯선 경험은 그 집을 들어서는 이로 하여금 주눅 들게 했다. 담은 또 근동에서는 볼 수 없게 턱없이 높아서 바깥에서 보이는 것이라곤 까죽나무 한 그루와 석류 두 그루, 뾰주리감이 열리는 감나무가 전부였다. 그러나 여종 채봉이 말에 의하면 이정규는 복이 터졌다고 했다. 그가 주로 머무는 사랑채 옆 마루에 서면 구만리까지 뻗어 있는 그 넓은 평야가 한눈에 들어와서 답답한 가슴이 뚫린다고 했다. 또한 칠월이 되면 연제지에서 불어오는 연꽃 향과 해당화 향기가 바람에 실려 와서 알 수 없는 사내가 그리워진다고 너스레를 떨었다. 성동리 송산리 도리 사람들 대다수가 그 집의 전답을 부쳐 먹고 살았다. 사

람들은 이정규의 그림자가 아산만도 다 덮을 정도라고 했다. 그러나
집과 전답은 크고 많을지 몰라도 인심은 바다 폭풍처럼 사나워서 천
벌을 받을 것이라는 말도 잊지 않았다.

"나리 계십니까?"

김순직은 있는 힘을 다해 큰 소리로 말했다. 옆구리의 통증이 심하
게 느껴졌다.

"아무도 없소?"

방 안에서 여자들 웃는 소리가 났다. 댓돌에 색색 당혜가 가지런히
놓여 있었다. 짚신도 한 켤레 있었다. 분홍색 당혜가 눈에 들어왔다.
옹예가 신고 싶어 하는 해당화꽃 색깔이다. '여자들만 있는가?' 생각
하는데 방문이 열리더니 여종 채봉이가 나왔다.

"편찮으신 줄로 아는데, 그 몸으로 어인 일이서유?"

채봉이가 식은땀을 흘리는 그를 바라보며 깜짝 놀라 마당으로 내
려왔다.

"후릿그물을 찾으러 왔네."

"어쩌지유! 나리는 낚시하러 가셨는데유."

"어디로?"

"연제지로유."

"그래?"

김순직은 다시 연제지까지 가야 한다는 생각에 까마득했다. 연제
지는 이정규네 집 옆에 있는 저수지로 연꽃이 가득 심어져 있어서 이

곳 사람들은 그렇게 불렀다. 얼마 전 이정규가 그 연제지 수호인이 된 것이다. 연제지가 지척인데도 김순직은 발걸음을 떼기가 겁났다. 그렇지만 힘들더라도 오늘 마무리를 해야지 싶었다.

"채봉아, 무슨 일이냐?"

방 안에서 이정규 부인의 목소리가 들려왔다.

"김가 댁에서 그물을 찾으러 오셨어유. 나리 계신 곳으로 가신대유."

"그럼 너도 같이 다녀오거라."

이정규 부인은 나와 보지도 않고 칼바람처럼 날카로운 목소리로 말했다. 김순직은 이정규 부인의 이러한 태도에 옛날 같으면 모멸감을 느꼈을 것이나 동학을 하고부터는 신경을 쓰지 않았다. 그는 발걸음을 천천히 연제지로 옮겼다. 채봉이가 얼른 달려와 그의 손에 지팡이를 건네주었다. 지평선이 가물가물하게 보이고, 평야는 구만리까지 펼쳐져 있다. 저 넓은 평야의 젖줄이 연제지다. 매제 이창구가 지어 먹으라고 준 논이 바로 연제지 옆에 있었다. 쓰러져 가던 자신을 살린 논이었다. 저수지는 크기는 물론이고 연꽃 향기 또한 장관이라 보름달이 휘영청 떠 있는 여름날에는 인근 사람들이 너나 없이 찾아들었다. 선비들은 말할 것도 없거니와 양민이든 천민이든 초록의 끝없는 평야를 유혹하는 연제지의 연꽃 향기에 반해 안개 같은 밀어들을 속삭이느라 달빛이 저물어 가는 것을 알지 못했다. 순직이도 대호에 뜬 달빛이 연꽃 사이를 누비는 연둣빛 청개구리를 살짝 비출 때

응예를 유혹했다.

연제지에 이르자 둑에 앉아 낚시를 하고 있는 이정규가 금방 눈에 들어왔다. 그 모습을 보니 순직은 또다시 부애가 났다. 족보에도 없는 저수지 수호인을 자처하고 나선 건 결국 근동 농민들이 공동으로 이용하는 나라 소유의 저수지를 독차지하겠다는 심보라는 걸 누구나 알았지만, 아무도 시비를 걸고 나설 엄두를 내지 못하고 있었다. 순직도 눈을 질끈 감고 그물 얘기만 하자고 마음을 다잡았다.

"그간 안녕하셨어요?"

순직이는 이정규의 등을 보자 털 세운 고양이 등을 보는 듯했다.

"응, 어인 일인가? 몸이 아프다면서?"

이정규는 힐끗 돌아보더니 다시 낚싯대로 눈길을 돌렸다. 김순직은 그의 반말에 속이 뒤틀렸으나 바로 평정심을 찾았다. 못된 인간 같으니라구!

"예, 조금 나아졌어요. 다름 아니라 그물을 찾으러 왔어요."

"수세는 준비했나?"

"아니오. 일단 그물을 돌려주십시오. 저도 빌려 온 것이라….'"

"이창구 댁 그물인가? 수세를 내고 얼른 찾아다 주게나. 그래야 내가 욕을 안 먹지."

뻔히 알면서도 짐짓 능글거리는 거였다. 이정규는 몸을 돌려서 돈을 내놓으라는 듯 손바닥을 내밀었다.

"나리, 제 억울한 입장 좀 생각해 보세요. 억울하지 않게 반만 내게 해 주십시오."

순직이는 막다른 골목에 처한 삵쾡이마냥 이정규의 눈을 똑바로 쳐다보았다.

"억울하다고? 아니 그럼 내가 받고도 안 받았다고 우긴다는 게야? 억울해?"

"……"

"근데 어디서 이놈이 눈을 부라려? 소 장사를 하더니만 백정 눈을 닮아 가는가? 쌍것 같으니라구. 양반 망신 혼자서 다 시키구!"

이정규는 갑자기 낚싯대로 김순직을 후려쳤다. 낚싯대 끝이 김순직의 입술에 걸렸다.

"뭐라구? 백정?"

김순직은 입술을 쓰윽 문질렀다. 피가 묻어났다.

"아니, 이놈이, 어느 안전이라고 반말을 달고 대들어?"

이정규는 김순직을 향해 눈을 부라리더니 멱살을 잡고 발길질을 했다. 김순직은 계속 당하기만 했다. 피해 보려고 했지만 몸이 아파 뜻대로 되질 않았다. 그는 마침내 젖 먹던 힘을 내어 이정규의 목을 비틀었다. 그러나 아주 잠깐이었다. 이정규는 그의 손을 뿌리친 후 멱살을 잡은 다음 그를 연제지 안으로 밀어 버렸다.

조금 떨어진 곳에서 이를 지켜보던 채봉이는 깜짝 놀랐다. 그러나 그녀는 이정규의 살얼음 눈빛에 눌려 꼼짝할 수가 없었다.

순섬은 한참을 지나도 오라버니가 돌아오지를 않자 걱정이 앞섰다.

"올케언니, 저 혼자 이정규 댁에 다녀올 테니 여기 있으세요."

순섬은 손에 들고 있던 대나무 그물을 웅예에게 주었다.

"같이 가요. 아무래도 이상해요. 어제 꿈자리도 뒤숭숭했어요."

웅예는 받아 든 대나무 그물을 땅바닥에 놓으며 아이를 들처 업었다. 순섬은 남새밭 여기저기에 흩어진 대나무 조각을 대강 정리했다.

"그냥 집에 계세요. 큰 애들도 돌봐야 하잖아요."

"아니에요."

웅예는 집에 있으라는 순섬의 제안을 한사코 거부했다. 순섬이와 웅예는 앞서거니 뒤서거니 하면서 이정규네 집으로 갔다.

"저기 고모부 아니세요?"

웅예는 턱으로 나무가 줄지어 있는 쪽을 가리켰다.

"아니? 여보."

순섬은 남편을 보자 걱정했던 마음이 다소 놓였다.

"후릿그물 때문에 이가 댁에 가고 있는데 여긴 웬일이요?"

"그렇잖아도 오라버니가 그 댁에 갔는데 돌아오시질 않아서요."

"아픈 몸을 이끌고? 내가 해결한다고 했지 않소!"

"바쁜 당신께 죄송하다며 본인이 해결해 보시겠다고."

"그자는 악질이라 여느 사람이 당해 낼 수가 없소. 여하튼 가 봅시다."

이창구는 예감이 좋질 않았다. 이정규는 살인도 불사할 정도로 표독스러운 사람이었다. 그들이 이정규네 대문으로 막 들어서려는 참에 마침 이정규가 연제지 쪽에서 걸어오고 있었다.

"안녕하시오. 혹시 제 처남 못 보았소?"

이창구는 냉랭한 얼굴로 이정규에게 인사를 했다. 이정규는 본 척만 척 아무런 대꾸도 없이 집으로 들어가 버렸다. 이창구는 따라 들어갈까 하다가 쾅 하고 대문이 닫히는 바람에 오도 가도 못하고 그 자리에 우뚝 서 버렸다. 처남은 어디에 있는 걸까? 이창구는 어느 쪽으로 발길을 돌려야 할지 고민하다가 이정규가 연제지 쪽에서 온 것이 생각나 혹시나 하여 그쪽으로 발길을 옮겼다. 마침 채봉이가 그쪽에서 허겁지겁 달려왔다.

"채봉아."

웅예가 채봉이의 표정에 놀라 더 이상 말을 못하고 주춤했다. 채봉이가 웅예의 손을 잽싸게 잡았다.

"빨리 와 봐유."

채봉이는 웅예가 아이 업은 것을 알고 잡았던 웅예의 손을 놓고는 재빨리 순섬의 손을 다시 잡아끌었다. 웅예 딸이 울음을 터뜨렸다.

"저기유."

채봉이는 손으로 연제지를 가리키며 숨 넘어가는 목소리로 말했다. 이창구는 연제지를 향해 부리나케 달려갔다. 누군가가 물속에 머리를 박고 등을 구부린 채 떠 있었다.

"이게 어떻게 된 일이야?"

이창구는 저수지 안으로 첨벙첨벙 들어갔다. 꺾이고 눕고 시들고 찌들어 버린 연줄기가 그의 몸을 휘감았다. 그는 정신없이 그 물체를 향해 헤엄쳐 갔다. 처남이었다. 이미 숨은 끊어져 있었다. 이창구는 순직의 시체를 끌고 저수지 밖으로 나왔다.

"어찌 된 일이여? 이년아, 말을 해 봐? 니가 죽였구나 이년!"

응예는 채봉이의 멱살을 틀어쥐었다.

"지가 죽이다니유! 만약 그랬다면 천벌 받아 죽지유."

채봉이는 혼 나간 사람처럼 서 있다가 울음을 터뜨렸다. 얼음 바람이 불어와 그녀의 살갗을 파고들었다.

"후릿그물을 내놓으라고 나리와 한참 실갱이를 하시다가 이럴 바에는 죽겠다며 스스로 저수지에 투신하셨어유."

채봉이는 떨리는 목소리로 정신없이 말을 내뱉었다.

"이년아 바른 대로 말해. 자살이라니!"

"지는 몰라유. 본 대로 얘기한 거유."

채봉이의 얼굴이 벌겋게 상기되었다. 그녀는 겁에 질린 얼굴을 하고 뒷걸음질 치더니 집으로 달려갔다. 이창구는 막막했다. 채봉이가 당황하는 것으로 보아 거짓말임에 틀림없었다. 그러나 그녀가 사실대로 말하지 않는 한 순직의 죽음은 미궁에 빠질 터였다.

방으로 들어온 이정규는 안절부절이었다. 집 앞에서 이창구를 마주친 것이 꺼림칙했다. 사건의 경위를 듣고 난 부인 역시 속이 타들어 갔다. 이창구는 보은에서 동비들이 큰 집회를 가진 이후 동비 중에서도 상두목이 됐다고 했다. 하인들 말에 의하면 그를 부모처럼 섬기는 동비가 족히 백 명은 되며 그의 말 한마디면 예하고 달려올 사람이 천 명은 된다고 했다. 동비들은 떼를 지어 다녔다. 함부로 건드렸다가는 모욕당하기 십상이었다. 이정규는 눈을 질끈 감았다. 후회 막급이었다. 그는 당장 하인을 시켜 면천 수령과 덕산 수령에게 급히 의논할 일이 생겼으니 덕산에서 저녁을 함께하자는 서신을 보냈다. 옆 마을에 살고 있는 전 비인 군수 표명서에게도 연락을 취했다.

저녁이 되자 이정규는 마부를 불러 말을 대령시켰다. 대문을 나서니 사람들이 삼삼오오 모여서 웅성거리고 있었다. 평소 같으면 호통을 쳐서 흩어 놓았을 것을, 이날은 모르는 체하고 말에 올라 궁둥이를 세차게 내리쳤다. 푸히히힝 하고 말이 무리 속을 뚫고 나아갔다.

면천 수령과 덕산 수령, 전 비인 군수 표명서는 예상보다 일찍 도착해 있었다. 보은에서 대규모 집회가 있은 이후 내포 수령들은 정보를 교환하기 위해 신속하게 움직이던 터였다. 생각지도 않게 서산 이 진사도 와 있었다. 이 진사는 서산 용현리에 살면서 대원군 집안의 묘와 땅을 관리하고 있는 세도가였다. 그를 보자 이정규는 마음이 한결 놓였다.

"이 진사 나리, 너무 오랜만이오."

이정규는 이 진사의 손을 덥썩 잡았다.

"전 군수를 만나러 왔다가 뜻하지 않게 이렇게 나리까지 뵙게 되어 너무 기쁘오."

이 진사는 이정규의 손등을 어루만지며 반가워했다. 그는 동비들 때문에 골치가 아프다는 말을 덧붙였다.

"밤이 늦었으니 만나자고 한 경위부터 말씀드리지요."

이정규는 음식상이 들어오자마자 자리를 차지하고 앉는 기생들에게 눈짓을 하여 잠시 물러나게 하고, 낮에 일어난 일을 자분자분 얘기했다.

"참, 일이 어렵게 됐소. 투신해서 자살했다 해도 문제는 사람이 죽었다는 사실입니다."

면천 수령 이시일은 이정규의 말을 듣고 나더니 혀를 끌끌 차며 노골적으로 이런 일에서 손을 떼고 싶다는 표정을 지었다. 그는 조관재의 후임으로, 부임한 지 육 개월밖에 안 된 상황에서 복잡한 일에 휘말리고 싶지 않았다. 더군다나 이정규는 십여 년 전 덕산 수령 재임 시 여러 가지 부당한 처사로 인해 암행어사의 장계로 조정으로부터 징계를 받은 자였다. 수령들 사이에서 행악이 과하다고 이미 소문이 난 터였다. 게다가 이번 일의 관련자는 이창구였다. 자신의 돈줄인 이창구를 건드려서 좋을 게 없었다.

"면천 수령이 발을 빼면 어쩌자는 거요. 이창구라는 자가 면천 동비라면서? 꼬투리를 잡아 형틀에 채우시오."

서산 이 진사는 이시일이 못마땅한 듯 젓가락으로 상을 쳤다.

"동비들 세력이 만만치 않습니다. 보은에 몇 만이 모였다 하지 않습니까? 이 시기에 잘못 건드렸다가는 큰코다칩니다."

덕산 수령도 난색을 표했다. 이정규는 두 수령이 발을 빼자 점점 초조해져서 연신 술을 들이켰다. 그 순간만 좀 참았더라면! 그는 연제지에 김순직을 빠뜨린 게 후회스러웠다.

"제가 홍주 목사를 만나 보겠습니다. 좀 돈이 들기는 하겠지만…."

전 비인 군수 표명서는 말끝을 흐렸다. 그는 홍주 목사 김기수하고는 젊어서부터 알고 지내는 사이로 함께 난도 치고 시문도 지었다. 그렇다고 해서 맨입으로 일을 처리할 수는 없었다.

"물론이오. 돈은 얼마든지 마련하리다. 이 은혜 잊지 않겠소."

이정규는 우물에 빠졌다가 동아줄을 잡은 사람처럼 표명서에게 바싹 다가붙었다. 그는 표명서와 악수를 하면서 돈 꾸러미를 내놓았다. 표명서에게는 간이라도 빼 줄 듯이 헤헤거리면서도, 마음 한구석에서는 쓰라린 심정이 스멀스멀 끓어올랐다. 돈을 조금 더 모으려다가 바가지를 옴팡 쓰다니! 내 이번 일만 처리하고 나면….

김순직이 저수지에 투신자살했다는 소문이 일대에 쫙 퍼졌다. 그와 더불어 이정규가 그를 죽였을 거라는 소문 또한 그 이상으로 떠돌았다. 사람들은 김순직이 자살했을 리 없다고 쑥덕거렸으나 이정규의 보복이 두려워 쉬쉬했다. 이창구는 땅을 치며 통곡했다. 본인이 서둘러서 이정규와 미리 담판을 지었더라면 이렇게 험한 일은 당하지 않았을 것이다. 그는 보은 집회에 다녀온 후 매사에 신중을 기했다. 후릿그물 일도 잘못 나섰다가는 상황이 어려워질 것 같아서 시간을 끌었던 것인데 생각지 않게 순직이가 서둘러 먼저 움직이는 바람에 일이 이렇게 되었다. 홍주댁은 드러누웠다. 아들이 동학에 입도한후 사람답게 사는 것이 너무 기특하여 세상천지에 그런 아들 없는 양떠받들고 살았는데 일이 이 지경에 이르렀으니 거의 혼절할 수밖에.

이창구는 순직의 죽음을 그냥 넘길 수가 없었다. 이정규의 악행은이번 한 번만이 아니었다. 그가 십 년 전 덕산 군수로 있을 때도 가렴주구를 일삼는 바람에 사람들의 원망은 하늘을 찔렀다. 그러나 권세를 등에 업고 호랑이보다도 더 무섭게 닦달하는 그에게 제대로 항변하는 사람은 아무도 없었다. 그동안 그에게 원한이 맺힌 사람이 한둘이 아니었다. 앞으로도 연제지 관리인이라는 직함을 이용해서 악행을 일삼을 것은 불 보듯 뻔했다. 이대로 둔다면 앞으로 또 얼마나 많은 사람들이 그에게 개죽음을 당하게 될지 모를 일이었다. 특히 동학도인들은 더 집요한 시달림을 당할 것이다. 문제가 생긴 지금 처리하지 않으면 안 된다. 그것이 허망하게 죽은 처남의 영혼을 위로하는길이기도 했다. 경거망동하지 않기 위해 고요히 심고를 드리던 이창구는 박인호와 박덕칠을 만나 문제를 어떻게 풀어 갈 것인지 상의하는 것이 좋겠다는 데까지 생각이 미쳤다.

"이정규란 자가 워낙 악질이니 그를 징치하자고 하면 사람들이 나몰라라 하지는 않을 것이네. 이 기회에 사람들과 함께 충청 감영으로몰려가서 장계를 올리자구."

박덕칠은 이창구의 의견에 선뜻 동의했다.

"그러려면 당사자인 창구 도인이 나서야 하는데 상중에 가능하겠수?"

박인호는 적이 염려스런 표정을 지었다.

"상중이 뭐 그리 중요하겠소. 죽은 처남도 우리와 같은 생각일 겁니다. 해봅시다."

이창구는 각오를 단단히 다졌다.

연제지 서쪽 '도랑댕이' 산기슭에 사람들이 모였다. 겨울 추위에도 아랑곳하지 않고 팔백여 명 정도가 모였다.

"여러분, 제 처남이 투신자살했다고 이정규가 여기저기 소문을 퍼뜨리는 모양입니다만 이정규가 제 처남을 죽인 것입니다. 제 가족뿐만 아니라 내포 사람들 모두가 원통해하고 분노할 일입니다. 이정규가 덕산 수령이었던 때를 기억하십니까? 얼마나 많은 사람들이 그의 희생양이 되었습니까? 그는 가렴주구를 일삼는 탐관오리입니다. 이제 그가 연제지 관리인이랍시고 저수지를 독차지하고 있습니다. 앞으로 이정규는 지 입맛대로 저수지 물꼬를 터 줄 것입니다. 그렇게되면 아무리 농사를 지어 봐야 헛일입니다. 이정규의 아가리에 다 처넣게 될 것입니다. 여러분이 제 처남처럼 되지 말란 법 없습니다. 단지 시간문제일 뿐입니다. 그를 징치합시다. 사람을 죽인 그를 징치합시다."

이창구는 비분강개한 목소리로 소리쳤다. 여기저기서 "옳소!", "그럽시다!"하는 소리가 흘러나왔다. 박인호와 박덕칠은 사람들 틈에 끼어 추이를 살폈다. 양민들에게 동학 도인들이 주도한다는 느낌을 주지 않기 위해서였다.

"여러분은 당하고만 살았습니다. 못된 수령과 아전들, 양반 사족들, 그들이 죽으라면 죽고 살으라면 살았습니다. 가진 것도 없고 힘도 없어서입니다. 없는 돈과 권력을 당장 만들어 낼 수는 없습니다. 허나 가진 것만 없을 뿐 힘은 있습니다. 우리가 저들을 이길 수 있는 길은 뭉치는 것뿐입니다. 뭉치면 반드시 이길 것입니다. 바로 그것이 우리의 힘입니다. 여러분, 뭉칩시다!"

다시 한 번 이창구는 젖 먹던 힘까지 내어 모인 사람들을 향해 외쳤다.

"살인자를 동네에 놔두다니요! 어쩌다 우리 동네가 이렇게 됐습니까? 어쩌다 우리가 이렇게 비굴하게 되었냐 이 말입니다 여러분! 어차피 우리네 목숨은 앉은 채 맞아 죽으나 서서 죽으나 마찬가지입니다. 가만히 앉아서 죽을 이유가 없습니다. 함께 일어나서 그를 쫓아냅시다."

창리 사람 이영택은 죽창을 위아래로 치켜세우며 사람들을 설득했다. 고개를 숙인 채 움츠려 있던 사람들이 고개를 세우고 옆 뒤 사람들과 수군덕댔다. 이창구는 사람들의 마음이 움직이고 있다고 생각했다. 그때 갑자기 한 사람이 일어났다.

"이정규 나리가 김순직 나리를 죽였다는 증거가 있남유?"

그는 이정규네 친척 하인이었다. 그는 사람들을 이리저리 쳐다보며 그렇지 않으냐고 물었다. 사람들이 다시 고개를 푹 숙였다. 일시에 분위기가 역전되자 이창구는 난감했다. 심증일 뿐 물증이 없다! 채봉이가 나서지 않는 한 어려웠다.

채봉이는 김순직이 죽은 후 벌벌 떨며 집에서 숨죽이고 지냈다.

"김가 댁 나리가 저수지에 투신자살했다며?"

아침마다 이정규 부인은 채봉이에게 이같은 말을 되풀이했다. 채봉이는 그녀의 말이 무서웠다. 김순직이 죽던 날 저녁 채봉이는 마님의 금반지를 훔쳤다는 이유로 두들겨 맞았다. 무명천에 싸 두었다는 마님의 금반지가 그녀 방에서 나오는 바람에 꼼짝없이 당해야 했다. 이정규 부부는 본인들에게 불리하다 싶으면 갖은 방법을 동원해 누명을 씌웠다. 누구든 피하기가 어려웠다.

해가 지고 어둠이 찾아오면 채봉이는 김순직이 죽던 날의 악몽이 되살아나 죽었으면 싶었다. 목을 매고 죽을까도 생각해 보았으나 용기가 나질 않았다. 누군가가 이정규를 죽여 주었으면 싶었다. 그녀의 마음은 매일 첩첩산중을 거닐었다. 막다른 길에 이르러서는 월화 도인이 가르쳐 준 주문을 외웠다. 시천주 조화정 영세불망 만사지! 그녀는 외우고 외웠다. 그렇게 해도 힘이 들면 '하늘님, 스승님, 제가 거짓말을 했습니다. 이정규 나리가 김순직 나리를 저수지에 떠미는 것을 봤습니다.'라고 심고를 올렸다. 죄를 고백하고 나면 편했다. 그러나 그것도 잠시였다. '이년아 니가 죽였지!'라는 응에 도인의 절규가 들려오면 가슴이 찢어지고 심장이 쿵쾅거렸다. 머리를 쥐어뜯어도 소용이 없었다. 순섬 아씨도 생각났다. 곱디고운 얼굴이 눈물로 범벅되었을 것을 생각하니 죽고만 싶었다. 나는 누구지? 살인자를 돕는 자? 아니다. 월화 아주머니는 나를 귀한 하늘님이라고 하지 않았던가! 그런 내가 거짓말을 하다니!

월화는 채봉이의 동학 연원이었다. 입도하던 날 채봉이는 월화에게 "지는유 부모도 없구 산신령도 안 믿어유, 저더러 하늘님이라는디 그 하늘님이라는 게 도통 뭔지 모르겠어유, 동학이 뭔지도 모르겠구유, 그냥 월화 아줌니가 동학이어유." 그랬었다.

오늘 아침에도 채봉이는 마음이 불안해서 주문을 외우고 심고를 올렸다.

"계서유, 마님?"

낯익은 음성이다. 채봉이는 마루를 닦다 말고 뒤를 보았다.

"아줌니!"

채봉이는 눈물이 핑 돌았다. 월화였다. 월화는 눈을 찡긋하더니 뜰 팡에 올라서서 아무도 보는 이가 없는 것을 확인하고는 이따 잠깐 얘기하자고 귀엣말로 속삭였다.

"이게 누구야? 월화 아닌가. 오랜만이네."

이정규 부인이 수를 놓다 말고 방문을 열고 나왔다.

"마님, 그간 안녕하셨어유? 술이 잘 떠서 조금 가져왔어유. 향이 천리를 간다는 향온주예유."

월화는 술병을 내려놓았다.

"미안해서 어쩌나. 조선 팔도에서 월화 술맛은 아무도 못 따라가지."

이정규 부인은 채봉이가 가져온 술잔에 술을 약간 따르더니 맛을 보았다.

"누룩을 녹두로 빚었는데 나리가 좋아하실지 모르겠네유."

월화는 너스레를 떨며 이정규 부인의 안색을 살폈다.

"좋아하다마다. 월화가 빚은 술이라면 두말도 안 하시네."

"근데 언짢은 일이 있었다면서유?"

월화가 근심스런 낯빛을 보이며 살짝 말을 꺼냈다.

"글쎄말여. 원 하늘도 무심하지. 김가 댁 나리가 저수지에 투신자살하는 바람에 공연히 우리 집 양반만 난처하게 됐지 뭐야. 너무 순간에 일어난 일이라 손써 볼 겨를도 없었다잖아. 쯔쯧."

이정규 부인은 안타깝다는 듯이 혀를 끌끌 찼다.

"어쩌다 그런 일이 벌어졌는지… 식구들은 아직꺼정 울고 있구, 집안 꼴이 말이 아니드라구유. 죄송하게도 이만 일어설게유."

월화는 몸을 일으켰다.

"벌써 가려는 게야?"

"예. 바쁜 일이 있어서유."

"그럼 어서 가게나. 고맙네. 또 오게."

"나오지 마셔유."

"잘 가시게. 채봉아, 배웅해 드려라."

월화가 마당으로 내려서자 채봉이도 따라나섰다. 까실까실 터져 버린 채봉이의 입술 사이로 바람이 불어왔다. 채봉이는 바깥으로 나오니 살 것 같았다.

"김순직 나리 말여유. 투신자살한 게 아니라 주인님이 밀어서 저수지에 빠진 거여유."

채봉이는 그날 일어났던 일을 사실대로 말했다.

"채봉아, 지금 사람들이 도랑댕이 산기슭에 모여 있어. 힘들겠지만 가서 사실대로 말해야 혀. 너 하나 우리 도인들이 책임 못 지겠냐? 내라도 책임질 테니 어여 가자."

"예? 못 가유. 저 죽고 싶지 않아유."

"이래도 저래도 너는 위험해. 사실을 알고 있는 너를 이정규가 가만두지 않을 거여."

월화는 그녀를 다독였다. 아침에 박인호는 증거가 없으면 이정규를 징치하기 어려우니 채봉이를 만나서 가능하면 꼭 데려오라고 월화에게 부탁했었다.

채봉이가 도랑댕이 산기슭에 벌벌 떨며 나타났다. 허름한 옷이 더욱 허름해 보였다. 그녀는 팔백여 명의 사람들 앞에 혼자 나서기가 어려운 듯 옆에 있는 월화 팔을 꼭 잡았다.

"나리들, 지가 봤어유. 우리 집 나리가 김순직 나리를 물속에 빠뜨렸어유. 그리고 저한테는 누가 묻거든 투신자살한 것으로 말하라고 그랬어유. 그렇게 말 안 하면 관에다가 살인자로 소장을 올린다구유. 너무나 무서워서 이정규 나리가 시키는 대로 말했어유."

채봉이의 위아랫니가 딱딱 부딪쳤다.

"여기서 나리들이 그냥 돌아가시면 전 오늘 밤 죽어유. 발설한 죄로 붙들려가서 죽을 거에유. 저가 죽느냐 사느냐는 나리들 손에 달려 있어유. 살고 싶어유."

채봉이는 주저앉아 엉엉 울면서 호소를 했다. 누가 시키지도 않았건만 사람들이 순식간에 일어났다.

"지금 당장 홍주목으로 갑시다. 이정규 소행을 낱낱이 밝힙시다."

사람들은 저마다 한 마디씩 내뱉었다. 누가 어떻게 하자는 말도 없었는데도 사람들은 홍주목으로 발길을 옮겼다.

홍주 목사 김기수는 몰려든 사람들의 수에 깜짝 놀랐다. 팔백여 명이라니! 이영택이 소장을 제출했다. 김기수는 소장을 받아 들고 다시 한 번 놀랐다. 충청 감영에서 물러난 조병식과 별반 다를 바가 없을 정도로 이정규의 비행이 조목조목 적혀 있었다. 있지도 않은 명목으로 세금을 거둬들인 것이 허다했다. 충청 감영에 보고해야만 했다. 대궐 같은 집을 짓더니만 다 이런 내력이 있었던 게지! 이런 식으로 착복을 한 거구나! 방금 전 전 비인 군수 표명서가 찾아와서 이정규 일을 부탁하며 돈을 놓고 갔는데 충청 감영 관찰사 조병호에게 부탁하려면 그 돈 가지고는 턱도 없는 액수였다. 선불리 처리했다가는 본인의 지위마저 위태로울 수 있었다. 과거 같으면 이 사람들을 달래서 유야무야 넘어갈 수 있으나 지금은 동비들이 한양까지 가서 신원을 하는 판국이라 섣불리 임의대로 처리할 수가 없었다. 더군다나 얼마 전 보은에서는 몇 만이나 되는 동비들이 모여 한양에서 내려온 선무사와 당당히 담판을 벌였다고 했다. 이러거나 저러거나 간에 아무튼 법에 따라 당당히 처신하면 누가 뭐라 할 것인가. 김기수는 속으로 이렇게 마음을 다잡고 목청을 가다듬었다.

"할 말 있는 사람들은 앞으로 나오너라. 그리고 이 사람 저 사람 한꺼번에 얘기하지 말고 차분하게 사실대로 고하렸다. 추호라도 거짓이 있으면 죽음을 면치 못할 것이니라."

김기수는 몰려든 사람들이 무슨 일을 저지를까 두려우면서도 겉으로는 짐짓 위엄을 차려 말했다. 가능한 한 빨리 일을 처리해서 돌려보내는 것이 좋을 것이다.

"제 오라버니를 살해한 자를 찾아내서 극형에 처해 주십시오."

순섬은 꼿꼿한 자세로 김기수를 뚫어지게 바라보았다. 김기수는 자신의 눈을 의심했다. 그녀 옆에는 또 한 여인이 있었는데 둘 다 맨발을 한 채 상복을 입고 있었다. 덕산에서 홍주까지 이 겨울에 맨발로 걸어왔다니! 김기수는 자신의 눈동자가 흔들리고 있음을 느꼈다.

"짐작 가는 사람이라도 있는 거냐?"

"연제지 옆에 사는 이정규 나리입니다."

김기수는 순간 김순섬의 시선이 자신의 눈빛을 뚫고 골수에 닿음을 느꼈다.

"......"

김기수는 그만 목석이 되어 버렸다. 미천한 여인에게 이렇게 꼼짝을 못하고 있다니! 김기수는 재빨리 정신을 수습했다.

"그 문제는 더 이상 논하지 말라. 증거가 없지 않으냐? 증거를 가지고 와서 고해야 할 것이다. 다음 사람 말해 보아라."

김기수는 단호하게 잘랐다. 이정규로부터 받은 돈이 어느새 자신의 발목을 잡고 있었다. 그러나 그는 이 사안이 모사를 꾸밀 일이 아니라는 것을 직감했다.

"이정규 나리가 연제지 얕은 쪽을 흙으로 메꾸어 농토로 바꾼 다음 자기 땅으로 만들었습니다. 노역하지 않으면 논에 물을 안 대 준다고 해서 하는 수 없이 했습니다."

이영택이 먼저 나서서 말했다. 강제로 노역한 사람이 한두 사람이 아니었기 때문에 사람들이 들썩거렸다.

"나리, 지 소를 찾아 주셔유. 지 집 소가 이정규 나리 논둑을 지나다가 풀을 뜯어 먹었다고 지 소를 가져가 버렸어유. 아무리 애원해도 돌려주질 않아유."

"내 참, 지 입만 더럽히는 것 같아서…. 겨울에 할 일도 없고 출출해서 동리 사람들하고 저수지 물을 퍼내고 붕어를 잡아 놓으면 자기 것이라고 하인들 시켜서 몽땅 가져가 버려유."

"넘의 혼사까지 끼어드는 양반여유. 자기 여종을 내 아들과 혼인시키라는디 참말이지 아비로서 속이 타들어 가유."

창리 사람 하나가 가슴을 치며 통곡을 했다.

"알았으니 그만해라."

김기수는 자리에서 벌떡 일어났다. 발고를 하려는 사람들이 너무 많아 날이 새도 다하지 못할 것 같았다. 이만큼으로도 충청 감영에 등장(等狀)을 올리기에는 충분했다.

"일단 등장을 제출하면 감영에 보고할 터이니 귀가해서 결과를 기다리도록 해라."

김기수는 관졸들에게 사람들을 관아 밖으로 내보내라고 지시했다. 사람들은 목사가 순순히 등장을 감영에까지 제출하겠다고 약조했다는 사실에 기분이 으쓱해져 콧노래를 부르며 홍주 관아를 나왔다. 그들은 일이 잘되었다고 생각했다. 그러나 그들이 덕산에 도착했을 무렵 도리에 살던 김석현이 헐레벌떡 그들을 맞이했다. 그는 이창구와 이영택을 보며 숨넘어갈 듯한 목소리로 말했다.

"큰일 났슈. 이정규가 전 비인 군수 표명서에게 홍주목으로 몰려간 사람들을 낱낱이 잡아서 족치고 주모자를 잡아 물고를 내라는 서신을 홍주 목사 김기수에게 보내라고 했어유. 제가 두 귀로 똑똑히 들었어유."

"뭐라구! 우리를 잡아 물고를 내라고 했다고?"

사람들이 흥분해서 웅성거리기 시작했다.

"여러분, 이정규가 우리를 죽이라고 했답니다."

이창구는 지체하지 않고 언덕진 곳으로 올라가 군중들에게 사실을 알렸다.

"이 마당에 누가 누구를 죽인다는거! 본때를 보여주자구!"

사람들은 분개했다. 누가 시킨 것도 아니건만 그들은 이 집 저 집을 돌아다니며 사람들을 불러냈다. 사람들이 횃불을 들고 꾸역꾸역 모여들었다. 얼마 안 가 군중은 수천 명으로 불어났다. 이정규를 징치하자는 고함 소리가 여기저기서 터져 나왔다.

"인호 도인의 생각은 어떠시오?"

미처 생각지 못한 상황에 놀란 듯 박덕칠은 성난 군중들을 둘러본 후 이창구와 박인호를 번갈아 바라보았다. 박인호는 긴장한 듯 입술에 침을 묻혔다. 실패하면 이정규로부터 엄청난 보복이 따를 터, 신중해야 했다.

"우리가 먼저 손을 쓰지유. 접주님들 생각은 어떻슈?"

"곧장 이정규 집으로 갑시다."

박인호의 말이 끝나기가 무섭게 이창구가 말을 받았다. 사람들이 웅성거리면서 이정규를 내쫓자고 외치기 시작했다. 그들은 누가 먼저랄 것도 없이 이정규 집을 향해 서로를 떠다밀며 발을 옮겼다. 다급해진 이창구가 행렬 앞으로 뛰어갔다. 사람들이 이정규 집에 도착했을 때 하인 하나가 기다렸다는 듯이 대문을 열어 주며 이정규가 도망갔다고 일러 주었다. 그 말을 듣자마자 앞서가던 몇몇 사람들이 짚단을 가져와 육중한 솟을대문 앞에 쌓았다. 그러고는 짚단 더미에 횃불을 붙였다. 순식간에 불길이 일었다. 사람들은 일족을 멸해야 한다며 이정규의 집뿐만 아니라 이웃 형제들의 집까지 모조리 태워 버렸다.[9]

2.

이정규의 집이 불탔으며 그가 야반도주했다는 소식은 하루 만에 내포 전역에 퍼졌다. 양반들 대다수는 이 소식에 사시나무 떨 듯 불안해하고 두려워했다. 그들은 동학이 고구마 순 뻗치듯 하더니 드디어 양반들에게 칼을 들이밀기 시작했다고 안절부절못했다.

서산 용현리에 사는 이 진사 역시 예외일 수가 없었다. 그는 표명서가 다녀간 후로 불안감이 더욱 증폭되었다. 표명서는 이정규 사건에 본인이 개입되어 있어서 안심할 수 없다며 당분간 한양에 올라가 있을 터이니 찾지 말아 달라고 당부했다. 그는 언제 돌아올 거냐는 이 진사의 질문에도 묵묵부답인 채 서둘러 덕산을 떠났다. 그가 떠나고 나니 이 진사는 불안하고 답답한 심정을 나눌 수 있는 사람이 없었다. 이 진사가 이처럼 긴장하는 데는 그 연유가 있었다.

이 진사네 부모는 한양 세도가로 대원군과 알고 지내는 사이였다. 대원군은 가야산 동쪽에 있던 부친 묘 도굴 사건이 있은 뒤로 부쩍 묘 관리에 나섰던 것인데, 부친 묘뿐만이 아니라 임오군란 때 구식 군인들에게 맞아 죽은 셋째 형 흥인군의 묘를 비롯해 묘 주변에 있는 자신의 땅을 이 진사가 관리하게 했다. 욕심 많은 이 진사는 그 토지들을 김복기와 동리 사람들에게 빌려 주었는데 그것이 항상 원성을 자아냈다. 사실 병작반수제라 해서 땅 주인과 경작자는 가을 추수가 끝난 후 경작 비용을 제하고 반반씩 가져갔는데, 이 진사의 경우는 경작 비용을 경작자가 부담하도록 했다. 그러다보니 경작자는 소출량을 늘리지 않는 한 챙길 수 있는 게 별로 없었으며, 더군다나 흉년일 경우는 경작 비용을 제하고 나면 나락 쭉정이만 갖고 오는 격이었다. 그래도 경작자들은 말 한마디 못 하였다. 동리 사람들이 서로 그 땅을 부치려고 이 진사에게 머리를 조아리는 형편이었기 때문이다. 춘궁기 때에도 이 진사로부터 벼 한 말을 꾸어 와 집에서 재 보면 어디다 흘린 것도 아니요, 참새가 달려들어 파먹은 것도 아닌데 한 말에 훨씬 미치지 못했다. 이 진사네 여종 개울이에 의하면 이 진사네 말은 꾸어 줄 때와 받을 때의 말이 다른데, 꾸어 줄 때 사용하는 말의 밑바닥은 손가락 한 마디 만큼이 올라와 있다고 했다. 그러니 한 말이 될 수가 없다는 것이다. 그래도 나락을 빌릴 수 있는 곳이 그 집뿐이라 사람들은 억울한 일을 당해도 감히 대들 생각을 못했다. 이 진사의 횡포는 하늘을 찔렀다.

자신이 한 짓이 이정규 못지않다고 생각한 이 진사가 불안한 마음에 친척과 벗들을 찾아 전전한 지 사 개월이 지났다. 안마당 붉은 모란이 하늘을 향해 노란 꽃술을 드러내니 그윽한 향기가 매화 향기 못지않아 사방에서 벌들이 날아들었다. 모란을 시샘한 작약들도 뒤꼍 담을 따라 흰색 연분홍색 꽃봉오리를 맺었다. 봄이 와서 꽃이 피고 벌이 날아들어도 이 진사는 좋은 줄을 몰랐다. 그는 동비들이 이정규 다음으로 노리는 자가 혹시 자신이 아닌가 해서 하루하루 마음을 졸였다. 같은 양반이라도 덕망 있는 집들은 전혀 동요하는 기색 없이 봄을 누리고 있었다. 하인들도 달랐다. 후덕한 양반집 하인들은 나뭇짐을 해 올 때면 지게 뒤에 진달래 꽃방망이를 달고 왔으나 인색한 양반집 하인들은 숨죽이고 집 안에 틀어박혀 있었다.

그러던 차에 오늘 낮 여종 개울이가 헐레벌떡 달려와서 동학 도인들이 저간에 있었던 이 진사의 소행을 낱낱이 드러내어 충청 감영에 알릴 거라는 정보를 주었다. 이 진사는 올 것이 왔구나 싶었다. 스스로 자신의 행실을 곰곰이 생각해 보니 동리 사람들에게 욕된 일만 했을 뿐 득 되는 일을 한 적이 없었다. 농토를 빌려줄 때 특히 각박했으며, 양반 천민이 어디 있느냐면서 동비들이 모였다 흩어졌다를 반복할 때 그들을 세워 놓고 사악한 도라고 일장 연설을 하며 핍박을 했었다. 이 마당에 자신을 구해 줄 사람을 생각하니 누구 하나 없었다. 있다 하더라도 다들 제 모가지 지키기도 어려운 판국에 남의 밥그릇 살펴 줄 리가 만무하였다. 이제 하늘에 맡기고 강당골에 있는 마애삼존불로 가서 부처님께 비는 수밖에 없었다. 용현리 동네 사람들은 인근 개심사와 보원사지의 영향을 받아 불심이 지극했다. 이 진사 역시 그 영향을 받아서인지 유학자임에도 불구하고 어려운 일이 있을 때는 마애삼존불을 찾곤 했다.

날이 어둑해지자 이진사는 족보와 토지 문서를 뒤뜰 담장 밑에 묻고 집을 나섰다. 바람이 선들선들 불어왔다. 동리 가운데에 있는 둥구나무 잎들이 며칠 동안 계속된 맑은 날씨에 연녹색을 띠었다. 그는 고개를 넘어 강당골로 갔다. 목다리를 지나 다시 산길로 접어들었다. 오르막길에서 몸이 약간 휘청거렸다. 걱정이 병을 부른다더니 맞는 말이었다. 거뜬히 올라왔던 길이건만! 앞에 삼존불이 새겨져 있는 바위가 보였다. 모퉁이를 돌려는 순간 갑자기 부시럭거리는 소리와 함께 두런대는 소리가 났다. 그는 걸음을 멈추고 소리 나는 쪽을 살폈다. 누군가 먼저 삼존불에 와 있었다. 몸을 숨기고 자세히 살펴보니 김복기와 이창구를 비롯해 모르는 사람 둘이 있었다. 무슨 이유일까? 김복기와 이창구는 동학쟁이가 아니던가? 잘됐다 싶었다. 김복기의 인품으로 보면 한 동네 사람이라는 인연만으로도 곤궁한 형편을 봐줄 수 있는 사람이었다. 기왕지사 여기서 만났으니 도와달라고 말하고 싶었다. 그러나 순간 자존심이 상하기도 했다. 나이로 보면 한참 어린 김복기였다. 게다가 관직에 나아간 적도 없는 평범한 양반집 젊은이였다. 어쩌다 자신이 이 지경까지 됐을까! 조선 오백 년 어느 때에 양반들이 이렇게 험한 꼴을 당했던가! 이 진사는 나라를 제대로 다스리지 못하는 조정의 대신들이 야속했다. 그러나 지금은 한가하게 그들을 탓할 때가 아니었다. 여차하면 이정규처럼 동비들에게 쫓겨나거나 심지어는 죽을 수도 있었다. 이 진사는 용기를 냈다. 하늘이 자신을 살리려고 그들을 보냈을 수도 있다는 생각이 들었다. 그는 모퉁이를 돌았다. 헉! 이 진사는 침을 꼴까닥 삼켰다. 잘못 본 것은 아니겠지 하면서 자신의 눈을 비볐다. 이창구라는 자가 칼자루를 한 아름 안고 삼존불 뒤로 가고 있었다. 칼이라니! 나머지 두 사람도 가마니 자루를 들고 낑낑대며 이창구를 따라가고 있었다. 그 사이 김복기는 삼존불 앞을 정돈하고 있었다. 무슨 일을 하려는 걸까? 이 진사는 심장이 두근거려 서 있을 수가 없었다. 그는 모퉁이 바위에 기대어 앉았다. 잠시 후 네 명은 삼존불 앞에 앉았다.

"일을 차질 없이 하세. 만약의 경우인데 혹시라도 일이 잘못되면 이곳으로 도망 오게나. 이곳에서 먹고 자고 하다 보면 수가 날 거네."

이창구가 씩씩한 목소리로 말했다.

"잘 알았습니다."

세 명은 이구동성으로 힘차게 말했다. 도망이라니? 이 진사는 두근거리는 마음을 진정시키고 잠시 생각을 했다. 칼과 도망! 그렇군! 이 자들이 무슨 일을 꾸미려 하는군! 서산 관아 관졸들을 데리고 와서 이 물건들을 압수하기만 하면 김복기와 이창구는 모반죄로 꼼짝없이 물고를 당할 테고 그렇게 되면 동비들은 섣불리 움직이지 못하게 될 거다! 생각이 이에 미치자 이 진사는 막혔던 가슴이 펑 뚫렸다. 내일 아침 일찍 관아로 가는 거다! 그는 재빨리 골짜기를 내려왔다. 다리가 후들거려서 하마터면 넘어질 뻔했다.

한편 이 진사댁 여종 개울이는 동학 도인들의 말을 이 진사에게 전한 것이 걱정되어 몰래 이 진사 뒤를 따라나섰다. 이 진사가 삼존불을 향해 목다리를 건너가는 것을 보고 발을 멈추었다. 산길이 좁게나 있어 뒤쫓아 가는 것은 무리였다. 바람결에 꽃향기가 실려 왔다. 어둠 속 향내는 더욱 짙었다. 그녀는 코를 벌름거리며 향기 나는 곳을 향해 이리저리 거닐었다.

한참 후 이 진사는 볼일을 다 보았는지 목다리를 건너왔다. 그녀는 인기척을 낼까 하다가 사람도 없는 야심한 밤에 이 진사와 대면하는 것이 싫어서 몸을 숨겼다. 이 진사는 그녀를 보지 못하고 집 쪽으로 내처 걸어갔다. 그녀는 예의 향내를 따라 걸어갔다. 알 수 없는 이 향기! 그녀는 매번 이 향기를 따라나섰지만 향기의 실체를 찾지 못하고 속절없이 돌아왔다. 가 보지 못한 머나먼 곳에서 날아왔으리라.

"개울이 네가 웬일이냐?"

김복기가 목다리를 건너오고 있었다.

"아니 이 밤중에 나리야말로 웬일이세유? 무슨 일이서유? 우리 집 주인 나리도 그쪽에서 오시던데유?"

개울이는 몇 발 물러서서 대답했다.

"어디서?"

"같이 만나신 게 아니었어유? 나리가 지금 오시는 곳에서유."

개울이는 무언가 잘못되어 가고 있다는 느낌에 말끝을 흐렸다.

"목다리를 건너오시더냐?"

"예."

"얼른 집으로 들어가라. 어느 누구한테도 나와 만났다는 얘기를 하지 마라. 목숨이 위태롭다."

김복기의 말에 개울이는 영문도 모른 채 집을 향해 서둘러 갔다. 김복기는 다시 오던 길로 뛰어갔다.

"큰일 났습니다. 무슨 일인지 모르지만 이 진사가 이쪽에서 오는 것을 여종 개울이가 보았답니다."

김복기는 산길 모퉁이를 돌아 나오고 있는 이창구를 보며 말했다.

"야단났구만. 이 늦은 시간에 어찌하면 좋을까? 방법이 없네. 봉기 날짜를 하루 앞당겨야지. 이 진사가 우리를 보았다면 내일 아침 관아로 갈 것이 틀림없네. 지금 당장 통문을 돌려야 하네. 박덕칠 도인하고 박인호 도인은 서산에 이미 와 있으니까 내가 연락을 취하겠네. 연락망에 따라 각자 움직이라고 하게나. 서두르게."

이창구는 김복기와 정원갑, 편중삼에게 각기 해야 할 일을 말해 주었다.

다음 날 아침, 용현리 맞은편 원벌에는 수천 명[10]의 동학도들이 몰려들었다. 내포 동학 도인들은 이정규 사건의 여세를 몰아 전횡을 일삼는 양반 토호 세력에 대한 일벌백계로 우선 이 진사를 택했다. '보국안민(輔國安民)', '제세안민(濟世安民)'이라고 쓰여진 빨간색 대기와 '농자천하지대본(農者 天下之大本)'이란 용현리 두레 깃발이 눈부시게 펄럭였다. 박덕칠이 징을 울렸다. 징이 햇빛을 만나 번쩍하는 순간 하늘과 징 사이에 가느다란 일직선 다리가 순식간에 놓였다가 사라졌다. 나발, 북, 바라 소리가 원벌 일대를 수놓았다. 박인호가 청수를 올리고 심고를 하고 나자 동학군들은 한목소리로 '지기금지 원위대강 시천주 조화정 영세불망 만사지'를 읊었다. 함성 소리가 온 들판을 메웠다. 날라리가 앞장을 섰다. 아이들은 대진 사이를 오가며 연신 호드기를 불러 댔다.

들판은 아직 비어 있다. 여기저기서 누런 소들이 주인의 호령에 맞추어 논을 갈아엎고 있다. 큰비가 오면 모내기가 곧 시작될 터였다. 논일을 하고 있던 사람들은 일손을 멈추고 동학군을 향해 손을 흔들거나, 풍악 소리에 맞춰 춤을 추기도 하고, 쇠스랑을 손에 쥐고 올렸다 내렸다 했다. 담뱃잎을 파종하는 밭에서는 담배 참 시간인지 아이 하나가 여자들 곰방대에 불을 붙여 주고 있었다. 동학군들은 들판을 가로질러 이 진사네 집으로 갔다. 이 진사는 이미 도망가고 없었다. 화가 난 동학군들은 안방과 광을 뒤져 세간살이와 식량들을 꺼낸 후 안채와 사랑채에 불을 질렀다. 김복기는 하인들이 머무는 행랑채만은 피해가 가지 않도록 주의를 단단히 주었다. 용현리 일대가 검은 연기로 뒤덮었다. 하늘을 나는 새도 떨어뜨린다는 이 진사도 별수 없다고 사람들이 쑥덕거렸다. 이 진사의 행방에 고심하던 동학군들은 마침내 그가 개심사에 있다는 소식을 듣고 그곳으로 향했다. 본진이 개심사 초입에 도착할 때쯤 날랜 동학군 선발대가 이미 이 진사를 찾아내 결박하여 데리고 오는 중이었다.

이 진사는 동학군 앞에서 아무런 저항 없이 무릎을 꿇었다. 아침에 그는 서산 관아로 가기 위해 의복을 차려 입고 있다가 동학군들이 몰려오고 있다는 소식을 들었다. 그는 목숨만은 살고 보자는 생각에 부인과 자식들을 데리고 개심사로 도망을 왔던 것이다. 개심사는 용현리에서 멀지 않은 곳으로, 이 진사 부인은 그곳 스님들을 잘 알고 있었다.

"진사 어른, 우리는 의를 위하여 여기에 이르렀습니다. 모름지기 진사라 함은 위로는 임금을, 아래로는 백성을 받드는 자리입니다. 나리께서는 선량한 사람들을 재물의 근원으로 삼아 착취와 수탈을 일삼았습니다. 지난날의 과오를 밝히고 그 죗값을 받으시오."

이창구는 준엄하게 죄를 물었다.

"어찌 내 죄를 모르겠는가. 욕심에 눈이 멀었네. 선대로는 선을 행했으나 내 대에 와서는 악을 일삼았으니 저승에 가서 조상 뵐 면목도 없으려니와, 살아서는 동리 사람들을 볼 면목 또한 없네. 내 목숨 하나야 어찌 되었든 개의치 않을 것이니 우리 자식들만은 용서해 주게."

이 진사는 목숨 보전을 포기한 사람마냥 몸을 축 내려뜨렸다. 숨을 죽인 채 이 진사의 입에서 무슨 말이 나올까를 기대하던 사람들은 용서해 달라는 말에 웅성웅성했다. 갑자기 도인 하나가 목청을 높였다.

"자식만은 용서해 달라구유? 여러분, 저자의 혀를 빼서 사월 볕 바람에 바삭바삭 말립시다."

그는 이 진사에게 전답과 집을 빼앗겨 가야산 골짜기로 쫓겨나 숯을 구워 연명하고 있다고 말했다. 그의 말은 절규 그 자체였다.

"이참에 불알이나 까서 씨를 말리자구."

"이미 이빨 없는 호랑이인데 그렇게까지 할 것 있나?"

사람들은 죽이자 살려 주자 하면서 옥신각신했다. 이창구는 한참을 사람들의 말에 귀를 기울였다. 이 진사에게 당한 자들이 한둘이 아니었다. 잠시 후 이창구는 손을 들어 사람들에게 자중하라는 신호를 보냈다.

"진사 어른, 한마디만 하리다. 당신에게 재물을 빼앗긴 사람들에게 당신의 재산을 도로 돌려주겠소?"

이창구는 단호한 어조로 말했다.

"여부가 있겠소."

이 진사는 고개를 끄덕이며 멍한 시선으로 이창구를 쳐다보았다.

"여러분, 항자불살이라고 이 진사를 용서합시다. 인간이라면 누구나 한 번쯤은 과오가 있기 마련입니다. 이 진사의 죄가 아무리 크더라도 이번만은 용서해 줍시다. 그리고 이 진사로부터 손해를 입은 사람들은 제게 피해 본 내용을 보고하시오. 그대로 돌려 드리리다."

이창구는 사람들을 둘러보았다. 주변의 눈치를 살피던 사람들은 처음에는 머뭇거리다가 박덕칠과 박인호가 박수를 치며 항자불살을 외치자 잇따라 연호했다.

"하마터면 내포 최초의 봉기가 무산될 뻔했소."

박덕칠이 이창구를 보며 씨익 웃었다.

"무산이 뭐유? 내포 동학이 작살날 뻔했슈?"

옆에 서 있던 정원갑이 둘의 대화에 끼어들었다.

"천만다행이유. 하늘이 도우신 게유. 숨겨 둔 칼과 곡식은 원갑 도인이 알아서 복기 도인 집에 가져다 놓으시유."

박인호는 턱에 난 수염을 쓰다듬으며 긴장을 풀었다.

8장/ 내포에 휘몰아치는 청일전쟁의 공포

1.

"창구야, 아버지께서 기다리고 계신다."

늦은 밤 이창구가 집으로 들어서자 당산댁이 마당에 나와 그를 기다리고 있었다. 이창구는 밤늦도록 다 큰 자식을 기다리고 있는 부모님을 보자 죄스러운 마음이 일었다. 안방 문이 열렸다.

"늦어서 죄송합니다."

이창구는 마루로 올라서면서 아버지와 눈을 마주쳤다.

"이렇게 늦는 걸 보니 바쁜 모양이구나. 이 진사 일이 마무리됐으니 좀 쉬거라. 헌데 홍주 목사로 이승우가 부임했다는 소식 들었지?"

"예, 그렇잖아도 그 소식을 듣고 오는 중입니다."

"한양 나리 말씀이, 조정에 이정규 사건과 이 진사 사건이 보고되었단다. 신속히 조치를 해서 내포 지역에 동학이 확산되는 것을 막아야 한다는 의론이 있었다는구나. 그래서 이승우를 보낸 것인데 그가 보통 사람은 아니라고 하더라. 니가 옳은 일을 하는 건 알지만 조심해야 한다."

이창구의 부친은 최근 들어 아들의 동학 의지를 꺾을 수 없음을 알고 인정하기로 마음은 먹었으나, 그만큼 위험도 커지고 있는 것이 불안했다.

"예, 잘 알겠습니다. 심려 끼쳐 드려 송구합니다."

이창구는 안방에서 물러나왔다. 그는 아침에 오리정에서 박인호와 박덕칠을 만났다. 이 진사 사건이 터지자마자 조정에서 홍주 목사로 이승우를 보낼 때에는 동학과 관련 있을 거라고 판단했다. 앞으로는 홍주 목사 이승우가 전면에 나서서 내포 동학 관련 일들을 진두지휘할 것이라는 의견에 모두 생각이 같았다.

갑오년 들어서면서 일월부터 전라도 고부에서는 전봉준이 이끄는 동학도와 농민들이 고부 군수 조병갑을 쫓아냈는데, 뒤늦게 들어온 안핵사 이용태가 잠잠해진 민심에 기름을 끼얹고 불을 질러 버렸다. 전봉준, 손화중, 김개남, 김덕명 등이 이끄는 동학군들이 무장에서 대대적으로 기포하여 고부를 다시 평정하고, 태인 부안 무장 고창 정읍 장성 등을 무대로 기세를 드높이고 있었다. 충청도에서도 각 접별로 수천 명의 동학군들이 기포하여 관아를 들이치고, 무기고를 습격하여 속속 무장을 갖추고 있었다.

내포 동학 역시 이정규, 이 진사 사건 이후 동학 열기가 후끈 달아올랐다. 동학 이야기와 조직의 확산이 칡넝쿨 뻗듯 하고 동학에 입도하려는 자들이 여름 장마에 불어난 개천의 물처럼 넘쳐흘렀다. 천민 중의 천민인 백정들, 자질구레한 일을 해 주며 품삯을 받아 살아가는 역부들, 머슴은 말할 것도 없고, 기생, 창기들도 앞다투어 입도하였다. 부랑자나 산적, 화적들도 동학으로 들어왔다. 차별을 받아 왔던 서얼뿐만 아니라 도를 넘는 탐관오리들의 횡포와 무능한 조정에 고개를 내저었던 양반들까지도 이대로는 안 되겠다며 동학에 가세하는 이가 한둘이 아니었다.

조정에서는 홍계훈을 양호초토사로 임명하여 전라도와 충청도의 동학군들을 토벌토록 지시했다. 또 충청 감사 조병호를 경상 감사로 보내고 후임으로 이헌영을 앉히는 한편 홍주 목사로는 김기수 대신 이승우를 들이는 등 대대적 인사이동을 단행했다. 동학군들의 기세가 예상보다 강력하자 조정에서는 청군 차병을 요청하는 한편, 동학군의 움직임을 파악하면서 출동 기회를 엿보고 있었다.

내포 지역을 관할하는 홍주 목사[11]로 부임해 온 이승우는 홍문관, 의정부, 병조의 주요 관직을 역임하고 승지로 있으면서 국정의 핵심에 참여했기 때문에 국내외 정세의 흐름을 비교적 소상히 꿰뚫는 자였다. 또한 진위, 용안, 정선, 고부에서 이미 지방관을 지낸 경험이 있어 군현의 백성들을 다스리는 데도 능숙했다. 그는 막객 홍건[12]을 데리고 왔다. 그는 먼저 조정의 지시를 전달하기 위해 각 군현의 수령과 아전들을 불렀다.

"창고에 보관되어 있어야 할 세곡이 다 어디 간 게요?"

이승우는 부임하자마자 세곡 창고를 점검했다. 수령들이 조정에 보고한 장부와 비교해 보니 실제로 만여 석 정도가 비어 있었다. 수령과 아전이 한패가 되어 창고에 보관해 두어야 할 세미를 사사롭게 촌민들에게 빌려주고 그 이자를 챙기고 있었던 것이다. 수령들은 서로 얼굴만 바라볼 뿐 아무 말도 하지 못했다.

"더군다나 창고에 있는 세곡마저도 겨와 돌이 반은 섞여 있으니 이 세미를 한양에 보낸다면 제대로 인정을 해 주겠소? 각자 애써서 수일 내로 창고를 채우되 제대로 된 나락으로 다시 채워 넣으시오. 이를 이행하지 못할 시는 엄벌에 처할 것이오. 탐관의 밑은 안반 같고 염관의 밑은 송곳 같다 했소. 이런 난세에는 염관이 되어 고통의 길을 걸어야 하오. 그리고 촌민들에 대한 탐학 행위를 일절 금하고, 특히나 동비들에 대해서는 그들을 회유하여 생업에 충실할 수 있도록 하시오. 금상께옵서 동비들로 인해 심각한 곤경에 처해 있소. 우선 지역 동비들의 움직임을 소상하게 알 필요가 있으니 관할 지역 동비 수괴의 인적 사항을 보고하시오."

이승우는 동학도가 창궐하는 것이 수령을 비롯한 각급 관리들의 부정부패와 직결되어 있다는 것을 간파하고 이를 단호히 단속하겠다는 뜻을 밝혔다. 수령들은 다들 벌레 씹은 표정이 되어 돌아갔다.

그러나 그것은 시작에 불과했다. 이승우는 홍주성 안팎을 단속하며 허물어진 성곽을 보수하고, 관내 유림들과 양반들까지 회유하고 단속하며 동학 도인들이 봉기할 빌미를 주지 않기 위해 동분서주하였다.

그날도 이승우는 홍건과 함께 성곽의 보수 작업 현장을 순시하고 동헌으로 들어서는데, 참판 이중하가 보낸 전령이 당도했다.

"무슨 일이냐?"

"조정에서 동비들을 진압하기 위해 청나라에 군대 파병을 요청했는데, 그들이 지금 홍주 내도에 도착했습니다. 이중하 참판이 영접사로 그들을 맞이하고 있는데, 목사님을 보자 하십니다."

전령은 영접사 이중하의 서신을 내밀었다. 이승우는 서신을 일별하자마자 출발을 서둘렀다.

"이보게, 얼른 다녀와야겠네. 일이 심각하게 돌아가는 듯하이. 여기 일은 자네에게 맡기니 만약 무슨 일이 있으면 전령을 보내게."

머뭇거릴 여유가 없었다. 빗길임에도 불구하고 그는 서둘러 홍주 내도로 갔다. 그러나 청국군과 이중하 등은 이미 아산 백석포로 떠나가고 없었다. 민심이 동요하고 있었다.

"영감, 어제는 일본 배가 나타나서 인천을 향해 가더니만 오늘은 섭지초라는 청나라 장수가 엄청나게 큰 배를 이끌고 와 수천 병사들과 함께 서둘러 내륙으로 향했다네."

"이러다가 일본군과 청국군이 서로 싸우는 건 아녀?"

"아이고, 그렇게 되면, 난리가 나도 크게 나는 거지. 모두 저기 호남이랑 내륙 지방에서 일어난 동학당 토벌 때문에 오는 거라는데, 두 나라가 합세해서 동학을 치면, 동학당 사람들은 떼죽음 당하는 거 아녀?"

"동학당 숫자가 수십만이 넘는다는데, 저 정도 숫자 가지고 대적이 되겠어? 아무래도 동학당이 조선 천지를 다 장악하는 건 아닌지 몰러."

이승우는 속으로 놀라고 있었다. 허황된 말이 더 많긴 했으나, 대체로 민심은 나라 사정을 정확하게 꿰뚫고 있었다. 게다가 일본군과 청국군의 움직임을 목사인 자기보다 먼저 파악하고 있지 않은가. 이승우는 그중 몇몇을 불러 세세히 심문을 했다.

"일본 군대를 어제 보았다고 했느냐?"

이승우는 눈살을 찌푸리며 물었다.

"예, 물론입죠."

"일본 군대가 청나라 군대보다 하루 앞서서 왔다는 게냐?"

"그렇다니까유. 지들이 청국 군대랑 일본군을 분별 못하는 어린애는 아닙니다요. 어부 생활 몇 년이면 배의 뒤꽁무니만 봐도 왜놈 배인지 청나라 배인지 알지유. 그리고 말여유, 지금 인천에서 물건을 싣고 온 어부들 말에 의하면 일본 군대가 이미 인천을 거쳐 한양에 들어갔대유."

한 어부가 입을 실룩거리며 이승우를 쳐다보았다. 이승우는 가슴이 철렁 내려앉았다. 일본 배가 먼저 도착했다니! 게다가 한양에 이미 도착했다니! 그는 바다를 쳐다보았다. 가느다란 빗줄기가 광활한 바다를 적시고 있었다.

그때, 빗속을 뚫고 군함 하나가 들어왔다. 전령이 이승우에게 다가

와 아산 백석포로 가는 청나라 장군 섭사성(聶土成)을 태운 배라며 그 군함에 타라고 알려 왔다. 군함에 오른 이승우는 잠시 뱃전으로 나섰다. 바다에는 풍랑이 일고 있었다. 비가 거세게 뱃전으로 들이치자 이전 하나가 우모를 가져왔다. 이승우는 조선과 자신의 신세가 풍랑 속을 헤집고 나아가는 배와 같다고 생각했다.

백석포에 도착하자 이중하가 어두운 표정으로 그를 맞이하면서 상황의 전모를 알려 주었다. 4월 그믐, 조정에서 청국에 동비들을 진압해 달라고 출병을 요청했다. 이에 5월 3일, 청나라는 일본에 출병 사실을 통보했는데, 일본은 이미 하루 전날 대본영을 설치하고 군대를 파병했다는 것이다. 일본 사정에 밝은 외국 사신을 통해 알아본 바에 의하면 일본군의 조선 출병은 의회와 갈등을 겪고 있는 이토 히로부미 내각의 정치적 타개책으로 대본영이 설치되면서 어떠한 국무대신도 군의 기밀 사항에 관여할 수 없다고 했다. 한편 오시마 요시마사(大島義昌)[13] 5사단 혼성 제9여단장이 이끄는 선발대와 함께 인천에 도착한 오오토리 공사는 5월 6일 오늘, 병력을 대동하지 말라는 조선 조정의 요구를 무시한 채, 해군육전대 420명과 대포 4문을 이끌고 한양에 들어갔다는 것이다. 섭사성과 섭지초가 이끄는 청군 2천여 명은 이제야 아산 백석포에 도착했으니, 증기선으로 청나라 대고에서 인천까지 12시간, 일본 히로시마현 오지나 항에서 인천까지 40시간 걸린다는 사실로 추측해 보면 일본은 선 출발 후 통고 형식을 취했다는 것이다.

이승우는 일본군의 주도면밀한 움직임에 혀를 내둘렀다. 이로써 일본의 속셈은 분명해졌다. 속셈이 없었다면 굳이 출발을 서두를 필요가 있었을까? 그렇다면 청나라가 가만있을 리 없을 테고? 청나라와 일본이 싸운다면? 갑신정변 이래 조선에서의 주도권을 잡지 못해 안달하던 일본은 이번 기회에 청국과 일전을 불사하고라도 조선을 장악하겠다고 결정한 것이 분명했다. 생각이 여기에 이르자 이승우는 눈앞이 캄캄했다. 일본이 청나라에게 도전장을 내밀었다면, 이미 나름의 준비를 하였을 터. 이승우는 조선의 미래에 대한 암울한 생각을 떨칠 수가 없었다.

청군 영접을 마치고 관아로 돌아온 이승우는 하루하루가 초조했다. 그는 한양에 들어와 있는 일본 군대와 아산 백석포에 진을 치고 있는 청나라 군대에 촉각을 곤두세웠다. 두 나라 간에 무슨 변란이라도 생기면 홍주목 주변이 격전장이 될 터였다.

오늘도 이승우는 이른 아침부터 관아에 나왔다. 혹여 있을지도 모르는 청일 난리를 대비해 지게꾼이나 식량, 인부, 말 등을 준비해 놓으라는 이중하의 말이 생각나 홍건과 함께 대책을 논의하고 있었다. 보부상 이팽년이 관헌으로 들어왔다.

"나으리, 이팽년입니다."

"어서 오게나."

이팽년은 참판 이중하와 이승우를 연결하는 전령으로 요즘 들어 한양 소식을 도맡아 전해 주고 있었다.

"왜군이 경복궁을 장악했답니다."

"뭐라고?"

이승우는 심장이 얼어붙는 듯했다. 일본이 어떤 식으로든 도발을 하려니 했으나 설마 이렇게까지 할 줄은 몰랐다. 이팽년은 이중하의 서신과 함께 개략적인 이야기를 해 주고 신속히 떠났다. 이승우는 읍예들을 시켜 홍주목 산하 각 군현 수령들을 불러 모았다. 저녁때가 되자 수령들이 말을 타고 속속 홍주목에 나타났다.

"일이 어떻게 된 거랍니까?"

먼저 태안 부사가 운을 뗐다.

"영접사 나리의 말씀에 의하면 어제 새벽 네 시에 일본군이 도성의 사대문을 막고 경복궁 서쪽 영추문을 부수고 대궐에 난입했다는 거요. 그리고 나서 왜군 야마구치 대대장이 국왕 앞에서 총검을 빼 들고 휘두르면서 임금을 협박했답니다. 그러니 외무독판[14] 조병직 나리가 오오토리 공사하고 담판을 지을 수밖에요. 자세한 내막은 시간이 지나 봐야 알 것 같고 일단 상황이 급박한 것 같아 부랴부랴 당신들을 불렀소. 대책을 세워야 하오."

이승우는 마음이 진정되지 않아 연거푸 물을 마셨다.

"조정은 어떻답니까? 시일이 지나면 드러나겠지만 일본이 조선을 집어삼키려고 작정한 것 같은데요? 그렇다면 일본이 청나라와 싸움을 할 수밖에 없을 텐데요?"

합덕 현감은 눈살을 찌푸리며 이승우를 빤히 바라보았다.

"조정이야 힘이 없으니 눈치만 보고 있겠지요. 지금 당장은 방도가 없을 겁니다. 이렇게 나가는 것을 보면 제 생각에는 일본이 청나라와의 전투를 감행하려는 것 같습니다. 일본이 조선을 장악하겠다는 정황은 이미 포착되고 있었는데 이렇게 빠를 줄은 몰랐습니다. 조정에서 동비들을 진압할 군대를 청나라에 요청하니까 일본은 이때다라고 판단하고, 공사관이나 거류민을 보호한다는 구실 하에 군대를 대거 파병한 거지요."

홍건이 맥 풀린 이승우를 대신해서 이야기를 했다.

"이런 상황을 방지하고자 이미 전주 화약을 이미 맺었잖소? 난이 다 진정되었으니 청일 양국이 물러나야지요. 이토 히로부미하고 청국 이홍장하고 맺은 천진 조약에 따르면 군사를 주둔시킬 이유가 없어지면 철수한다는 조항이 있다면서요?"

"그렇잖아도 조정에서 청국군과 일본군 모두 군대를 철수하라고 요구했대요."

"그런데 먹으려고 덤비는 놈들이 그런 말을 들을 리 있겠어요?"

"청국군은 조정의 요청을 받아들여 철병하기로 했고, 일본에도 철병할 것을 요구하였는데, 일본은 오히려 청국과 일본이 함께 조선의 내정을 개혁하자고 제의를 했답니다. 청나라가 당연히 이를 거절하자, 더 이상 명분이 없어진 일본이 단독으로라도 조선의 개혁을 지원하겠다는 명분을 내세우고 있는 것이지요."

"일본은 청나라와 전투를 할 경우 승산이 있다고 보는 것 같습니다. 그러니까 조정에 서울-부산 간 군용 전신을 가설하겠다, 일본군 막사를 지어 달라, 아산에 있는 청군을 철수시키라는 등 삼척동자라도 그 속내를 알 수 있는 요구를 하는 것 아니겠습니까? 구미 열강만 아니면 당장이라도 청나라를 치고 싶을 겁니다. 왕궁을 장악한 것도 청나라를 치기 위한 구실을 만들어 내기 위한 것이라고 보아야 합니다. 이제 한양 도성의 조선군을 무장해제 시키고 친청파인 민씨 일족을 제거한 다음 대원군을 옹립시키면, 조정은 꼼짝없이 일본 요구에 따를 수밖에 없을 겁니다. 그렇게 되면 전투할 때 필요한 모든 물자들을 조선으로부터 공급받을 수 있게 될 겁니다. 설사 패배한다 하더라도 자국의 군사비도 덜 축내게 되고, 승리하면 청의 간섭 없이 조선을 장악할 수 있다고 생각한 거지요."

홍건은 영접사 이중하가 보낸 서신에 나와 있는 대로 가감 없이 이야기했다. 이중하와는 지금 같이 어려운 상황에서도 시 한 수를 주고받을 만큼 친한 사이였다.

"한양에 들어와 있는 여러 외국 공사관에서도 이 정도의 불법적인 사태에는 말들이 많을 텐데요. 일본은 왕궁을 점령한 이유에 대해 열강들의 공사관에 어떤 식으로 타전을 했답니까?"

"조선은 어엿한 독립국인데 청나라가 계속 내정을 간섭한다, 그래서 조선과 담판을 지으려고 군대를 왕궁 뒤 언덕으로 이동시킨 것인데 왕궁 호위병인 조선 병사들이 먼저 발포를 해 와 우리도 하게 됐다, 약 삼십 분간 소요가 있었으나 안정이 됐고 이제 조선 군대 대신 일본 군대가 왕궁을 지키고 있다, 침략 의도는 애초에 없었으며 우연한 충돌이었다고 변명을 한 거죠. 우연한 충돌이라는 것을 누가 믿겠어요? 병사들 말로는 새벽에 영추문 쪽에서 폭약 터지는 소리가 세 번이나 났고, 도끼로 찍은 흔적도 있으며, 빗장을 톱질했다고 합니다. 그리고 교전을 인시부터 진시까지 했다는데 실은 왕궁에 들어가 움직인 시간을 감안하면 그제 저녁부터 어제 아침까지라고 보면 된답니다. 일사천리로 움직였다는데 우연이라면 그렇게 할 수 있었겠어요? 그 시간에 서울 인천 간 전선도 끊어져서 전화가 불통되었다는데…."

"문을 열려고 폭약을 터뜨린 모양인데 안 되니까 도끼로 찍고 톱질을 했구먼. 영추문이 견고했던 모양이네."

"어이가 없군. 싸울 의도가 없었다면 대낮에 군사를 움직이지 왜 새벽에 움직여? 그리고 청군이 본국과 전화를 못 하도록 전선부터 끊어 놓고 쌈질을 한 거구만."

"여하튼 여우 같이 교활한 놈들이네. 무기로 보나 정신 상태로 보나 청국이 감당하기에는 역부족이야."

"근데, 정말 청국과 일본이 전쟁을 벌일 것으로 보시오?"

태안 부사 윤수영은 앞으로의 일이 걱정이 되는 듯 미간을 찌푸린 채 홍건을 바라보았다. 그의 이마에 일자형 주름이 깊게 잡혔다.

"제 생각으로 청일 간 전쟁은 곧 일어난다고 봅니다. 일본은 오랫동안 치밀하게 준비해 온 것 같습니다."

홍건은 자신의 직감이 결코 틀리지 않을 거라고 생각했다.

"큰일이네. 동비들이 진정되어 한숨을 돌리는가 했는데, 이제는 의병들이라도 일어나야 할 판국이 아닌가. 범궐을 당했는데도 가만있을 유생들이 얼마나 되겠는가? 이 소식이 전해지면 각지에서 의병들도 일어날 테고, 관망하던 동비들도 외국 군대를 몰아내겠다며 다시 일어서지 않겠는가? 의병과 동비들이 힘을 합쳐 일본군과 대적한다면?"

대흥 군수 이창세였다.

"그렇게 된다면 금상첨화이긴 하겠으나 그게 어디 가능한 일인가? 유생들이 동비들과 함께하려 하겠는가?"

서산 현감은 의병 이야기가 나오자 갑자기 힘이 솟는 듯 큰 소리로 말했다. 그때 피곤한 기색으로 듣고만 있던 이승우가 몸을 곧게 펴며 수령들을 둘러보았다.

"무슨 말을 하고 있는 게요? 지금 이 나라가 동비들로 골치를 앓고 있는데 유생들과 힘을 합한다고? 정신이 있는 게요? 의병 이야기는 꺼내지도 마시오. 동비들을 어떻게 하면 잠재울 수 있는지 그 방법이나 생각해 보시오. 가능하면 그때그때 소식을 공유할 터이니 돌아가서 각 군현에서 행여나 소요가 일어나지 않도록 방비를 잘하시오. 난세일수록 정신을 차리고 각자의 소임을 다하기 바라오. 내가 요구했던 동비 수괴의 명부와 관아의 세곡 보충 현황을 금명간 모두 제출하시오. 모두들 서둘러 돌아가시고 면천 수령은 남아 주시오."

수령들이 돌아가고, 이승우는 면천 수령에게 이창구에 대해 자세히 물었다. 이창구가 근간의 내포 지역 동학 봉기를 주도한 자라는 것을 들었기 때문이었다.

2.

보부상 이팽년은 아침에 홍주 목사 이승우를 만난 뒤 바로 덕산 읍내 장터로 왔다. 그는 이창구에게 일본 군대가 경복궁을 점령했다는 소식을 전했다. 이창구는 믿기지가 않았다. 전날 보았던 풍도 앞바다 군함이 머릿속을 떠나지 않았다.

엊저녁 그가 수련도 할 겸 풍도 앞바다에 떠 있는 이양선의 움직임을 지켜보기 위해 도인들과 함께 송악산에서 밤을 지새우려 할 때였다. 갑자기 정원갑이 제안을 했다.

"형님, 배 타고 나가서 저 이양선 좀 보고 옵시다."

정원갑은 멀리서 이양선을 보고 있자니 성이 차질 않는다며 이창구를 보챘다. 이창구 역시 마음이 동했다. 물결이 잔잔해서 갔다 오기에 별 무리가 없어 보였다. 그는 어부 한 사람을 불러 배를 준비하게 했다. 그렇잖아도 이양선들 때문에 바다에 나가지 못한 어부는 돈을 받아 들고 좋아라 했다. 셋은 바다로 나섰다. 함선은 배 가운데에 솟은 연통에서 연기를 내뿜으며 앞서거니 뒤서거니 바다를 오가고 있었다. 함선 하나만 해도 대궐의 전각들을 모두 모아 바다 위에 띄워 놓은 듯 어마어마한 크기였다.

"원갑아, 저 군함을 보고 있으면 조선이란 나라가 우물 안 개구리처럼 느껴져."

이창구는 언젠가 장터에서 한 보부상이 "군함 한 대 없으니 왜놈들이 우리 조선인을 미개인으로 본다."면서 도인들을 경멸하던 기억이 떠올랐다.

"나리, 그뿐 아닙니다. 가서 보시면 아시겠지만 저놈들 옆구리에 찬 총만 봐도 주눅 듭니다."

어부는 몸을 움츠렸다. 함선에 가까이 다가가자 주변에 떠 있던 작은 배들이 눈에 들어왔다. 그때 갑자기 일본 병사들이 뱃전에 기댄 채 나룻배를 향해 총부리를 겨누며 뭐라고 소리를 쳤다.

"아이쿠!"

어부가 갑자기 두 손을 바짝 들었다가 뱃바닥에 바싹 엎드렸다. 그러고는 바닥에 있던 흰색 보자기를 들어 올려 휘휘 내저었다. 정원갑과 이창구도 놀라서 얼른 자세를 낮췄다. 그러자 일본군 병사들이 총부리를 내렸다. 그들은 일사불란했다. 이창구와 정원갑은 그들의 민첩한 행동에 혀를 내둘렀다. 어부는 일본군을 향해 뱃머리를 돌리겠다고 손짓을 하면서도 일부러 크게 반원을 그리며 배를 돌려 이창구와 정원갑이 자세하게 군함을 볼 수 있도록 했다. 가까이서 군함을 본 이창구는 착잡했다. 일본군이 탄 함선에 비하면 조선의 배는 수레

앞에 선 사마귀였다. 이런 일본군을 죽창으로 무장한 동학군들이 정면으로 대적하는 것은 무리였다. 왜놈들이 별거냐며 큰소리치던 정원갑도 돌아오는 내내 입을 굳게 다물었다.

이창구는 뒤숭숭했다. 군함을 아산만에 배치해 놓고 왕궁을 점령했다? 아산은 청군의 거점지가 아니던가? 혹시 한양에서 아산으로 병력을 끌고 오겠다는 건가? 갑자기 소름이 돋았다. 사람 떠드는 소리가 났다. 어물전에서 나는 소리였다. 어부들이 몰려와 있었다. 그들은 어제 고기를 잡으러 나섰다가 군함 때문에 빈손으로 왔다며 굶어 죽게 생겼다고 울상을 지었다.

"조선 바다를 왜 넘의 나라 놈들이 설치고 다니냐 이 말여?"

정원갑의 목소리였다. 어부들이 연이어 무기력한 조정을 성토했다. 이창구는 포목을 만지고는 있었으나 머릿속은 온통 엊저녁 바다에서 본 군함 생각뿐이었다.

"무슨 생각을 하시기에 오는 사람도 못 알아보고 계세요?"

순섭은 말군을 입은 채 어두운 표정을 하고 포목전에 들어섰다.

"한양 얘기는 들으셨소?"

"예, 왜놈들이 왕궁을 점령했다면서요? 장터 입구에 사람들이 몰려 있던데요."

"맞소. 방금 이팽년이 다녀갔소."

"그랬군요. 마무리 지을 일이 있으면 저한테 시키세요."

순섬은 펼쳐져 있는 포목들을 둘둘 말아 한쪽에 차곡차곡 쌓았다.

"이 시기에 누가 포목을 사겠소. 다들 피난 짐을 챙기느라 여념이 없을 거요. 손님이 없으니 일찍 서두릅시다. 찬고야, 태안에 다녀올 테니 정리 잘하고 들어가거라."

그는 한쪽에서 포목을 정리하고 있는 아들에게 뒷마무리를 당부하였다. 도씨 부인은 손님도 없는데다가 어제 틀못 장을 보느라 힘들었다며 일찍 집에 들어간 터였다. 찬고는 이창구를 보며 함박웃음을 지었다. 아들의 함박웃음은 이창구의 고통을 일순간에 몰아낼 만큼 위력적이었다.

포목점 밖으로 나온 이창구는 순섬이가 먼저 말에 오르도록 도와준 후 자신도 말 위로 올라탔다. 이 짙은 갈색 말은 최근에 오승포 사백 필을 주고 산 것으로, 순섬이가 동학 관련 연락 일을 맡아 하는데 유용하게 쓰이고 있었다. 말은 더위에 지친 듯 쉽게 발을 떼려 하지 않았다. 순섬이가 말의 갈기를 부드럽게 툭툭 쳤다. 이창구는 말머리를 태안으로 향했다. 내일 아침에 태안 이방 김넙춘을 만나기로 했기 때문이다.

태안 방갈리 도인 문장로는 태안 수령이 동학 도인들을 잡아다가 곤장 몰매를 치는 등 못살게 굴자 이방을 비롯한 관아 사람들을 구슬려 달라고 이창구에게 부탁했다. 이창구는 김넙춘과는 향교 일로 친분이 두터운 사이였다.

"최장수라는 여인이 그리도 좋소?"

이창구는 바람에 펄럭이는 순섬의 옷자락을 오므리며 물었다. 그녀는 이창구가 태안에 갈 일이 있다고 하자 최장수가 보고 싶다며 본인도 데려가 달라고 부탁하였던 것이다. 그녀가 최장수를 못 본 지구 개월이 되어 가고 있었다.

"네. 그 사람과 함께 있으면 마음이 그렇게 편할 수가 없어요. 지난 보은 집회 때 보니 젊은 사람인데도 청수 그릇을 지니고 다니던데, 지금쯤 도력이 얼마나 깊어졌을까요?"

순섬은 마치 최장수를 눈앞에서 보기라도 한 것처럼 들뜬 목소리로 말했다. 그녀의 이마에서 땀방울이 흘러내렸다. 더위가 한창인지라 초목은 맥없이 늘어져 있고, 길가에 매어 놓은 소들도 혓바닥을 길게 내밀며 허여멀건한 타액을 입가에 흘리고 있었다.

"해월 선생 말씀이 앞으로 부인 도통이 많이 나온다 했소. 내 보기에 당신 역시도 하루가 다르게 도인이 되어 가는 것 같소. 정말이지 당신은 당신 안에 있는 귀한 하늘님의 모습을 항상 나타내 보이는 것 같소."

"원 별말씀을요."

순섬은 쑥스러운 듯 시선을 떨구었다. 말이 더위에 지쳐 속도를 내지 못했다. 순섬은 말 잔등을 연신 쓰다듬었다. 그들은 몇 번이나 쉬어 오느라 밤이 이슥해져서야 문장로의 집에 도착했다.

다음 날 아침 이창구는 문장로와 함께 이방 김녑춘을 만나기 위해 태안 읍내로 나갔다. 아들 문구석도 따라나섰다. 문구석은 호탕한 이창구를 유난히 좋아했으며 이창구 역시 효자인 그를 무척이나 아꼈다. 남자들이 가고 나자 최장수와 순섬은 조개를 캐러 집을 나섰다. 고샅을 돌아나가면 바로 바다였다.

방갈리는 파도와 갈매기들이 제집처럼 드나드는 포구였다. 큰비가 와서 장마라도 지는 날에는 물찬 마당에 망둥이가 뛰고, 어쩌다 물길에 실려 온 게는 힘없이 둥둥 떠다녔다. 그럴 때면 아이들 또한 세간살이가 장맛비에 떠다니든 말든 망둥이처럼 좋아라 첨버덩거리며 뛰어다녔다. 다 해진 바지 자락과 치맛자락이 물속에서 부풀어 오를 때마다 아이들은 기염을 토했다.

썰물 때라 바닷물이 빠져나간 뻘은 가뜩이나 더운 날씨에 내리 쬐는 뙤약볕 때문에 재빠르게 물기가 말라 갔다.

"왜놈들이 왕궁을 점령했다면서요? 어민들이 새벽에 고기 잡으러 나갔다가 바다에 군함들이 떠 있어서 그냥 돌아왔대요. 왜놈들이 되놈들과 싸운 후에 이 나라를 삼키려 한다고 시아버님이 그러셨어요."

최장수는 시국도 시국이러니와 시아버지와 남편에 대한 관아의 눈초리가 심상치 않아 걱정이었다.

"그러게 말이네. 큰일일세."

순섬은 얼굴이 꺼칠해진 최장수를 보자 마음이 아팠다. 불안감 때문에 포태를 못 하는 듯싶었다.

"어제는 이웃집 마님이 저를 보더니 동학 도인들 때문에 이 나라가 이 꼴이 됐다며 언성을 높였어요. 어찌나 속이 상하든지 마음을 가라

앉히려 해도 안 되데요."

"해월 선생께서 늘 하시는 말씀 중에 저 사람이 악으로 나를 대하더라도, 나는 순히 대하라 하셨지. 그 노파의 겉마음에 휘둘리지 말고, 내 마음이 그분을 위로할 수 있도록 심고하시면 마음이 편안해질 게야."

순섬은 상처받은 그녀를 위로해 주고 싶었다.

"대인접물에 관한 여러 말씀을 내가 한번 외어 볼 테니 잘 들어 보게."

"아니 그걸 모두요?"

"자네가 나보다 더 낫다는 걸 알지만 그냥 읊어 주고 싶어서 그래. 마음을 편히 하고 잘 들어 보게. 우선 '저 사람이 포악으로써 나를 대하면 나는 어질고 용서하는 마음으로써 대하고 저 사람이 교활하고 교사하게 말을 꾸미거든 나는 정직하게 순히 받아들이면 자연히 돌아와 화하리라. 이 말은 비록 쉬우나 몸소 행하기는 지극히 어려우니 이런 때에 이르러 가히 도력을 볼 수 있느니라.' 이게 아까 말한 그 대목이고, '사람을 대하고 물건을 접함에 반드시 악을 숨기고 선을 찬양하는 것으로 주를 삼으라.' 이건, '대인접물'이라는 말씀을 한마디로 요약한 것이라 할 만하지. 또 이런 말씀도 있네. '혹 도력이 차지 못하여 경솔하고 급작스러워 인내가 어려워지고 경솔하여 상충되는 일이 많으니, 이런 때를 당하여 마음을 쓰고 힘을 쓰는데 나를 순히 하여 나를 처신하면 쉽고, 나를 거슬러 나를 처신하면 어려우니라.

이러므로 사람을 대할 때에 욕을 참고 너그럽게 용서하여 스스로 자기 잘못을 책하면서 나 자신을 살피는 것을 주로 하고, 사람의 잘못을 그대로 말하지 말라.' 이 말씀 또한 지금의 자네에게 요긴한 듯하이."

순섬은 다 읊고 나서 멋쩍은 듯 최장수를 보고 피식 웃었다.

"다른 이의 흠결을 보고 모른 척하기가 참 어려워요."

최장수는 흘러내리는 땀방울을 손으로 훔치며 순섬을 쳐다보았다. 그녀의 또렷한 이목구비가 오늘따라 더 빛나 보였다.

"암만. 그게 쉬우면 이미 도인이 다 된 거야. 염주 돌리듯 사람이나 사물을 화순하게 대하는 법을 익히고 익혀야 돼. 내가 아무리 좋은 말을 한다고 해도 상대방이 받아들일 준비가 되지 않으면 소용이 없지. 그러나, 상대방이 내 말을 순하게 듣고 받아들이도록 표정과 성품을 미리부터 갖추는 것이 도력의 참된 척도가 아니겠나. 그러면 우선 내 마음이 편해질 테고, 다음으로 그런 도인들로 말미암아 우리 동학 또한 빛이 날 거야."

"마님 말을 듣고 나니 마음이 편해졌어요. 저를 찾아 주셔서 너무 고마워요."

"내가 고맙지. 자네를 보고 있으면 내 마음이 절로 화순하게 된다네."

순섬은 미소를 지으며 물 빠진 바다를 바라보았다. 자그마한 게들이 저 살 궁리에 갯벌을 뒤집어 까고 있었다. 갯벌은 이제 까마득히 멀어져 눈에 보이지도 않는 바닷물을 속절없이 기다리고 있는 듯했다. 갯벌이 처연해 보였다.

"배가 슬슬 고파 오는 걸 보니 벌써 점심때가 다 되었나 봐요. 이제 일어나세요."

어느새 바구니는 조개로 가득 차 있었다. 최장수는 똬리를 얹고 바구니를 머리에 이었다. 조개가 뱉어 낸 바닷물이 바구니를 삐져나와 콧잔등을 타고 입술 사이로 흘러들었다. 짭짜름하면서도 뻘 흙으로 인해 지근거렸다. 최장수에게 조개를 캐는 일은 소일거리이자 휴식이기도 했다. 누구의 시선도 의식하지 않고 너른 갯벌을 한없이 볼 수 있는 여유로움이 좋았다. 순섬과 최장수는 서로 알아들을 수 없는 노랫가락을 흥얼거리며 집으로 돌아왔다.

문장로 부인이 점심으로 찐 감자를 내놓았다. 감자는 살갗이 툭툭 터져 있었다. 그 사이로 하얀 분이 묻어나 있어 보기에도 먹음직스러웠다. 점심상을 물리자 문장로 부인은 마루에 누워 더위를 피하라고 순섬에게 베개를 가져다주었다. 본인은 한 두렁 정도 아직 감자를 캐지 못했다며 최장수와 함께 집 옆에 있는 채마밭으로 나갔다. 순섬은 피곤해서 잠깐 누웠다가 대문을 여는 인기척에 일어났다.

"성님, 어딨슈? 빨리 피하시유."

다급한 목소리를 한 아녀자가 순섬을 쳐다보았다. 문장준 부인이었다. 그녀는 순섬을 알아보고 잠깐 눈인사를 하더니 이내 굳은 얼굴을 하고 텃밭으로 향했다. 순섬은 보통 일이 아니다 싶어 얼른 마당으로 나섰다.

"무슨 일인디 그려? 이 대낮에."

문장로 부인이 손에 쥔 호미를 땅에 놓으며 일어섰다.

"야단났슈. 얼굴이 시커먼 병사들이 고샅을 쑤시고 돌아다닌대유. 청나라 군사들인 것 같다는디, 총칼을 차고 있대유. 빨리 며느리 데리고 뒷산으로 올라갑시다."

"이게 무슨 날벼락이여. 바깥양반들이 다 읍내 나가고 없는디 이 일을 어쩐댜?"

"성님, 일단 무조건 도망가야 혀."

"손님도 와 계시는데 이게 어쩐 일이랴. 아가, 무슨 일인지 모르겠으나 일단 도망가고 보자."

문장로 부인은 최장수의 손을 잡아끌었다.

"어머니, 먼저 가세요. 옷가지 좀 챙기고 문단속하고 따라갈게요."

"마님, 그렇게 하세요. 제가 도울게요."

순섬은 신속하게 최장수에게 다가갔다. 군함들이 바다를 오가더니 드디어 일이 났구나. 읍내 나간 일행들은 무얼 하고 있는 걸까?

"성님, 젊은 사람 말 들어. 젊은이들은 우리보다 발이 빠른께 우리 먼저 가자구."

문장준 부인은 문장로 부인의 손목을 끌고 먼저 나섰다. 최장수는 서둘러 부엌으로 가더니 열쇠를 가져와 곳간 문을 잠갔다. 그러고는 안방으로 들어갔다. 그 사이 순섬은 부엌으로 들어갔다. 수북하게 보리쌀이 들어 있는 함지박이 눈에 들어왔다. 그녀는 그것을 대문 옆 잿간에 갖다 놓고 나뭇가지로 덮었다.

최장수가 방에서 보따리 하나를 안고 나왔다.

"에그머니나!"

최장수는 방을 나오자마자 갑자기 소리를 지르며 주저앉았다. 순섬은 그녀의 날카로운 비명 소리에 놀라 반사적으로 뒤를 돌아다보았다. 대문 안으로 병사 다섯 명이 들어서고 있었다. 칼과 총을 찬 청국 병사들이었다. 순섬은 뒷걸음을 쳤다. 온몸이 오싹하면서 벌벌 떨렸으나 최장수를 보호해야 한다는 생각에 정신을 가다듬었다.

"내 뒤로 물러나 있게."

순섬은 최장수에게 작은 목소리로 말했다. 최장수는 순섬이가 시키는 대로 했다. 최장수의 입에서 '시천주 조화정 영세불망 만사지'가 흘러나왔다. 순섬은 병사들을 천천히 응시했다. 앳된 병사들이었다. 얼굴은 숯덩이를 칠한 것마냥 시커멓고 청색 군복은 진흙과 핏물로 얼룩져 있었다. 한 병사는 다리에 부상을 입었는지 다른 두 병사의 부축을 받고 있었다. 그들 역시 겁먹은 듯 눈동자를 사뭇 움직이면서 알아들을 수 없는 말로 중얼거렸다.

"최 접장, 저들이 무슨 말을 하고 있는 걸까?"

"혹시 밥 달라는 말은 아닐까요?"

최장수는 나직하게 속삭였다.

"이들에게 정성을 다하면 해코지는 안 할 거야."

순섬은 순간 목숨은 하늘님에게 달려 있고 하늘님이 만민을 내었다는 해월 선생의 말씀이 생각났다. 두려움을 떨쳐 버리고 이 병사들을 귀한 하늘님으로 생각하고 정성스럽게 받들자고 마음을 다잡았다. 순섬의 말에 최장수가 조심스럽게 부엌으로 발길을 옮겼다. 그사이 순섬은 병사들에게 손짓으로 마루에 앉으라고 했다. 병사들은 순섬의 손짓을 따랐다. 최장수는 눈 깜짝할 사이에 삶아 놓은 보리쌀과 먹다 남은 바지락 된장국, 머위나물 그리고 점심에 쪄 놓은 감자를 차려 왔다. 병사들은 상 위에 놓인 음식을 단숨에 먹어 치웠다. 병사 하나는 찢어진 바지 사이로 흰 뼈가 드러났건만 아랑곳하지 않고 허겁지겁 먹었다. 최장수는 다친 병사를 물끄러미 쳐다보더니 텃밭으로 향했다. 그녀는 세차게 올라온 쑥 순을 한 움큼 뜯어 와 짓찧은 다음 병사의 상처 부위에 놓아 주었다. 병사는 그녀의 도움에 어찌할 바를 몰라 고맙다는 듯 연신 고개를 주억거리더니 눈물을 흘렸다. 최장수의 눈에서도 닭똥 같은 눈물이 흘러내렸다.

"밥은 먹었으니 이들을 태안 관아로 데려가세."

순섬은 부엌에서 시커먼 부지깽이를 가져왔다. 그녀는 병사들이 보는 앞에서 한문으로 큼지막하게 '관아'라고 썼다. 병사들은 하얀 이를 드러내며 좋아라 했다.

태안 관아 입구는 사람들로 북적였다. 태안 수령 윤수영을 비롯해 이방 김념춘과 관솔들은 청군 부상병 여섯 명을 서산 관아로 호송한다고 말과 마부를 대기시키느라 바삐 움직이고 있었다. 순섬은 김념

춘에게 다가가 병사 다섯 명을 인계했다.

"셰셰."

청국 병사들은 인사를 마치고 김념춘이 가리키는 곳으로 뛰어갔다. 순섬이와 최장수도 그들을 따라 관아로 들어갔다. 관아 마당에는 백여 명이 넘는 청국 군사들로 꽉 차 있었다. 병사들은 식사를 끝내고 휴식을 취하고 있다가 뒤늦게 나타난 동료 병사 다섯 명을 보자 울음을 터뜨렸다. 여기저기서 홀쩍거리는 소리가 났다.

태안 사람들 모두가 와 있는 듯했다. 순섬은 사람 사이를 헤집으며 이창구를 찾았다. 그는 태안 도인들과 함께 한쪽 구석에 앉아 있었다. 순섬은 반가워 어쩔 줄 몰라 하면서 그의 옆에 가서 앉았다.

"예서 뭐하시는 거예요?"

"일이 났소. 잠시 후에 이방 김념춘이 자세하게 설명을 해 준다고 했으니 기다려 봅시다. 그런데 한나절 만에 얼굴이 왜 그렇게 해쓱해지셨소?"

이창구는 염려스러운 눈빛으로 순섬을 바라보았다. 순섬이가 빙그레 웃기만 하자 그는 최장수에게 무슨 일 있었냐는 눈짓을 보냈다. "십년감수하는 줄 알았어요."

순섬은 씨익 웃으면서 좀 전에 일어났던 일을 말해 주었다.

"여기 읍내가 야단이 나는 바람에 당신에게 그런 일이 일어나고 있는 줄은 전혀 생각을 못했소. 아무 일 없어서 다행이오. 그런데 당신한테 칭찬받을 일 있소."

이창구는 쑥스러운 듯 머뭇거렸다. 순섬은 그의 모습이 너무 귀여워 말은 못하고 빙긋이 웃기만 했다.

"김넙춘이 동학을 하기로 했소. 앞으로 도움을 많이 받을 것 같소."

그는 말을 해 놓고 순섬의 얼굴을 살폈다. 순섬이가 환하게 웃으며 그의 손을 꼬옥 잡아 주자 어색했는지 시선을 먼 곳으로 돌렸다. 문구석은 이창구의 어린애 같은 천진난만한 행동을 옆에서 눈여겨보고 있었다.

"나리, 그리도 좋소?"

문구석은 배시시 웃었다.

"뭐가?"

이창구의 얼굴이 순간 발개졌다.

"마님이요."

문구석은 웃으면서 눈을 흘기는 척했다.

"자넨 최 접장이 안 좋은가?"

"웬걸요. 하늘만큼 좋지요."

문구석은 최장수를 보며 눈을 찡긋했다. 그때 이방 김넙춘이 숨을 헐떡거리며 관헌 댓돌에 올라섰다. 갑자기 사위가 조용해지면서 사람들의 시선이 일제히 그에게 쏠렸다.

"조용히 하시고 내 말에 귀를 기울이시오. 일이 어떻게 된 것인지 간단히 말씀드리려 했으나 홍주목과 얘기가 안 된 상황이라 말씀드릴 수가 없게 되었소. 미안하지만 그냥 집으로 돌아가시오. 사또께서는 지금 충청 감영과 조정에 보낼 공문을 작성하시느라 바쁘시오. 나라가 어려운 지경에 이르렀으니 열심히 생업에 임하고 특히 동학 도인들은 경거망동하지 말라는 사또님의 당부가 계셨소."

김넙춘의 말이 끝나자 사람들은 웅성거렸다. 그들은 하나같이 어두운 표정을 하고 좀처럼 관아 앞을 떠나려 하지 않았다. 이방이 관졸들을 불러 사람들을 관아 밖으로 내보냈다. 이창구는 순섬이와 함께 서둘러 말에 올랐다. 풍도 앞바다에서 일어난 일이니 면천 소식이 더 소상할 터였다. 그는 태안 도인들에게 소식이 들어오는 대로 전하라 이르고 면천을 향해 말을 몰았다. 무거운 공기가 태안 전체를 내리누르고 있었다.

3.

밤늦게 순섬의 집에 도착한 이창구는 그곳에서 잠을 자고 다음 날 새벽 송악산을 찾았다. 송악산 옆 한진 나루터는 한양으로 가는 곡물과 해산물이 모여드는 곳으로 모든 정보가 그곳에서 오고 갔다. 최근 들어 내포 도인들은 한진 나루터로 가는 길목인 송악산을 장악하고 그곳에서 49일 수련을 하며 사태 추이를 지켜보고 있었다. 이창구는 달아실 집을 들리려다가 상황이 급박한 것 같아 먼저 송악산으로 향했다. 거적을 밀치며 들어가자 박인호와 박덕칠이 앉아 있었다.

"어서 오시오. 얘기는 들었소?"

박덕칠은 이창구를 오랫동안 못 본 사람처럼 반가워하면서도 다짜고짜 물었다.

"무슨 얘기요?"

"못 들었소? 이 접장이 태안에 가 있는 사이 풍도 앞바다에서 난리가 났소. 벼락 치는 소리가 나고 하늘을 찌를 듯한 시커먼 연기가 나더니 청나라와 일본군 간에 전투가 벌어진 게요. 어부들도 새벽에는 무서워서 배를 띄우지 못하다가 날이 새자 몇몇이 배를 띄웠나 봅니다. 그러나 고기를 잡기는커녕 다들 새파랗게 질려 가지고 빈 배로 돌아왔답니다. 핏빛으로 변한 바다 위에 청나라 병사들의 시체가 새카맣게 떠 있었다 하오. 헤아릴 수가 없이 많았다고…."

박덕칠의 입술에는 윤기라곤 전혀 없었다. 이창구는 깜짝 놀랐다.

"그렇잖아도 어제 풍도 앞바다에서 일본 함대와 싸우다 도망 나온 청군 함선 한 척이 태안 근처 해안에서 암초에 부딪쳐 좌초되었는데, 때마침 화약고가 터지는 바람에 난파되었습니다. 또 한 척은 여순을 향해 도망갔다고 했는데 다른 함선이 더 있었던 모양입니다."

이창구는 예상했던 것보다 상황이 심각하게 돌아간다는 생각이 들자 다리가 후들거렸다.

"송악산과 한진 나루터를 오가며 상황을 예의 주시하고 있지만 정확한 정보가 없어서 잘 모르겠슈. 천주학 하는 어부들 말에 의하면 오늘 프랑스 함대가 풍도 앞바다를 지나가다 물에 빠진 청국 병사들을 숱하게 구출해 주었다는디. 일부 병사만이라도 구했으니 얼마나 다행이유. 왜놈들 참 몹쓸 놈들이유. 사람 목숨을 개만도 못하게 여기다니!"

　박인호는 혀를 끌끌 차면서 일본이 경복궁을 점령한 지 이틀 만에 해전을 치른 것으로 보아 앞으로 거센 폭풍이 몰아칠 거라며 한걱정을 했다.

　"독한 놈들입니다. 천여 명이나 되는 생떼같은 젊은이들을 눈 하나 꿈쩍 않고 수장시키다니요! 왜놈들은 이정규 같은 놈들입니다."

　이창구는 연제지에서 이정규에게 떼밀려 익사한 처남 순직이가 생각났다. 씩씩하고 활발한 처남이었다. 풍도 앞바다에서 목숨을 잃은 청국 병사들 역시 용감하고 당찬 젊은이였을 것이다. 꽃다운 생명들! 이창구는 울컥했다. 이정규를 창리에서 쫓아냈듯이 한시라도 빨리 왜놈들을 조선 땅에서 몰아내야 한다!

　"면천 군수를 만나고 오겠습니다. 지금쯤이면 풍도 앞바다에서 벌어진 청일 전투와 관련해서 웬만한 소식은 도착해 있을 겁니다."

　이창구는 일어섰다. 박덕칠도 같이 가겠다며 따라나섰다.

　면천 관아로 들어서자 아전들과 관속, 관졸들이 무기 창고를 정리하느라 바삐 움직이고 있었다. 총과 칼을 비롯한 온갖 병장구들을 종류별로 모둠 지어 놓고 한편에서는 수선을 하고, 다른 한편에서는 날을 벼리거나 녹을 닦느라 정신이 없었다. 면천 군수는 홍주 목사 이승우를 만나러 가고 없었다. 이창구와 박덕칠은 틀못 장터에 있는 주막으로 발길을 돌렸다. 장날도 아니건만 장정들이 많이 나와 있었다. 이들은 주로 어부들과 사공들로 아산만 상황이 좋질 않아 일손을 놓고 있다고 했다.

"창구 형님, 나라가 이래서 되겠습니까?"

그중 몸집이 커 보이는 어부가 이창구에게 말을 건넸다.

"그러니까 창구 형님 따라 동학에 입도하자는 거 아녀!"

"누군들 몰라서 이러고 있는 줄 아나? 관에서 동학이라면 왕불을 켜고 잡도리질하니까 그렇지!"

어부들은 소란스럽게 말을 주고받으며 결국은 이창구 주위로 모여들었다. 여러 손이 나서서 먼저 박덕칠과 이창구에게 막걸리를 따라 주고 나서는 서로 주거니 받거니 했다. 이창구의 명성은 이정규 사건 후 이미 내포 내에서 쫙 퍼져 있었다. 이창구는 막걸리를 주욱 들이켠 후 젓가락 잡은 오른손을 치켜세웠다.

"병자호란 때 수많은 사람들이 청나라 군대에게 당했다 하오. 아들 자식들은 물귀신 되고 딸자식들은 토굴에서 타 죽고, 부녀자들은 하얀 머릿수건 쓰고 내포 앞바다에 빠져 죽었다 하오. 앞으로 그런 일이 일어나지 말란 법 없소. 이 땅을 짓밟는 왜놈들과 되놈들, 양놈들을 몰아내야 되오. 우리 자식들의 평안을 위해서라면…."

이창구는 거품을 물며 일장 연설을 했다. 이창구의 말이 끝나기가 무섭게 장정들은 막걸리를 들이키더니 박수를 치고 소리를 질렀다. 장정 하나가 동학 입도식을 다 같이 하자며 좌중을 선동했다.

"입들 다물어! 사또님이 오시네."

면천 군수 이시일이 말을 타고 장터 주막으로 들어오고 있었다. 장정들은 잠시 술렁이더니 이창구가 일어서자 모두들 따라 일어섰다.

"이게 웬일이십니까?"

이창구가 먼저 군수를 반갑게 맞이했다. 이창구가 군수에게 인사하는 틈을 타 박덕칠은 장정들에게 얘기는 나중에 마저 하자는 눈짓을 보냈다.

"풍도 앞바다 일로 홍주목에 다녀오는 중이라네."

군수는 한숨을 쉬며 자리에 앉았다.

"일이 어떻게 된 겁니까?"

이창구는 그의 한숨에서 불길한 예감을 느꼈다.

"친일파 대신들 입에서 흘러나온 말과 청군 함장들의 말을 종합해 보면 전후 사정이 얼추 짚이는 듯하네. 지금은 관아로 돌아가야 하니, 곧 따라 들어오면 내 내막을 일러 줌세."

이시일 군수는 주변에서 권하는 막걸리 한 사발을 들이켠 후 수염을 한 번 훑어 내고는 이내 말에 올랐다. 이창구와 박덕칠은 사안이 긴급함을 알고 장정들과 간단한 눈인사를 나눈 후 군수를 따라 관아로 들어갔다. 여전히 관속과 관졸들은 무기들을 정리하느라 부산하게 움직이고 있었다. 관아 마당 한쪽에서는 인근 유생들이 군수를 만나기 위해 기다리고 있었다. 군수가 관헌으로 들어가자 아전이 유생들을 관헌으로 안내했다. 이창구와 박덕칠도 뒤따라 들어갔다. 군수는 팔로 머리를 받치고 힘없이 앉아 있었다. 일동 모두가 소리 없이 앉자 군수는 힘없이 떨구었던 고개를 들었다.

"모든 소식통을 취합해서 어제 일본군과 청국군 사이에서 일어났던 일을 대략 정리하자면 다음과 같네."

4.

왕궁을 점령한 일본의 다음 목표는 청나라와의 전투였다. 일본 외무대신 무쓰 무네미쓰는 해군 함대 참모 가마야 다다미치에게 특별한 일이 없는 한 청국 함대를 공격하라고 지시하고 기존 5사단에 3사단을 추가로 증파했다. 다다미치 역시 빠른 속도를 자랑하는 최신식 함대에 자부심을 갖고 있던 터라, '길고 짧은 것은 대 보아야 안다'면서 속전속결로 전투를 치르고 싶었다.

한편 청나라 북양함대를 이끄는 이홍장은 청군이 보유하고 있는 함대의 수나 규모가 일본을 겁주기에는 충분하다고 생각했으나, 함대의 속도와 기능에 대해서는 자신이 없었다. 해군에 투입되어야 할 군비가 북경 이화원 만수산 건설에 유용되는 바람에 함대를 보강하지 못하다 보니 함대와 무장의 성능을 향상시키는 데 한계가 있었던 것이다. 사실 북양함대는 자자한 명성과는 달리 그 내실은 이빨 빠진 호랑이에 불과했다. 이것을 이미 파악하고 있던 이홍장은 일본과 전투를 할 경우 승리를 기대할 수가 없었다. 그는 싸움을 피하는 것이 상책이라고 생각하고 열강 공사관에 중재를 부탁했으나 모두로부터 외면당했다.

일본 함대는 진작부터 청국 함대를 노리고 있었다. 이들은 청나라 이홍장이 아산 백석포에 주둔하고 있는 청국군을 지원하기 위해 증원군을 파견할 것이라 예측하고 그 입구인 아산만 풍도 앞바다에 진을 치고 있었다.

"청국 함대가 완전 태평이구만. 지금 조선의 왕궁이 우리 병력에 의해 점령되었다는 사실을 모르는 것 같군. 배를 가능한 한 근접시켜라. 속력을 늦추고."

함대 지휘관 가마야 다다미치는 부함장과 풍도 앞바다를 향해 들어오고 있는 청국 함선 제원과 광을의 상황을 주시하고 있었다.

"전혀 경계심이 없는데요! 지금이 적기입니다."

부함장은 자신감에 들떠 있었다.

"나도 그러네. 그러나 공격은 오늘이 지나야 된다고 했으니까 하는 수 없지."

외무대신 무쓰 무네미쓰는 가마야 다다미치에게 일본이 청나라에게 조선의 개혁을 담당할 공동 위원 파견을 요구하고, 그 회답 기한을 6월 22일까지로 못 박았으니 그 전에는 병력을 움직이지 말라고 주지시켰다.

그 시각 청국 해군 제원호 함장 방백겸은 십 리 밖에서 관망만 하던 일본 함대가 갑자기 가까이 다가오자 이상한 생각이 들어 배를 돌리라고 명령했다. 그러나 방백겸도 일본 해군이 조심성 없다고만 생각했지, 불시에 공격하리라고는 꿈에도 생각지 않고 있었다. 그는 일본군이 조선 경복궁을 장악한 채 고종과 조정 대신들을 압박하여 청국을 몰아내 달라는 요청을 일본에게 보내라는 요구를 하고 있다는 사실과 청국 공사관이 일군의 공격을 받아 공사 당소의가 영국 공사관으로 피신했다는 사실도 모르고 있었다.

다음 날 6월 23일 진시(7시 25분), 안개가 자욱하여 육안으로는 서로의 위치를 파악하기도 어려운 상태에서 일본 함대가 청국 순양함 제원(濟遠)과 광을(廣乙)을 향해 함포 사격을 가했다. 아침의 고단한 일정을 채 시작하기도 전이었다. 제원호 함장 방백겸은 불시에 당한 공격으로 아수라장이 된 병사들을 독려하여 겨우 응사 태세를 갖추기는 했으나 소용이 없었다. 일본 함선의 선공으로 자신이 지휘하는 함대뿐만 아니라 광을 역시 치명적인 손상을 입고 있었다. 그는 배를 돌려 여순 쪽으로 향하라고 지시했다. 일본 함선 요시노(吉野)와 나니와(浪速)호가 쫓아왔다. 그러나 시속 18노트의 일본군 함선은 최대 속력 15노트에 불과한 제원호를 금방 따라잡았다. 방백겸은 휴전을 청하는 백기를 게양하게 하여 일본 함선의 속도를 늦추게 하였다가 다시 속도를 높여 도망가는 고육지책을 쓰며 추격을 따돌리려 필사적인 노력을 기울이고 있었다. 그때 멀리서 청국군 함대의 본선 격인 고승(高陞)호와 그 호위선 조강(操江)호가 들어왔다. 고승호는 영국 상선기를 게양하고 있어, 일본군도 함부로 대할 수 없는 배였다. 사실 그 배에는 조선의 요청으로 동학군 토벌에 나설 청국군이 승선하고 있었다. 일본군 함대는 조강호, 고승호와 입씨름을 벌였다. 전투함인 나니와호의 함장 도고 헤이하치로 대좌는 고승호의 정선을 명령하고 임검을 하겠다는 명분을 내세웠으나, 청국군 병사를 태우고 있던 고승호는 그 요구에 불응하였다.

나니와호는 곧 고승호를 향하여 포격을 시작했다. 거대한 폭발음이 나면서 바다에 산 같은 파도가 일었다. 고승호에 타고 있던 천이백여 명의 청병들이 아우성을 쳤다. 그들은 배가 서서히 침몰하자 물속으로 뛰어들었다. 그들은 살기 위해서 필사적으로 일본 함선을 향해 헤엄쳐 갔으나, 일본군들은 구원의 손길을 내밀지 않았다. 오히려 일본군은 물속에서 허우적거리는 청국 병사들을 향해 소총을 난사했다. 천여 명의 청국군이 거의 익사하거나 총에 맞아 허우적거리며 죽어 가는 동안 바다는 시뻘건 핏빛으로 변해 갔다.

그동안 광을호 함장은 제원호로 향하는 일본 함선과 반대 방향으로 필사적으로 배를 몰았다. 조선의 서해안에 정박하여 육지 쪽으로 도망갈 계획이었다. 그러나 하늘은 광을호 편이 아니었다. 일본 함선 아키츠시마(秋津洲)의 추격을 따돌리기는 했으나 무리하게 육지로 접근하려다가 서해안 뻘밭에 좌초되고 말았다. 일본 함선의 포탄이 배 위로 떨어지고 있었다. 그중 한 발이라도 탄약창에 떨어진다면, 무사할 사람이 얼마 되지 않을 터였다. 함장은 배 안의 탄약창이 터진다고 생각하니 눈앞이 캄캄했다. 긴급하게 병사들에게 하선을 명령했다. 그러나 병사들 중 채 절반이 배를 떠나기도 전에 배는 천지를 진동시키는 굉음과 함께 대파되고 말았다. 광을호는 북양함대 소속이 아닌 지방함대 소속으로 연수를 받기 위해 북양함대에 파견되었던 것을 아산의 전투 병력이 모자라 할 수없이 급하게 투입된 함선이었다. 연수생이었으니 병사들에게 전투 능력이 있을 리 없었다.[15]

5.

면천 군수 이시일의 이야기를 듣고 난 이창구는 맥이 풀리면서 마음이 갑갑했다. 대국인 청나라 함대마저 일본 함대에게 대패하는 마당에, 변변한 함선 하나 없는 조선이 일본을 대적한다는 건 무모한 일이 아닌가!

"그 왜놈들이 이 조선 강토를 쥐새끼마냥 갉아먹게 놔둬서는 안됩니다. 유학이다 동학이다 하기 이전에 조선인으로 우리 모두가 뭉쳐야지요."

유생들이 혀를 끌끌 차기만 할 뿐 말을 내놓지 않자, 이창구가 먼저 운을 뗐다.

"일이 이 지경에 이른 것이 누구 때문인가? 일본을 만만하게 보아서는 아니 될 일이네! 각자 생업에나 열중하세."

군수는 모든 것이 동비들 때문이라는 듯 못마땅한 얼굴로 이창구를 쏘아보더니 더 이상 전할 말이 없다면서 일어섰다. 좌중들 모두가 꾸역꾸역 일어났다. 이창구는 박덕칠과 함께 관아를 나섰다. 이창구는 군수의 태도에 분노가 일었다. 나라의 녹을 먹는 관리가 외세의 전횡에 눈을 감다니. 지금이야말로 일본을 몰아낼 수 있는 기회다. 충효에 관한 일이라면 발 벗고 나서는 유생들이 임금에게 총칼을 들이미는 일본을 묵과하지 않을 것이다. 유생들이 들고일어나면 백성들도 자연 일어날 것이다. 또한 그나마 체계를 갖춘 조선의 관군들과 병영성의 군사들이 합세한다면, 막강한 일본군이라 하더라도 함부로 조선을 넘보지는 못할 것이 아닌가! 조만간 면천 향교를 찾아가 유생들의 의중을 떠보리라!

"연락망을 통해서 도인들에게 사실을 알려 주고 혹시나 있을지도 모를 상황에 대비하라고 알리게나. 박인호 대접주에게는 내가 알리겠네. 내포 사람들 모두가 피신해야 할 지도 모르겠네."

박덕칠이 이창구의 손을 꽉 잡았다. 둘은 서둘러 말에 올랐다.

사흘 후, 이창구는 떠들썩한 소리에 눈을 떴다. 전날 틀못 장이 열렸으나 장터는 오전부터 한산했다. 풍도 앞바다에서 벌어진 청국과 일본과의 전투 여파였다. 미래가 불확실하다고 생각하면 사람들은 돈주머니를 열지 않는 법이었다. 오늘도 덕산 읍내 장이건만 날이 환하게 샜는데도 서두르지 않았다. 며칠 동안 무리를 했더니 몸이 무거운 탓이 컸다. 이창구는 웬일인가 하여 몸을 추스르고 밖으로 나갔다. 도씨 부인이 짐 보따리를 든 동네 사람들과 이야기를 나누고 있었다.

"여보, 큰일 났어요. 청나라 병사들과 왜놈 병사들이 들이닥친다고 피신하래요."

도씨 부인은 사색이 되어 이창구를 쳐다보았다.

"누가 그러던가?"

"아산에서 온 파발마가 지금 면천 관아를 다녀갔대요. 관졸들 말에 의하면 파발마에 방울 세 개가 달려 있었다던데요?"

"빙울이 세 개씩이나?"

이창구는 신속하게 옷을 차려입었다. 방울 세 개는 가장 위급할 때나 다는 것으로, 좀처럼 일어나지 않는 일이었다.

"사람들이 인근 산으로 피신 간대요. 이미 떠난 집도 있다네요. 우리도 어서 짐을 싸야 될 것 같아요."

도씨 부인은 이창구의 말을 들어 볼 것도 없이 짐을 챙기겠다고 서둘러 방으로 들어갔다. 예상했던 일이었다. 이미 사람들 사이에서 피신해야 할지도 모른다는 소문이 퍼져 있었다. 이창구는 바로 관아로 들어가려다 먼저 가족을 피신시키는 것이 순서라는 생각이 들었다. 그는 가족들을 확인했다. 다행히 부모님과 아들 춘고는 집에 있었다. 그는 포목을 어찌해야 할지 고심하다가 일단 소 수레에 싣고 가기로 했다. 그는 전에 이 진사를 응징하기 위해 대장간에서 구입했던 환도 십여 점도 실었다. 그는 가족들을 인솔하고 아미산 아래에 있는 순섬이 집으로 향했다. 아미산은 가야산 줄기로 일대 산중에서 가장 높아 피신하기에는 안성맞춤인데다가 면천 관아와 가까이 있어 상황 파악이 쉬울 터였다. 쇠학골에 도착하자 예상처럼 순섬이도 가족들과 함께 짐 보따리를 챙겨 놓고 마루에 앉아 있었다. 아이들이란 어른보다 먼저 물들고 시든다는데 아이들의 재잘거림이 들리지 않는 것으로 보아 동네 사람들 모두가 한참 전에 피신한 듯했다.

"여기서 내처 이렇게 기다렸던 거요? 내가 안 왔으면 어찌 할 뻔 했소."

이창구는 겁도 없이 빈 동네 속에 있는 순섬이가 안쓰러웠다.

"기다리다가 안 오시면 그냥 가려 했지요."

순섬은 어머니와 조카들이 빨리 피신하자고 보채는 바람에 조금만 더 기다려보다가 아미산으로 올라갈 참이었다.

"갑시다."

이창구는 식구들을 데리고 아미산으로 올랐다. 힘이 드는지 소와 말이 가끔씩 뒷걸음질을 쳤다. 산 중간 즈음에 이르자 마치 도적떼의 부락인 것처럼 골마다 거적 움막이 빽빽하게 들어차 있었다. 소나무를 기둥 삼아 친 거적 앞에는 솥단지를 비롯해 단출한 부엌 살림살이가 놓여 있고 소와 말들이 뒤엉켜 어수선하였다. 창구 가족은 동학 도인들이 모여 있는 곳을 찾았다. 먼 친척집으로 채 피신을 못한 양반들은 양반들대로, 상민들은 상민들대로, 각각 무리를 짓고 있었다.

창구는 짐을 부린 후 허리춤에 환도를 찼다. 우선 상황을 파악하는 것이 급선무인지라 면천 관아로 향했다. 면천이 이런 상황이라면 예산이나 덕산도 분주할 터, 박인호와 박덕칠도 지금쯤 사람들의 피신을 돕고 있으리란 생각이 들었다.

면천 관아에 들어서니 유생들이 군수를 만나려고 관헌 앞마당에서 서성대고 있었다. 조금 지나자 군수가 아전과 함께 근심스런 얼굴을 하고 나타났다. 그는 이창구의 허리춤에 찬 칼을 보더니 잠시 멈칫했다. 유생들도 마뜩찮은 표정으로 이창구의 칼을 흘끔거렸으나, 때가 때인지라 문제 삼고 나서는 이는 없었다.

군수는 아산 현감이 보낸 전갈을 자세하게 말해 주었다. 얘기인즉 청나라와의 해전에서 승리한 일본이 이번에는 육지전을 감행했다는 것이다. 청나라 제독 섭지초는 병사 천오백 명을 거느리고 공주에서 진을 치고, 총병 섭사성은 병사 이천오백 명과 야포 8문을 가지고 성환 월봉산에서 진지를 구축했던 것인데, 불행히도 교전 네 시간 만에 오시마 요시마사가 이끄는 일본 혼성여단에게 패했다는 것이다. 섭사성은 지휘관으로서의 역할을 포기한 채 부하들을 버려 놓고 도망을 갔고, 살아남은 병사들은 일본군이 추격해 오는 상황에서 인솔자도 없이 뿔뿔이 흩어져 낯선 땅 공주로 퇴각한 것이다. 병사들은 언어도 통하지 않고 지리도 모르는 상태에서 삼삼오오 모여 스스로 식량을 해결해야 했으니 민가에 들이닥쳐 구걸하거나 닥치는 대로 돈이나 식량 등을 빼앗을 수밖에 없었다고 한다. 그로 인해 지금 아산, 예산, 덕산, 면천등 내포 일대가 쑥대밭이 되었고 문제는 앞으로 오게 될 왜군이라 했다.

이창구는 유생들을 쳐다보았다. 얼굴이 일그러지다시피 굳어 있었다. 평민들이야 몸 하나밖에 없으니 산으로 피신하면 그만이었다. 그러나 그들은 가진 것이 많았다. 그 모든 것을 두고 피신을 하기란 맘같이 쉬운 일이 아니었다.

"앞으로 어떻게 되는 겁니까?"

유생 한 사람이 면천 군수를 보며 조심스럽게 물었다.

"패퇴하는 청군을 돕기 위해 물자와 인력을 동원해야 하오. 더욱 심각한 것은 왜군들이 아산 사직단을 불태우고 주둔 비용을 대라고 윽박지르고 있다는 것이오. 아산 현감이 홍주 목사에게 도와 달라고 요청을 했다는데 두고 봐야 할 것 같소. 그리고 우리 면천군에게도 물자와 역부를 보내라고 요청을 보내왔소."

군수는 근심스런 표정으로 좌중을 둘러보았다.

"필요하면 저희도 돈을 보태야지요."

누군가가 군수를 거들었다.

이창구가 발끈하며 앞으로 나섰다.

"소인이 한 말씀 올리겠습니다. 그렇게 오만방자한 왜놈들을 우리가 왜 돕습니까? 사직단을 불태웠는데도 돕는다는 말이 나옵니까? 이 기회에 힘을 합쳐 그놈들을 이 땅에서 쫓아냅시다."

이창구는 단박에 핏대가 설 정도로 큰 소리로 말했다. 모여 선 유생들은 쳐다만 볼 뿐 아무 말을 못했다.

"경거망동하지 말게. 어쨌든 일본군은 조정으로부터 청국군을 이 땅에서 몰아내라는 하명을 받들고 있네. 게다가 일본군은 청국의 대군도 물리친 강군일세. 누가 무엇을 들고 그들과 싸운단 말인가?"

군수는 이즈음에 골머리 앓느라 생긴 시름을 이창구에게 쏟아부었다. 이창구는 속이 끓었다. 수령과 유생들은 촌민들에게나 큰소리 칠

뿐 정작 강자에게는 저항할 줄 모르는 초라하고 볼품없는 자들이었다. 이들이 어찌 조선과 조선 백성을 책임지는 사람들이라 할 수 있겠는가! 이창구는 이들에게서 희망을 볼 수 없다고 보고 자리를 박차고 나왔다.

그는 다시 말을 타고 한진 나루로 향했다. 만나야 할 사람이 있었다. 인산인해를 이루던 한진 나루터는 개미 새끼 얼씬거리지 않는 무인지경이 되어 있었다. 빈 배들만 한가로이 물살에 흔들리고 있었다. 이창구는 나루터에 인접한 마을 고샅을 돌아 한 집으로 들어섰다. 어부인 듯한 한 사내가 노를 손질하고 있었다. 한진 나루에서 잔뼈가 굵은 사공이었다.

"나 좀 보소."

이창구는 사공을 불렀다.

"아이구, 나리. 피난을 안 가시고…."

"혹시나 해서 와 봤는데, 계서서 다행이오…."

"안사람만 피신시켜 놓고 행여 사람이 있나 해서 나와 봤더니 허당이구먼유."

사공은 일을 멈추고 손을 탁탁 털며 뱃전을 나왔다.

"빠른 시일 내에 총 좀 구입해 주시오. 말이 새 나가지 않게 각별히 조심하고…."

이창구는 그의 귀에다 대고 속삭였다. 그를 통하면 어렵잖게 총을 구할 수 있었다. 그는 시절이 시절인지라 쉽지는 않을 거라면서도,

하던 일을 서둘러 마무리하고 나설 채비를 하였다.

도인은 아니지만 워낙 과묵하고 일 처리가 분명해서 이창구가 신뢰하는 자였다. 사람들을 보호하기 위해서는 총이 필요했다. 청군과 일군의 노략질을 관아에서조차 수수방관하고 있는 마당에 만약이라도 그들이 조선 사람들에게 위해를 가한다면 누가 지킬 것인가? 청군들은 공주로 퇴각한 다음 평양으로 움직인다고 하니 청군들의 약탈이야 수그러들겠지만 왜놈들의 행패는 어떻게 할 것인가?

사공의 집을 나선 이창구는 아미산으로 가려다가 예산으로 말 머리를 돌렸다. 아산에서 패한 청군 병사 이천여 명이 공주로 가자면 예산을 거칠 것이다. 예산 지역 도인들에게도 화가 미칠 것이 뻔했다.

오리정에 이르렀다. 월화 부부 역시 피신을 한 듯 주막 문이 굳게 닫혀 있다. 인근 집들 역시 문을 굳게 닫아 놓았다. 어디로 피신을 떠난 것일까? 이창구는 잠시 머뭇거렸다. 오리정 뒷산인 금오산? 그가 입도식을 치르고 나서 박인호 박덕칠과 함께 처음 수련을 한 곳이 금오산 토굴이었다. 없으면 돌아오리라 생각하고 그는 산길로 접어들었다. 많은 사람들이 오간 듯 길옆 잡목들이 밟혀 있었다.

"앞에 가는 양반, 창구 나리 아니오?"

듣던 목소리였다. 이창구는 뒤를 돌아보았다.

"저놈이!"

이창구는 웃고 말았다. 정원갑이었다.

"집은 어떡하고?"

"형님, 예상보다 심각한 것 같수. 지금 보부상들을 만나고 오는 길인데, 청군들이 도망가며 남긴 탄환을 왜놈들이 아산 관아 앞에 쌓아 놓고 불을 지르는 바람에 산이 무너지는 폭음에다가 아산 관아 일대가 온통 검은 연기에 휩싸였다는군유. 생전 듣도 보도 못한 탄약 터지는 소리에 사람들과 짐승들이 놀라 이리 뛰고 저리 뛰고 난리도 아니었답니다. 아산 관속들은 그 짓을 눈앞에서 뻔히 보고도 변변한 항의조차 못 했다네유."

정원갑은 얼굴이 벌겋게 달아 있었다. 목이 타는지 말을 하면서 간간이 침을 삼켰다. 그는 집안 식구들을 아미산에 피신시켜 놓고 부리나케 오고 있는 중이라고 했다.

"일이 언제 끝날지 걱정이다."

이창구는 말이 잡목에 부딪치지 않도록 주의를 했다. 말은 본래 겁이 많은 동물이어서 생소한 것을 만나면 앞으로 나아가기를 주저했다. 가파른 길이 나오면 뒤로 물러서려 했다. 계속해서 뒷걸음질 치는 말을 보며 이창구는 자신이 말과는 정반대라고 생각했다. 자기는 낯선 것에 두려움을 느끼기보다는 오히려 호기심이 일었다. 토굴 주위에 다다르자 월화가 나와서 반갑게 맞았다. 그녀는 오리정이 문을 닫은 것은 주막이 생긴 이래 처음 있는 일이라며 혀를 내둘렀다. 마을에 천연두나 호열자 같은 역병이 돌아 열에 여섯 명 정도가 앓을 때에도 문을 열었었다며, 지금의 형편에 한걱정을 했다. 박덕칠과 박인호도 그곳에 와 있었다.

"조선을 먹겠다는 왜놈들의 속셈이 확실해졌는데도 조정이 왜 백성들에게 쉬쉬하는지 도통 이해가 되질 않습니다."

박덕칠은 한쪽으로 기운 거적을 매만지며 박인호를 쳐다보았다. 그는 금오산 일대를 박인호와 함께 살피고 있었다.

"지금 중흥리에서 홍주 관아를 다녀온 유생들을 만나고 오는 길인데 왜놈들이 아산 관아에 들어가서 관아 장부와 사직단을 깡그리 불태웠다네유. 관아 창고에 넣어 둔 곡식은 물론이려니와 인가까지 들어가서 총칼을 들이밀며 돈과 곡물까지 빼앗아 갔답니다. 사람들이 대드니까 총으로 어깨를 찍어 눌렀다네유."

박인호는 원통해했다.

"피신조차 못한 읍민들이 허다했다는데 아산 현감이 먼저 산으로 도피했으니 읍민들이 얼마나 황망했겠는가."

"참으로 형편없는 자들이지요. 도대체 백성을 보호하겠다는 의지가 없습니다. 우리 도인들은 이번 기회에 보국안민하는 면모를 확실히 보여줍시다. 사람들이 불안에 떨지 않도록 남자들은 불침번을 서고, 수시로 산 아래 소식을 수집합시다. 여자들이 은장도를 차듯 남자들도 칼을 차고 대비해야지요."

이창구는 자신의 허리에 찬 칼을 일행들에게 보여주며 짐 보따리를 풀었다. 환도를 꺼내 사람들에게 나누어 주었다.

"유생들이 나서기를 기대하는 것은 바보나 하는 짓이유. 가만히 있지 않으면 임금님이 다친다고 하니 유생들이 움직일 수 있겠슈? 이 판에 제대로 힘을 쓸 수 있는 건 동학뿐이유. 갑시다 형님."

정원갑은 일어나서 소나무에 묶어 놓았던 말의 고삐를 풀었다.

"일단 가족들이 이렇게 하고 있나 아미산에 가 보아야 하니 며칠 뒤에 만납시다."

이창구도 따라 일어섰다.

아미산에 들어온 순섭은 도씨 부인과 좀 떨어진 곳에 거적을 쳤다. 그동안 포목점 일이나 집안일로 도씨 부인과 함께할 기회는 많았으나 도씨 부인이 불편해할 것 같아서였다.

산속 일대가 사람들로 북적거렸다. 소나 말들이 바뀐 잠자리에 놀라 쉴 새 없이 울어 댔다. 사람을 따라 산으로 들어온 개들 역시 제 세상을 만난 것처럼 사방을 어지럽게 돌아다니며 컹컹 짖어 댔다. 아이들 또한 시간이 지날수록 처음의 긴장은 온데간데 없어지고, 산속이 놀이터인양 천방지축으로 뛰어다니다가 부모님이나 어른들의 불호령을 받았다. 빈부귀천 없이 사람들은 아미산에서 숨죽이는 시간을 보냈다. 남자 도인들은 낮밤을 가리지 않고 교대로 불침번을 서고, 낮이면 동태를 파악하느라 동네로 내려갔다. 일반 아낙네들은 처음에는 두려움에 떨기만 하다가, 하루가 지나자 산에서도 여럿이 어울려 산나물을 뜯으러 다니거나 옷을 수선하는 등으로 쉴 새 없이 바빴다. 순섭이 역시 부지런히 움직였다. 순섭은 그들과 어울려 다니며 남정네들이 주고받는 소식을 전달하고, 만에 하나 일본군이나 청국군이 나타나면 당황하지 말고 서로를 보살피면서 산꼭대기 쪽으로 피난을 가야 한다는 요령까지 일러 주었다. 그녀는 특히 엉겁결에 평민들과 함께 산으로 올라온 임 진사네 식구들을 보살폈다. 사실 양반들 대다수는 다른 지역에 있는 친척 집으로 피난을 떠났다.

산에 온 지 닷새째가 되어 좀 안정이 되었나 싶더니 다시금 산속이 부산스러워졌다. 집으로 돌아갈 수 있을 거라는 말들이 오가더니 바로 사람들이 짐을 싸기 시작했다. 그들은 그동안 함께한 사람들을 찾아다니며 서로 인사를 나누었다.

"그동안 고마웠네."

임 진사 부인이 딸을 데리고 순섬을 찾았다.

"별말씀을요."

"많은 것을 배우고 가네. 울보 조카딸을 대하는 것이 예사롭지가 않던데?"

"자식 교육으로 말할 것 같으면 마님만한 분이 어디 계시나요?"

인사치레가 아니라, 임 진사 부인은 면천 일대에서 자식 교육 잘하기로 정평이 나 있었다.

"아니야, 내가 자식 교육을 잘못했어. 얘기 좀 해 주게나. 어디서 배웠는가?"

"아유 마님도!"

"아냐, 그냥 하는 말이 아니네."

"정 그러시면, 해월 선생에게서 배웠습니다."

"동학 선생이라는…?"

"예, 어린 자식 치지 말고 울리지 말라고 하셨습니다. 어린아이도 하늘님을 모셨으니 아이를 치는 것은 곧 하늘님을 치는 것이요, 천리를 모르고 아이를 치면 그 아이가 곧 죽을 것이니 부디 집안에 큰 소리를 내지 말라고 하셨습니다."

"어린아이가 하늘님을 모셨다니? 아이는 때려서라도 엄격히 가르치는 것이 능사라고 난 생각했네. 매를 벽에 걸어 놓고 잘못을 저지를 때마다 종아리를 때렸다네."

그녀는 무언가 생각에 잠기는 듯했다.

"그래서 자네 조카딸이 그렇게 울어도 동학 하는 집 아이들은 가만히 있었구만…."

사실 조카딸이 울 때마다 아이들이 몰려나와 조용히 하라고 어린 조카딸에게 호통을 쳤다. 반면 동학도들 집 아이들은 조용히 와서 예쁘게 쓰다듬어 주고만 갈 뿐이었다.

"내가 헛산 게야."

"마님…."

"울안에서 듣기를 동학이란 천한 사람들이나 몰락한 양반 후손들이 모여 반상의 법도를 어지럽히고, 세상에 대한 불평불만이나 주고받는 사람들이 하는 것이라 들었네. 역시 소문은 소문일 뿐이야. 자네가 밤낮 없이 온 산을 돌아다니며 사람들의 먹을거리와 잠자리를 보살필 때 나도 자네를 보았네. 나는 사실 내 자식만 붙잡고 살아날 궁리만 했지…. 나는 이번에…."

임 진사 부인이 잠시 목이 메어 말을 잇지 못했다.

"…다함께 어려움을 이겨 나가겠다는 자네가 나보다 낫다는 생각을 했네."

임 진사 부인은 그리고 나서 하늘을 쳐다보았다. 소나기가 퍼부을 듯 갑자기 시커먼 먹구름이 하늘을 뒤덮었다. 빗방울 하나가 톡 떨어졌다.

"이 한 가지만이 아니야. 내가 이렇게 주저리주저리 얘기하는 것은 명색뿐인 양반 마님의 삶이 부끄러워서 그러네. 돈과 권력의 후광 속에서 거짓 삶을 산 게야. 자네나 동학도들이 새벽마다 계곡에 내려가 정화수를 떠다 놓고 주문을 외는 것도 보았네. 동학에서는 청수라고 한다더군. 자네는 주문을 외고 나서 그 물을 다른 사람들 집에 붓곤 했지. 처음엔 왜 그러나 했는데, 알고 보니 그렇게라도 해서 그 사람들을 도우려고 한다는 걸 알았네. 그때 나는 내 모습이 토굴 안에 갇힌 짐승 같다는 생각을 했네. 양반이라고 번지르르한 장옷만 걸치면 뭐하나, 다 허울인 것을…."

한두 방울로 시작된 비가 이내 후두둑 쏟아지기 시작했다. 마른 땅에 비가 내리자 콩 만한 흙덩이가 군데군데 생겨났다. 빗방울은 점차 거세지고 빨라졌다. 사람들이 부엌살림을 거적 안으로 들여놓았다. 임 진사 부인은 순섭의 손목을 끌고 자신의 거적 안으로 들어갔다. 그녀의 자녀들이 얼른 일어나서 자리를 내주었다.

"청군하고 일군하고 싸움을 하는 바람에 지금 우리가 여기로 피신 온 것 아닌가?"

임 진사 부인이 양미간에 힘을 주며 순섬을 쳐다보았다.

"예."

"난리라는 것은 남녀노소 누구랄 것도 없지만 특히 아녀자들이 가장 힘들지. 다 큰 내 여식도 이 거적에서 한 발도 못 나가고 있잖은가. 지금 조선 전역에서 동학도들이 보국안민을 한다며 일어났지. 외세에 굴복하라는 것은 아니지만 이렇게 시국이 어수선할 때 동학도까지 소란을 일으킨다면, 백성들은 더욱더 곤경에 처할 걸세. 도인들에게 말 좀 잘해서 내포만큼은 불상사가 일어나지 않도록 해 주게나. 우리 여자들이 할 일이네."

임 진사 부인은 순섬의 손을 놓았다. 순섬은 그녀의 말을 되씹었다.

"마님 말씀 명심하겠습니다."

"그리고 바깥양반에게도 고맙다고 전해 주게. 남정네들을 이끌고 밤낮으로 이곳을 지키느라 애쓴 걸 다 아네. 무사 귀환하게 된 것은 다 동학 도인들 덕분일세."

임 진사 부인은 순섬을 보며 환하게 웃었다. 그녀의 딸이 순섬을 향해 다소곳이 절을 올렸다. 순섬은 그 순간 여명을 보았다. 첩이라고 홀대받았던 그간의 삶이 주마간산처럼 지나갔다. 위에 얹은 거적사이로 빗물이 떨어지는 바람에 임 진사 부인은 순섬의 눈물을 눈치채지 못했다.

"갑시다."

바깥에서 이창구의 목소리가 들렸다. 거적을 열고 나오니 사람들이 벌써 산 아래로 내려가고 있었다. 순섬은 임 진사 부인과 작별 인사를 하고 산을 내려왔다.

이창구는 산에 가지고 갔던 순섬이네 가재도구들을 집 안으로 들여 놓았다.

"내일 내포 모임을 당신 집에서 하기로 했소. 홍주성에 들러 팔랑이 좀 만나고 이리로 오리다."

"팔랑이는 왜요?"

"거기도 시끄러웠을 텐데, 아무래도 그를 통해 좀 다른 소식을 들을 수 있을까 해서요."

팔랑이는 관노비라는 신분에도 불구하고 워낙 과묵하고 똑똑해서 홍주 목사의 일을 도맡아 하는 자였다. 이창구를 스승으로, 아버지로 여길 만큼 둘 간의 사이가 돈독했다. 이창구는 그를 통해 홍주성 내부에 관한 정보를 얻었다. 이창구는 물건들을 대략 정리해 놓고 문밖으로 나왔다. 도씨 부인과 가족들이 그를 기다리고 있었다. 그는 방아실을 향해 말 머리를 돌렸다.

9장/ 서로 거미줄을 치다

1.

홍주 목사 이승우는 홍건을 필두로 한 관속들을 독려하여 부서진 성 일부를 다시 쌓고, 창고 안에 넣어 둔 창과 포들을 수리하느라 눈코 뜰 새 없이 바빴다. 홍주성 안 백성들도 피난에서 돌아와 그동안 비워 둔 집들을 청소하느라 여념이 없었으며, 어린아이들도 예전처럼 북문 느티나무 그늘 아래나, 골목 어귀마다 몰려나와 천방지축으로 뛰어다녔다.

닷새 전 패주하던 청국군들이 홍주로도 몰려들어 패악을 일삼는 바람에 사람들은 놀라서 우왕좌왕하거나 산으로 피난을 갔다. 이승우가 홍주성 주변에 사는 사람들만이라도 안정을 꾀하려 했지만 관속들이 자기 가족을 돌보느라 백성들을 외면하는 바람에 손길이 미치질 못했다. 그나마 팔랑이의 도움을 받아 성안에 있는 창고를 겨우 지킬 수 있었다. 홍건은 모친의 병이 위독하여 본가에 갔던 것인데 공교롭게도 그날 청국군들이 들이닥쳤던 것이다.

저녁을 일찍 먹고 나서 홍건은 욱신거리는 몸을 이끌고 팔랑이와 함께 동쪽 문루에 올라섰다. 홍주성 앞 초가집들이 한눈에 들어왔다. 그곳엔 주로 관아 일을 맡아 하는 인력거꾼, 마부들, 노역하는 사람들, 봇짐장수들이 살고 있다. 집들은 목수 한 사람이 일시에 지은 것마냥 하나같이 방 두 칸에 부엌 하나와 조그마한 마당이 있는 조그마한 것들이다. 집들은 오밀조밀 붙어 있어, 상 위에 숟가락 놓는 소리, 이부자리를 펴고 개며 웃고 떠드는 아이들 목소리가 낱낱이 들릴 정도다. 고샅을 사이에 두고 마주 앉은 이웃 사람들은 마부네 수탉 울음소리에 눈을 뜨고, 봇짐장수인 뒷집 노인네의 늦저녁 기침 소리에 이부자리를 편다고 우스갯소리를 했다.

　이승우는 몸이 아프다며 일찍 집에 들어간 터였다. 홍건은 몸이 천근만근 무거웠지만 병으로 고생하는 어머니보다는 나을 거라는 생각에 다시 한 번 성 주변을 돌아볼 생각이었다. '병든 나를 상관치 말라, 비록 너의 신분이 홍주 목사의 막객으로서 직함은 없을지라도 벼슬은 벼슬이니 신하된 도리를 다하거라. 그것이 이 어미를 기쁘게 하는 일이다.'[16]던 어머니의 말씀이 저녁 바람에 실려 왔다. 본인이 화병으로 고생하고 있을 때 이승우가 홍주목 일을 함께하자며 사람을 보내왔었다. 그때 병든 자식이 자리를 박차고 나가자 어머니의 얼굴에는 화사한 복사꽃이 피었었다. 그러나 이번에 집을 방문했을 때 복사꽃 같던 어머니의 얼굴에는 자식 걱정으로 비장함이 서려 있었다. 홍건은 어머니의 말씀 너머에 있는 공포를 읽었다. 무거운 침묵이 집 안을 서성댔다. '웃음'은 없었다. 필경 어머니의 얼굴이 만백성의 얼굴일 것이다. 만백성이 마음껏 웃을 날이 언제나 올까? 고샅에서는 불빛 하나 새어 나오질 않았다.

"팔랑아, 이게 대체 무슨 소리냐?"

홍건은 팔랑이 쪽으로 몸을 돌렸다. 어디선가 이상한 소리가 들려왔다. 개구리 울음소리 같기도 하고, 왕벌이 웡웡거리는 소리 같기도 하고, 무당들이 내는 소리 같기도 했다. 그 소리는 성 밖 초가집 쪽에서 들려왔다.

"동학 주문 외는 소리입니다."

팔랑이는 아무렇지도 않은 듯 조용히 말했다. 소리는 웅얼웅얼 낮았다가 높았다가 하면서 장독대, 울타리를 넘어 온 마을 전체를 휘돌아다니는 듯하였다.

"피난 갔다가 오더니 성 앞 마을 백성들 모두가 동비 일색이 되었더냐?"

"저는 잘 모르겠습니다."

"네가 모른다니 말이 되질 않는다. 노비들 대다수가 동비라 하던데?"

"저는 제 일만 할 뿐입니다."

"양민들의 곡물과 의복, 닭, 말들을 닥치는 대로 빼앗는 게 동비다. 심지어는 관아의 창고에 쌓여 있는 곡물이나 무기까지도 탈취해 가는 자들이다. 함부로 부화뇌동하지 말라. 죽음을 자초하는 일이다."

"저를 위한 말씀이라 생각하고 새겨듣겠습니다."

"조정에서 동비들의 동태를 파악하라고 하니 내일은 나와 같이 성 밖을 나가서 그들을 살피고 오자꾸나. 홍수가 마을을 할퀴고 간 듯 청군들과 왜놈들이 들이닥치는 이 마당에 무슨 주문이란 말이냐?"

홍건은 이 모든 혼란이 동학도 때문이라도 되는 듯이 화를 냈다.

다음 날 홍건은 팔랑이를 대동하고 동문을 나섰다. 주문 외는 소리 가 유독 시끄러웠던 골목으로 접어들었다. 어린아이들 대여섯이 소 꿉놀이를 하고 있었다.

"얘들아, 계란 반찬으로 밥 먹자."

키가 제일 커 보이는 여자아이가 곱게 빻은 돌가루에 물을 부어 밥 이라 하고, 색색의 꽃잎을 따다가 동그랗게 펼쳐 놓고 계란이라 하면 서 아이들에게 건네고 있었다.

"야, 그냥 먹으면 어떡해. 심고를 해야지. 다 같이 심고."

달려들던 아이들은 그 여자아이의 말에 일제히 눈을 감았다가 몇 마디를 중얼거린 후 눈을 떴다. 그러고는 고개를 좌우로 살짝살짝 저 으면서 "냠냠.", "쩝쩝." 소리를 내며 먹는 시늉을 하였다. 홍건은 아 이들이 안쓰럽기도 하고 사랑스럽기도 하였다. 아이들이 재잘거리 니 비로소 사람 사는 냄새가 났다. 멀지 않은 곳에서 관아 사람이 지 켜본다는 것을 눈치챈 아이들은 이내 놀이를 그만두고 뒤꼍으로 사 라졌다.

"팔랑아, 아이들도 다 물들었는데 너같이 인정 많은 사람이 동비가 아니라는 게 말이 되질 않는다. 한마디만 물어도 되겠느냐?"

"예, 말씀하십시오."

"너의 눈빛을 보면 죽음이 두렵지 않은 것 같더구나. 무엇이 너를 이렇게 키웠느냐?"

"저는 동비가 아니옵니다. 저는 단지 관아의 노비로서 살아왔습니다. 이제 노비라는 신분이 철폐되어 자유의 몸이 되었으나 여전히 예전 하던 일을 그대로 하고 있을 뿐입니다. 그것을 인정하셔야만 제가 말씀을 드릴 수 있습니다."

"그래 말해 보거라."

홍건은 팔랑이의 단호함에 속으로 놀랐다. 예전 같으면야 노비가 감히 상전의 말에 토를 달 수가 없었으나, 지금은 공사 노비를 완전히 폐했기 때문에 어쨌든 노비들은 상전으로부터 비교적 자유로웠다. 팔랑이가 그걸 믿고 나대는 것이 아니라 원체 성격이 강직해서 그러는 것이지만, 시대 상황도 팔랑이 편이긴 했다.

"저는 항상 하늘의 말씀을 듣고 삽니다. 그 하늘의 말씀이 지금의 저를 있게 했습니다."

"하늘의 말씀이라니?"

홍건은 너무 놀라 심호흡을 했다. 유생들이나 거론하는 말을 일자무식일 것 같은 노비가 주저 없이 말하다니 놀라울 뿐이었다. 팔랑이의 목소리와 눈빛은 단단했다. 이승우 목사는 한양 소식이 궁금할 때마다 팔랑이를 심부름꾼으로 보내지 않았던가? 새벽어둠이 서서히 걷히듯 시간이 흐를수록 이 목사가 팔랑이를 신뢰하는 이유를 알 수 있을 것 같았다.

　"하루는 울타리를 보고 있었습니다. 참새 한 마리가 우연찮게도 옥수숫대 사이에 끼어 몸부림쳤습니다. 저는 가만히 쳐다보고만 있었지요. 그랬더니 동료 참새 한 마리가 다가와 그 옥수숫 대를 쪼아 댔습니다. 그러고 나선 동료 참새를 구해서 같이 날아갔지요. 또 한 번은 더운 여름날이었습니다. 관아 한켠에 토끼와 어미 개, 새끼 개가 있었어요. 토끼장은 담벼락 높은 곳에 있었습니다. 그날 새끼 개가 마루에 누워 있는 저에게 다가와 짖어 대면서 발바닥을 물어뜯는 시늉을 했습니다. 그러고는 번갈아 가며 토끼장이 있는 쪽과 저를 바라보았습니다. 무슨 일인가 싶어서 새끼 개를 따라 나갔지요. 가서 보니 어미 개가 토끼를 물어뜯으려고 토끼장을 흔들어 대고 있었습니다. 당시 어미 개는 웬일인지 포악해져서 제멋대로 행동하는 경우가 많았거든요. 새끼 개는 어미가 잘못하고 있다는 것을 알고 있었던 거죠. 참 묘한 일이었습니다. 전 그때 자비라는 것, 의로움이라는 것이 무엇인지를 어렴풋이 알았지요. 참새가 옥수숫대를 쪼는 일이나, 새끼 개가 사람의 힘을 빌려 어미의 잘못을 바로잡으려 하는 것이나 다 하늘의 말씀이었습니다. 자비는 행하고, 의롭지 않으면 저항하라는 하늘의 말씀을 들었습니다. 새든 강아지든 하늘 아닌 것이 없다는 것을 알았습니다. 저는 관노비로서 국가의 녹을 먹고 살아왔습니다. 항상 천대받고 살았습니다. 남들이 저를 부를 때 "이놈아!" 그러지요. 그러나 그런 저를 "팔랑이!"라고 불러 주는 이가 있었습니다. 그분이 바로 이창구라는 사람입니다. 아시겠지요. 이미 관아의 주목을 받고 있으니까요. 그분은 제가 말을 하면 "그래요. 그러셨군요. 그러세요."라고 말씀하십니다. 전 그 말이 듣고 싶어서 그분만 지나가면 어떻게든 말을 걸지요. 그분은 언제나 한결같습니다. 그분을 만날 때면 하늘의 말씀을 듣게 됩니다. 노비라는 게 어디 사람이었습니까? 툭하면 곤장이나 얻어맞는 하찮은 존재였지요. 그러나 하늘의 말씀을 듣고 나서는 얻어맞아 죽어도 여한이 없다고 생각했습니다. 나리가 보시기에 이름 석 자 불러 주는 게 무어 그리 대수로운 일이냐고 하실지 모르지만 제게는 사람 대접을 받는다는 느낌입니다. 성도 없이 팔랑이란 이름뿐이지만 말입니다."

"그래서 네가 이창구를 따라 동비가 되었느냐?"

"저는 단지 이창구라는 분을 존경할 뿐 동비는 아닙니다."

팔랑이가 말을 마치자마자 어디선가 휘파람을 획 부는 소리가 났다. 갑자기 뒤꼍으로 숨었던 아이들이 너나없이 달려 나왔다. 아이들이 가는 곳을 바라보니 말에 짐을 싣고 걸어오는 자가 있었다.

"마침 저기 오시는군요. 저분이 이창구라는 분이십니다."

그는 아이들이 달려들자 말 위에서 짐을 내리더니 무언가 먹을 것을 나누어 주었다. 아이들은 서두르지 않고 일렬로 서서 제 것인 양 받아 맛있게 먹기 시작했다. 어린아이들이 저렇게 질서 정연하게 움직이다니? 관아의 서리든 사령이든 노비든 동학에 전염되지 않은 자가 없다고 하더니 바로 저런 힘 때문인가? 그가 걸어왔다.

"여기서 만나다니, 팔랑이 도령이 웬일이오?"

이창구는 팔랑이를 만난 것이 뜻밖인 체하면서 홍건을 슬쩍 바라보았다.

"예, 일이 있어서요. 이분이 지난 사월에 홍주 관아에 부임하신 홍건 나리입니다."

"아 예, 이창구입니다. 만나 뵙게 돼서 영광입니다. 말씀 많이 들었습니다."

이창구는 다소곳이 인사를 했다. 홍건은 잠시 어리둥절했다. 말로만 듣던 이창구였다. 지척에서 이창구를 만날 줄이야! 자신의 칼이 햇빛을 받아 번쩍일 때처럼 눈빛은 날카로우면서도 눈부셨다. 관속들 말로는 평상시에도 이삼천 명의 동비들을 거느린다고 했다. 사람들을 동학으로 끌어들이려 구태여 애쓰지도 않으며, 위엄을 내세우려 거짓으로 꾸미지도 않는다 했다. 어떤 관속은 그를 두고 속이 다 드러나 보이는 맑은 빙어라 했다.

"아 예, 저도 말씀은 들었습니다만…."

홍건은 더 이상 말을 할 수가 없었다. 당장 체포는 못할망정, 국법을 어지럽히는 비적과 무슨 말을 나눈단 말인가? 이승우는 이자를 거괴라고 부르지 않던가.

"일이 있으신 것 같으니 저는 이만 가 보겠습니다."

이창구는 꼬마 아이들과 노래를 흥얼거리며 홍건으로부터 멀어져 갔다. 그의 손을 붙잡고 흔드는 아이가 있는가 하면 어떤 아이들은 그의 바짓가랑이를 붙잡고 있었다. 그렇게 한참을 가다가 말에 태웠던 아이 둘을 내려놓고 자신이 말 위에 올라탔다. 그러자 아이들은 일제히 허리를 숙여 인사했다. 순간 홍건은 무언가를 잘못 보고 있는 건 아닌지 싶었다. 좀 전 담 너머로 아이들과 눈길이 마주쳤을 때 그들은 나를 피하지 않았던가. 너무 어안이 벙벙해서 홍건은 슬쩍 팔랑이를 보았다. 이것 또한 웬일인가! 팔랑이 역시 허리를 굽혀 이창구에게 인사를 하고 있었다. 이창구는 팔랑이뿐만 아니라 아이들의 사랑까지 한 몸에 받고 있는 게 역력했다.

"동비들은 아이들에게 저렇게 절하라고 가르치는가?"

"아이들은 어른들이 하라고 해서 하진 않습니다. 하고 싶은 것만 하고, 하고 싶을 때만 합니다."

팔랑이가 홍건을 보며 환하게 웃음을 지었다. 홍건도 따라 웃었으나 편하게 웃을 수가 없었다.

2.

이창구는 곧장 순섬이 집으로 향했다. 팔랑이를 만나 이것저것 얘기를 나누려 했으나 뜻하지 않게 홍건이란 자가 옆에 있는 바람에 긴 얘기를 할 수가 없었다. 얼굴색으로 보아 팔랑이는 잘 있는 듯했다. 피신 후 처음으로 순섬이 집에서 내포 도인들 모임이 있는지라 특별한 정보를 얻을까 해서 겸사겸사 홍주를 들렀으나, 여의치가 않았던 것이다. 이름으로만 듣던 홍건이라는 자를 눈앞에서 처음 보았다. 권

위적이고 오만하기까지 한 홍주 목사 이승우가 데려온 사람치고는 괜찮아 보였다.

순섬이네 사립문이 닫혀 있다. 너무 일찍 왔나 싶다. 내포 모임이 있는 날이면 어김없이 집을 지키는 순섬이었다. 어디 간 걸까? 이창구는 동네 도인 집으로 발길을 돌렸다.

순섬은 황망한 눈빛을 하고 쇠학골로 들어왔다. 그녀의 장옷이 습기를 머금은 바람에 휘날렸다. 하루살이 떼들이 그녀 주위를 맴돌았으나 그녀는 아랑곳하지 않았다.

"어디 댕겨 오는겨?"

"네…."

뒷집 복실네가 말을 걸어도 순섬은 응답이 건성이었다. 복실네는 별일이라는 듯 고개를 갸우뚱하고는 이창구 소식을 전했다.

"나리가 좀 전에 댕겨 갔는디!"

여전히 순섬은 묵묵부답이었다. 순섬이가 사립문 앞에서 지그시 눈을 감고 심호흡을 하자 복실네는 말 걸기를 포기하고 가던 길을 갔다. 그녀가 가고 나자 순섬은 집으로 들어섰다. 그녀는 마루에 앉아 장옷을 벗고 빈 마당을 살폈다. 내포 도인들 모임이 있다고 해서 새벽에 일어나 비질을 해 놓았었다. 마당은 깨끗했다. 그것이 되려 그녀의 마음에 허망함을 불러일으켰다.

"하고 온 일은 잘된 거여?"

어머니 홍주댁이 밭에 나갔다 돌아오면서 순섬의 안색을 살폈다.

아무런 대답이 없자 그녀는 마루에 놓여 있던 순섭의 장옷을 방으로 가져가 횃대에 걸었다.

"아니 얘가? 왜 눈물을 글썽이고그라?"

"아무 일도 아니에요, 어머니."

"일이 잘못돼서 그런 건 아니구?"

"일은 잘됐어요. 이따가 그이가 오면 상의하면 돼요."

순섭은 어머니 홍주댁에게 거짓말을 하고 있었다. 그것이 마음에 걸리긴 했으나 염두에 두지 않았다. 그녀는 좀 전 당집에서의 일이 뇌리에서 떠나질 않았다.

순섭은 아침에 당집에 들러 이창구의 사주를 내놓았다. 무녀는 화들짝 놀라며 좀 전 어떤 부인이 이 사주를 보고 갔다며 손사래를 쳤다.

"이 사주를 보러 오셨으면 그냥 돌아가세요."

무녀는 단호하게 말했다.

"아니 그게 무슨 말씀이신가?"

순섭은 기분이 언짢았지만 그녀의 심기를 건드려서는 득 될게 없다고 생각하고 좋게 구슬렀다.

"자네는 이미 내가 내놓은 생년월시를 보지 않았는가? 애초 보지 않았다면 모르거니와 이미 보아 놓고 말을 않다니 심히 언짢네그려. 자네가 모시는 신에 대한 예의는 아닌 것 같구만. 그냥 보내야 하는

지 신주님께 물어보게. 만약 그렇다고 하면 내 돌아가겠네."

순섬은 태연한 척했으나 마음 한구석은 허물어지고 있었다. 운세를 보는 무녀가 점치기를 거부한다면 그 이유는 분명했다. 필시 좋지 않은 게다. 발걸음을 한 게 후회스러웠다. 하늘님을 모시며 살아가는 사람이 당집에 발을 들여놓은 것 자체가 잘못이었다. 기다려도 무녀는 요지부동이었다.

"그냥 돌아가겠네. 그러나 한마디만 해 주게. 이 어려운 난국을 잘 헤쳐 나갈 수 있을까?"

순섬의 목소리는 이미 시들어 가고 있었다.

"한마디만 해 드리겠습니다. 일희일비하는 운입니다. 자세히는 저도 모르겠습니다. 무슨 일로 희하고 비하는지를. 생년월시를 받아 든 인연으로 그분을 위해 할 수 있는 일은 제 신주님께 절을 올리는 것밖에 없습니다."

무녀는 그렇게 말하고 나서 제단을 향해 손을 빌기 시작했다. 순섬이가 비틀거리며 일어서는데도 그녀는 돌아보지도 않았다.

"그분과의 인연은 영원할 것입니다. 두려워하지 마십시오."

순섬이가 댓돌 위에 놓인 짚신을 겨우 신고 마당에 내려섰을 때 그녀가 던진 말이었다.

"고맙네. 생면부지의 사람을 위해 기원을 해 주다니. 훗날 다시 오겠네."

순섬은 갈 길을 잃은 기러기마냥 허둥지둥 당집을 나왔다. 순섬이가 당집에 간 것은 이창구 때문이었다. 아미산에서 당산댁은 순섬을 불러 이창구가 총을 구입하는 데 돈이 필요하다는 말을 했다고 했다. 순섬은 총이라는 말에 정신이 아득해졌다. 총은 죽음과 한 몸이었다. 그렇잖아도 그녀는 이창구가 면천 일대는 말할 것도 없고 예산 홍주까지 포덕하러 다니는 것에 적잖이 놀라고 있었다. 갑오개혁으로 노비 제도가 폐지되자 노비들은 너나없이 이창구가 수접주로 있는 목포로 들어왔다. 타고 다니는 말의 편자를 자주 교체해야 할 만큼 그는 먼 거리를 다녔다. 팔랑이 말에 의하면 홍주 목사 이승우의 관심 대상 첫 번째가 이창구였다. 그럼에도 이승우가 손을 못 대는 이유는 이창구가 이렇다 할 책을 잡히지 않은데다가 이창구 아버지의 뒤를 봐주고 있는 한양 나리 때문이고, 그러나 여차하면 잡아들이겠다고 말했다고 했다. 순섬은 이창구의 앞날이 걱정되어 당집에 들렀던 것이다.

순섬이가 핏기 없는 얼굴로 마당을 쳐다보고 있을 때 이창구가 사립문을 밀며 들어왔다. 그는 순섬의 얼굴에서 어두운 그림자를 보았다. 그녀는 인사도 없이 부엌으로 들어갔다. 창구는 무슨 일인가 하여 따라 들어가려다 사립문을 밀치는 소리에 그만두었다. 김복기와 정원갑이 들어오고 있었다. 조금 후에 순섬이가 마당으로 저녁을 내왔다.

어머니 홍주댁은 저녁상을 물린 지 한참이 지나도 쉽게 잠들지 못하고 순섬이 옆에서 눈을 떴다 감았다 했다. 순섬이가 들어가서 주무시라고 몇 번을 말해도 알았다고만 할 뿐 쉽게 몸을 움직이려 하지 않았다. 설핏 잠이 들었다가도 정원갑이가 말만 하면 눈을 동그랗게 뜨고 입담이 좋다며 칭찬을 했다. 순섬은 다른 도인들이 늦어지자 미숫가루를 내왔다. 정원갑이 미숫가루 한 대접을 들이키는 동안, 이창구는 순섬이 얼굴만 빤히 쳐다보았다.

"특히 백중사리 때 바닷물만 빠지면 바다로 뛰어간 거 아녀. 보름달이 휘영청 떠서 뻘을 훤히 비추는데 여기저기서 웅성웅성하는 소리가 들려. 그 소리란 제대로 된 귓구멍 없으면 못 들어. 쬐끄만 게들이 너나없이 시상 구경 나오느라고 시커먼 흙을 파 올리는 거여. 고것들 힘이 오십보백보자녀. 순식간에 수백만 마리가 고개를 삐추름히 내밀고 슬금슬금 기어 나오는데. 고때 고건 군무나 다름없어. 수천수만이 추는 군무랑께. 얼쑤얼쑤 뻘 밖으로, 꾸역꾸역 몸뚱아리 흔들거리며, 눈텡이에 흙 묻히고 으싸으싸 올라오는데, 복기 접장 그런 군무 본 적 있어? 없을 거여. 한가하게 군무를 즐기던 그때가 그립네."

정원갑이 말을 하는 동안 창구는 순섬을 달래 볼 양으로 엉덩이를 뒤로 삐죽 내밀고 게가 뻘 밖으로 나오는 흉내를 냈다. 다들 배꼽을 잡고 웃었다. 순섬이도 푸 하며 웃었다.

"원갑 성님이 어쩐지 장사를 잘하신다 했더니 순전히 입담 때문이구먼요. 저도 한 마디 허까요? 하루는 방갈리 친구 집에 놀러 갔는데 그날이 마침 사리와 홍수가 겹치는 날이었어요. 비가 많이 와서 바닷물이 마당까지 들어와 낙지가 둥둥 떠다니는데….”

하면서 김복기는 낙지가 헤엄치는 흉내를 냈다. 평소 얌전하기로 소문난 김복기가 어색하게 낙지 춤을 추자 순섬은 그만 크게 웃고 말았다. 그때 박인호와 박덕칠이 들어왔다.

“늦으셨네유. 시장하시쥬?”

원갑이가 웃으면서 일어나 마루 한쪽에 놓여 있던 밥상을 가져왔다. 박인호는 먹었다며 뒤로 물러났고, 박덕칠만 아욱국에 보리밥을 말았다.

“지금 손화중 포에 있는 도인을 만나고 오는 길인데, 장두재가 대원군과 만나 청군과 합세하여 일본군을 치자는 데 합의를 했고, 자기네 포 앞으로도 기포할 것을 촉구하는 서신을 보냈다네. 그리고 들리는 말로는 일본이 철도와 전신에 대한 이권을 확보하기 위해 조정과 조약을 체결했다네.”

그는 배가 고팠던지 씹지도 않고 후루룩 삼켰다.

“기포할 때가 된 것 같슈. 유생들을 만나 봤는데 일부 유생들은 의병을 일으키자 하구, 다른 유생들은 조정의 움직임을 보자고 한답니다.”

박인호는 다소 상기된 표정을 지었다.

“서산접에서는 왜놈들을 몰아낼 기회가 왔다며, 공주나 진잠이 움직이고 있는데 내포는 뭐하냐고 야단입니다.”

김복기는 서산 도인들을 만나고 오는 길이었다.

"내 땅에서 내 백성이 피신을 가서야 되겠슈? 왜놈들을 대적하려면 총과 칼을 준비해야지유. 해월 선생께서 덕망 있는 사람들의 그림자는 밟지도 말라고 하셨습니다만 우선 덕망 있는 사람들을 찾아다니며 도와 달라고 부탁합시다. 그것으로도 부족하면 남의 재물을 함부로 약탈한 자들을 찾아가 강제로 돈을 걷어 옵시다. 그래도 안 된다 하면 마지막은 관아 창고를 터는 겁니다."

정원갑은 입에 거품을 물며 말했다.

"여하튼 총과 포를 준비하는 것이 시급합니다."

이창구는 돈이 걷히는 대로 총을 준비할 생각이었다. 일행은 밤이 늦도록 돈을 모을 방법을 구상했다.

다음 날 객식구들이 가고 나자 이창구는 순섭을 불렀다. 어머니 홍주댁은 새벽부터 담뱃잎을 따러 나갔다.

"무슨 일이기에 표정이 그렇게 어두운 게요?"

"총을 사신다면서요?"

순섭은 마당의 멍석 위에 개다리소반을 내려놓으며 이창구를 걱정스럽게 쳐다보았다. 상 위에는 물이 담긴 흰 사발이 놓여 있었다.

"왜군과 대적하려면 총이 필요해요. 그런데 이 물 사발은 뭐요?"

그는 사발을 가리키며 의아한 듯 순섭의 거동을 살폈다. 그녀는 고개를 숙이고 멍석 위로 툭툭 삐져나온 지푸라기를 뜯어냈다.

"앞일이 걱정되지 않으세요?"

순섭의 눈가에 눈물이 그렁그렁 맺혔다.

"그럴 리가요. 죽음이 목전에 있음을 느끼지요. 그래도 내가 해야 할 일이니 할 뿐이오."

이창구는 마음이 찢어지는 듯했다. 순섭은 가만히 사발을 어루만졌다.

"당신과의 혼인에 실패하고 나서 마음을 다잡지 못했어요. 그런 저를 보고 아버지가 혼인을 파한 것에 대해 얼마나 후회하셨는지 몰라요. 그러나 때는 이미 늦었던 거죠. 잘살고 싶어서 몸부림도 쳤지요. 아버지에게 허락을 얻어 새벽마다 아미산에 올랐어요. 창포랑 나리, 구절초들이 제게 위안을 주었지요. 그것들을 보고 있노라면 제 자신도 귀한 꽃이 되었어요. 그러나 그것도 잠시뿐, 집으로 돌아오면 다시 고사 직전의 꽃처럼 시들어 버렸어요. 그럴 때마다 장독대 앞에서 사발에 물을 떠 놓고 한없이 기원을 했어요. 어느 분에게라고 할 것도 없었지요. 그 물을 먹고 자라 피어나는 한 송이 꽃을 상상하는 것이 일과였습니다. 정말이지 죽고 싶던 어느 날이었어요. 저 때문에 노심초사하는 부모님을 생각해서라도 정신을 차려 보자 하는 실낱같은 생각이 저를 붙들더군요. 사발에 물을 떠 놓고 하염없이 절하며 의식을 집중했습니다. 무진 애를 쓰는데도 꽃은 피어나지 않았어요. 그때 물방울 하나가 사발에 톡 떨어졌어요. 순간 정신이 번쩍 들대요. 고개를 들어 하늘을 보니 시커먼 구름이 어디론가 가고 있었어요. 아, 저 구름이 말라 죽어 가는 나를 위해 물방울을 떨어뜨렸구

나. 신기한 경험이었죠. 그 후로는 구름을 벗 삼아 잘 지냈어요. 그런데 지금 총 얘기가 나오니 정말이지 그때처럼 죽을 것 같아요. 당신이 바빠질수록 저의 불안감도 커져만 가요. 하늘님을 모시는 자가 이래서야 되겠는가, 의를 위해 살기로 맹세한 자가 이렇게 나약해서야 되겠는가 하다가도 당신이 죽는다 생각하면 모든 것이 부질없어져요. 제발…, 제가 살아 있는 날까지 저를 떠나지 않겠다고 약속해 주세요."

순섬은 울면서 마음에 담아 두었던 말을 고백했다. 창구는 웃고 있었으나 그런 그를 본 순섬은 더 쓸쓸했다. 이창구는 물끄러미 흰 사발을 쳐다보았다. 그러고는 다시 하늘을 올려다보았다. 흰 구름이 떠나가고 있었다.

"저 구름 때문에 오늘 내가 당신을 이렇게 가까이서 보고 있는 거군요. 자 한번 업혀 봐요. 우리 순섬 씨를 천 년 만 년 시들지 않게 해주리다."

이창구는 자신의 웃음 뒤에 가려진 슬픔을 보았다. 그녀와 마주하고 있으면 그 슬픔이 배어 나올 것만 같아 순섬이를 불끈 들쳐 업었다. 그녀의 두 다리가 그의 손에 들어왔다. 앙상한 뼈가 만져졌다. 이렇게 가벼운 여인을 어떡해야 하나. 이창구는 그녀를 업은 채 멍석 주위를 몇 바퀴 돈 다음 천천히 내려놓았다. 그러고 나서 사발 앞에 가부좌를 하고 앉았다.

"구름이라…. 생명을 살리는 존재라니…."

문득 한 생각이 생생하게 떠올랐다.

그날도 이창구는 친구들과 함께 그림을 그리려고 화선지를 펼쳐 놓았다. 갑자기 스승님이 화선지에 조심스럽게 붓을 가져가더니 구름 하나를 그렸다. 그러고는 제자들을 둘러보며 "이 무엇인고?" 물으셨다. 화선지에 그려진 구름이라? 친구들은 하나같이 고개를 갸우뚱하며 한참 동안 이 말 저 말을 쏟아 냈다. 이윽고 스승님이 말씀하셨다.

"구름을 보거라. 구름이 비를 내리고 비는 다시 닥나무를 키우느니라. 그 닥나무로 가야산 아래 절간 스님들이 화선지를 만들어 우리에게 이렇게 보냈느니라. 구름이 있어야 우리가 있고, 너희들이 천민이라 업신여기는 스님이 있어야 우리가 있느니라. 그가 있어야 내가 있는 것이니라. 알겠느냐?"

그 구름이었다. 구름이 순섬을 살렸구나! 총을 구입한다는 것은 총을 든다는 것이요, 그것은 죽음 앞에 서는 것이다. 사느냐 죽느냐의 택일이었다. 옆에서 오래오래 지켜 주고 싶은 순섬이다. 살아 있는 동안만이라도 그녀를 행복하게 해 주고 싶었다. 그는 사발을 들었다. 눈물이 사발에 떨어졌다. 그녀를 고사시키지 않을 수만 있다면 천만 번의 눈물이라도 흘리리라. 어디선가 보랏빛 광택이 나는 검은색 까마귀가 창구 맞은편 초가지붕에 날아들었다. 고개를 두리번거리며 까악까악 울었다. 이창구의 주문 외는 소리가 한참 동안 계속되었다.

3.

이창구가 아미산으로 피난을 다녀온 지 한 달이 조금 넘은 팔월 초
엿새, 양호선무사 정경원[17]이 홍주성에 도착했다. 정경원은 홍주 목
사 이승우에게 유생들과 동학도들을 불러 모으라고 지시했다. 임금
의 뜻을 전하고 달래기 위해서였다. 조정 소식에 목말라 있던 유생들
은 그를 반겼으나 동학도들은 시큰둥했다. 이승우는 관속들을 시켜
주요 동학 접주들의 참석을 독려했다. 이승우에게는 이창구의 참석
여부가 제일 큰 관심사였다. 박인호는 관아와 구태여 마찰을 일으킬
필요가 없다며 선무사 접견에 모두 참석할 것을 제안했다. 그러나 이
창구의 생각은 달랐다.

"박 접주님, 불과 한 달 전 대홍에 사는 우리 포 소속 도인 한 분이
죽은 것 아시죠? 관아에 들어가 행패를 부렸다는 이유로 유림들을 비
롯한 촌민들에 의해 상투가 잘리고 급기야는 밟혀 죽었습니다.[18] 대
홍 군수 이창세가 일을 무마시키려 일부 도인들을 불러다가 술과 고
기를 대접했다고는 하나, 저는 용서가 안 됩니다. 이승우 역시 요즈
음에 와서 임금을 걱정시킨다는 이유로 도인들이 무리 지어 있기라
도 하면 잡아다가 옥에 가두거나, 형구를 씌워 북을 치게 하면서 장
터를 돌게 하는 등 모욕을 주고 있습니다. 이게 말이나 됩니까? 우리
는 도인들의 평안을 책임져야 하는 지도자들입니다. 왜 우리가 이승
우 앞에 가서 고개를 주억거리고 있어야 합니까? 이 사실을 알면 죽
은 도인들이 관 속에서 튀어나올 겁니다."

이창구는 박인호에게 지청구를 하듯 목소리가 거칠어졌다.

"그렇다고 참석하지 않으면 탄압이 더 심해질거유. 때가 때이니만큼 조정에서 어떤 생각을 갖고 있는지도 들어 둘 필요가 있슈."

박인호 역시 물러설 줄 몰랐다.

"그러지 말고 일부만 참석합시다."

박덕칠은 둘 다 일리가 있다고 생각했다. 갈 수도 안 갈 수도 없는 상황이었다.

한편 이승우는 이창구를 참석시키기 위해 갖은 방법을 생각했다. 그는 우선 팔랑이를 이창구에게 보냈다. 그러나 팔랑이는 묵묵부답이더란 얘기만 전했다. 그는 다시 박인호를 홍주목으로 오라고 해서 직접 만났다. 박인호 또한 오고 안 오고는 이창구의 소관일 뿐 같은 도인이라도 이래라저래라 할 수 없다고 하였다. 급기야 초조해진 이승우는 관의 힘을 빌려 볼 생각까지 하였다. 그는 한 달 전 새로 부임한 면천 군수 조중하를 시켜 책임지고 이창구를 참석시키게 했다. 면천 군수 조중하는 이창구를 불렀다.

"봄이 오라 해서 오고 겨울이 가라 해서 가는가요? 때 되면 오고 때 되면 가는 것인데 지금은 때가 아니라고 전하시오. 나를 데려가려거든 밟혀 죽은 대흥의 동학 도인을 살려 놓으라고 전해 주시오."

이창구는 눈 하나 꿈쩍 않고 조중하를 쳐다보았다.

"이 나라의 최고 덕목이 충이요. 감히 임금의 말씀을 듣지 않겠다니?"

"사또 나리, 지금 이 나라는 제대로 임금을 모시는 신하가 없는 것도 문제려니와 임금님께서 신하를 옳게 다스리는 모습 또한 보이지 않으니, 백성들에게 충을 요구하시기 전에 조정이 과연 의로운지를 살피셔야 합니다."

이창구는 조중하의 말을 들으려 하지 않았다. 조중하는 난감했다. 그렇다고 그를 잡아다 가둘 수는 없었다. 전임 군수 이시일은 이창구를 고집은 세나 합리적인 사람이라서 얘기가 잘 통할 거라고 했다. 그러나 전해 들은 바와는 딴판이었다. 하는 수 없이 그는 이승우에게 사실대로 얘기했다.

드디어 정경원이 홍주에 도착했다. 그는 다음 날 관아로 유생들과 동학 도인들을 불렀다.

"다 온 게요? 우선 유생들의 명단을 부르겠소. 박사준, 신정조, 안희중, 장기룡, 장기룡!"

쉼 없이 이어지던 호명이 장기룡 이름에서 멈췄다.

"장기룡 나리는 안 오신 게요?"

"편찮으셔서 아들인 제가 대신 왔습니다."

장석준은 손을 들어 대답했다.

"다음으로 동학도의 명단을 부르겠소. 홍주의 정원갑, 라성뢰, 예산의 박덕칠, 박인호…."

이방은 계속해서 보령, 덕산, 대흥, 남포 순으로 이름을 불러 갔다.

참석자들은 손을 들며 이방과 눈을 마주쳤다.

"면천의 이창구, 이창구! 이창구는 오지 않은 게요?"

이방이 이창구를 세 번이나 불렀으나 손을 드는 자가 없었다. 정경원은 얼굴을 찌푸리며 이승우를 쳐다보았다.

"빠른 시일 내에 이창구를 홍주 관아로 오라 하시오. 그리고 여러분을 내가 이렇게 부른 것은 지금 시국이 위급하니 경거망동하지 말고 가만히 있으라는 임금님의 분부를 전하기 위해서요. 만약 그대들이 계속해서 무리를 모아 소요를 일으킨다면 궁은 근심이 떠날 날이 없을 것이오. 봄과 가을에 내는 호포세 중에서 가을 호포세를 줄여 줄 것이니 생업에 전념하시오. 이를 어길 시는 엄한 처벌을 각오하시오."

정경원은 동학도들을 둘러보았다. 호포세를 경감해 준다는 말에도 도인들의 태도는 쌀랑했다. 유생들은 당연한 거라며 고개를 끄덕였다. 애초 호포세는 양반들에게는 물리지 않는 세금이었으나 국가 재정이 열악해지자 거두어들이면서 양반들의 원성을 자아냈다. 정경원은 다음 일정이 바쁘다며 바로 일어섰다. 정경원이 떠나자 유생들은 이승우와 따로 회합을 가졌다. 이들은 동학에 대해 위기의식을 느끼고 있었다. 피난 후 척왜양(斥倭洋)만이 살길이라는 것을 온몸으로 체득한 내포 사람들은 동학으로 몰려들고 있었다. 특히 아산 관아 장부와 사직단이 불탔다는 사실에 아전들까지도 동학에 들겠다고 찾아왔다. 이승우와 유생들은 타오르는 동학의 불길을 한시라도 빨리 꺼야 했다. 그러나 그들은 서로를 필요로 했다. 그들 또한 일본에 대해 위기의식을 느끼고 있었다.

"선무사 나리가 가만히 있으라고 했지만 먼저 우리가 나서서 왜적을 물리쳐야 하는 거 아니오?"

"조정에서 어련히 알아서 하지 않겠소? 조정을 믿어봅시다."

"조정이 힘이 있다면 사직단까지 불태우는 왜놈들을 그냥 놔뒀겠소? 의병을 일으켜야 합니다."

"우리가 일어나면 동비들도 덩달아 일어날 테고, 그렇게 되면 더 어려워집니다."

"대체 동학하는 이들은 어떤 생각이랍디까?"

"이 세상 만물 중에 사람을 가장 신령스럽다 하면서 백정과 술장사치들이 양반들과 한 자리에서 어울리고, 홀애비와 과부가 한 휘장 안에 모여서 강론을 듣는답니다. 그런 자들의 생각을 알 필요가 있습니까? 반상이 있음은 하늘의 이치요 이 나라의 근간이거늘, 동학에 동조하는 양반들은 대체 어떤 자들인지 알 수가 없소. 백로 노는 곳에 흑두루미가 끼어들게 할 수는 없지요."

박사준은 맞은편에 앉아 있는 장석준을 힐끗 보며 말했다. 그의 말에는 씨가 있었다. 예산 간양리 부호 장석준 모친이 동학 접주 박덕칠을 돕는다고 소문이 나 있었다.

"그렇게 흥분할 일이 아닙니다. 아버님이 편찮으셔서 제가 대신 왔습니다만, 감히 한 말씀 올리겠습니다. 지금의 위기를 직시해야 합니다. 일단은 왜놈과 청나라놈을 이 땅에서 쫓아내야 합니다. 그러고 난 뒤에 우리 문제를 해결해도 늦지 않습니다. 예서 가까운 공주에 유생 이유상이라는 선비는 백여 명의 유회군을 조직해서 토왜보국을 외지고 있다고 합니다. 지금 조선을 둘러싸고 벌어지는 일들은 예전에 겪어 보지 못한 일들이 아닙니까? 이런 비상시국에는 지금까지와는 다른 윤리와 법도가 필요한 법입니다. 옛것만을 고수한다면 지금과 같은 위기가 해마다 반복될 거란 말입니다. 과연 그렇게 하고도 양반들만 따로이 살아남을 수 있다고 보십니까? 우리 자신을 돌아보아야 합니다. 반상 제도는 이미 시대착오입니다. 왜양 국가들은 이미 오래 전에 신분제를 철폐했다 하지 않습니까? 불의를 알면 바로잡는 것이 선비입니다. 의를 보고도 좇지 않는 자야말로 우리가 천시해야 하는 상놈입니다."

이승우를 비롯하여 그 자리에 있던 모든 사람들이 장석준을 뚫어지게 바라보았으나 장석준은 흔들림이 없었다.

"감히 이 자리가 어디라고? 나이 어린 사람이 못하는 말이 없구만. 자네 같은 사람 때문에 내포 일대에 동비들이 안하무인으로 설치는 거네. 나라의 근간을 흔들어 놓고도 사직의 안위를 말하는가? 양반은 양반의 길이 있고 상민은 상민의 길이 있네."

"양반 상민의 길이 따로 있지 않습니다. 세상 사람 모두가 귀한 하늘님으로 살아가는 길만 있을 뿐입니다."

장석준은 말을 계속하고 싶었으나 이승우가 그만하라는 눈짓을 보냈다.

"석준의 말은 안 들은 것으로 합시다. 이승우 목사께 모든 것을 일임하고 뒤에서 물심양면으로 적극 도웁시다."

안희중은 유생들을 독려했다.

"우선 대흥 지역 유회를 결성하여 홍주목과 협력을 꾀합시다."

이승우는 동학도들이 대흥 지역 유림들을 벼르고 있다는 소식을 듣고 있는 터였다. 이승우의 눈가에 주름이 깊어지고 있었다.

4.

선무사 정경원이 다녀간 지 한 달이 좀 넘어서였다. 이창구는 밟혀 죽은 대흥의 김낙순 도인과 같은 희생자가 더 이상 나오지 않기 위해서는 실력 행사를 해야 한다고 생각했다. 사람이 사람을 밟아 죽이는 일은 상상도 못할 일이었으나 당사자 격인 유림들과 대흥 관아는 일말의 위로는커녕 오히려 큰소리를 쳤다. 박인호와 박덕칠도 이창구의 생각에 동의했다. 이창구는 큰 노새 두 마리, 말 삼십 필과 함께 오백여 명의 도인들을 이끌고 가도로 나섰다. 예산에서 대흥까지, 다시 대흥에서 홍주성까지 행진을 할 참이었다. 그는 사십구재를 핑계 삼아 죽은 김낙순의 아들에게 상복을 입혀 큰 노새에 태우고 젊은 도인들은 말을 타게 했다. 나머지 도인들은 걷게 했다.

이때 조정의 명을 가지고 별유관 김경제가 홍주성을 방문한다는 소식이 날아들었다. 이승우는 안절부절못하고 서성거렸다. 별유관

이 머무는 동안 동비들이 홍주까지 진입해 오면 큰일이었다. 그는 대흥 군수를 불러 질서를 어지럽히거나 패악한 행동을 저지르는 자들은 나라 법에 따라 엄벌에 처하겠다는 방문을 붙이고, 봉기를 자중하라는 척시형의 통문을 가짜로 만들어 대흥 가도 일대에 붙이게 했다.

"이승우가 보통은 넘어유. 통문까지 모조하다니!"

정원갑은 고개를 살래살래 흔들었다.

"우리가 강적을 만났다. 그러니 내포 지역 군현의 수령들이 이승우만 쳐다보고 있을 수밖에….'"

이창구는 얼마 전 면천 군수 조중하가 관아에는 붙어 있지 않고 허구한 날 홍주성을 들락거린다는 사실을 아전에게 들었다.

"김경제가 도인들을 회유하려고 부를 것이다. 박덕칠 접주와 박인호 접주를 보내서 저들의 경계심을 늦춰야 한다. 그래야 우리 계획을 차질 없이 진행할 수 있어."

이창구는 계획을 바꿔 대흥에서 홍주까지의 행진을 중지했다.

별유관 김경제는 홍주에 도착한 즉시 동학 도인들을 동헌으로 불러 윤음을 듣게 하고 바로 태안으로 떠났다. 그는 떠나면서 이승우에게 동비를 토벌하는 방법과 구슬리는 방법을 알려 주었다. 사실 이승우는 동학도들을 여러 방면으로 압박하고 있었다. 홍주성 앞 네 개 마을에 오가작통제를 실시하여 서로를 감시하게 하고, 소란을 피우는 자는 즉시 잡아들였다. 그것이 효과를 발휘해서 그런지, 동학에 입도하는 열기도 점점 잦아들고 있었다.

이른 아침부터 동헌이 시끌벅적했다.

"왜 이리 소란하냐?"

이승우는 엊저녁 별유관 김경제가 떠난 이후 처리할 업무가 많아 이른 아침부터 동헌에 나와 있었다.

"큰일이 났습니다."

호방이 동헌 아래서 종종거리며 머리를 조아리고 서 있고, 나머지 아전들도 사색이 되어 우왕좌왕하고 있었다.

"다름이 아니오라, 말씀하신 대로 어둠을 틈타 세미 삼천 석을 적 재하려 하였으나 갑자기 동비들 수십 명이 나타나 조창[19] 앞에서 소 란을 피우는 바람에 간신히 이천 석만 실었습니다."

"그래? 나머지는 어찌했느냐?"

"서창에 있습죠."

"그럼 그거라도 우선 싣고 가면 되질 않느냐?"

"황공하옵게도 적재는 했으나 한 척도 나아가질 못하고 있습니다. 동비들이 바다에 쫙 깔려 있습죠. 뱃사공과 선원들을 결박하고 이미 실은 세미마저 끌어내리려 하고 있습니다. 소문에 의하면 바다 한가 운데도 동비들이 진을 치고 있답니다. 배에 적재한 세미를 내려서 창 고에 다시 보관함이 어떻겠는지요?"

"해운판관은 무얼 하고 있느냐?"

"겁이 나서 발만 동동 구르고 있습죠."

이승우의 낯빛이 어두워졌다. 지난 사월 거둬들인 세미가 삼천 석이 넘었다. 그것을 서창과 남창에 쌓아 두었는데 며칠 전 한양에서 세곡미를 빨리 보내라는 전갈이 왔다. 엊저녁에 조창을 관리하는 해운판관을 불러 북창을 제외하고 나머지 조창에 있는 것을 다 적재하라고 시켰다. 며칠 전 배를 띄웠어야 했는데, 별유관 영접을 준비하느라 서두르지 못한 것이 통탄스러웠다. 세곡미를 털겠다니, 통 큰 놈들! 어떤 놈들일까? 호남에서도 며칠 전에 세곡미를 빼앗겼다는 소식이 있었는데, 한양이 지척인 여기서 바닷길을 막고 삼남에서 올라오는 세곡미들을 털게 된다면 저 동비들은 어마어마한 군량미를 비축하게 된다. 모두 삼천 석. 그걸 다 털리면 조운선과 세미를 담당하는 수령으로서 책임을 면하기 어려울 테고, 그렇게 되면 어렵게 얻은 이 관직을 내놓아야 할지도 모른다.

　"홍건, 무슨 수가 없을까?"

　이승우는 혀에 가시가 돋는 것 같았다.

　"호방의 낯 색에 큰 근심이 없는 것으로 보아 동비들에게 매수당한 것 같습니다. 이창구의 소행입니다. 동비들의 농간에 놀아날 수는 없지요."

　"농간이라니? 호방이 한패란 말인가?"

　이승우는 두려웠던 자신의 속내를 홍건에게 들킨 것 같아 민망했다.

　"예. 동비들의 돈에 넘어갔던가 아니면 애초 동비이든가 둘 중 하나입니다. 뭉툭한 호방의 두 다리를 보십시오. 다른 아전들은 얻어맞은 파리처럼 파르르 떨고 있는데 저놈 다리는 꿈쩍도 하질 않습니다. 세미를 내리면 돼지들에게 비단 포목을 입히는 겁니다. 만약 배를 띄워 무슨 변고라도 생기면 동비들 짓이라고 조정에 보고하면 됩니다. 문책당하지는 않을 것이니 모든 것을 하늘에 맡기고 배를 띄우는 것이 상책인 줄 아뢰옵니다."

홍건은 말을 마치고 이승우의 말을 들어 볼 것도 없이 관속들을 챙겨 관아를 나섰다. 홍건이 조창에 도착해 보니 동학군들이 조운선에 적재한 세곡미를 내리려고 장승 서듯 일렬로 줄지어 있었다. 말을 탄 이가 그 가운데를 누비고 다녔다. 걷어붙인 팔뚝을 보니 이창구였다. 한 자 팔뚝을 가진 자! 그는 아무 일도 없었던 것처럼 홍건을 보고 쾌활한 웃음을 지었다.

"무슨 짓인가? 사악한 도로 고을 풍속을 어지럽히더니만 이제 조창까지 탐하는가? 나라가 있어야 백성이 사는 법인데 나라의 세미를 털다니 온전치 못할 것이네."

홍건은 눈을 부릅뜨고 이창구에게 호통을 쳤다.

"세미를 털다니요? 어불성설입니다. 안전하게 가져가실 수 있도록 도와드리려 했던 것인데 말이 잘못 나갔나 봅니다. 그리고 나리, 백성이 있어야 나라가 있는 법입니다. 나리와 제가 다른 점은 바로 그것입니다. 백성들의 창자가 말라비틀어지는데, 그 백성들의 쌀독을 털어 가는 나라는 어느 놈의 나라입니까? 이 배때지가 요렇게 작은

것은 생기다 말아서 그런 게 아니라 풍구에 날아가는 벼 쭉정이만 먹
어서 그렇습니다. 붕알까지 퉁퉁한 나으리들이 어찌 백성의 배고픔
을 알겠습니까. 속히 가지고 떠나십시오.”

이창구가 말을 마치자 도인들이 배를 움켜쥐고 웃었다. 이창구는
홍건의 갑작스런 출현에 속으로는 적잖이 놀랐다. 방도가 없다 보니
시치미를 떼는 수밖에 없었다. 홍건은 이창구의 임기응변에 놀랐다.
그가 조창을 털었다는 증거는 없었다. 그는 자리를 바로 떴다. 벗섬
에 앉아 있던 갈매기들이 끼욱끼욱 울며 일시에 흩어졌다. 홍건은 서
둘러 배를 출항시켰다. 가을바람이 봄바람처럼 순했다. 북창과 서창
이 걱정이었다. 이천 석만이라도 건졌으니 그나마 다행이었다. 배가
바다로 나아갈수록 이창구가 시야에서 사라져 갔다. 그러나 이창구
의 그 눈빛이 뇌리에서 지워지지 않았다. 패기가 있는 자! 시절만 좋
다면 함께하고 싶은 사람!

“성님, 수중에 다 들어온 것을 놓치다니, 이게 뭐유?”

정원갑은 볼멘소리로 투덜댔다.

“뭔 얘기냐? 홍건도 떠났겠다, 두 패로 나눠서 북창과 서창으로 가
자.”

이창구는 씨익 웃으면서 홍건의 배를 향해 손을 흔들었다.

“예?”

“원갑아, 모든 것을 혼자 먹으려 하면 도둑이다. 해월 선생께서 경
거망동하지 말라고 하셨지? 지금 홍건과 맞붙었다가는 일이 어떻게

될지 모른다. 후일을 기약하고 내줄 건 내주고 얻을 건 얻어야지."

정원갑에게 일머리를 일러 주고 이창구는 동학군들에게 경위를 설명했다.

"지금 놓아준 건 미끼라고 생각하시오. 서창에 몇 백석이 있다 하고, 북창에도 그 못지않게 있다 하니, 그것이면 우리 몫으로 충분할 것이오. 미리 약조한 대로, 각자 맡은 대로 서창과 북창 쪽으로 나뉘어 움직입시다."

이창구의 말이 끝나자 도인들이 환호성을 질렀다.

동학군들이 떠나기 시작하자 이창구도 말을 몰았다.

"시월 초사흗날 한양 지주 양반들 농장에서 추수한 곡식을 배로 실어 나른다고 한다. 그것도 우리 몫으로 돌릴 작정이다. 엄청날 거다."

"거 참, 제갈공명 같수. 근데 서창과 북창에 몇 백 석이 있는지 어떻게 아셨수?"

"열심히 수련해 봐라. 니 몸에 모시는 하늘님이 알려 준다."

"아따, 얼마 전 해월 선생 댁에 가서 수련하더니만 도통한 거유? 저도 감찰 그만두고 수련 좀 하고 올랍니다. 나타나지 않으면 해월 선생한테 간 줄 아시유."

"이놈아, 홍건 없는 이승우가 허수아비인 것처럼 너 없는 나도 허수아비여. 사실 팔랑이 도령이 알려 줬다."

"그랬군유. 하하하."

이창구와 정원갑은 조창에 보관되어 있던 세미 천석을 털고 난 후 순섬이네 집으로 왔다. 박덕칠과 박인호가 마당에서 초조하게 서성이고 있었다. 순섬이 역시 방문을 열어 놓은 채 바느질을 하고 있었다.

"자네들 기다리다 명줄 끊어지는 줄 알았네."

이창구가 사립문으로 들어서자 박덕칠과 박인호는 부리나케 뛰어나와 문간에서 그들을 맞았다.

"세곡미는 수접주 김기태 집과 주변 도인들 집에 숨겨 놓았습니다."

이창구는 박덕칠을 보며 환하게 웃었다.

"고생하셨습니다."

"저희야 고생은 했습니다만 두 분은 어제 수모를 당하셨다면서유?"

정원갑은 어깨를 들썩이며 박인호를 쳐다보았다.

"김경제가 효자라던데 인물됨은 좋지 않더이다. 어제 관아에 들어가니 양반은 대청에 오르라 하고 상민과 천민은 계단 중간에 엎드리라 하던데, 그가 시키지 않고서야 이승우가 그랬겠습니까? 굴욕적이었습니다. 조창 건만 아니었으면 그냥 일어나고 싶었습니다. 한양에만 있어서 그런지 그는 동학 알기를 우습게 여깁디다."

박인호는 동헌에 앉아 있었던 것이 고역이었던 양 허리를 좌우로 비틀었다. 순섬이가 바람이 차다며 방으로 들어갈 것을 권유했다. 이창구는 방으로 들어가려다 말고 순섬을 바라보았다. 좀 전 안도했던 표정은 사라지고 수심으로 가득 차 있었다. 이창구의 마음도 덩달아 어두워졌다. 이미 자신은 위험천만한 지경으로 발을 내딛었다. 오늘 일은 어찌 보면 작은 시작일 뿐 다가올 일이 훨씬 험난할 터였다. 며칠 전 해월 선생 댁을 찾았을 때 조만간 기포가 불가피할 거라고 했다. 호남에서 김개남은 남원에, 전봉준은 삼례에 진을 치고 기포를 기다리고 있다고 했다. 기포령이 내릴 것은 명약관화했다. 지난봄의 기포 때, 내포는 참여하지 않았지만 다시 기포하게 된다면 반드시 참여할 터였다. 어느 정도 내적 역량이 성숙해 있었다. 그러나 새로 시작될 싸움은 지난봄과는 다를 것이다. 전투력에서 조선 관군과는 비교가 되지 않는 일본군이 등장한 것이다. 청국군이 떼죽음을 당하는 광경이 청국군으로 그치지 않을 수 있다는 것이 문제였다.

"다음은 보령에 있는 수영 무기고를 텁시다. 제 관할 지역이니 저에게 맡기십시오."

정원갑은 이창구의 심란한 마음을 아는지 모르는지 유쾌하게 말했다.

5.

이창구는 틀못 장날이건만 장터로 향하지 않고 종경리 박덕칠 집을 향해 나섰다. 수접주 김기태 집에 보관해 둔 세미 천 석 중 일부를 장터에 내다 팔아 총 구입비로 써야 했다. 이창구는 사흘 동안 관의 눈을 피하느라 움직이지 못하고 있었다. 주요 감시 대상인 박인호와 박덕칠 또한 바깥 출입을 아예 삼가고 있었다. 실제 일은 김기태가 총괄할 것이므로, 오늘도 이창구는 지시 사항만을 전달하고 올 생각이었다. 도씨 부인은 아침부터 오늘 장터를 가면 조창을 턴 무리들을 알 수 있을 거라며 누구인지 알아오겠다고 했다. 이창구는 씁쓸하게 웃었다.

종경리로 가자면 연제지를 거쳐야 한다. 연제지에 다다르자 연꽃은 이미 지고 연잎만 세월을 가늠하고 있었다. 물방개 한 마리가 연잎 사이를 헤엄치자 자그마한 물결이 일었다. 점점 잊혀져 가는 순직의 모습이 마음속에서 물결마냥 일렁였다. 연제지 옆 논을 빌려준 첫해, 벼가 다 익었을 무렵 순직이는 타작도 하지 않은 벼를 한 아름 안고 이창구를 찾아왔다. 그는 그 벼를 이창구 앞에 놓고 절을 세 번 올리더니 천석지기 김순직이 될 터이니 기다려 달라고 했다. 그 천석지기는 지금 어디에 있는가. 물방개가 이창구를 향해 헤엄쳐 왔다. 그것은 이창구 앞에 다가와서는 꼼짝도 하지 않았다. 이창구는 풀잎 하나를 뜯어 물방개에게 던졌다. 그러자 물방개는 풀잎을 밀면서 저수지 한가운데를 향해 헤엄쳐 갔다. 이창구는 일어서서 종경리를 향해 걸었다. 바람이 그의 가슴을 어르고 지나갔다.

"이 접주, 급한 전갈이 왔네."

박덕칠은 방문을 열며 이창구를 급하게 맞았다. 박인호도 와 있었다.

"해월 선생에게서 소식이 왔네. 청산으로 모이라네."

"일본군이 조정에 양호 동학군 토벌을 위해 협조하라는 통첩을 보냈다네. 이에 따라 조정은 일본 군대의 출병을 요청했고, 양호 순무영을 설치하여 동학군 토벌을 시작하겠다고 했다네. 기포를 할 수밖에 없을 것 같네."

박인호와 박덕칠은 수심이 가득한 얼굴로 이창구를 바라보았다.

"제가 여기 일을 처리할 테니 두 분이 다녀오십시오."

이창구 역시 걱정스러웠다.

"그 일 말고도 큰일이 또 하나 있네. 어제 우리 포 소속 태안, 서산, 해미 도인들이 잡혀갔다네. 방갈리 일대만 무사하고 나머지는 여기저기 쑤시고 다닌 모양일세. 일단은 수접주 김기태에게 맡기고 청산을 다녀올 생각이네. 자네 일이 너무 많아서 어쩌나."

"별말씀을요. 얼른 다녀오세요."

이창구는 흔쾌히 말을 해 놓고도 속으로는 걱정이 되었다. 태안, 서산이 저 지경이면 홍주 역시 조용히 넘어갈 리가 없었다. 이승우 역시 어떤 조치를 취할 게 분명했다.

6.

서창과 북창을 털린 이승우는 입술을 곱씹었다. 이창구 그놈! 언젠가는 일을 낼 놈이긴 했다. 단지 시기가 문제일 뿐이었다. 관졸들을 풀어 꼬리가 잡힌 동비들을 잡아들인 후 조창을 턴 주모자를 대라고 몽둥이질을 했으나 모르는 일이라고 시치미를 뗐다. 동비들이 세곡미를 털었다는 소문이 난 뒤로 동비 이름으로 무덤을 파헤치고 규수를 겁탈해도 누구 하나 말리지 못했다. 민폐를 끼치는 자들은 대개가 동학도를 참칭하는 무리들이라 동학 조직의 본류를 찾아 들어갈 입구가 되지 못히는 게 문제이기는 했다. 뭔가 수를 쓰지 않으면 안 되었다. 이승우는 김경제가 주고 간 종이를 꺼내 들었다. 동비를 토벌하는 방법과 구슬리는 방법이 쓰여 있었다. 말미엔 '항상 양공 작전을 할 것'이란 단서가 붙어 있었다. 토벌을 위한 첫 번째 항목은 '홍주목 각 마을에 유계를 조직하라'는 것이었다.

이승우는 동비들이 성하는 것은 유학의 도가 쇠약해진 탓이라며 이방에게 명하여, 지위나 신분에 상관없이 동비를 제외한 모든 사람들을 모아 계를 조직하라고 지시하였다. 설령 동비라 할지라도 이전의 죄과를 반성하면 모두 참여시키고, 유표를 만들어 호패처럼 차고 다니게 하였다. 길가마다 유막을 세워 유표를 검사했다. 유표는 두꺼운 종이에 '유' 자와 관인을 찍은 것으로, 유표 소유자의 거주지와 성함이 적혀 있었다. 며칠이 지났다. 이승우는 홍건과 동문 문루에 섰다.

"이보게 홍건, 어떤가? 도장 찍는 아이의 팔이 빠질 정도로 다들 유표를 받으려고 난리가 났다네. 이제 한시름 놓았네."

이승우는 모처럼 웃었다. 홍주성 입구는 몰려드는 촌민들로 발 디딜 틈이 없었다.

"동비들도 유표를 가져가는 모양입니다. 시간과 물자만 낭비하는 것은 아니겠는지요?"

홍건은 다소 걱정이 되는 듯 이승우를 바라보았다.

"그렇지 않네. 설령 그렇다 하더라도 목숨을 구하기 위한 그들 나름의 방편이니 애처롭지 아니한가. 종이와 먹이 아무리 소요되더라도 유표를 가지러 많이들 왔으면 좋겠네. 유표를 지니고 있다 보면 아무래도 동학에 발을 들여놓기가 어렵겠지. 그건 그렇고 요즘 민병들 훈련은 어떠한가? 동비들을 토벌하러 일본군이 내려온다던데."

"농사만 짓던 사람들이라 일거에 성과를 내기는 어렵습니다. 먹고 살려고 들어온 자들이라 일부 야심이 있는 자들을 제외하고는 건성으로 임하는 자가 많습니다. 하지만 일본군이 내려오면 상황은 달라집니다. 동비들이 그들의 병기를 대적할 수가 없지요. 스나이더총[20]에 비하면 화승총은 아이들 장난감입니다. 게다가 동비들이 가지고 있는 화승총은 기껏해야 몇 자루 되지 않지요. 그마저도 녹슬거나 고장이 나서 효력이 없는 게 태반입니다. 그러나 싸움에서 중요한 것은 기세입니다. 동비들은 지금 의기충천합니다."

홍건은 막객이라는 직책을 그만두고 싶었다. 사람 목숨이 하루살이였다. 병이 나서 누워 있었을 때를 생각하면 지금의 일은 아무 의미가 없었다. 그렇다고 집으로 돌아갈 수는 없었다. 이승우가 자신을 많이 의지하고 있었다.

"홍건, 내가 완백으로 제수를 받은 것에 대해 어떻게 생각하나?"

이승우는 전라 감사 김학진의 후임으로 제수를 받았다. 호남이 동학 도인들의 소요로 들끓는데다가 충청 감사 박제순은 전라 감사 김학진이 동비들을 제대로 토벌하지 않는다고 장계를 올리는 바람에 이승우가 대신 그 자리에 임명되었다.

"조정에서는 호서의 동비들이 호남 동비들보다 못하다고 생각하는 것 같습니다만 이창구 포만 하더라도 오만 정도 된다던데 박덕칠과 박인호 포를 합치면 어떻게 되겠습니까? 또 싸움에 나간 장수를 중도에 바꾼다는 것도 어불성설입니다. 주공이 호남으로 가시게 되면 이만큼이나마 유지되던 호서도 무너질 것입니다. 다시 조정에 장계를 올려 이곳 사정을 이야기하고 유임하겠다고 건의하시지요."

홍건은 이승우가 권력과 목숨을 놓고 저울질하고 있다는 생각을 했다.

"그렇잖아도 지금 홍주목 유생들이 한양으로 올라가 전라 감사 임명을 취소해 달라고 임금께 아뢴다고 하네. 임금의 명을 받들어야 함은 신하된 자의 도리이나 호서 백성들이 처한 상황을 보면 곤란하니 이 일을 어찌해야 하나?"

이승우는 머릿속이 복잡했다. 둘은 문루에서 내려와 동헌으로 갔다. 홍주목 유생 칠백여 명이 식량 보따리를 짊어진 채 한양에 올라가 이승우의 완백 임명 취소 상소를 올린다고 모여 있었다.

"나리, 정원갑을 체포해 왔습니다."

관속 하나가 숨을 헐떡거리며 달려왔다.

"뭐라구! 이창구의 심복 정원갑 말이냐? 광천 시장 장사꾼?"

"예. 유막을 지나다가 붙잡혔다는데 어찌나 힘이 센지 관졸들 다섯이 붙어서 잡았답니다. 이한규 등 그 밖의 동비들 여럿도 함께랍니다."

"잘됐다. 옥에 가두고 지켜보자. 이창구가 쉽사리 움직이지 못할 거다."

이승우는 홍건을 보며 활짝 웃었다.

10장/ 달빛을 밝히는 횃불

1.

박덕칠과 박인호는 청산으로 갔다. 전국에서 접주들이 모여들었다. 기포 문제를 두고 토론이 벌어졌다. 그들은 이구동성으로 동학에 대한 관의 지목과 탄압이 거세지면서 도인들이 살길이 막막하다고 토로했다. 좌중의 이야기를 들은 해월 선생은 기포를 결정했다. 9월 18일, 해월은 동학 총기포령을 내렸다. 해월은 각 포에 통문을 보냈다.

'팔로의 우리 도인들은 죄가 없어도 이 세상에서 살아나기 어렵게 되고 말았다. 일이 잘못되면 모두 살해될 지경에 이르렀으니 이 글이 당도하면 재빨리 기포하여 스스로 살길을 찾으라.'

참석자들은 올 삼월 백산에서 동학군 조직을 편제할 때 채택한 동학군의 행동 수칙을 다 같이 읊으며 그것으로 전체 동학군의 일치된 규범으로 삼기로 했다.

"첫째, 매번 적을 상대할 때 우리 동학농민군은 칼에 피를 묻히지 아니하고 이기는 것을 으뜸의 공으로 삼을 것이며, 둘째, 어쩔 수 없이 싸우더라도 사람의 목숨만은 해치지 않는 것을 귀하게 여길 것이며, 셋째, 매번 행진하면서 지나갈 때는 다른 사람의 물건을 해치지 말 것이며, 넷째, 부모에게 효도하고 형제간에 우애하며 나라에 충성하고 사람들 사이에 신망이 두터운 사람이 사는 동네 십 리 안에는 절대로 주둔해서는 아니 될 것이다…."

2.

이창구는 기포령 통문이 어서 당도하기를 초조하게 기다렸다. 통문이 도착하는 대로 잡혀간 서산 태안 지역 도인들을 구하기로 내포 접 간에 합의가 되어 있었다. 박인호와 박덕칠 역시 서산과 태안 등지의 도인들이 위급한 상황이라 청산에서 기포 결정이 내려지자마자 바로 되돌아와 있었다. 이창구는 홍주성으로 가려다가 오리정으로 방향을 바꾸었다. 월화를 본 지가 꽤 오래되었다. 오리정에 들어서자 괴성이 흘러나왔다. 이창구는 신속하게 느티나무에 말을 묶었다.

"이 육씨랄 것들이 우리 아씨를 욕보여?"

"우리 엄니가 뭘 잘못했다고 그래유? 겁탈하려고 했던 사람이나 찾아봐유."

채봉이가 한 사내를 향해 대차게 쏘아붙였다. 채봉이는 이정규 사건 이후 오리정에서 지내며 월화를 어머니라고 부르고 있었다. 월화는 채봉이 뒤에 서서 가만히 사내를 지켜보고 있었다.

"이년이 어따 대고 큰소리여. 니들이 다 한패 아녀? 아, 주모가 동학 접주라매?"

"접주라고 누가 그래유? 관에서 매 맞고 집에 와서 계집 친다더니 왜 엉뚱한 곳에 와서 그러냐구유? 얼른 가서유. 주인어른 오시면 칼부림 날 거유."

채봉이는 이창구가 들어오는 것을 보고 목소리를 더 높였다.

"무슨 일인데 그러시오?"

이창구는 어느 양반댁 하인인 듯한 그 사내를 향해 정중하게 물었다.

"우리 아씨가 밖에 나갔다 오는데 남자 새끼 세 명이 다가와 겁탈하려 했대유. 하녀 말에 의하면 그자들이 동비 놈들이랍니다. 이 동네가 어떤 동네인데 천한 잡것들이 양반가를 욕보이고 다니냐 이 말이유."

"당신 말이 옳기도 하고 그르기도 하오. 겁탈하려 한 것이 분명하다면 필경 천한 자들이오. 그러나 이 월화는 그와는 아무 관계가 없으니 돌아가시오. 나는 이창구란 사람인데 그자가 누구인지만 알아오면 다 처리해 주겠소."

이창구가 점잖게 말을 하자 사내가 금방 수굿해졌다.

"나리가 그 유명한 포목점 나리란 말씀여유? 대두목이라면서유? 여기서 보는구먼유. 나리가 보증허신다면야 제가 더 닦달할 일이 없지유. 암만유, 겁탈 같은 일이 있으면 안 되지유!"

어느새 그 남자는 순한 양이 되어 있었다. 창구는 돈 몇 푼을 그의 손에 쥐여 주었다. 그는 국밥을 깨끗이 비우고 나서 오리정을 나섰다. 월화가 이창구를 보고 픽 웃었다.

"대책을 세워야지 이러다간 우리 도인들이 촌민들에게 외면당하기 십상여유."

한바탕 난리를 치르고도 월화의 목소리는 의외로 차분했다.

"그렇잖아도 동학도라고 자칭하면서 강제로 남의 무덤을 파내고 양민들의 말과 미곡을 빼앗는 자들이 있는 모양입니다. 원갑 접장이 감찰을 하고 있는데도 역부족입니다."

이창구는 아침에 원갑이에게 감찰을 제대로 하라고 재차 주문했던 일이 떠올랐다. 원갑이는 지금 인원으로는 턱도 없으니 각 포에서 신심이 좋은 도인들을 더 뽑아 달라고 되레 짐을 지웠다.

"수련하려는 마음은 털끝만큼도 없고 다들 욕심에 사로잡혀서 그렇습니다. 특히 새 입도자들이 말썽을 일으키는 모양입니다. 그네들은 동학에 이름이나 걸쳐 두고 제 욕심을 차리려고 처음부터 작정을 한 사람들입니다. 시절이 수상하지 않다면, 차분히 한 사람 한 사람 붙잡고 앉아서 얘기를 나누다 보면 옥석이 가려질 텐데요. 우리 손이 다 뻗치질 못해 안타깝습니다."

이창구가 한숨을 쉬자 월화는 그를 물끄러미 쳐다보았다. 호랑이와 싸워도 지지 않을 만큼 체격이 좋았던 사람인데 하루가 멀다 하고 먼 길을 오가다 보니 눈이 쑥 들어가 있었다.

"엄니, 엄니."

채봉이의 다급한 목소리였다.

"말을 혀, 엄니만 부르지 말고."

월화가 빈 그릇을 들고 부엌으로 가려던 참이었다.

"정원갑 접장하고 이한규 접장이 잽혀갔대유."

채봉이는 이창구를 보고 울음을 터뜨렸다.

"뭐라구? 누가 그러든가?"

이창구의 얼굴이 새파랗게 질렸다.

"방금 요 고샅에서 읍예를 만났는데 그 애가 그랬어유."

"어디 관아에 잡혀 있다더냐?"

"홍주목이래유."

"월화 접장, 혹 박덕칠 접주가 오시거든 홍주목 앞 김유철 접사 집으로 오라고 전해 주시오."

이창구는 말을 타고 홍주목으로 내달렸다. 눈앞이 캄캄했다. 아침에 감찰을 좀 더 엄정히 하라고 말한 게 화근이 되지 않았나 싶었다. 홍주에 가서 붙잡힌 것을 보니 감찰하다가 잡힌 게 틀림없다. 홍주성에 들어갈 수 있는 방법이 있을까? 요즘 들어 워낙 기찰이 심해 자칫하다간 섶을 지고 불에 뛰어드는 격이 되기 십상이었다. 홍주목 김유철 접사 집에 당도하자 도인들 몇이 이미 모여 있었다.

"이 사람들아, 나에게로 빨리 사람을 보냈어야지."

이창구의 목소리에는 노기가 서려 있었다.

"이한규하고 일부 도인들도 붙잡혔대유. 사람을 시켜서 확인했는데 이승우가 옥사를 직접 챙긴다네유. 아무도 접근 못하도록 철통같이 지키는데다가 홍주성 입구에서부터 관졸들과 유계의 민병들이 유표를 일일이 확인하는 바람에 이렇게 애만 태우고 있어유."

"팔랑이 좀 데려오게나. 그리고 옥사를 지키는 관속은 누구라던가? 그를 매수하게."

이창구는 초조하게 입술을 깨물었다. 망령된 생각들이 오갔다. 홍건을 만나 볼까? 조창 일이 있었을 때 그의 명분을 세워 주지 않았던가. 잠시 후 팔랑이가 왔다.

"팔랑 도령, 원갑이는 어떡하고 있소? 몇 백 냥이 들어도 좋으니 그를 빼내야 하오. 관졸들을 매수해 보시오."

"방법이 없습니다."

팔랑이는 고개를 푹 숙였다. 그때 말발굽 소리가 집 앞에서 멈추더니, 이내 박덕칠 접주가 사립문 안으로 들어왔다. 이창구가 달려나가 박덕칠을 맞아들였다.

"박 접주, 모든 게 제 잘못입니다. 원갑이에게 감찰을 강화하라고 독촉하는 게 아니었어요."

이창구는 박덕칠의 손을 잡고 울었다. 박덕칠도 뾰족한 수를 찾지 못했다. 각 군현을 쳐서 무기를 마련한 후 홍주성을 치기로 한 상황인데, 그마저도 쉬운 문제가 아니었다.

"지금 당장은 방법이 없으니 어떤 변수가 생기기를 기다려 봅시다."

박덕칠은 멍하니 벽만 바라보고 있는 이창구의 등을 토닥였다.

정원갑이 잡혀간 지 닷새가 흘렀다. 창구는 정원갑을 빼내기 위해 백방으로 노력했으나 헛수고였다. 신경을 쓰며 밤낮없이 쏘다녔더니 몸살 감기가 와서 온몸이 쑤시고 입술과 허리에 수포가 생겼다. 몸 구석구석이 끊어질 듯 아팠다.

"너무 몸을 혹사시키지 마슈."

박인호가 걷어 올렸던 이창구의 윗옷을 내리며 타이르듯 말했다. 박인호는 아픈 사람을 보면 방문을 지어서 악귀를 몰아내거나 약방문을 처방해 주곤 하였다.

"천 일이라도 아퍼서 금풍쉥이가 내 곁에 돌아올 수만 있다면 그렇게 하겠소."

이창구의 눈물이 입술을 타고 내렸다. 그는 요즈음 홍주성 앞 김유철 접사 집에 머물면서 이승우가 홍주성을 비우거나 기찰이 느슨해지기만을 손꼽아 기다리고 있었다. 그러나 이승우는 홍주성 안에서 요지부동이었고 기찰은 날로 심해지기만 했다.

이창구는 더 이상 기다릴 수가 없어서 약간은 무리를 해서라도 홍주성을 흔들어 볼 생각을 해냈다. 홍주성 근처에 있는 성 진사 집에 도인들을 보내 불을 지를 작정이었다. 그자는 평소 악행으로 소문이 나 있었다. 이승우가 군졸들을 보내 동학도를 잡으러 나오는 틈을 이용해 자신은 다른 도인들과 함께 홍주성 안으로 들어가 옥사를 부수고 정원갑과 동학도들을 빼낼 생각이었다.

사흘 후, 이창구의 계획은 실행에 옮겨졌다. 홍주성 십 리 밖 성 진사 집은 삽시간에 불길에 휩싸였다. 수백 명의 동학군들이 떼지어 몰려가 성 진사 가솔들을 모두 집 밖으로 몰아낸 다음 불을 지른 것이다. 이창구는 집을 불사르더라도 사람은 다치지 않게 하라고 당부를 해 두었다. 인근 동네 사람들이 치솟는 불길을 보고 그리로 몰려갔다. 창구 일행은 회심의 미소를 지으며 성 앞 김유철 접사 집과 주막들에 흩어져서 초조하게 성안 동정을 주시하고 있었다. 그러나 금방이라도 성 밖으로 나올 줄 알았던 성안 군졸들은 움직이지를 않았다.

　"중삼아, 왜 관졸들의 인기척이 없지?"

　이창구는 말의 고삐를 단단히 죄며 관졸들이 홍주성 밖으로 나오기를 눈 빠지게 기다렸다.

　"글씨유!"

　편중삼은 좌우에 있던 강종화와 김영배를 번갈아 쳐다보았다. 하늘을 찌르던 검은 연기가 점점 잦아들었다. 이창구의 얼굴이 점차 검게 변해 갔다.

　"일이 어디서 잘못된 거지?"

　이창구가 주위를 둘러보며 중얼거렸다.

　"수접주님, 이러고 있다가는 위험합니다. 실패했습니다. 달아나야 합니다. 불을 지른 도인들이 예산으로 떠난다는 전갈이 왔습니다."

　도인 하나가 고삐를 잡고 있던 이창구의 팔을 잡아끌었다.

　"이 팔을 놔라. 금풍쉥이를 두고는 못 간다."

이창구는 미동도 하지 않았다.

"수접주님, 이러다가는 다 잡혀유. 지금은 후일을 도모하는 것이 정답여유."

편중삼은 이창구가 타고 있던 말의 궁둥이를 세차게 때렸다. 말이 놀라 앞으로 달려갔다.

"정원갑 이놈, 너는 죽어 마땅하다. 너의 죄를 아는가?"

이승우는 산발한 채로 형틀에 묶여 있는 정원갑을 보며 호통을 치고 있었다. 이제 와서 정원갑이 굴복을 할 것 같지는 않았지만, 정원갑 뒤에 있는 이창구와 동비들에게 자신의 뜻을 보이기 위해서라도 엄히 다스릴 필요가 있었다. 정원갑은 성동격서의 전략으로 결국 조창을 털어 자신을 농락하며, 며칠 전까지만 해도 동에 번쩍 서에 번쩍하면서 홍주를 제집 드나들 듯 하였다. 체포 즉시 조정에 보고한 뒤로도 정원갑을 빼내려고 접근할 이창구 등을 노리며 추이를 지켜보고 있던 차였으나, 더 이상 그대로 두기에는 동비들의 분위기가 심상치 않았다. 동학군들이 성 진사의 집에 불을 질러 성안 군사들을 유인하는 책략을 쓴 것이 이승우의 인내심에 종지부를 찍게 만들었다. 정원갑이 대꾸를 않자 이승우는 화가 더 치밀어 올랐다.

"네놈들의 잔꾀에 내가 속을 줄 알더냐? 성 진사 집에 불을 질러 나를 유인하려 들어?"

"……."

정원갑은 묵묵부답이었다. 그는 이창구가 꾸민 일인 줄로 짐작은 했으나 여기서 나서서 뭐라고 말할 계제는 아니었다. 오히려 정원갑은 이대로 가다가는 자신을 비롯하여 잡혀 있는 동학도들로 인해 더 많은 도인들이 위험에 빠질 수 있다는 점이 염려스럽기만 했다. 그는 목숨을 이쯤에서 내놓는 것이 좋겠다고 생각했다.

정원갑은 고개를 들어 이승우를 올려다보았다.

"지가 감찰이유. 양민들의 의복과 기물, 곡식들을 함부로 빼앗고 부녀자들을 희롱하는 도인들을 단속하지 못한 건 전적으루 지 책임이유. 애초에 그런 사람들이 발붙이지 못하게끔 했어야 하는데, 그러지 못한게 더 큰 죄지유. 지가 대접주도 수접주도 아니고 일개 동학도이오만 이창구 수접주님을 모시는 감찰로서 도인들을 관리해야 할 책임을 다하지 못한 것이 죄 될 뿐입니다유. 무엇보다 윤리를 중시하는 동학에 먹칠을 했으니 죗값을 치러야 마땅하지유. 죽기를 각오한 몸, 죽음이 목전에 있다 해서 지난날을 후회하지 않습니다만, 부모와 처자식 가슴에 못을 박는 것 같아 한 될 뿐입니다유. 저에게 어진 사람의 표본이 되어 준 이창구 수접주님, 멀리로는 해월 선생, 수운 큰 선생, 저는 이만 갑니다유."

정원갑은 고개를 숙였다. 그리고는 긴 숨을 쉬었다. 홍건은 죽어가는 육신이 내뱉는 영혼의 마지막 소리에 집중했다. 병으로 사경을 헤매면서 육신을 부여잡고 울부짖었던 자신의 지난날이 떠올라 부끄러웠다. 정원갑이 침을 두어 번 삼켰다.

"홍건 나리, 조창을 기억하시나유? 이창구 형님이야말로 유학의 덕목인 의를 실천하는 분이유. 형님은 도인뿐만 아니라 예사 백성들까지도 하늘 섬기듯 섬기는 분입니다유. 오래전 일이지유. 형님과 내를 건널 일이 있었지유. 홍수가 들어 물이 많이 붙어나 있었습죠. 일각을 다투는 일이라 건널 수밖에 없었는데 불행히도 이끼 낀 돌을 밟았지유. 떠내려가는데 물 위로 올랐다 내렸다 합디다. 거의 죽을 지경이었습죠. 그때 형님은 죽기를 각오하고 제가 숨을 쉴 수 있도록, 물을 먹지 않도록 목마를 태워 주셨지유. 다행히 하늘이 도우사 나뭇가지를 붙잡는 바람에 둘 다 살아날 수 있었지유. 그 후로 저는 제 일신을 형님을 위해 바치리라 결심했지유. 어차피 그때 죽었을 목숨, 지금 죽는다 해도 여한 없어유. 단지 의로운 세상이 오는 것을 보지 못해 안타까울 뿐입니다유. 사또님, 소원컨대 백성들을 모시는 사또님이 되셔유. 지금 사또님이 떠받들고 있는 나라님은 헛도깨비여유."

정원갑은 이승우와 홍건을 묵묵히 바라보았다.

"저놈이 기어이 제 무덤을 파는구나. 저놈을 매우 쳐라."

이승우의 말에 관졸들이 곤장을 들었다. 그때 팔랑이가 도열해 있는 사령들 사이를 비집고 들어왔다. 정원갑은 팔랑이를 보고 웃었다.

"곤장 들어갑니다!"

사령들이 곤장을 올려붙이기 시작했다. 동비들에게 세곡미를 빼앗긴 일로 먼저 매를 맞았던 관졸들이 집장사령을 자청한데다가 애초부터 때려죽이기로 작정한 터라 인정사정이 없었다. 대여섯 대까지는 이를 악다물고 참아 내던 정원갑은 곧 자기도 모르게 비명을 쏟아 냈다. 그가 끝으로 뱉은 말은 '금풍쉥이는 갑니다!'였다. 그나마 팔랑이만 알아들을 수 있는 소리였다. 스무 대를 넘어서면서 소리조차 내지 못하던 정원갑은 이내 맥을 놓아 버렸다.[21]

이승우는 정원갑의 시신을 성문 밖에 효시하라 명하고, 나머지 동학도들에게도 제각기 정해진 만큼의 곤장을 친 다음 다시 하옥할 것을 명하였다. 이승우는 동헌으로 들어와 김경제가 주고 간 종이쪽지를 다시 폈다. 동비 토벌의 첫 번째 방법인 '연계망을 끊어라.'가 얼마나 유효한 전략인지를 실감했다. 정원갑을 잡아들이자 이창구는 전혀 움직이질 못했다. 비록 이창구가 성내의 군졸을 밖으로 유인하여 정원갑을 구출하려는 고육책을 쓰기는 했으나 그 정도의 잔꾀에 넘어갈 이승우가 아니었다. 두 번째 '불씨를 남기지 마라.'는 조항도 시의적절하게 행동으로 옮겼다. 이러한 조치가 동비들을 자극할 수도 있어 망설였으나, 관아의 의지가 확고함을 과시하여 동비들에게 부화뇌동하는 백성들이 없도록 하는 효과가 더 클 것이라는 홍건의 조언을 믿고 결행하였다.

김경제의 비방에는 강경책만 있는 것은 아니었다. '주변에 있는 약한 자들을 끌어들여라!'라는 조항이 이승우의 눈에 들어왔다. 약한 자라? 이승우는 고개를 갸우뚱거렸다. 태안으로 간 별유관 김경제가 한양으로 돌아가는 길에 홍주목을 다시 들러 주었으면 좋겠다 싶었다. 전령을 보낼까? 이승우는 고민했다.

3.

별유관 김경제는 홍주목을 거처 곧장 태안으로 갔다. 그는 홍주에
서 동비 효유책이 별 성과를 거두지 못하자 태안에서는 처음부터 강
공책을 쓰기로 방향을 잡았다. 태안 군수와 협의하여 대다수의 태안
동학 도인들을 잡아들인 후, 일부는 엄중 경고하여 귀가시키고, 반항
이 심한 삼십여 명은 옥에 가두었다.

"아전이 목격한 바에 따르면 동비들이 추수 곡식을 실은 배를 빼앗
아서 그 곡식을 쌓아 놨는데 집채만 한 것이 몇 무덤 된다고 합니
다. 방비책이 없을까요?"

서산 군수 박정기는 그늘진 얼굴로 담배를 피우는 둥 마는 둥 했
다.

"하도 날뛰어서 방법이 보이질 않습니다."

태안 군수 신백희는 고개를 저었다.

"옥에 가둔 자들을 어찌했으면 좋겠소? 도무지 고개를 숙일 줄 모
르는 자들이오."

김경제가 태안 수령과 서산 수령을 번갈아 쳐다보았다.

"삼십 명 남짓 되지요? 모두 내일 목을 벱시다. 본때를 보여야 하
오."

김경제의 얼굴이 단호하게 변했다.

"동비들이 가만있겠습니까? 괜히 벌집 건드리는 꼴이 될 겝니다.
다른 방법을 써야 합니다."

신백희가 다소 겁먹은 얼굴로 김경제를 쳐다보았다.

"유화적인 방법은 이제 소용없소. 이제 상황이 바뀌었소. 일본군이 개입한 이상 그들이 아무리 많다 한들 두려워할 필요도 없소. 그들의 기세를 꺾어 아예 난을 일으킬 생각을 못하도록 짓눌러야 하오. 그러자면 본보기로 지금 갇힌 놈들부터 참수시켜야 하오."

김경제의 카랑카랑한 목소리에 압도되어 두 사람은 침묵했다.

태안 이방 김넙춘은 밖에서 이 말을 모두 듣고 있었다. 김넙춘은 심장이 덜컥 내려앉는 느낌이었다. 그는 태안 방갈리 문장로 집에 머물고 있는 이창구와 연락할 수 있는 방법을 고민했다.

4.

밤이 늦었는데도 문장로의 방에는 등잔불이 켜져 있다. 문풍지에 사람들 그림자가 어른거렸다. 최장수는 날씨가 선득거려 옷가지를 가지러 마루에 올랐다.

"김경제는 태안 사람이잖아요?"

안에서 남편 문구석의 목소리가 흘러나왔다.

"미친놈이지. 고향 사람들을 잡아다 가두면 지 애비 엄니 꼴은 어떻게 되는겨?"

높은 언성이 문풍지를 뚫고 흘러나왔다. 그녀는 다시 사립문 앞으로 나가 쪼그려 앉았다. 감나무에 바람이 불었다. 까치밥으로 남겨둔 홍시 하나가 제 무게를 감당 못하고 툭 떨어졌다. 탐스럽기만 하던 홍시감은 여지없이 일그러졌다. 사람도 죽어 묻히면 저와 같겠지! 아니 형체는 변할지언정 혼백은 변하지 않을 거야! 그녀는 생각에 골똘했다.

갑자기 어둠 속에서 횃불이 나타났다. 그것은 쌀쌀한 바람을 맞아 위태위태하였다. 최장수는 몸을 일으켜 앞을 응시했다. 횃불을 든 검은 형체가 빠르게 사립문을 향해 돌진하듯 다가왔다.

"누구세요?"

"나요 나. 포지리 장성국이요."

"이 늦은 시각에 웬일이세요?"

"도인들 계시지요?"

"네."

장성국은 서둘러 방으로 들어갔다. 그녀도 무슨 일인가 하여 마루로 올라섰다.

"도인들을 내일 처형한답니다. 태안 이방 김녑춘이 이창구 도인께 전하라고 했습니다."

마치 문풍지가 뚫린 것처럼 장성국의 목소리가 또렷하게 그녀의 귀에 들려왔다.

"이 밤에 큰일이네."

이창구였다.

"구석아, 꾸물거릴 시간 없다. 후딱 가서 박덕칠 대접주에게 이 사실을 전하고 되짚어 와라. 낼 아침까지는 와야 한다."

시아버지 문장로의 쩌렁쩌렁한 목소리가 들려왔다. 남편이 방문을 열고 나왔다. 문구석은 최장수를 보고 아무 말도 하지 않고 마당을 나섰다. 최장수는 걱정이 되어 남편을 따라나섰다. 갯벌 입구까지 갔다 올 생각이었다.

"여보, 시간이 없으니 따라 나오지 마오."

문구석은 횃불과 기름 종지를 가지고 쏜살같이 달려 나갔다. 그녀는 그의 흔적을 따라나섰다. 때마침 썰물이어서 갯벌 길인 감길이 드러나 있었다. 찰흙처럼 단단한 길이어서 썰물 때마다 사람들이 이용하는 길이었다. 그믐인지라 사방은 어두웠지만 남편의 손에 들린 횃불이 잠시나마 감길을 비추었다. 횃불이 점점 멀어지면서 감길도 어둠 속에 갇혔다. 밤보다 더 짙은 어둠이 최장수에게 찾아왔다. 사립문을 닫는 그녀의 손은 막대기마냥 굳어 있었다. 그때였다.

"징, 징, 징, 징…."

갑자기 징 소리가 울려 퍼졌다. 구월 그믐 자시, 전면 기포를 알리는 징 소리였다.[22] 박덕칠은 낮에 태안을 떠나면서 청산으로부터 기포 통문이 도착했다며 자시경 박인호 접주가 하포리에서 기포 징 소리를 울릴 터인데 소리를 듣는 즉시 기포를 하라고 일렀다. 본인은 예산 본포에서 기포를 하자마자 바로 오겠다고 했다. 방 안에 있던 사람들이 밖으로 나와 숙연한 자세를 취했다. "시천주 조화정 영세불망 만사지. 시천주 조화정 영세불망 만사지". 징 소리와 시천주 소리가 파장을 일으키며 칠흑 같은 밤을 타고 울려 퍼졌다. 이창구의 마음에 조용한 파문이 일었다. 기포령이 내렸으니 이제는 됐다. 태안 도인들을 기필코 구해 내리라! 이창구는 정원갑이 처형되자마자 태안으로 왔다. 이승우에 이어 태안 군수도 도인들을 여지없이 참수시킬 거라고 예상했다. 이승우와 김경제 사이에 무언가 새로운 노선을 정하였다는 느낌이었다. 그래서 그는 김넙춘의 손에 당목 반 필을 쥐여 주고 당분간 군수 곁을 떠나지 말라고 일렀던 것이다.

"어쨌거나 도인들부터 구해야 합니다. 지금부터 신속하게 연락을 취하십시오. 낼 아침 진시까지 태안 관아로 모일 것이며, 반드시 죽창을 포함하여 낫이나 칼이나 쇠스랑 등 무기가 될 만한 것을 지참하고, 며칠 분의 식량을 바랑에 넣어 지고 올 것 등을 당부하십시오. 그리고 각 마을에 비치된 나발이나 북 장구 꽹과리 등도 가지고 오라고 하세요. 이치봉 접장은 북부대장을 맡아서 관아 뒤쪽 백화산을 맡고, 안현묵 접장은 기수대장을 하시오."

이창구가 말을 마치자 문장로는 다시 한 번 도인들의 역할을 꼼꼼하게 짚었다. 평소 같으면 태안 도인들이 앞장서서 서둘렀을 터이지만, 접주들 대다수가 잡혀간 상황에서 이창구와 박덕칠, 박인호의 도움이 절실히 필요했다. 이창구는 도인들을 소집하기 위해 면천으로 떠났다.

다음 날, 10월 1일 9시경, 도인들 삼십여 명이 태안 관아 형틀에 묶였다.

"동비들은 들어라. 우리 고을은 예로부터 예를 숭상하고 덕을 베푸는 것을 경외하고 따랐거늘, 너희들은 함부로 무리를 지어 백성들을 현혹하고 나라의 세곡미를 약탈하며, 무고한 백성들에게 상해를 입혔다. 너희들의 행위는 입에 차마 올릴 수 없을 정도로 잡스럽고 괴이하다. 나라의 질서를 어지럽힘은 임금님을 능멸하는 일이요, 수령의 명을 따르지 않는 것은 그 임명자인 임금님의 입에 재갈을 물리는 것이다. 너희들을 살려 두어서는 나라의 위태로움이 날로 가중되고 백성들의 안녕이 하루도 지속되지 못할 것이다. 사령들은 저들을 쳐라."

김경제가 두 눈을 부릅뜨고 소리쳤다. 그러나 명령에 따라야 할 사령들은 서로 눈치만 볼 뿐 움직이려 하질 않았다. 재차 신백희가 소리쳤으나 사령들은 여전히 서 있기만 했다.

그때였다. 어디선가 총소리가 울리더니, 뒤이어 수천 군중의 함성과 온갖 기물들이 쿵쾅거리는 소리가 천지에 가득 찼다. 김경제와 아전, 관졸들이 모두 놀라 우왕좌왕하는 사이, 관아의 정문을 지키던 관졸들이 혼비백산이 되어 동헌으로 뛰어 들어왔다.

"사또, 큰일 났사옵니다. 동비들이, 동비들이 몰려옵니다."

그 말이 채 끝나기도 전에 김경제와 신백희는 동헌을 빠져나가고 있었다. 관졸들도 동학군이 몰려오는 쪽은 돌아보지도 않고 군수 뒤를 쫓아 도망치기 시작했다.

곧 이창구를 필두로 한 일만여 명의 동학군들이 관아로 들이닥쳤다. 먼저 관아 옆에 있던 신백희의 집에 불길이 솟았다. 동학군들은 그들이 빠져나가지 못하도록 이미 관아 일대를 겹겹이 에워싼 상태였다. 동학군의 접근을 알려야 할 관졸들은 진즉에 동학군에 포박되어 있었다. 신백희와 김경제는 독 안에 든 쥐였다. 마침내 그들은 동학군들 앞으로 끌려 나왔다.

"왜 동학 도인들을 죽이려 했습니까? 우리가 남의 물건을 빼앗았습니까, 아니면 살인이라도 저질렀습니까? 사람 목숨이 파리 목숨보다도 못합니까?"

이창구는 김경제를 쏘아보았다.

"거리낌 없이 마을을 돌아다니며 제 것인 양 약탈한 너희들이다."

김경제는 모멸감에 몸서리를 쳤다.

"남의 재물을 약탈한 이가 누구요? 도적은 당신들이오."

문장로는 신백희를 보았다. 신백희는 낯빛 하나 변하지 않고 고개를 뻣뻣이 세우고 있었다.

"여기가 감히 어디라고 한갓 도적의 무리에 불과한 너희들이 동헌을 짓밟고 수령을 끌어내느냐? 너희들을 대역죄로 다스려야 하는 바 오히려 이렇게 붙잡힌 것이 원통하다. 이렇게 된 이상 네놈들에게 구차하게 내 목숨을 구걸할 생각은 없다."

신백희는 몸을 꼿꼿이 세웠다.

"문 접장, 저들을 살려 두면 앞으로 도인들 목숨이 위태로울 터이니 처단합시다."

북부대장 이치봉이 앞으로 나와 좌중을 둘러보며 소리쳤다.

"네 이놈! 지금이라도 병장기를 내려놓고 물러간다면 너희들의 충정을 믿어 볼 것이다. 이번 한 번은 용서할 것이니, 모두 물러가라."

신백희는 여전히 몸을 꼿꼿이 세운 채 동학군을 둘러보며 호통을 쳤다.

"동학 도인들이 왜적의 범궐에 분개한 것을 내 알고 있네. 지금 모인 것은 충의하고자 하는 충정에서 나온 것임을 알고 있으니 이쯤에서 물러들 가게."

김경제는 동학군들의 기세에 주눅이 들었으나, 그래도 관장의 기품을 지키느라 애쓰며 이창구를 쳐다보았다.

"택도 없는 소리 마시유!"

그때 동학군 무리 속에서 한 사람이 앞으로 나섰다.

"제가 동학도라는 이유 하나로 사또님이 관졸들을 시켜 개 패듯 저를 팼슈. 저승사자만 보이더라구유. 죽더라도 원수는 죽이고 가야지 싶어서 저승사자에게 저놈 죽기 전에는 못 가겠노라고 했지유. 이제 사또님 차례유."

그의 얼굴은 온통 상처투성이였다. 그러자 여기저기서 비슷한 사연을 가진 사람들이 제각기 매 맞은 자리를 내보이며 응징할 것을 주장하고 나섰다. 김경제는 떨고 있었으나 신백희는 두려움 없이 노한 얼굴로 정면을 직시할 뿐이었다.

"생각할 것 없다. 지금 저자들을 풀어 주면 독이 되어 우리에게 되돌아올 것이다."

이치봉은 문장로를 쳐다보았다. 그의 말에 동학군들이 우르르 몰려 나와 발길질을 시작했다. 신백희와 김경제는 결국 동헌 뜰에서 참수되었다. 신백희 집을 태운 연기가 백화산 뒤로 처연히 누덕누덕 사라져 갔다. 동학군들은 관아에 들어가 총과 창을 비롯한 무기를 탈취하고 창고에 쌓아 놓은 군량미들을 모두 꺼냈다.

"이 군량미는 그동안 수탈당했던 이 지역 백성들에게 나누어 주고 나머지는 훗날을 위해 보관합시다."

문장로는 거둬들인 무기와 군량미를 처리하라고 지시하고 이창구와 함께 관아를 나왔다. 이창구는 바로 서산 관아로 향했다.

서산 군수 박정기도 동학군에게 살해되었다. 서산 관아 예방이 멀리서 동학군을 지켜보며 발을 동동 구르고 있었다. 동학군은 무기와 식량을 꺼내 놓고 관아에 불을 지를 준비를 하고 있었다. 관속들도 동학군에게 붙들려 가고 있었다.

"아이고, 저놈들이 미쳐 날뛰네. 사또님이 참수당하다니, 시상에 이런 법은 없는 거여. 아이고, 내가 이럴 때가 아니지."

그는 재빨리 객사로 달려갔다. 그는 객사에 들어가 전패[23] 앞에서 대궐을 향해 배례한 후 그것을 집어 바짓가랑이 속에 넣었다. 그러고는 허겁지겁 객사를 나왔다.

마침 그때 김복기가 객사로 들어오고 있었다. 둘의 눈이 마주쳤다.

"어쩐 일인가, 자네가?"

예방은 더 이상 말을 할 수가 없었다. 그때 전패가 바짓가랑이를 타고 바닥에 툭 떨어졌다. 바지를 묶은 대님이 풀렸던 것이다. 예방은 부들부들 떨면서 김복기를 멀뚱히 쳐다보기만 할 뿐 감히 전패를 주워 들 생각을 못했다. 김복기가 소리를 지르면 그 역시 잡혀갈 판이었다. 김복기는 전패를 주워 예리에게 건넸다. 여기저기서 "문서를 불태워 양반 상놈 없애 버리자.", "관속들을 잡아라."는 소리가 들려왔다. 외치는 소리가 점점 객사 쪽으로 다가왔으나 예리는 발을 뗄 엄두를 못 냈다.

"얼른 도망가세요."

김복기가 그의 등을 떠밀다시피 했다. 예방은 꾸벅 인사를 하고 객사를 나갔다. "와!" 하는 소리와 함께 관아에 불길이 치솟았다. 관아의 온갖 집물들이 불타면서 검은 연기가 하늘 높이 치솟았다. 김복기는 한참을 멍하니 서 있었다. 불길이 잦아들 무렵 그는 천천히 관아로 발걸음을 옮겼다. 위용을 자랑했던 관아는 폐허로 변해 버렸고, 군데군데 잔불이 남아 있었다. 김복기의 머릿속에 수많은 영상들이 스쳐갔다. 죽음을 간신히 모면한 도인들의 웃음소리, 서산 군수 박정기의 두려워하던 얼굴, 자신보다도 스무 살이나 많은 예방의 절박했던 얼굴 표정이 떠올랐다. 그는 이 모든 것이 연기로 타올라 의식 저편에서 아주 사라졌으면 했다. 망각하고 싶었다. 그때 누군가 어깨를 툭 쳤다. 이창구였다.

11장/ 순섬이의 편지

1.

태안, 서산의 수령들과 관속들을 처단하고 난 후 박인호는 구만리에, 박덕칠은 예산에, 이창구는 월곡리에, 문장로와 김복기는 태안과 서산에 각각 도소를 마련하고 도인들을 결집시켰다. 우선 각 포들을 총체적으로 관할할 수 있는 대도소가 필요했다. 그들은 장촌 면소[24]를 점거하여 예포 대도소를 차렸다. 무기와 식량도 필요했다. 덕산, 해미, 온양, 예산 등 인근 십여 개의 군현을 쳐서 무기와 곡물을 모아들였으나 그것만으로는 수만 명의 동학군을 무장시키기에는 어림이 없었다. 기포령이 내린 지 일주일째 되는 날, 박덕칠은 대흥 관아 무기고를, 이창구는 보령 수영 무기고를 습격하기로 했다.

이창구는 오전에 박덕칠이 대흥 관아 무기고에서 탈취해 온 총과 칼을 차곡차곡 말에다 실었다. 보령 수영 무기고를 털자던 정원갑의 말이 생각나 울컥했다. 그가 세상을 떠난 지 십여 일이 되었다. 보고 싶었다. 자신이 예산을 향해 말고삐를 잡았을 때 원갑이는 그 시간 형틀 위에서 죽어 가고 있었다. 내일을 기약하자는 도인들의 말을 핑계로 홍주성에 그를 두고 떠나온 것이 두고두고 후회스러웠다. 한 치라도 가까이 그의 곁에 있어야 했는데! 죽든 살든 홍주성을 쳤어야 했다. 팔랑이가 와서 "금풍쉥이 갑니다." 라는 정원갑의 마지막 말을 전했을 때, 이창구는 통곡했다. 금풍쉥이는 자신이 그에게 붙여 준 별명이었다. 정원갑의 죽음을 헛되이 할 수 없었다. 보령 수영에서 무기를 탈취한 후 보란 듯이 이승우가 있는 홍주성으로 쳐들어가리라!

이창구는 도인 수천 명을 이끌고 새벽 3시 충청 수영[25]이 있는 보령에 도착했다. 보령 수영에 근무한 적이 있었던 사람들이 이창구를 안내했다. 그는 바다와 코 닿을 곳에 있는 서문으로 들어섰다. 버드나무가 늘어져 있는 왼쪽으로 접어들어 진휼청을 지나 영보정 앞에 섰다. 광천과 연결된 물길이 어슴푸레하게 보였다. 바로 앞에는 동학군들이 배를 대기시킨 채 기다리고 있었다. 그 배는 일이 끝나면 무기를 싣고 광천으로 갈 터였다. 장교청에 들어서니 수군절도사와 이방 아전은 잠을 자고 있었다. 생각할 것도 없이 총을 쏘며 진입했다.

"왜놈들과 싸워야 하니 순순히 무기를 내놓으시오."

이창구는 단도직입적으로 수군절도사에게 말했다.

"이러시면 안 되네. 이 충청 수영의 무기는 왜군들이 쳐들어 올 때를 대비해서 비축해 둔 무기일세. 그냥들 돌아가시게."

수군절도사는 동학군들에게 얻어맞은 왼쪽 옆구리를 감싸 쥐고 이창구를 바라보았다. 동학군 한 명이 그를 향해 다시 죽창을 들자 이창구가 제지했다.

"뭣들 하는 짓인가? 이곳에 있는 무기들은 국가의 재산이지 동비들의 재산은 아니다. 도적질은 해도 역적질을 해서는 안 된다."

수군절도사는 이창구의 제지에 용기를 얻었는지 태도를 단호하게 바꾸었다.

"죽고 싶지 않으면 계속 지껄여 보슈."

느닷없이 누군가가 수군절도사의 목덜미를 내리쳤다. 원갑이 아버지였다. 이어 광천 장터 사람들이 수군절도사에게 달려들어 발로 밟더니 입에 재갈을 물렸다. 약속이라도 한 듯 동학군들이 나서서 수영 소속의 아전들과 읍예들을 결박했다.

"도인들, 우리의 목표는 무기입니다. 쓸데없는 곳에 시간과 정력을 낭비하지 마시오. 수사 나리, 왜군을 치고자 동학군이 무기를 가져갔다고 조정에 보고하시오."

이창구는 무기고로 향했다. 금전과 곡식의 출납을 맡아보던 감관과 무기고를 관리하는 고지기가 무기고 앞에서 버티고 있다가 자진해서 문을 열었다. 활, 화살, 갑옷과 투구, 초, 대포, 화약 등 어마어마한 무기가 보관되어 있었다. 창구는 그것들을 배에 실어 보내고, 일부 동학군과 함께 말을 타고 광천 정원갑이네 집으로 향했다. 정원갑이네 집은 텅텅 비어 있었다. 정원갑 부인 광천댁은 정원갑이 죽자마자 이웃 마을에 있는 친정집으로 들어간 터였다. 창구는 빈집을 넋

나간 사람처럼 둘러보았다.

"금풍쉥이야, 내가 왔다. 충청 수영을 털겠다던 너의 꿈을 내가 대신 해냈다."

이창구의 울음 섞인 목소리가 집 안을 맴돌았다.

"이놈아, 이 불효자식아, 애비 놔두고 어디 갔냐."

정원갑 아버지가 쉰 목소리로 정원갑을 불러 댔다. 도인들은 무기 절반을 방 안에 쌓고, 나머지는 집 옆에 있는 새우젓 토굴에 보관했다. 그러고는 광천 장터로 발을 옮겼다. 장터는 태안과 서산 군수의 참수 이야기로 술렁이고 있었다.

창구 일행이 광천 시장 초입에 들어설 때였다. 갑자기 기마병들이 소리를 지르며 진격해 왔다. 홍주목 병사들이었다. 사람들이 말을 피하려고 소리를 지르는 바람에 장터는 아수라장이 되었다.

"일단 산으로 올라가 유리한 고지를 점령해라."

이창구는 소리를 지르며 동학군을 이끌고 산으로 올라갔다. 그는 관군들이 들이닥칠 거라고는 생각을 못했다. 기마병들은 창구 일행을 바짝 뒤쫓아 왔다. 그는 동학군들을 쳐다보았다. 공격은커녕 달아나기에도 바빴다. 몇몇 동학군들이 든 총은 사용 경험이 없어서 무용지물이었다. 이에 반해 홍주목 병사들은 대오를 갖추며 지휘관의 명령에 따라 일사불란하게 움직였다. 쫓는 속도가 줄어드는가 싶더니 이내 총성이 울리기 시작했다. 기마병들이 추격을 하면서 낙오된 동학군을 향해 발포했다. 그들은 동학군을 이리저리 흩어 버리며 반격의 빌미를 주지 않았고, 그러는 사이에 여기저기서 총포 소리와 동학 군들의 비명이 하늘과 땅을 갈랐다.

이창구는 무기와 생명 중 하나를 택해야 했다. 원갑이 집에 쌓아 놓은 무기를 확보하기 위해서는 다수의 희생자가 나오더라도 죽기 아니면 살기로 싸워야 했다. 무기의 양으로 말하면 족히 수백 명은 무장을 하고도 남을 양이었다.

"목시 대도소로 후퇴해라. 목시다. 목시!"

이창구는 동학군의 생명을 지키는 쪽을 택했다. 무기는 다시 확보 하면 되었다. 그러나 목숨은 '다시'가 없었다. 그는 동학군을 이끌고 목시 대도소로 후퇴했다. 기다리고 있던 동학군들이 다 잡은 물고기 를 놓쳤다며 억울해했다.

홍주 목사 이승우는 빼앗긴 무기들을 되찾아오고 동학군들에게 큰 타격을 입힌 병사들을 치하하며 고기와 술을 대접했다. 병사들의 사 기가 거대한 파도처럼 솟구쳤다. 그는 여세를 몰아 동학군의 본거지 를 치고 싶었다. 지금쯤 이창구의 코가 댓 자는 빠져 있을 터였다. 이 렇게 쉽게 전열을 무너뜨릴 수 있을 줄은 몰랐다. 그는 최근 김경제 와 신백희의 참수 소식에 두려워 잠을 잘 수가 없었다. 자신도 그렇 게 되지 말란 법은 없었다. 게다가 어제 아침 대흥 관아가 박덕칠이 이끄는 동학군의 공격을 받고, 대흥 군수 이창세와 대흥 유림 대표 안희중이 빗속을 뚫고 관아 담을 넘어 홍주목으로 도망 왔을 때만 해도 동학군의 세력은 거대한 한줄기 산맥 같아 보였다. 아니, 금방이라도 홍주성을 무너뜨리며 밀려들 거대한 해일처럼 느껴졌다. 그러나 이번 보령 수영 전투를 지휘한 이석범으로부터 들은 동학군의 전투력은 보잘것없었다.

그는 내친걸음으로 동학군의 본거지인 목시 대도소를 치기 위해 다시 유회군과 민보군을 점검했다. 관군만으로는 숫적인 열세가 심각하다고 보고 유회군과 민보군을 결성했던 것인데 예상보다 전투에 많은 도움이 되었다. 유림들은 동학군들로부터 거센 수난을 받고 있는 터라 그들을 괴멸시켜야 한다는 집단적 각성이 강했다. 민보군 역시 인근 지역 장정들을 모집하여 구성한 것으로 이들에게는 생활고 해결이 우선이었다. 그는 규율이 중요하다고 보고 열네가지 규칙[26]을 만들어 비가 오나 눈이 오나 병사들을 훈련시켰는데 이번 보령 수영 전투에서 그 효과가 나타났다.

그는 촌민들을 끌어들일 수 있는 갖가지 계책도 꾸몄다. 아침저녁으로 병사들을 성 밖으로 내보내 "동비들을 토벌하자, 대열을 이탈하지 말자, 대장의 깃발에 따라 움직이자."를 외치게 했다. 저녁나절이면 떡과 술을 실은 수레를 두세 차례 드나들게 했다. 태반이 가짜 수레였다. 오 일에 한 번씩은 동문 앞에서 소고기 국도 끓이고, 동문 위로는 낟가리를 산더미처럼 쌓아 놓았다. 절반은 가짜 나락이었다. '촌민들의 곡식은 시가로 살 것이다. 촌민들에게 세미를 내라고 독촉하지 마라.'는 방문을 크게 한글로 써서 성 앞에 내걸기도 했다.

보령 수영 전투에 대한 소문이 나면서 이승우에 대한 찬사가 널리 퍼졌다. 각 군현 관아는 무기력하지만 홍주목은 믿을 만하다는 얘기가 돌았다. 각처 유생들이 살길을 찾아 자신이 살고 있는 곳의 관아를 마다하고 홍주목으로 몰려들었다.[27] 그들은 이승우와 생사를 같이하겠다고 나섰다. 그들에게 이승우는 가문 날에 단비였다.

2.

"형님, 대도소에 잡아 놓은 홍건의 작은형이 도망을 갔대유."

집에서 잠을 자고 아침 일찍 대도소에 도착한 이창구에게 편중삼이 보고했다.

"뭐여? 충청 수영에서 패퇴한 지 삼 일밖에 지나지 않았는데 어찌 그렇게 경비를 허술하게 했다던가?"

이창구는 어이가 없었다. 홍건의 작은형은 홍건이 해를 입었다는 세간 풍문에 놀라 사실 확인을 위해 홍주성을 방문하는 도중 동학군에게 잡힌 것이다. 충청 수영 일로 잡혀간 동학군들을 빼내 오는데 그를 이용할까 싶어 잘 대해 주라고 했던 것인데 도망을 갔다니 이창구는 속이 상했다. 하지만 큰소리를 낼 수가 없었다. 보령 수영 전투 이후로 동학군의 사기가 뚝 떨어져 있었다. 박인호 대접주와 박덕칠 대접주는 이창구에게 대도소를 맡기고 내포 내에 있는 관아들을 공격하느라 여념이 없었다. 이창구는 대도소를 맡고 있는 도인들을 소집했다.

"이미 지나간 것에 마음을 빼앗기지 마시오. 앞으로의 일에 총력을 기울입시다."

이창구는 앞으로 있을 전투를 위해 오히려 동학군들을 격려하는 것이 나을 듯싶었다. 그는 광천 시장 싸움에서 총 한 번 제대로 사용해 보지 못하고 쫓겨 다닌 게 두고두고 아쉬웠다. 한진 나루터에 가면 포수를 구할 수 있을 것이다. 그들을 데려와 도인들에게 총 쏘는 법을 가르쳐야 다음 전투에 승산이 있을 것 같았다.

다음 날 그는 포수를 알아보기 위해 동트기 전 대도소를 나왔다. 지척을 분간하기 어려울 정도로 짙은 안개가 사방을 에워싸는 바람에 말이 쉽게 나아가질 못했다. 안개는 쉽게 걷힐 것 같지 않았다. 한참을 갔는데 무언가를 두고 온 느낌이 들었다. 그는 자신의 느낌에 충실하고 싶어 대도소로 말 머리를 돌렸다. 대도소에 도착하자 불길이 솟고 있었다. 그는 황급히 무기고로 향했다. 이미 텅 비어 있었다. 홍주목 관군들과 유회군, 민보군 들이 급습해서 대도소를 쑥대밭으로 만들어 놓고 간 것이다. 도인들은 도망을 가고 없었다. 이승우에게 다시 한 번 허를 찔렸다는 생각에 이창구는 몸서리를 쳤다.

이승우는 또 한 번의 승리로 기염을 토했다. 동비들의 심장인 대도소를 초토화시키고 나니 비로소 걱정이 사라졌다. 마침 조정에서는 홍주에 호연초토영을 설치하여 이승우를 호연초토사로 삼았다. 이승우는 점차 자신의 가치가 조정에 알려진다는 사실이 뿌듯했다. 영웅은 난세에 나는 것이라 했으니 동비들을 소탕하기만 하면 만인이 부러워하는 관직까지 오를 것이다. 그는 여세를 몰아 합덕, 덕산, 대천, 원평, 예산 등지의 동비들을 토벌해야겠다고 생각했다. 그는 홍건을 불러 대대적으로 동비들을 잡아들여 사안이 경미한 자는 양식과 돈을 주어 귀가시키고, 중한 자는 목을 베어 북문에 매달아 놓으라고 명령했다.

3.

대도소를 빼앗긴 동학군은 바로 진지를 옮겼다. 홍주목의 공세가 만만치 않았다. 박덕칠과 박인호는 예산과 덕산을 버리고 태안, 서산으로 자리를 옮겼다. 이창구는 면천 송악산에 진을 쳤다.

이창구는 송악산으로 가기 전 편중삼과 함께 순섬이 집에 들렀다. 순섬이가 외출을 하려고 문을 나서고 있었다. 그녀는 이창구를 본 반가움에 얼굴이 빨개졌다.

"대도소가 공격당했다면서요?"

순섬은 이창구의 생기 없는 얼굴을 보았다.

"그렇게 됐소. 어디 가는 길이오?"

"마님이 장터로 잠깐 들르라는데요? 모처럼 오셨는데 여기서 이러지 마시고 일단 안으로 들어가세요."

순섬은 뒤돌아섰다. 싸움이 시작되면서 그의 얼굴을 보기가 어려웠다.

"그냥 가던 길을 가시오. 나도 오늘은 바쁘오."

이창구는 평소 순섬이와 가능하면 부딪치고 싶어 하지 않는 도씨 부인이 그녀를 보자는 이유가 궁금했다. 이창구가 면천으로 말 머리를 돌리자 그녀의 눈빛이 아쉬움으로 가득했다.

"면천 일이 안정되면 시간 내서 오리다. 그동안 몸조심하고 잘 있으시오."

순섬을 만나고 송악산으로 돌아온 이창구는 농보 일로 눈코 뜰 새 없이 바빴다. 송악산 농보는 유회군이 동학군과 대적하려고 쌓은 낮은 성으로 이창구는 그것을 빼앗아 거점지로 쓰고 있었다. 홍주목 군대를 대적하려면 농보를 일부 보수해야 했다. 흙을 퍼다가 물러진 부분을 메우는 데 하루 이틀이면 족할 줄 알았는데 열흘이나 걸렸다.

이창구는 어느 정도 일이 끝났다 싶어 순섬의 집에 들를 생각이었다. 그는 한숨을 돌리려고 장수바위 앞에 앉았다. 바위가 불에 그슬려 있었다. 세상이 어지럽다 보니 사람들이 치성을 드리느라 가끔씩 장수바위를 찾았다.

박인호 대접주가 수십 명의 동학군과 함께 송악산으로 올라오고 있었다. 이창구는 반가웠다. 박인호가 주로 태안에서 활동하고 있는 관계로 자주 보지 못했다.

"창구 접장, 큰일 났슈. 순섬 접장이 홍주목에 잡혀 있다네유."

"뭐라구요?"

"당신을 잡으려는 계책인 것 같슈."

이창구의 얼굴이 창백하게 변했다. 그가 주저앉자 박인호도 따라 앉았다. 동학군들이 수레로 한진 나루터 쪽에 보관되어 있던 식량을 송악산에 옮기고 있었다. 오가는 데 방해가 돼서 오래 앉아 있을 수가 없었다.

"어찌하면 좋겠슈?"

"제가 알아서 처리하겠으니 염려 마십시오."

그는 박인호와 순섬이 문제를 논의할 수가 없었다. 대도소를 침탈당한 이후 박인호와 박덕칠은 서산, 태안으로 자리를 옮겨 세력을 규합하느라 힘겨운 나날을 보내고 있었다.

"태안과 서산 쪽 도인들을 해미 쪽으로 이동시키는 게 낫겠슈. 힘이 분산되다 보니 계속 관군으로부터 공격당하는 것 같슈. 순섬 도인일은 홍주목에 사람을 보내 알아본 후 상의하지유."

둘은 일어나 박인호는 태안으로, 이창구는 순섬이네로 말 머리를 돌렸다. 이창구는 도중에 하마터면 논둑 아래로 떨어질 뻔했다. 이 생각 저 생각으로 마음이 흔들리다 보니 말고삐를 제대로 잡을 수가 없었다. 순섬이가 어떤 경로로 홍주목에 잡혀갔을까? 그녀를 가장 최근에 본 사람은 편중삼이었다. 혹시 편중삼이가 개입되어 있는가? 그는 다시 송악산으로 향했다. 바쁘게 움직이는 동학군들을 헤집고 편중삼을 찾았다. 김영배와 잡담을 하고 있었다.

"중삼이하고 영배는 나 좀 보자."

"예, 형님."

"중삼아, 영배야, 너희들 내 아우 맞지?"

둘은 눈을 동그랗게 뜨고 이창구를 빤히 쳐다보았다.

"예."

"순섭 접장이 지금 홍주목에 잡혀 있다."

"예?"

"알고나 있어라."

이창구는 순간 괜한 의심을 했다 싶어 하려던 말을 거두고 쇠학골로 말을 달렸다. 순섭이네 사립문을 밀치자 홍주댁이 사색이 되어 뛰어나왔다.

"소식 들었는가? 순섭이가 붙잡혀 갔네."

"어디서 붙잡혔답니까?"

"전혀 모르네. 단지 붙잡혀 가던 날, 자네 부인을 만나러 간다고 나갔거든."

"찬고 에미를요?"

"응. 요사이 두어 번 만났을걸? 참, 내 정신 좀 봐. 순섭이가 자네에게 보내온 편지가 있네."

홍주댁은 방으로 들어가더니 장롱에서 편지 한 통을 꺼내 주었다. 그는 숨 돌릴 겨를도 없이 편지를 펼쳐 보았다. 편히 잘 있으니 자기 때문에 큰일을 절대로 그르치지 말라는 내용이었다. 이창구는 그 자리에서 편지를 써서 인편을 통해 순섭이에게 전해 주라 이르고 송악산으로 다시 돌아왔다. 이창구는 순섭이 문제를 해결하기 위해 이틀

동안 송악산에서 칩거했다. 빨리 해결하는 것이 수였다. 도무지 일에 집중이 되질 않았다.

그는 이승우에게 사람을 보내 동학을 그만두겠으니 순섬이를 집으로 돌려보내 달라고 요청하였다. 이승우가 반신반의할 거라고 생각은 했지만 다른 방법이 없었다. 이승우에게 답신이 왔다. 군사를 풀고 송악산을 내려오면 돌려보내겠다는 내용이었다. 예상했던 바였다. 이창구는 송악산에 있던 도인들 중에서 가장 최근에 입도한 자들을 골라 집으로 돌려보냈다. 그러자 이승우로부터 순섬이를 돌려줄 테니 송악산 밑 절 아래 마을 박가네로 오라는 회신이 다시 왔다.

이승우가 순섬이를 돌려보낸다는 날이 왔다. 눈이 내리고 있었다. 볏짚으로 엮은 거적에 눈이 쌓이면서 바람이 불 때마다 서걱거렸다. 어두워지자 도인들이 춥다고 월곡리로 내려가는 바람에 이창구와 일부 도인들만 남았다.

"형님, 제가 알아본 바에 의하면 순섬 접장이 엄청 고생을 하고 있대유. 형님이 걱정할까 봐 편히 있다고 그러는 것 같슈."

편중삼은 조심스럽게 이창구의 안색을 살폈다.

"내가 알지. 필시 고생을 많이 하고 있을 거야. 중삼아, 내 처를 살리는 방법이 송악산을 내려가는 길밖에 없는 것인지 고민스럽다."

아침부터 이창구는 혼란스러웠다. 순섬을 저대로 두면 원갑이처럼 죽을 것이다. 순섬을 살리려면 우선 산을 내려가야 한다. 그러나 약속대로 이승우가 순섬을 돌려줄까? 덫에 걸려드는 건 아닌지 자못 염려스러웠다. 하지만 송악산에 중삼이를 포함해 도인들 일부가 있으니 염려될 건 없었다.

"중삼아. 지금 절 아래 마을 박가네로 간다. 영배와 함께 따라오너라. 내가 박가네로 들어가거들랑 너는 어디 가지 말고 밖에서 망을 봐라. 혹 무슨 일이 생기면 신속하게 도인들한테 연락해라. 알겠느냐?"

"예, 형님. 그런데 다시 한 번 생각해 보세유. 이승우의 농간일 수 있어유."

"그렇다 해도 어쩔 수 없다. 이미 결정한 일이다."

"형님, 혹시라도 말여유, 제가 망을 보다가 이승우 병사들이 들이닥쳐 도망을 가야 하면 어떡하지유?"

편중삼은 어찌할 줄을 몰라 허둥거렸다.

"중삼아. 나에게 충성하는 네 마음을 내가 알고 있다. 만약 일이 그렇게 된다면, 내가 지금 벌이는 일은 수포로 돌아간 셈이다. 당연히 너는 어떻게든 몸을 피해야 한다. 그게 나를 살리는 길이다. 내 말 명심하거라."

이창구는 편중삼의 손을 꼭 잡아 주었다.

눈발이 굵어지고 있었다. 코끝이 얼얼한 것으로 보아 눈이 많이 내릴 모양이다. 이창구는 송악산 농보를 한 바퀴 돌고 난 후 절 아래 마을 박가네로 향했다. 중삼이와 영배가 따라나섰다. 박가네 사립문을 들어서기 전 이창구는 주변을 둘러보았다. 관군들의 기척은 느껴지지 않았다. 박가네 마당으로 들어서자 박가가 기다리다가 방으로 안내했다. 방문을 열자 순섬이가 윗목에 앉아 있다가 화들짝 놀라 일어섰다.

"설마 했는데 기어이 오셨군요. 어서 여길 떠야 합니다. 아무래도 심상치가 않아요."

순섬은 새파랗게 질려 있었다. 이창구는 등골이 오싹했다.

"홍주목에 있는 동안 편중삼 접장을 보았어요. 분명 편 접장이었습니다. 관군과 함께 움직이는 게 예사롭지 않았어요"

순간 이창구는 머리를 한 대 얻어맞은 느낌이었다. 중삼이가 이승우의 *끄나풀?*

"여보, 빨리 여기를 나갑시다."

이창구는 허둥지둥 순섬을 일으켜 세운 후 밖으로 나섰다. 순간 어디선가 날아온 몽둥이가 이창구의 등덜미를 강타했다. 이창구가 마루 위로 픽 하고 쓰러졌다. 순섬이가 그를 일으키려 하자 우악스런 손이 그녀를 잡아끌었다. 순섬은 소리를 질렀다. 창구는 순섬이를 불렀다. 그럴 때마다 묵직한 몽둥이가 그의 몸 위로 쏟아져 내렸다. 필사적으로 몸을 웅크리며 매를 받아 냈다. 새끼 잃은 호랑이처럼 울부짖으며 자신을 애타게 부르는 순섬이의 목소리가 점점 멀어져 갔다. 널브러진 자신의 몸을 들쑤셔 결박하는 손길이 느껴지는가 싶더니 마루 아래로 끌어내려졌다. 곧 횃불이 켜지고 주변이 밝혀졌다. 이창구는 겨우 실눈을 뜨고 주변을 돌아보았다. 마당에는 수십 명의 관군들이 들어차 있었다. 창구는 고개를 떨구었다. 몸부림치며 끌려간 순섬의 옷자락이 눈길에 새겨져 있었다. 그는 그 눈길을 보듬었다. 헛헛함이 몸 전체를 훑고 지나갔다. 그는 다시 고개를 들어 중삼이와 영배를 찾았으나 그들의 모습은 보이지 않았다. 수레가 와서 포박한 그를 실었다. 그는 마지막으로 온몸에 힘을 모아 순섬이와 중삼이를 불렀지만 피투성이가 된 입술에선 갈라진 쇳소리만 나올 뿐이었다.

덜커덕거리는 수레 위에 결박된 몸으로 내팽개진 채 이창구는 밤길을 지나갔다. 가물거리는 의식을 끝끝내 붙잡고 이창구는 순섬을 떠올렸다. 순섬의 옷자락처럼 자신을 실은 수레바퀴 자국도 눈 위에 또렷이 새겨질 것이다. 낼 아침 태양이 비추면 옷자락 자국도 수레바퀴 자국도 사라지리라. 억울하게 매 맞아 죽는 사람 없고, 애써 지은 농사 죄 빼앗기고 보릿고개 넘다가 온갖 괴질에 시달리다 죽어 가는 사람 없이, 그렇게 살아 보고 싶던 꿈은 그저 한순간의 허망한 꿈이었을 뿐인가. 이 목숨도 사라지겠지. 이승의 마지막 밤이 흐르고 있었다. 갑자기 회오리가 일었다. 바람에 날린 눈가루들이 얼굴에 들이쳤다. 창구의 흐트러진 머리카락이 눈바람에 휘날렸다. 이승우를 믿고 송악산을 내려온 것이 실수였다. 돌이킬 수 없는 실수! 그러나 하늘은 더 이상의 기회를 허락하지 않으리라. 받아들여야 한다. 이창구는 지나간 삶을 떠올렸다. '의'를 향해 내달린 삶이었다. 찬란한 봄빛이었다. 태양이 내일 다시 떠오르듯이 다음 생도 이생처럼 찬란히 떠오르리라.

수레가 홍주성 안으로 들어갔다. 원갑이가 붙잡혔을 때 얼마나 와 보고 싶던 곳인가. 수레가 멈춘 곳은 북문이었다. 망나니 둘이 서 있었다. 그들은 풀어헤쳐진 이창구의 머리카락을 칼로 베어 내고 그의 목에 나무 막대기를 교차시켰다. 막대기 교차점에 눈이 소복소복 쌓이기 시작했다. 홍주 목사 이승우와 홍건이 이창구 앞에 나타났다.

"이창구, 네 이놈!"

이승우는 숙적 이창구가 자기 앞에 있다는 사실이 믿기지 않는 듯 뚫어지게 그의 얼굴을 쳐다보았다. 이창구의 짙은 눈썹에 눈이 하얗게 쌓였다. 이승우는 그의 눈빛이 너무 평온하여 바라보던 시선을 얼른 거두었다.

"……"

이창구는 아무 말 없이 얼굴을 들어 밤하늘을 보았다. 촌민들이 치켜들고 서 있는 횃불에 눈송이들이 비쳤다. 아름다웠다. 이 눈송이들을 다시 한 번 볼 수 있는 밤은 과연 오지 않는 걸까. 저 횃불은 무엇을 밝히고자 함일까. 저들은 과연 죽기 전에 동학을 이해나 할 수 있을까?

"여기에 있는 수천 명의 촌민들이 네 놈을 참수시키길 원한다."[28]

"삶과 죽음은 하늘만이 주관하는 법, 나를 데려가는 이는 당신도, 수천 명의 촌민도 아니다. 하늘일 뿐이다."

"먹고살 만한 네 놈이 왜 사술인 동학에 발을 붙였는가?"

"나는 어머니가 노비였다는 이유로 첫 결혼에 실패했다. 그 후 반상과 적서에 대해 비로소 고민을 했다. 모든 사람은 평등하다. 양반이 귀한 만큼 노비들 역시 신성하고 고귀한 존재다. 양반이다 상민이다 천민이다 하는 것은 모두 후대에 지어진 것일 뿐 애초부터 있어 온 하늘의 소리는 아니다. 유학의 가르침은 될지언정 동학의 가르침은 아니다. 지금 시기의 통치 사상은 될지언정 영원한 통치 사상은 아니다. 영원을 보아라."

이창구는 어머니가 보고 싶었다. 양반으로서의 굴욕스런 삶을 포기하고 노비로서의 고난을 택한 여인이었다. 밤사이에 갑작스럽게 일어난 일이라 집에서는 모를 터였다. 아니 어머니가 이 자리에 없는 것이 차라리 나았다. 세상의 모든 어머니는 죽은 자식을 평생 가슴에 묻고 산다고 했다. 불쌍한 어머니. 위대한 어머니. 아들 찬고의 해맑은 웃음도 떠올랐다. 어쩌면 그를 위해 동학에 발을 들였는지도 몰랐다. 아들만큼은 차별이 없는 나라에서 살기를 원했다. 도씨 부인도 생각났다. 자신 때문에 맘고생 했을 그녀를 생각하니 마음이 아팠다. 울부짖던 순섬이의 목소리도 들려왔다. 오래도록 지켜 주고 싶었는데.

"네놈이야말로 이 나라의 안녕을 어지럽힌 장본인이다. 네놈은 다른 사람의 재물을 빼앗지 않았는가?"

이승우의 칼칼한 목소리가 횃불에 비친 이창구의 고요한 얼굴에 닿았다. 잠시 어머니 생각으로 순한 양 같았던 이창구의 눈이 번득였다.

"당신이 양민의 재산을 빼앗은 병사들을 혼내고, 다시는 그런 일이 없도록 빼앗아 온 물건들을 다 태워 버렸다는 소문을 들었다. 그런 면에서 당신은 홍주 목사 자격이 있다. 나도 그랬다. 나는 양민의 재산을 빼앗은 탐관오리를 혼내고, 그들이 빼앗은 재물을 다시 양민들에게 돌려주었다. 내가 죄인이라면 당신 역시 죄인이다. 일부 피해를 입은 양민들이 있다. 없다는 것은 거짓말이다. 그 부분에 대해서는 양민들에게 속죄하고 싶다."

"네놈은 보령 군기고를 털었다. 너는 역적이다."

"하하하. 내가 역적이라고? 충무공께서도 그러하셨듯이 지혜로운 장수들은 외적이 침범하면 양민에게 창과 칼을 내주고 나라를 지키라고 명령했다. 지금 왜놈들이 벌집 쑤시듯 이 강산을 휘젓고 있는데 홍주 목사로서 당신은 총칼을 내주지는 못할망정 스스로 죽창을 들고 나선 의병을 역적으로 몰다니! 진정 당신이 이 나라의 충신인가?"

"동비 오만 명을 버리고 천한 애첩 하나를 위해 목숨을 바친 네놈이 어디 감히 충신을 논하느냐? 세속적 욕망에 사로잡힌 네놈을 믿고 따른 동비들이 불쌍할 뿐이다."

이승우는 촌민들이 보는 앞에서 이창구를 박살내고 싶었다. 계집 하나에 홀린 일개 촌부에 불과하다는 것을 알리고 싶었다.

"애첩을 위해 죽었다고 세상 사람들이 비웃는다 해도 수운 스승은 나의 등을 토닥여 줄 것이다. 그녀는 내 첫 정혼녀다. 상하를 가르는 조선 사회가 우리의 혼인을 방해했다. 그녀 역시 피해를 입은 고귀한 하늘님이다. 한 사람의 하늘님을 살리기 위해 목숨을 초개 같이 버릴 수 있는 씨앗이 내 안에서 때를 기다리고 있었다. 오늘 조건이 돼서 싹이 텄을 뿐이다. 정원갑이 당신 손에 죽었을 때 난 맹세했다. 더이상 나로 인해 누군가를 죽게 하지 않겠다고. 가녀린 여자를 출세의 도구로 이용하는 너야말로 무간지옥에 가서 염라대왕 앞에서 속죄해야 할 것이다. 권력과 몸뚱아리 호사를 위해 어린아이, 여자 할 것 없이 무고한 사람들을 이용하고 죽이는 너야말로 죄인이다. 당신과 중삼이의 언약을 믿은 나의 어리석음을 탓할 뿐이다. 그러나 이 또한 삶이다. 하늘이 영원하듯 조선도 당신도 영원하다. 형상만 다를 뿐, 그것에 속고 있는 당신이 불쌍할 뿐이다. 나는 비록 죽으나 나의 의로운 피는 영원히 살 것이요, 당신은 살아 있으나 그 불의의 피는 조만간 이 땅에서 소멸될 것이다. 먼 훗날 나의 자손들은 나를 기억하려 할 것이고 당신 자손들은 당신을 잊고 싶어 할 것이다. 마지막으로 여기 계신 귀하신 하늘님들께 고합니다. 들에 난 풀을 보십시오. 태풍이 지나가고 나면 누웠다가도 일어나는 법입니다. 지금의 왜양을 두려워하지 마십시오. 하늘님은 아무것도 두려워하지 않습니다. 하늘님, 스승님, 고합니다. 시천주 조화정 영세불망 만사지."

이창구는 눈 내리는 겨울 밤하늘을 잠시 우러러 보다가 조용히 눈을 감았다. 망나니가 이창구의 목을 베려고 칼을 들었다. 홍건이 그에게 다가왔다.

"그녀가 당신에게 쓴 편지입니다. 제가 당신에게 해 줄 수 있는 것은 이뿐입니다."

홍건은 눈이 소복이 쌓인 막대기 교차점 위에 편지를 펼쳤다. 순섬이의 편지였다.

구름 꽃 당신에게

당신이라는 하늘을 만나 제가 이생에서 꽃을 피웠습니다.
하늘 길을 걷다 간 당신을 만나 그간 행복했습니다.
장무상망(長毋相忘)[29]

망나니의 칼이 창구의 목을 베었다. '오래도록 서로 잊지 말자'는 순섬의 편지가 이창구의 목과 함께 땅 위로 떨어졌다. 하얀 눈 위로 선홍빛 피가 흩어졌다. 핏물 먹은 편지가 눈바람에 이리저리 나뒹굴었다. 촌민들이 하나둘씩 북문을 나섰다. 창구의 죽음을 알리는 검은 연기가 홍주성 동문 앞 초가집에서 시작되어 새벽닭이 울 때쯤 내포 전역에 퍼졌다.

도씨 부인은 덕산 읍내 이일 장을 준비하기 위해 새벽닭이 울기 전부터 일어나 있었다. 갑자기 순섬이가 머리를 풀어헤친 채 집으로 들어섰다.

"형님, 그이가 참수되었습니다."

순섬이는 정신 나간 사람의 형색을 하고 있었다.

"뭐라고? 누가 죽었다고?"

도씨 부인은 깜짝 놀랐다. 홍주성에 있어야 할 그녀가 어떻게 예까지 왔으며 그이가 죽다니 웬 말인가 싶었다.

"형님이 우리 그이를 죽였어요."

순섬이가 도씨 부인을 쏘아보았다.

"네 이년, 여기가 감히 어디라고 그딴 말을 주워 섬기는가?"

"형님이 저를 홍주목에 넘기는 바람에 그이가 죽었습니다."

"네년 때문에 우리 그이가 죽은 거다 이년아."

도씨 부인은 순섬이를 집 밖으로 끌어내었다. 아산만 깊은 곳에 그녀를 쳐 넣고 싶었다. 하인들에게 수레를 대령하라고 했다. 그러나 하인들은 당혹스런 표정만 지었다. 웬일인가 싶어 뒤를 바라다보니 시부모가 서 있었다.

"네 이년, 누구에게 덮어씌우느냐?"

당산댁이 두 눈을 부릅뜨고 도씨 부인을 노려보았다. 도씨 부인은 무릎을 꿇고 달아실 마을이 떠나가도록 울었다. 달아실 마을 곳곳에서 이창구의 참수 소식을 알리는 검은 연기가 솟아올랐다. 도씨 부인은 비로소 자신이 저지른 일에 대해 통곡했다.

불과 얼마 전의 일이었다. 홍주 목사 이승우는 이창구를 잡기 위해 김영배 사촌 김명배를 불렀다.

"편중삼과 김영배를 다시 한 번 회유하게나. 이창구를 잡아 오기만 하면 홍주목에서 일할 수 있도록 자네에게 한 자리 줌세. 그리고 이창구를 사로잡는 날에는 그들 역시 죽을 각오를 해야 한다고 전하게. 그러나 만약 그를 잡는 데 공헌한다면 상을 내릴 거라고도 전하게."

이승우는 보부상들의 정보망을 이용해서 이창구의 심복이 편중삼과 김영배이며 그들 마음이 여리다는 사실을 알아냈다. 이에 김명배는 사촌 김영배와 편중삼을 불러다 놓고 엄포를 놓았다.

"좀 있으면 이 목사가 송악산 토벌에 나선다는데 알아서들 해라. 그리고 청군을 패퇴시킨 일본군이 목전에 와 있는데 그들 무기를 우리가 어떤 수로 당하겠나? 동학에서 발을 빼는 것이 신상에 좋을 것이다. 이왕 발을 빼려면, 이창구를 사로잡을 수 있도록 옆에서 도와라. 일을 잘 성사시키기만 하면 평생 밥 걱정은 안 해도 될 것이다."

김명배는 두 사람을 어르고 달랬다. 편중삼과 김영배는 이창구를 배반하는 것이 양심에 거리끼기는 했지만 목숨을 살고 보는 것이 우선이라는 데로 결국 기울고 말았다. 홍주목에 자리 하나를 얻는다는 것은 둘째 문제였다.

편중삼은 도씨 부인을 이용하기로 했다. 도씨 부인은 정원갑이 처형되고 난 후 남편도 참수될지 모른다는 생각에 하루하루 초죽음이 되어 지내고 있었다. 그런 와중에 편중삼이 포목전으로 찾아와 홍주목사 이승우가 보령 수영 기물 탈취 사건의 주모자로 이창구를 지목하고 있다고 했다. 더불어 만약 이창구가 동학을 그만두면 지난 일을 다 용서하고 관의 선봉장이 될 수 있도록 조정에 천거하겠다는 약조의 말도 덧붙였다. 도씨 부인은 그 말에 묘안을 궁리했다. 순섬이를 홍주목에 가두면 될 것 같았다. 그렇게 되면 남편 이창구는 순섬이가 어떻게 될까 봐 쉽게 움직이지 못할 것이고, 둘이 떨어져 있다 보면 관계도 소원해질 터였다. 문제는 순섬이였다. 순섬이는 최근 들어 도 인들 뒷바라지에 집 밖을 나서는 일이 거의 없었다. 설혹 외출할 일 이 있어도 도인들과 무리 지어 다녔다. 도씨 부인은 꾀를 냈다. 포목 점 일이 바쁘다는 핑계를 대고 순섬이에게 본댁으로 들어와 집안일 을 해 달라고 부탁했다. 아무것도 모르는 순섬이는 본댁 일을 봐주고 오다가 홍주목 병사들에 의해 쥐도 새도 모르게 잡혀간 것이다.

순섬이는 당산댁의 손을 잡고 흐느꼈다. 당산댁의 손에 순섬이의 굵은 눈물이 뚝뚝 떨어졌다.

"우리 창구가 어멈을 참 아꼈네. 며칠 전 내게 와서 큰절을 올리고 는 자기 목숨이 언제 어떻게 될지 모르니 항상 마지막 인사라 생각하 고 절을 받으라 하더군. 그러면서 자기 일신상에 무슨 일이 생기거들 랑 이 물건을 어멈에게 전해 주라고 했지."

당산댁은 장롱에서 보따리를 꺼내 한참을 물끄러미 바라본 후 순 섬에게 건넸다. 순섬은 떨리는 손으로 보자기를 풀었다. 편지 한 장 과 꽃신, 돈 꾸러미가 있었다. 순섬은 편지를 펼쳤다.

부인 보시오.

슬퍼하며 이 편지를 펼치지 마오. 눈물을 흘리며 내 얼굴을 떠올리지 마오.

당신의 눈물은 의로운 세상을 거두어 가고, 당신의 눈물 한 방울은 평등한 세상을 몰살시키는 독이 된다오.

눈물을 거두고 다가올 차별 없는 세상을 향해 그대의 찬란한 눈빛을 던져 보구려.

그동안 그대를 잊고 산 날이 없었소.

천년만년 내 당신을 시들지 않게 하는 구름이 되리.

순섬의 눈에서 눈물이 주루룩 흘러내렸다.

"부족한 저를 믿어 주셔서 감사합니다."

순섬은 당산댁이 도씨 부인의 말보다 자신의 말을 믿어 준 것이 너무 고마웠다.

"내가 누구를 더 믿고 덜 믿고 하겠나. 사실 찬고가 알려 주었다네. 찬고가 제 에미와 편중삼이 나누는 말을 엿들었다고 하더군. 의로운 길이 아니면 가지를 말라던 지 애비의 말이 생각나 내게 사실대로 얘기한 것이라며 어머니를 용서해 달라고 하더군. 생각 같아서야 찬고에미를 이 집안에서 쫓아내고 싶지만 찬고를 생각해서 다 용서하기로 했네. 이제부터 우리 집안에 수난이 닥칠 거야. 이 나라에서는 더이상 살 수 없을 거네. 빠른 시일 내에 가산을 정리해서 일본으로 갈것이네. 창구 살아생전에 이미 계획된 것이네. 풍도 앞바다에 떠 있던 일본 군함을 보고 와서는 일본을 제대로 알아야 일본을 이길 수 있다며 혹 자신에게 무슨 일이 생기면 찬고를 데리고 일본으로 건너가라고 하더군."

당산댁은 각오를 다진 듯했다. 그녀는 순섬을 물끄러미 바라보더니 이내 그녀의 얼굴을 쓰다듬어 주었다. 순섬은 울음을 참으려 애를 썼다.

"오래전 일이나 돌아가신 아버지를 대신해서 어머니께 용서를 빕니다. 혼례를 파하는 바람에 마음이 많이 아프셨지요?"

순섬은 당산댁의 손을 부드럽게 어루만졌다.

"어차피 이 나라를 떠나야 하니 사실대로 말해 주겠네. 우리에게 논밭과 포목점을 맡기셨던 한양 나리라는 분. 그분이 사실은 내 친정 아버님 친구 분이시네. 창구 아버지와 결혼하기 전 나는 권문세도가 집안의 자제와 결혼을 했지. 그런데 그자가 망나니였던 거야. 결혼한 지 얼마 지나지 않았는데 여종들과 몸을 섞더라구. 난 그냥 둘 수가 없었어. 그가 죽던지 내가 죽던지 둘 중 하나를 택하겠다고 친정아버지께 말씀드렸지. 딸을 그냥 놔두었다가는 죽거나 살인자가 될 것 같으니까 도망가라고 하시더군. 그러고는 사람을 시켜 미리 도망갈 집을 물색해 놓으신 거야. 그래서 창구 아버지를 만났다네. 나를 닮아서인지 창구는 불의한 일에는 물불을 가리지 않더라구. 모든 것이 나로부터 비롯된 게야. 그러나 자책하지는 않네. 참으로 의로운 아들이었네."

당산댁은 방문을 열고 송악산 쪽을 멍하니 바라보았다. 검은 연기가 하늘을 향해 끊임없이 올라가고 있었다. 이창구가 이끌던 동학군들이 그곳에 집결해 있었다. 당산댁은 송악산을 다녀오겠다며 방문을 나섰다.

순섬은 펼쳐진 보자기를 물끄러미 바라보았다. 운혜! 여자들이 가장 아름답다고 찬사를 보내는 꽃신이었다. 그것은 가죽에 연둣빛 비단을 덧댄 것으로, 코는 꽃분홍색 버선코 모양을 하고 있었다. 흰색 비단실로 수놓은 구름이 신발 좌우로 떠가고 있었다. 뒤꿈치에도 새하얀 구름이 떠 있었다. 구름! 순섬은 꽃신을 꼭 껴안고 숨죽여 울었다.

12장/ 날개 꺾인 잠자리

1.

새벽녘 태안에서 해미로 동학군을 이끌고 온 박덕칠과 박인호는 이창구의 참수 소식을 접하고 한쪽 날개가 꺾인 잠자리 신세마냥 참담했다. 날아야 하는데 날 수가 없었다. 대도소도 동지도 없어졌다. 대도소를 빼앗긴 후 재기포를 위해 예포와 덕포를 합쳐 서산 태안으로 근거지를 옮기느라 이창구와 대화를 못한 것이 화근이었다. 칠천 명으로 시작한 동학군의 수가 해미 귀밀리에 이르자 만오천 명이 넘었다.

이창구의 죽음을 알리는 검은 연기가 피어오르자 동학군은 잠시 숙연해졌다. 무거운 침묵이 진중을 맴돌았다. "이창구의 죽음을 헛되이 할 수 없다."는 말이 여기저기서 들려왔다.

"내가 선봉장이 되어 그간의 창구 도인 역할을 떠맡겠소. 박인호 대접주는 도인들 관리에 주력해 주시오. 호남 동학군이 공주성을 공략한다 하니 경군과 일본군이 오기 전에 홍주성을 함락시켜야 하오. 여미를 거쳐 면천성으로 들어가 무기와 군량미를 확보한 후 홍주성을 공격합시다.”

박덕칠은 시무룩해 있는 박인호의 어깨를 두드려 주었다. 겨울 추위에 얼어붙은 주먹밥처럼 그의 어깨도 차디찼다. 박인호는 순섬이 문제를 이창구 본인에게만 맡기고 태안으로 온 것이 후회스러웠다. 수운 대선생을 잃은 해월 선생의 심정이 느껴졌다.

“일어섭시다.”

박인호는 박덕칠의 손을 힘껏 잡고, 바지를 툭툭 털면서 일어섰다. 박덕칠 대접주가 옆에 있어 한층 위안이 되었다. 그는 돌덩어리가 된 주먹밥을 우적우적 씹어 먹었다.

박덕칠과 박인호는 선두에 서서 동학군을 이끌고 면천을 향해 갔다. 후위에서는 문장로와 김복기가 따라오고 있었다. 동학군들은 저마다 ‘보국안민’, ‘척양척왜’, ‘궁을’ 자가 새겨진 머리띠를 맸다. 그들은 ‘궁을’ 자가 새겨진 부적을 태워 마시거나 주머니 안에 넣기도 했다. “시천주 조화정 영세불망 만사지” 소리가 들판을 메웠다. 오후가 되자 그들은 면천 승전곡에 당도했다. 승전곡은 북쪽의 아배산과 남쪽의 웅산 사이에 난 협곡이었다. 비록 두 산 모두 높거나 험준하지는 않지만 계곡만은 갈고리 모양으로 깎아지를 듯 깊었다. 일단은 웅산에 진을 쳤다.

다음 날 아침 여덟시 경, 진격 일정을 잡고 있을 때 전령이 달려왔다.

“일본군 기마대와 경군이 오고 있습니다. 홍주목 병사들은 보이지를 않습니다."

"일본군이 오고 있다구?"

박덕칠은 올 것이 왔구나 싶었다.

"각자 제 위치로 가서 매복하시오."

박덕칠은 명령을 내렸다. 만오천 명의 동학군들은 각 접주들의 통제하에 일사불란하게 움직였다.

"복기 접장, 모든 것은 자네에게 달려 있네."

박덕칠은 김복기에게 천불변 도역불변(天不變 道亦不變)[30]이라고 씌어진 빨간색 대장기를 건네주었다. 김복기는 대장기를 휘날리며 동학군 오백 명을 이끌고 승전곡 초입 들판에 섰다. 경군, 일본군, 유회군이 차례로 대오를 갖춰 진격해 왔다. 잠시 후 그들은 대오를 나누더니 일본군과 경군 일부가 협곡으로 들어왔다. 김복기는 심호흡을 한 후 홀로 벌판 한가운데로 나아가 대장기를 힘차게 흔들었다. 깃발은 수렁처럼 그들을 빨아들이는 듯했다.

"탕!"

총알이 김복기 앞으로 날아왔다. 김복기는 깜짝 놀라 대장기를 놓칠 뻔했다.

"복기 접장, 더 세게, 더 세게 흔들어!"

도인 하나가 옆으로 달려와 같이 깃발을 흔들어 주었다. 적들을 협곡으로 유인하라던 박덕칠의 음성이 메아리처럼 울렸다. 한 발자국만 더 와라! 그래 조금만 더 깊이! 더 깊이! 김복기는 일본군을 향해 혼잣말로 중얼거렸다.

"탕, 탕, 탕, 탕!"

일본군들이 경군을 제치고 총을 쏘며 서서히 진격해 왔다. 빗발치
듯 총알이 협곡을 가로지르며 동학군 쪽으로 날아들었다. 김복기가
이끄는 동학군 선봉대는 들판 뒤로 퇴각을 하며 일본군을 협곡 깊숙
이 끌어들였다. 이때 산 위에 있던 박인호 대접주 휘하 동학군 쪽에
서 협곡에 들어선 경군과 일본군을 향해 일제히 공격을 시작했다. 화
승총은 직접적인 위협은 되지 못하였으나 협곡 속에서 요란한 소리
를 내며 의외의 위력을 발휘했다. 일본군들에게 위협이 되는 것은 화
살 공격이었다. 일본군 대오가 먼저 흩어졌다.

"후퇴해라. 후퇴해라."

경군들도 더 이상 전진을 못하고 퇴각을 했다. 이때 아배산 쪽에서
몸을 숨기고 있던 박덕칠 대접주 휘하 동학군은 경군과 일본군의 퇴
각로를 차단하고 총을 쏘며 협곡으로 들어왔다. 경군과 일본군은 오
도 가도 못하고 다급해지자 휴대품을 버리고 달아났다. 배낭과 밥그
릇, 수통, 쌀자루, 겨울 내의, 구두, 깡통, 소금이 여기저기 나뒹굴었다.

한편 나머지 경군과 유회군은 웅산에 진을 치고 있는 동학군을 향
해 진격해 갔다. 문장로 휘하 동학군은 도망가는 척하고 그들을 슬슬
산 위쪽으로 유도했다. 중간 지점에 다다르자 산 위에 매복하고 있던
박인호 휘하 동학군이 "와!" 하는 함성을 내며 이들을 향해 총을 발사
하고 화살을 쏘아 대고, 돌들을 던졌다. 유회군과 경군들은 사방팔방

으로 흩어졌다.

"불을 질러라."

문장로는 소리쳤다. 동학군들이 산과 들에 불을 놓았다. 마침 바람이 유회군과 경군 쪽을 향해 불고 있었다. 검은 연기가 그들의 눈을 가렸다. 일본군, 관군, 민보군, 유회군이 혼비백산해서 우왕좌왕하는 사이 동학군들은 토끼몰이 하듯 그들을 몰아갔다. 마침내 그들은 뿔뿔이 흩어져 후퇴하고 말았다.

"만세!"

"동학군 만세!"

"이겼다!"

"시천주 조화정 영세불망 만사지."

동학군의 함성 소리가 승전곡을 가득 메웠다.

"접주님! 이게 어디 있을 법한 일이에요! 일본군을 이기다니요! 지략이 무기보다 앞섰어요!"

김복기는 박덕칠을 보며 활짝 웃었다. 모든 작전은 박덕칠의 머리에서 나온 것이었다.

"일본군이 면천성으로 후퇴했답니다. 자 갑시다, 면천성으로!"

박덕칠은 동학군을 이끌고 추격에 나섰다. 나무고개에 이르자 송악산에서 진을 치고 있던 동학군들이 오고 있었다. 동학군의 숫자는 금세 이만여 명으로 불어났다. 이들이 면천성에 당도하니 면천 군수 조중하는 성을 버리고 일본군과 함께 홍주성으로 도망을 가고 없었

다.[31]

"김복기 접주, 동학군들이 잠시나마 노획물을 볼 수 있도록 관아 앞에 진열해 놓으소. 물품을 보니 일본군은 역시 신식 군대요."

박덕칠은 가쁜 숨을 몰아쉬며 노획물 자루 하나를 김복기에게 넘겨주었다. 그 뒤로도 자루를 짊어진 동학군들이 줄지어 서 있었다.

관아 앞에 일본군들이 버리고 간 물품들을 늘어놓으니, 희한한 구경거리가 되었다. 동학군은 물론 조선 사람들로서는 예전에 본 적이 없는 신식 물건들이었다. 김복기는 그중 팔십여 개나 되는 일본군의 수첩에 호기심이 생겨 펼쳐 보았다. 날짜와 시간 순으로 일본어로 된 글씨가 빼곡이 적혀 있었다. 일기를 써 나가고 있는 것이 분명했다. 일본인들은 기록하는 것을 중시한다더니 사실이었다. 박덕칠은 박인호와 함께 대오를 살피기 위해 관아 밖으로 나왔다. 동학군들은 왜군을 상대로 승리한 것을 두고 이야기를 나누느라 정신들이 없었다. 멀리서 누군가가 그들을 향해 정신없이 걸어왔다. 남루한 옷을 입고 있었다. 시야에 들어올 때쯤 박덕칠은 소스라치게 놀랐다. 순섬이였다.

"아니? 여긴 어떻게?"

박덕칠은 더 이상 말을 할 수가 없었다. 순섬의 얼굴은 수척해 있었다.

"누를 끼쳐 죄송해요. 모든 것이 제 탓이에요. 홍주목에 잡혔을 때 자결했어야 했어요. 이제 분노도 죄책감도 접고 갈 길을 가겠습니다. 길은 오직 하나, 남편이 가려 한 길을 가는 거예요. 어느 때 죽어도 여한 없어요."

말을 마치고 난 순섬은 입술을 지그시 깨물었다. 그녀는 송악산에 있던 동학군을 따라 내려왔다고 했다.

"하고 싶은 대로 하십시오. 대신 제 휘하에서 함께 움직이세요."

박덕칠은 순섬의 의사를 존중해 주고 싶었다.

"남편이 제게 남긴 것입니다."

순섬은 바랑에서 보따리를 꺼내 박덕칠에게 건넸다. 펼쳐보니 돈 꾸러미였다.

"도로 가져가세요."

박덕칠은 받을 수가 없었다. 순섬을 위해 이창구가 남긴 마지막 선물이었다.

"아닙니다. 이 돈은 본래 제 것이 아닙니다."

순섬 역시 단호했다. 박덕칠은 한참을 망설였다. 박인호 역시 뭐라할 말을 하지 못했다.

"심고. 하늘님 스승님, 김순섬 도인으로부터 돈 천 냥을 받았습니다. 동학군의 식량 마련에 사용하겠습니다."

박덕칠은 미안했으나 순섬의 뜻이 너무 확고해서 거절할 수가 없었다. 박덕칠은 순섬을 자신의 접이 있는 곳으로 데리고 갔다. 순섬이가 오는 것을 보고 노파가 나와 반갑게 맞았다.

박덕칠과 박인호는 진중을 대략 살핀 후 접주들을 불러 모았다.

"접주들, 어디로 행군해야 할지 얘기를 해 보시오."

박인호는 서산 관아 객사에서 김복기가 가져온 지도를 펴 놓고 접주들 얼굴을 살폈다. 김복기가 먼저 나섰다.

　"손병희 통령과 전봉준 대장의 연합 부대가 한양으로 가기 위해 논산을 출발해서 공주로 향하고 있다는데, 우리도 공주로 가서 도와야 합니다."

　그러자 태안 안면도 출신의 가영로 접주가 반대하고 나섰다.

　"지는 그 의견에 반대해유. 우리가 내포를 떠나면 여기 남아 있는 가족들이 위험하지 않겠슈?"

　이 지역 세거 양반으로 박인호 휘하에 들어와 두 아들과 함께 태안 관아 점령에 큰 공을 세운 고수옥이 가영로 말에 힘을 보탰다.

　"우리 내포는 병법으로 말하면 전방이 아닌 후방 군대라 할 수 있소. 왜군들과 이 일대 관군들을 홍주성에 꽁꽁 묶어 놓고 있어야 우리의 주력 부대라고 할 수 있는 손병희 도인과 전봉준 도인이 이끄는 연합 동학군이 공주성을 쉽게 공략할 수 있을 것이오."

　접주와 책사들의 의견이 분분했다. 한참을 듣고만 있던 박덕칠 대접주가 손을 들어 좌중을 진정시켰다.

　"이승우와 대결하기 위해서 홍주성으로 들어가든, 일본군을 쫓아내고 임금을 보위하기 위해 한양으로 진격하든, 손병희 통령과 전봉준 부대의 북상을 돕기 위해 공주로 들어가든, 해월 선생이 계시는 청산으로 가든 일단은 예산까지는 진출해야 합니다. 또 하나, 홍주성은 무조건 점령해야만 합니다. 그것이 동학 전체를 위해 내포 동학이

제일 먼저 해야 할 일입니다."

박덕칠의 말에 접주들이 고개를 끄덕였다. 예산은 추후 어디로 가든 그 길목에 있었다.

"바로 떠날 수 있도록 돌아가 각자 접을 챙기시오."

잠시 후 박덕칠은 동학군을 이끌고 예산을 향해 출발했다.

"가자, 홍주성으로!"

"동학군 만세!"

"왜놈들을 몰아내자!"

"한양으로 진격하자!!

큰 승리를 거둔 동학군들의 사기는 충천하였다. 동학군들은 행군을 하는 동안 주문을 소리 높여 외면서 발을 맞췄다. 동학군들이 식사를 하기 위해 잠시 역탑리에 머물렀을 때는 숫자가 삼만여 명으로 늘어나 있었다. 승전곡 승리를 전해 들은 사람들이 너도나도 동학군에 가세했기 때문이다. 이윽고 동학군들은 예산 신례원에 도착하여 고을 뒤쪽의 너른 들판인 관작리에 진을 쳤다. 동학군의 진영이 오리에 걸쳐 펼쳐졌다.

2.

"홍건, 이게 어찌된 일이오? 일본군이 패하다니오?"

홍주 목사 이승우의 얼굴색이 붉으락푸르락했다. 동학군에게 참패를 당하고 홍주성으로 들어와 있는 경군과 일본군을 보니 속이 터졌다. 일본군은 대대장 미나미 고시로(南小四郎)[32]가 이끄는 후비보병 19대대 중에서 아카마츠(赤松國封) 소위가 지휘하는 서로군 2중대의 지대(枝隊)였다.[33] 저 우수한 무기를 지니고도 패배하다니! 생각지도 못한 일이었다. 동학군은 예산 관작리에 진지를 구축하고 있었다. 저들이 홍주성을 치고 다시 한양으로 진격하는 날에는 낭패였다. 호연초토사로서의 위신에 금이 가는 것은 물론이고, 관직 박탈에 목숨까지도 위태로울 수 있었다.

"나리, 일본군을 물리친 동비들의 기세가 이만저만이 아닐 터이니 잠시 마음을 가다듬어 패배의 원인을 살펴야 합니다."

홍건은 안절부절못하는 이승우를 걱정스런 표정으로 바라보았다.

"머뭇거릴 이유가 없네. 아카마츠와 담판을 지어야지."

이승우는 홍건에게 따라오라 이르고 아카마츠가 머물고 있는 방으로 들어갔다. 마침 통역관 이이다(飯田)가 옆에 있었다.

"신례원으로 지금 당장 출병하자고 전하게."

이승우는 눈에 힘을 주며 이이다에게 자신의 뜻을 아카마츠에게 전하라고 했다. 이이다와 아카마츠는 한참을 속삭였다.

"아카마츠 소위는 동비들의 수가 너무 많은데다가, 관작리는 들판이요 숨을 데가 없는 곳이라 일본군에게 불리하다면서 성안에 머물겠답니다."

이이다는 짐짓 걱정스런 표정으로 이승우의 얼굴을 살폈다.

"장수가 전장에 나섰으면 싸워야지 성안에 틀어박혀 있겠다니요?

동비들의 기세를 누그러뜨리려면 한시라도 빨리 관작리로 진격하여 저놈들을 격멸시켜야 한다고 전하시오."

이이다가 아카마츠에게 이승우의 뜻을 거듭 전했으나 아카마츠는 요지부동이었다. 그는 두려움에 떨고 있었다. 경군 역시 일본군의 눈치만 볼 뿐이었다. 홍주목 관군들도 마찬가지였다. 싸울 생각이라고는 전혀 없는 듯했다. 지난날의 그들이 아니었다. 이승우는 애가 탔다. 그는 머리를 세차게 흔들었다. 이대로 끝낼 수는 없다. 호연초토사가 군율도, 군량미도, 무기도 없이 이리저리 떠도는 동비들의 위세에 눌릴 수는 없다. 그는 홍주목 관군들만으로 전투를 감행하기로 결정했다. 일본군도 경군도 실패한 전투를 자신이 나서서 승리로 이끈다면 그 전공의 가치는 더욱 치솟을 터였다. 설령 패배한다 해도 일본군과 경군의 협력이 없었다고 보고하면 되었다.

이승우는 지난번 목소 대도소 승전 당시 훌륭하게 전투를 지휘한 김병돈 중군장에게 출군 명령을 내렸다. 이승우의 관군은 늦은 밤이 되어서야 신례원에 당도하였다. 이미 사방이 어둑해지는 가운데, 멀리 관작리 들판은 새하얀 눈이 덮인 듯했다. 이승우는 모골이 송연해졌다. 저 많은 사람들이 다 동비들이라니. 그는 우선 유리한 지형에 진을 치고 다시 한 번 일본군의 참전을 요청키로 했다. 이승우로서도 믿는 구석이 있었다. '어쨌든 내일 새벽, 동비놈들을 들이친다. 지난번처럼 초반에 기를 꺾어 놓고, 우두머리 몇 놈만 처단하여 승기를 잡으면, 저 오합지졸들은 곧 흩어지고 말 것이다'.

관작리 들판의 밤은 추웠다. 들판 초막에서 새우잠을 잔 동학군들의 머리카락은 너나없이 새집 모양이었다. 어제 저녁 관군들의 출동에 한바탕 난리가 났었다. 동학군들은 대열을 정비하며 전투 준비에 바짝 긴장했으나, 웬일인지 관군들은 십여 리 떨어진 빙현 상봉에 진만 쳤을 뿐 공격을 해 오지 않았다. 한시름 놓은 동학군들은 전면에 포군을 배치하고, 수백 명의 수비군을 세워 놓고 취침에 들었던 것이다.

"잠은 잘 주무셨나요?"

김복기는 순섬이가 새벽같이 일어나 동학군들에게 아침밥을 퍼 주고 있는 것을 보고, 그녀에게서 밥주걱을 빼앗아 들었다.

"얼른 식사하세요. 때를 놓치면 안 됩니다. 언제 전투가 시작될지 모릅니다. 밥심이 있어야 도망을 쳐도 치지요."

복기는 바가지에 밥을 퍼서 순섬이 손에 안겨 주었다.

"아 싸울 작정을 하여야지 왜 도망 궁리부터 하라고 그래요."

그녀는 짐짓 화난 얼굴로 김복기를 쳐다보았다.

"아, 아이쿠 제가 잘못했습니다."

김복기가 계면쩍은 웃음을 짓자, 순섬이도 활짝 웃어 보였다.

"농이오, 농. 제가 왜 김 접장님 맘을 모르겠어요."

순섬은 받아 든 밥 바가지를 들고 돌아앉아 입으로 가져갔다. 눈물이 바가지에 떨어지고 있었다.

김복기는 한참 만에 밥주걱을 다른 사람에게 넘기고, 자기도 밥을 받아 들고 순섬이 옆으로 와 앉았다. 순섬이 얼른 눈가를 닦고 자리를 내주며 미소를 지어 보였다.

"형수…. 집으로 돌아가세요. 창구 형님은 형수가 이러고 있는 것을 원치 않을 겁니다."

복기는 순섬을 볼 때마다 가슴이 먹먹했다.

"이렇게라도 하지 않으면 죽을 것 같아요. 제 하나의 힘이야 별것 아니겠지만 하나가 모여 동학군 삼만을 이루었잖아요. 오늘 저놈의 관군들을 크게 한 번 이겨 봅시다. 왠지 느낌도 좋아요."

순섬은 눈물을 닦아 내면서 싱긋 웃었다.

그때 전방에서 엄청난 포성이 천지를 진동했다.

"관군이다!"

이승우의 관군과 유회군, 민보군 등 수천 명이 움직이기 시작했다. 마침 아침밥을 먹고 있던 동학군들은 먹던 밥그릇을 내팽개치고 전열을 정비하였다. 그러나 웬일인지, 기세 좋게 대포를 한 방 쏘아 보낸 관군 진영에서는 한참이 지나도 다음 대포가 터져 나오지 않았다.

그때 박덕칠의 외침이 들려왔다.

"진격! 저들의 대포가 고장 났다. 모두 공격하라."

박덕칠이 말을 타고 깃발을 흔들었다. 연이어 진격을 알리는 나팔 소리가 들려왔다.

"관군 대포가 고장 났다니 이게 웬일이랴?"

동학군들은 관군 진중으로 물밀 듯이 밀고 올라갔다. 곧이어 두 번째 대포 소리가 났다. 그러나 빙현을 향해 올라가는 동학군들의 함성 소리에 대포 소리는 별로 위협이 되지 못했다.

"관군들이 도망친다. 쫓아라!"

이승우는 진즉에 후퇴를 해 버렸고, 중군 대장 김병돈이 현장 지휘 관이 되어 후퇴 명령을 내리고 우왕좌왕하는 관군과 유회군, 민보군 을 수습하느라 정신이 없었다. 주변에는 일본군도, 경군도 보이지 않 았다. 동학군은 압도적인 숫자의 위력을 발휘하면서 금세 승기를 잡 아 파죽지세로 관군들을 몰아갔다. 김병돈은 총을 쏘면서 동학군의 포위망을 뚫으려고 여러 번 시도했으나 번번이 실패했다. 드디어 동 학군은 그를 포함한 관군 십여 명을 붙잡아 귀순을 거부하는 이들은 참수했다.[34]

승전곡에 이은 연이은 승리로 동학군들은 또다시 기세를 높였다.

"박 접주님, 우리가 이긴거?"

노파가 박덕칠 옆으로 다가와 웃음을 흘렸다.

"예. 뭔 일인지 대포를 두고도 못 쏘더라구요. 옳거니 고장 났구나 싶어 부리나케 진격하라고 했죠. 동학군들도 웬일인가 싶어 설왕설 래 이야기가 많습니다. 이게 하늘님이 조화를 부린 것이라는 이야기 도 돌고요."

박덕칠은 아직도 어안이 벙벙한지 자신의 머리를 툭툭 쳤다.

"박 접주님, 하늘님 조화라는 말이 맞지. 사람이 모두 하늘님이니 까. 사실은 내가 어젯밤 몰래 순섬 접장하고 가서 저들 대포에 물을 부었지."

노파는 연신 웃으며 믿기지 않는 이야기를 했다. 순섬이도 옆에서
회심의 미소를 지었다.

"예? 정말이세요?"

"그렇다니까. 오리정 옆 역탑리에서 우리 동학군들이 식사를 했잖
아? 그때 순섬 접장 왈 어차피 죽을 목숨 살았으니 창구 도인 몫을 하
겠다고 대포에다 물을 붓겠다는 거여. 나 역시 죽을 때가 되었으니
같이하자고 했지. 홍주목 병사들이 잠든 사이 그 일을 해치웠는데 행
여나 싶어서 가는 길에 막걸리를 지고 갔지. 만약 들키면 위로주를
가지고 왔다고 할 참이었지. 접장도 알다시피 이창구 접주는 내 자식
이나 마찬가지여."

그녀는 순섬의 손을 어루만지며 눈물을 쏟아 냈다. 순섬은 울지 않
으려 하늘을 올려다보았다. 구름 하나가 무심히 떠가고 있었다.

"가자, 홍주성으로!"

대열을 재정비한 동학군들이 홍주성을 연호했다. 동학군은 원천
리, 분천리, 성리를 거쳐 덕산 역리에 도착했다. 더 진격하려다가 다
음 날이 수운 선생 탄신 칠십 주년이라 유숙을 했다. 바람이 세차게
불어왔다. 비가 오려는지 하늘에 먹구름이 끼기 시작했다. 진중에서
걱정하는 소리가 흘러나왔다.

3.

다음 날인 10월 28일, 수운 선생 탄신일이다. 순섬은 새벽녘 진중을 나와 따로 청수를 모셨다. 홍주성 북문에 매달려 있는 이창구의 목을 가져오게 해 달라고 그녀는 빌고 또 빌었다. 이창구가 참혹하게 목숨을 잃은 지 일주일이 지났건만 그의 목은 여전히 홍주성 북문에 매달려 있었다. 순섬은 이창구가 참수되자마자 이승우에게 사람을 보내 시신을 돌려 달라고 애원했다. 그러나 이승우는 순섬이가 비적의 첩이니 노비로 삼을 거라는 위협적인 답신만 보내왔다. 순섬은 각오를 단단히 다졌다. 홍주성 점령을 위해서라면 무슨 일이든 하리라.

역리 들판에 임시로 제단이 마련되었다. 월화 부부가 향례 물품을 가져와 제단을 차렸다. 술, 홍합회, 건어포, 과일과 삼색 나물이 상 위에 올랐다. 박인호가 나와서 하늘에 고하는 의례인 고천식을 집전했다. 향을 사르자 향 연기가 바람에 훅 하고 사라졌다. 이어 그는 잔을 올리고 고천문을 낭독했다.

"하늘님, 스승님, 감응하옵소서. 오늘 저희가 보국안민과 척양척왜를 위해 홍주성에 입성하고자 합니다. 부디 감응하시어 저희를 도우소서. 시천주 조화정 영세불망 만사지."

박인호의 고천문에 이은 주문 소리에 맞추어 도인들 모두 주문을 외기 시작했다. 고천식이 끝나자 각 포의 접주들이 나와 차례로 음복을 했다.

오시, 홍주성을 향한 행군이 시작되었다. 덕산과 홍주를 잇는 가도가 하얀 옷을 입은 동학군으로 인해 마치 눈 내린 능선 같기도 하고 누에가 열을 지어 움직이는 듯했다. 홍주성이 가까워 오자 박덕칠 대접주의 지휘 아래 동학군은 세 대오로 나뉘어 성을 포위했다. 박인호는 서문을, 박덕칠은 동쪽 간동을, 김복기는 북쪽을 맡았다. 박인호 휘하의 동학군이 홍주성 서쪽 빙고 능선에 다다르자 일본군이 성 밖으로 나와 유리한 고지를 점령하고 진을 치고 있었다. 사백 미터까지 다가가자 일본군이 일제히 사격을 가해 왔다. 앞장서서 가던 동학군들이 여지없이 쓰러졌다. 박인호는 잠시 동학군을 뒤로 물려 유진시키고 날랜 동학군 몇을 데리고 능선 가까이 가 보았다. 일본군의 수효는 얼마 되지 않았다. 그가 다시 돌아와 일본군의 상황을 설명하고, 여러 갈래로 나뉘어 최대한 엄폐물을 이용해 진격해 나가며 함성과 화살 공격을 가하자 일본군들은 바로 성안으로 퇴각했다. 김복기는 맞춤한 몽둥이로 무장한 젊은 동학군들을 앞장세우고 북쪽으로 진군했다. 기동력을 최우선으로 한 편제였다. 순섬이와 노파는 이창구의 머리가 걸려 있는 북문을 택해 김복기 휘하 동학군들 뒤를 따라나섰다. 조금만 가까이 가면 이창구의 얼굴이 보일 터였다.

 북문 쪽에도 관군은 성문 밖으로 나와 유리한 곳을 선점하고 동학군을 기다리고 있었다. 동학군 대열이 멈춰 섰다. 김복기가 몇몇 동학군들과 함께 지형지물을 이용하며 최대한 관군 쪽으로 다가갔다. 제대로 된 무기라고는 죽창밖에 없는 이들이 할 수 있는 것이라곤 고함을 지르는 것뿐이었다. 순섬이와 노파는 목이 터져라 소리를 질렀다. 옆에서 열대여섯 살 되어 보이는 젊은이도 성이 떠나갈 듯 고함을 쳤다.

"동몽 접장이시군. 어디 사는 뉘시오?"

노파는 코와 귀가 유난히 큰 그가 대견한 양 뚫어지게 바라보았다.

"동몽이라니요? 나이 열여섯이고 결혼한 지 이 년 됐습니다. 한정옥[35]입니다."

"어느 포 소속이유? 나는 박인호 포구 이짝은 이창구포유."

노파는 신기한 듯 그에게서 시선을 거두지 않았다.

"아직 입도는 안 했구유, 동학군이 보국안민한다기에 따라 나섰습니다."

"아내나 아버님이 여기 온 것을 아세요?"

순섬은 어린 그가 걱정이 되어 말끝을 흐렸다.

"아버님은 한 응 자 준 자 어른이신데, 관군으로 지금 홍주성 안에 계실 겁니다."

"아!"

순섬이는 이게 무슨 운명인가 싶었다. 부모 자식 간에 서로를 겨누다니!

"아버님은 임금과 가족을 지키기 위해 나섰고, 저는 의를 위해 나섰습니다. 저는 서당에서 아이들에게 언행일치를 가르치고 있습니다."

한정옥의 얼굴이 잠시 어두워졌다. 그때 동학군들이 김복기 접주의 호령에 따라 소리를 맞춰 고함을 지르기 시작했다.

"우리는 동학 의병이다!"

"우리는 동학 의병이다!"

"성문을 열어라!"

"성문을 열어라!"

"우리와 함께!"

"우리와 함께!"

"탐관오리 박멸하고!"

"탐관오리 박멸하고!"

"왜놈을 몰아내자!"

"왜놈을 몰아내자!"

한정옥은 한 치의 망설임도 없이 함께 고함을 지르고 있었다. 순섭이도 그를 따라 소리를 질렀다. 동학군의 숫자에 기가 질렸는지, 일백여 명의 관군들은 주춤주춤 물러나더니 성안으로 들어가 문을 꼭꼭 걸어 잠갔다. 동학군의 함성이 더없이 커지고 있었다. 한정옥은 순섭을 보며 엄지손가락을 치켜들었다.

한편 날렵한 동학군으로 정예 대오를 만들어 동문으로 진격하던 박덕칠은 애를 먹었다. 성문까지 육박하여 잠긴 문을 부수려 했지만 요지부동이었다. 동학군의 화력은 보잘것없었기 때문에 공격만이 능사는 아니었다. 작전을 다시 짜야 했다. 그는 유생들이 지키고 있던 북문 밖 향교를 점거해서 전 동학군 대오를 다시 결집시켰다.

"동문이 열리지가 않습니다. 일제사격과 포격을 합시다. 제가 정예 대오를 이끌고 동문 앞으로 진격할 터이니 박인호 대접주는 후위에서 포를 쏘아 저희들을 호위해 주십시오. 김복기 접주는 휘하 동학군들을 이끌고 인근 마을로 가서 볏짚을 가져다가 성 밑에 쌓으시오. 제가 공격을 하는 동안 김복기 접주 부대는 볏짚을 타고 성을 넘으십시오. 아무래도 적의 눈을 속여야 할 테니 어두워질 때쯤 실행합시다."

한편 그 무렵 홍주 목사 이승우는 아카마츠 소위와 함께 작전을 짜고 있었다. 옆에는 홍건을 비롯해 대흥 군수 이창세, 예산 현감 이건, 부안 군수 윤시영[36]이 함께하고 있었다. 그들은 동학군을 피해 소속 관아를 빠져 나와 홍주성으로 들어와 있었다. 패군지장인지라 참담한 심정으로 듣기만 할 뿐이었다.

"일단 성문을 굳게 닫고 지키는 것이 중요합니다. 문루에 병사를 배치하여 동비들이 성문으로 다가오면 즉시 사격을 가해야 합니다. 성문이 뚫리는 날에는 그들 숫자가 많기 때문에 무조건 패배합니다."

홍건은 문루에 올라가 동학군의 움직임을 관찰하고 돌아왔는데 예상 밖으로 많은 숫자에 너무 놀랐다. 다만 그들은 동서 양진영에 진을 치고 있었는데 별다른 무기 없이 거의 맨몸이다시피 했다. 관군을 속일 심산으로 서문 앞 초가집 위에 세워 놓은 허수아비가 애처로웠다.

"2, 4분대는 동북문, 3분대 서문, 5분대 북문 왼쪽을 지키십시오.

일본 병사 사이에 조선 병사 여덟 명을 배치시켜서 오인 사격이 없도록 하시오. 잘해 봅시다."

이승우는 아카마츠에게 악수를 청했다. 전장에 나서는 장수에게 걱정은 금물이라는 평소 신념에 따라 수령들과도 일일이 악수를 하면서 여유 있게 미소를 지었다. 이창구가 없다고 생각하니 마음이 한결 편했다. 이창구는 야생마로 겁이 없는 자였다. 머리 또한 영리해서 보령 수영 사건만 하더라도 편중삼이가 제보를 하지 않았더라면 완벽하게 당했을 터였다. 촌민들의 요구에 따라 참수시키기는 했지만 그렇게 보내기에는 아까운 자였다. 이제 상대는 박덕칠이다. 그자는 지략가다. 일본군과 관군을 상대로 지리적 이점을 이용해서 승전곡과 관작리 전투를 승리로 이끌지 않았는가. 머리를 써야 한다. 홍건을 이용해서 해보리라.

땅거미가 지고 날이 어두워졌다. 박덕칠 정예대오가 먼저 움직였다. 일단 동문 앞 초가집을 뒤져 남아 있던 양민들을 강제로 몰아냈다. 양민들은 욕설을 퍼부으며 저항을 하기도 했으나, 전장의 한복판에 놓인 판국이니 오래 버틸 계제가 아니라 여겨 바삐 그곳을 벗어났다. 박덕칠은 초가집에 불을 질렀다. 동문 일대가 화염과 연기로 뒤덮였다. 박덕칠이 노린 것은 이것이었다. 저들의 사격을 최대한 분산시키고, 조준 사격을 피하고자 꾀를 낸 것이다.

"공격!"

박덕칠 대접주가 진격 명령을 내렸다. 동학군들은 홍주성을 향해 천천히 나아갔다.

"아이고 이게 웬일이랴, 저놈들한테 우리가 제대로 안 보이는구면."

홍주성에서 쏜 탄환들은 동학군들을 한참 빗겨 나가고 있었다. 동학군들은 성 앞 일백 미터까지 진격했다. 그때였다. 총소리가 한꺼번에 높아지더니, 동학군들이 우수수 쓰러졌다. 여기저기서 나 죽는다는 비명 소리가 터져 나왔다.

"어찌된 일이랴? 후퇴, 후퇴."

후퇴 명령이 떨어지기도 전에 동학군들은 앞다투어 도망치고 있었다. 박덕칠은 함정에 걸려들었음을 직감했다. 저들은 동학군을 최대한 가까이 끌어들이기 위해 기다리고 있었던 것이다.

박덕칠은 다음 작전을 준비했다.

"집중사격을 할 것이다. 대포를 동문 앞에 집결시켜라."

동학군들이 가진 모든 대포를 동문을 향해 배치했다.

"일제히 사격!"

그의 구령에 따라 동학군들은 일시에 대포를 쐈다. 그러나 포탄은 동문을 명중시키지 못하거나, 훨씬 못 미쳐 떨어졌다. 동학군의 공격이 지지부진하자 관군과 일본군의 반격이 시작되었다.

"민가에 몸을 숨기고 사격을 해라."

박덕칠은 총포 부대를 앞쪽에 배치하여 말을 타고 다니며 격려했다. 동학군이 민가에 몸을 숨기자 적들이 다시 민가에 불화살을 쏘았다. 민가가 화염에 휩싸이자 동학군 총포 부대는 더 이상 숨을 곳이 없었다.

밀고 밀리는 공방전이 한두 차례 지나고 한동안 고요가 찾아왔다. 성벽 위에 관군 하나가 몸을 드러내더니 큰 소리로 외쳤다.

"들어라. 너희들의 운은 끝이 났다. 너희 두령을 잡아다 바치면 상을 줄 것이다. 지금이라도 흩어져 집으로 돌아간다면 죄를 묻지 않을 것이다."

동학군 쪽에서도 한 사람이 나섰다.

"너희는 조선 사람이냐? 왜놈이냐? 지금이라도 성문을 열고 함께 왜놈을 들이치자."

동학군과 관군, 민보군 사이에 한참 고성이 오고 가는 중에 가끔씩 일본군과 경군들의 사격이 이어졌다. 그들의 사격은 노출된 동학군을 겨냥하여 쏘는 것이어서 명중률이 높았다. 그럴 때마다 동학군의 대열은 점점 뒤로 밀리고 있었다. 동학군이 멀어지자 관군은 동학군이 문 아래 쌓아 놓은 볏짚에 불화살을 쏘았다. 볏짚이 불타며 사위가 대낮처럼 밝아졌다. 불길이 사그라들자 그 틈을 이용해 박덕칠은 도인들과 함께 대포를 가지고 동문 서까래 아래까지 진출했다. 간양리 김종완이 동문을 향해 대포를 쏘았다. 그러나 서까래가 김종완의 머리 위로 떨어지는 바람에 그는 그 자리에서 즉사하고 말았다. 동학군들의 희생은 늘어만 가는데 성문은 꿈쩍하질 않았다. 동학군들이 쏜 화살과 총알이 빗발치듯 성곽을 넘어가고 있었지만 조금도 타격을 주지 못했다. 동학군의 시체가 성벽 아래를 빈틈없이 메워 갔다. 동문 앞 민가 쪽에도 시체가 쌓여 갔다.

마침내 박덕칠은 후퇴를 결정했다.

"후퇴. 간동 쪽으로 물러나 다시 집결한다."

박덕칠은 깃발을 흔들며 후퇴 명령을 내렸다. 동학군의 완전한 참패였다.[37]

4.

다음 날, 새벽부터 비가 내렸다. 아침 식사 후 이승우는 홍건과 각 군현 수령들을 데리고 동루에 올랐다. 여기저기 동비들의 시체가 널려 있었다. 시체는 수백 구는 족히 되어 보였다. 핏물이 내를 이루며 흘러가고 있었다. 주인 잃은 짚신들과 동학군에게서 나온 온갖 잡동사니들이 핏물 웅덩이에 둥둥 떠다녔다. 몇몇 아녀자가 아이를 업고 비를 철철 맞으면서 시체 더미를 헤집고 있었다. 그 옆에서 함께 시체를 헤집던 열 살 정도 된 사내아이는 이승우와 눈이 마주치자 잽싸게 담벼락에 몸을 숨겼다. 이승우는 동학군이 모여 있는 간동 쪽으로 눈길을 돌렸다. 숫자가 절반 정도로 줄어 있었다. 그들은 이따금씩 포를 쏘았으나 바다에 물방울 하나 떨어지듯 했다. 하루 만에 동학군의 기세는 눈에 띄게 수그러들었다.

"자네 덕이네. 대포 하나 제대로 쏠 줄 모른다고 동비들이 처음에 얼마나 나를 비웃었겠나. 자네 생각이 적중했네. 이번 승리는 자네의 지략 덕이네."

이승우는 홍건을 보고 빙긋이 웃었다. 홍건은 이승우에게 '동비들은 부적을 붙이거나 주문을 외면 총알이 피해 간다고 믿고 있으니 가까이 올 때까지는 헛 사격을 하다가 사정거리 안에 들어오면 일제히 사격하라.'고 일러 주었다.

"지금 관군들을 이끌고 나가서 나머지 동비들을 소탕하는 것이 좋겠습니다."

홍건이 간동 쪽을 바라보며 말했다. 이승우 역시 홍건과 같은 생각이어서 아침부터 아카마츠에게 그런 의사를 전달했으나, 그는 성문을 열어 줄 수 없다고 거절했다. 아무리 설득을 해도 먹히지가 않았다. 이때 갑자기 대흥 군수 이창세가 손가락으로 북문 쪽을 가리켰다. 관군 백여 명이 성곽을 넘고 있었다. 일본군이 성문을 막고 열어 주지를 않자 담을 넘은 것이다.

"어떤가. 이제부터 시작이네. 모든 동비들을 잡아들이세. 유회군과 민보군을 시켜 가가호호 샅샅이 뒤지라 하고, 길마다 유막을 설치해 수상한 자들을 모두 잡아들이라고 해야겠네."

5.

박덕칠과 박인호는 대오를 살폈다. 남아 있는 동학군의 숫자가 얼마 되지 않았다. 손만 뻗치면 동학군 수중에 들어올 것 같던 홍주성이 마치 철옹성처럼 굳건하고, 수백 명의 동학군들이 주검으로 나뒹구는데다가 부상자들의 비명 소리가 진중에 가득했다. 게다가 겨울 비마저 추적추적 내리니 슬그머니 자취를 감추는 동학군들이 늘어나기 시작했다.

"동학군 태반이 흩어져 버렸습니다."

김복기가 원망스러운 눈으로 하늘을 바라보며 말했다.

"언제 죽을지 모르는데다가, 추위와 배고픔까지 견뎌야 하니, 버틸 장사가 얼마나 되겠는가!"

박덕칠은 흙탕물로 뒤범벅된 김복기를 보며 말했다. 그의 입술이 새파랗게 떨고 있었다.

"무기라고 해 봐야 화승총이 전부인데 비가 와서 그나마 쓸 수 없으니 무용지물이오. 관군들이 당장이라도 공격해 온다면 큰 피해를 면치 못할 것입니다."

"그렇소. 저들이 성문을 꼭 닫고 장기전을 획책하는 것도 문제요. 지금 우리의 화력으로는 저 견고한 홍주성을 점령할 수도 없고 무엇보다 지금 추위와 배고픔으로 전력이 약화되고 있소."

박인호는 근심스런 표정으로 박덕칠을 바라보았다. 박덕칠은 고개를 끄덕이더니 동학군들 앞으로 나섰다.

"모두 들으시오. 더 이상 싸우는 것은 무모합니다. 일단 흩어져서 훗날을 도모하겠습니다. 각자 관군의 추적을 잘 살피면서 흩어졌다가 다시 기포할 날을 기다리며 만반의 준비를 갖추어 주십시오. 그러나 마땅히 갈 곳이 없거나 함께 움직이기를 원하시는 분들은 김복기 접주가 인솔할 것입니다. 부디 연락할 때까지 무사하시기를 기원합니다."

박덕칠은 울먹이는 말투로 동학군들을 향해 소리쳤다. 동학군들의 주문 외는 소리가 빗소리를 더욱 음산케 했다.

"고작 이 꼴을 보려고 우리가 그 험한 길을 달려 왔나유? 하늘이 원망스러워유."

동학군들은 설움에 복받쳐 옆 사람을 붙잡고 흐느끼거나, 비통한 표정으로 고개를 푹 숙이고 아무런 말도 하지 못했다.

"이 꼴이라니! 하늘 길을 걸었다는 것만으로도 큰일을 한 게지."

"관군들이 몰려오고 있습니다."

누군가가 소리쳤다.

"모두들 빨리 일어나 떠나시유."

박인호의 목소리가 빗속을 뚫고 사방에 울려 퍼졌다.

"아이고 시원하다. 오줌보가 터지는 줄 알았어. 근디 이 일을 어쩐다? 싸움은커녕 동학군들이 모두 얼어 죽게 생겼어. 얼른 가 보자구."

노파는 덜덜 떨면서 허리춤을 끌어 올렸다.

"비를 내리다니 하늘도 무심하네요."

순섬은 노파의 손을 붙들고 동학군들이 있는 곳을 향해 잰걸음으로 걸어갔다. 진영을 벗어나 먹을거리를 찾아 나섰다가 맨손으로 돌아오던 순섬이와 노파는 깜짝 놀랐다. 박덕칠과 박인호를 비롯한 동학군 대다수는 어디론가 가 버리고 김복기 휘하에 재집결한 수백 명의 동학군들만 남아서 떠날 채비를 하고 있었다.

"여러분, 우리는 해미성으로 가려 하니, 대오를 벗어나지 말고 따라오십시오."

순섬이와 노파는 김복기와 함께 행동하기로 했다. 그는 '무릇 두목이란 자는 난리를 당하면 명령을 내리고 통솔해야 하는데 일처리가 분명해야 수만 군사가 무사히 돌아올 수 있다.'라는 해월 선생의 말씀대로 마지막 일인이 올 때까지 기다리고 있었다.

"싸움을 그만둘 모양이네. 우린 어쩌나?"

노파는 애처로운 눈빛을 하고 순섬을 바라보았다.

"그만 집으로 돌아가세요. 저는 도인들 식사를 책임져야 하니 따라 나설게요."

순섬은 잡고 있던 노파의 손을 놓았다.

"그려. 꼭 살아 있어야 혀. 혹시라도 창구 도인 시신이 도착하면 나한테 꼭 알려야 하네."

노파는 기어이 울음을 터뜨렸다. 순섬의 눈에서도 눈물이 주루룩 흘러내렸다.

"몸조심 하세요. 나중에 찾아가 뵐게요."

순섬은 노파로부터 등을 돌렸다. 동학군들이 저만큼 앞서가고 있었다. 순섬은 대오에서 이탈하지 않으려 한참을 뛰어갔다. 노파의 애처로운 눈길이 순섬의 뒤통수에 와 닿았다. 순섬은 고개를 돌려 노파를 바라보았다. 노파는 오랫동안 그 자리에서 떠나지 않고 서 있었다.

　김복기가 이끄는 동학군은 가야산으로 향했다. 가야동[38]으로 접어들어 남연군 묘를 지날 즈음 문구석과 문장로가 이끄는 동학군들과 해후하게 되었다. 그들은 석문봉을 넘을 참이라 했다. 가야산 바위들은 호랑이가 위로 오르려 꼬리를 바짝 휘감고 있는 듯한 형상을 하고 있었다. 기운만큼은 어느 산 못지않게 영기가 서려 있었다. 드디어 동학군은 석문봉에 도착했다. 저 멀리 가물가물하게 해미 읍성이 보였다. 순섬은 숨을 가쁘게 몰아쉬었다. 이제부터는 하산 길이니 걷기가 다소 수월할 터였다. 더군다나 바위투성이였던 좀 전의 길과는 다르게 흙길이었다. 산 아래 좌측으로 일락사가 보였다. 순섬은 우측 계곡을 내려다보았다. 김복기 접주의 집이 있는 강당골이었다. 순섬은 김복기의 어깨로 시선을 돌렸다. 그를 기다리고 있을 아이들과 부인을 생각하니 그의 어깨가 더욱 수척해 보였다.

　동학군은 해미성으로 들어갔다. 동학군의 아이들과 부녀자들이 가장의 생사를 확인하기 위해 몰려들었다. 그들은 울부짖으며 아버지와 남편, 자식을 찾았다. 김복기는 주변을 둘러보았다. 혹시나 부인 강씨가 자신을 찾고 있을 수도 있었다.

　"김 접주님!"

　최장수였다.

"부인!"

김복기는 순간 설움이 치받아 아무 말도 할 수 없었다.

"문구석 접사는 저기 성문 옆에 계십니다."

"감사합니다. 부인은 오셨나요?"

"아직 보지 못했습니다. 혹시 제 안사람을 만나거들랑 안부 좀 전해 주셔요. 곧 돌아갈 테니 염려하지 말라고요."

김복기는 남편을 향해 동고리를 들고 달려가는 최장수를 보며, 집에서 아이들과 애태우고 있을 아내의 모습이 스치고 지나갔다. 한시라도 빨리 집으로 가고 싶었다.

"최 접장, 이게 웬일이야?"

순섬은 성문 옆에서 문구석과 이야기를 나누고 있다가 최장수를 반겨 맞았다.

"마님, 힘드셨지요?"

최장수는 순섬을 보고 눈물을 삼켰다.

"보다시피 상황이 좋질 않네. 말씀 나누시게."

순섬은 동학군의 앞날에 부정이라도 탈까 봐 최대한 말을 아꼈다.

"아버님이 힘드실까 봐 주먹밥을 준비해 왔더니 노인네들 드리라고 극구 사양하시네요. 아버님이 수척해지신 걸 보니 어머님이 안 오시길 잘했어요."

"아버님 성품에 못 드시지."

순섬은 조금 떨어진 곳에서 김복기와 얘기를 나누고 있는 문장로를 보았다. 문장로는 동학 일로 돈이 필요할 때 소 한 마리를 거뜬히 내놓은 사람이었다.

"어머님이 걱정하고 계셔서 얼른 되짚어 가야 하는데 저랑 같이 저희 집에 가셔요."

최장수는 남편 때문에 맘 아파하고 있을 순섬을 위로해 주고 싶었다.

"아니야. 나는 지금 이게 맘이 편해. 만약 도인들이 태안으로 가면 그때나 들르겠네. 어서 가 보게나."

"그럼 그렇게 하세요. 태안에 오시면 꼭 저희 집에 오세요."

최장수가 떠나기 싫은 양 머뭇거리자 문구석이 그녀의 손을 잡아끌었다. 그녀는 문장로에게 다가가 작별 인사를 하고 성문을 나섰다.

"동학군 수가 대략 삼천 명은 되네. 무기를 점검해 보니 싸움을 치를 정도도 되고. 성을 차지하고 있으니 일단 추위는 피할 수가 있네."

문장로가 김복기를 무기고로 안내했다.

"도인들이 지쳐 있는데다가 식량마저 바닥났습니다."

"나 역시 갈피를 못 잡고 있네. 장위영 영관 겸 죽산 부사인 이두횡[39]이라는 자가 병사 일천팔백 명을 이끌고 내포로 들어왔다는 소식을 팔랑이가 인편으로 보내왔다네. 팔랑이는 홍주성 규율이 너무 엄해서 그동안 기별을 못 했다고 하는군. 자네가 구석이와 함께 무기를 담당하게나. 나는 식량을 알아보고 오겠네."

문장로는 빠른 걸음으로 무기고를 나섰다. 김복기는 무기를 둘러보았다. 총구에서 피가 흘러나오는 듯했다. 이어 죽음의 연기도 스멀스멀 피어올랐다. 소름이 쫙 끼쳤다. 사람이란 무서운 존재였다. 상대를 죽이기 위해 머리를 싸매고 도구를 만들어 내는 종족들이라니!

김복기는 무기고에서 밤을 지새웠다. 아침이 되자 무기고 밖이 떠들썩했다. 부녀자들이 아침 식사를 준비하고 있었다. 순섬이가 나와서 식사를 진두지휘하고 있었다. 가능하면 굶는 사람들이 없도록 해야 했다. 해월 선생은 '두목이란 심부름꾼으로서 한가하고 나태하면 안 되거니와 식사 때를 당해서는 남들 뒤에 몇 순가락 선뜻 먹고 일어서야 되는 것'이라고 강조했다. 굶주림과 추위에 익숙해야 했다. 배가 고파도 차마 앞서서 먹을 수가 없고, 추위도 차마 옷을 껴입을 수가 없었다. 부인이 집 떠나올 때 바랑에 넣어 주었던 옷가지는 다른 사람에게 넘겨준 지 오래였다.

진중에는 아이들과 아너자들, 노인들이 몰려왔다. 그나마 이곳에 오면 먹을 것이 있다는 소문이 돌아서였다. 식량이 부족하다는 소리가 들렸다. 유회군과 민보군이 도인들 집을 돌아다니며 탄압을 하는 바람에 가족들이 집으로 돌아가지 못해 식량이 더욱 부족했다. 김복기는 물로 배를 채워야 할 장정들 생각에 마음이 아팠다.

갑자기 북쪽 성채 쪽이 소란스러워지더니 총소리가 나고, 곧 아수라장이 됐다. 허겁지겁 달려가 보니 관군들이었다. 누군가 이두황의 병사들이라고 했다. 노약자와 어린아이들이 혼비백산하여 반대편 성문 쪽으로 내달렸다. 김복기는 재빨리 무기고로 갔다. 어느새 문장로가 와서 도인들에게 무기를 지급하고 있었다.

동학군은 재빨리 전열을 정비하여 대포와 총을 쏘고, 화살과 돌멩이까지 동원하여 저항하였으나 역부족이었다.

"김복기 접주, 안 되겠소. 남아 있는 무기를 챙겨 서산 매현으로 가시오. 거기서 다시 만납시다. 나는 이곳에서 저들을 좀 더 막아서다가 갈 터이니 그리 아시오."

문장로와 문구석은 휘하 동학군들을 이끌고 깃발을 흔들며 이두황의 관군을 끌어들였다. 김복기 접 동학군들은 뒤처진 백성들을 인솔하고, 무기를 챙겨 성 밖으로 빠져나갔다. 김복기 접 동학군들이 빠져 나간 지 한 식경쯤 지날 때까지 버티던 문장로와 문구석은 드디어 후퇴 명령을 내렸다.

김복기는 동학군들과 함께 대포, 조총, 창, 쇠사슬 세 궤짝, 화약 오백 근을 짊어지고 북쪽 산기슭을 따라 서산 매현으로 향했다. 매현에 도착했을 땐 어느 덧 황혼이었다. 산이 높고 골이 깊어 저녁이 일찍 찾아왔다. 순섬은 따라온 부녀자들과 함께 일천여 명의 동학군들을 먹일 주먹밥을 준비했다. 식량은 턱없이 부족했지만 솥을 걸고 온갖 나물을 넣은 국을 끓였다. 살 떨리는 오한을 가라앉히는 데는 그것이 그나마 큰 위안이 되었다.

다음 날 저녁, 동학군들이 미처 전열을 가다듬기도 전에, 이두황은 원세록을 시켜 다시 매현까지 쫓아와 공격을 감행했다.[40] 그들은 먹잇감을 두고 맴도는 매처럼 동학군들의 움직임을 환히 지켜보고 있었던 것이다. 동학군들도 즉각 응전을 했다. 화승총은 저들에게 위협이 되지는 못할지라도 접근을 지체시키는 역할은 해냈다. 산속에서의 전투는 도주가 익숙한 동학군에게 유리했다. 팽팽한 접전에 이어 잠시 소강상태가 찾아왔다. 그때 "쾅!" 하는 굉음과 함께 거대한 폭발이 일었다. 동학군 하나가 불을 화약 더미에 떨어뜨리는 바람에 화약이 폭발했던 것이다. 화약 주변에 있던 동학군 수십 명이 죽거나 큰 부상을 입었다. 낭패였다. 동학군들 사이에 잠복해 있던 패배감이 일순간에 현실화됐다. 더 버틸 수가 없었다.

"김복기 접주, 흩어져야 하나 아니면 계속 태안 쪽으로 이동해 갈까?"

문장로의 음성에는 지친 기색이 역력했다.

"이들이 설령 집으로 돌아간다 해도 잡히면 죽게 될 것이 뻔합니다. 앉아서 죽을 수는 없습니다."

김복기는 흔들리는 모습을 보이고 싶지 않았다. 문장로 역시 그와 생각이 같았다. 동학군들은 태안으로 향했다.

태안 관아 뒤 백화산에 진을 쳤다. 동학군들은 관아 뒤 암산인 백화산의 가파른 지형에 의지하여 관군의 동태를 살폈다. 사냥꾼에 쫓기는 고라니처럼 제대로 된 무기 하나 없이 행여나 있을 공격에 촉각을 곤두세웠다. 무기라고는 두 다리와 잠복뿐이었다. 그들은 달아났다가 숨고 다시 나타나기를 반복했다. 무색하게도 큰 바위를 비추는 한낮의 햇살은 따스했다. 김복기 접주와 순섬은 허기진 배를 채우기 위해 바위 옆 소나무에서 솔잎을 뽑아 먹고 있었다.

"저건, 왜놈들?"

김복기의 말에 순섬은 솔잎을 씹다 말고 아래쪽을 쳐다보았다. 그녀의 얼굴에 체념이 흘렀다. 일본군이었다. 아카마츠가 전봉준과 손병희 연합 동학군을 치기 위해 공주로 떠나고 후임으로 인천 수비대 야마무라(山村)가 홍주성에서부터 해미와 서산을 거쳐 태안까지 동학군의 뒤를 쫓아왔던 것이다. 김복기는 퀭한 눈을 하고 그들을 쳐다보았다. 관군들이 일본군들을 호위하며 백화산 위쪽으로 올라왔다. 돌팔매가 닿기에는 어림없는 거리에서 일본군들의 사격이 시작됐다. 동학군들은 토끼몰이의 포위망에 걸린 토끼들처럼 이리저리 뛰며 몸을 숨기기에 바빴다. 일본군의 총알은 여지없이 동학군 쪽으로 날아들었다. 용케 피하는 경우가 많았지만, 여기저기서 비명을 지르며 쓰러지거나, 비탈진 산 아래로 굴러떨어지는 동학군들이 속출했다. 핏물이 큰 바위를 타고 흘러내렸다. 동학군들은 동서남북을 우왕좌왕하며 산 정상 쪽을 향해 내달렸다. 아비규환이었다.

"빨리 도망갑시다."

순섬은 김복기를 따라 달렸다. 아미산을 오르던 관록이 있어 산길을 달리는 것은 어렵지 않았다. 문장로와 문구석의 모습은 어느새 보이지 않았다. 얼핏 보니 동학군들이 굴비 엮이듯 포승줄에 묶여 관군에게 끌려가고 있었다. 순섬은 김복기와 함께 북쪽으로 간신히 내려왔다. 북부대장 이치봉을 비롯해 살아남은 자들 일부가 몰려와 있었다.

"여러분, 수룡리 토성산성으로 들어갑시다."

북부대장 이치봉이 앞장을 섰다.

"순섬 도인, 집으로 돌아가세요. 더 이상은 무모합니다."

김복기는 애원하다시피 했다.

"갈 곳이 없어요."

순섬은 잠시 쇠학골을 떠올리며 자신을 기다리고 있을 어머니와 옹예를 생각했으나 돌아가고 싶지 않았다. 남편과 함께 꿈꾸었던 개벽 세상이 올 때까지 동학군들과 끝까지 함께하리라! 그녀는 아무 말 없이 이치봉을 따라나섰다. 김복기는 포기했는지 더 이상 말을 하지 않았다. 수백 명이 토성산성에 집결했다. 그러나 숨 쉴 틈도 없이 승냥이처럼 동학군의 냄새를 맡은 관군과 일본군들이 들이닥쳤다. 그들은 토성산성 전체를 날려 버릴 만한 기세로 화포를 쏘아 대더니 이내 곧 산성 위로 올라왔다. 동학군들이 속수무책으로 쓰러졌다. 그들은 총을 맞고 달아나는 동학군을 잡아 멍석에 만 다음 작두로 목을 잘랐다. 그리고는 그것을 성 아래로 던졌다. 여기저기서 울부짖는 소리가 들렸다. 순섬은 김복기를 따라 토성산성 아래로 슬금슬금 내려왔다. 등줄기에서 식은땀이 흘러내렸다. 자신이 내딛는 발걸음 소리가 천둥처럼 느껴졌다. 많이 움직였다 싶었는데도 오던 길을 되돌아

보면 불과 몇 발자국이었다. 천 년을 사는 것 같았다.

　순섬이와 김복기는 겨우 토성산성을 내려와 인근 집으로 재빨리 숨어들었다. 똥통에 들어가 숨자며 김복기가 뒷간으로 들어갔다. 순섬이도 따라 들어갔다. 뒷간 거적에 나 있는 구멍으로 밖을 보니 동강난 동학도들의 머리가 뒹굴고 있었다. 산 위를 쳐다보니 일본군 두 명이 칼로 동학군의 배를 찌른 후 내장을 꺼내 소나무 위에 걸쳐 놓고 있었다. 다른 한쪽에서는 동학군 다섯 명을 소나무에 매 놓고 불을 질렀다. 아 하늘님! 여기저기서 살려 달라고 아우성이었다. 본 적도 상상해 본 적도 들어 본 적도 없는 광경이었다. 마침내 모든 것이 끝났다고 생각했는지 일본군과 관군들은 하나둘씩 토성산성을 내려왔다. 그들은 생포한 동학군들에게 동료 동학군의 동강난 머리를 장대에 꽂게 한 후 그것을 들게 하고는 어디론가 사라졌다. 북부대장 이치봉의 얼굴도 장대에 꽂혀 있었다. 순섬은 주저앉아 손으로 머리를 감쌌다. 잊고 싶었다. 아니 영원히 잠들고 싶었다.

　그들은 어둠을 기다렸다. 스멀스멀 어둠이 다가오면서 얼음장처럼 굳었던 순섬의 근육도 조금씩 풀어졌다. 순섬은 몸을 천천히 일으켰다. 피비린내가 나지 않는 곳으로 가고 싶었다. 그녀는 김복기를 바라보았다. 그의 얼굴은 창백한 기운 그대로였다. 그때 갑자기 발자국 소리가 들려왔다. 순섬이와 김복기는 거적에 바짝 기대어 섰다. 발걸음은 멈출 줄 몰랐다. 심장 뛰는 소리가 말달리듯 했다. 뒷간 거적을 잡는 손 하나가 보였다. 사람 하나가 들어왔다.

"아이쿠!"

상대방은 놀란 듯 밖으로 나가려다가 고개를 갸우뚱하며 다시 들어왔다.

"혹시 김복기 나리 아녀유? 저를 알아보시겠슈? 용현리 이 진사댁 덕칠이여유."

그는 김복기의 손을 덥썩 잡았다. 이 진사댁 하인이었다.

"근데 여기서…?"

그는 말을 하려다 말고 김복기의 행색을 재빨리 훑었다. 그는 민보군으로 한참 동학군을 뒤쫓다가 변을 보러 뒤처진 참에 김복기와 순섬을 만난 것이다.

"여기서 이러고 있으면 죽어유. 저희야 오라고 해서 할 수 없이 왔지만은 차마 눈뜨고 볼 수가 없어유. 얼른 피하셔유. 동비들이 씨를 남기지 못하도록 닥치는 대로 죽이라고 했어유. 제가 도와드릴 테니 잠시 기다리셔유."

그는 잠시 머뭇거리더니 신속하게 자리를 떴다.

"도망가는 것이 낫지 않겠어요?"

순섬은 불안한 마음에 김복기를 바라보았다.

"이리 붙들리나 저리 붙들리나 마찬가지예요. 그를 믿을 만한 구석은 있어요. 도인들이 이 진사 댁에 불을 지르던 날 제가 하인들이 거주하는 행랑채만은 못 하게 했거든요."

김복기는 거적 구멍으로 바깥을 응시했다. 잠시 후 그 하인은 두루마기 한 벌과 낡았지만 깨끗하게 빨은 무명옷 한 벌, 유표 한 장을 가지고 돌아왔다.

"의항 포구로 갈 테니 절 따라오셔유. 지 부모가 염전을 일구면서 거기 살고 계셔유."

그는 김복기의 하인 역할을 자처하며 길을 나섰다. 의항 포구에 다다르자 그가 나룻배 하나를 구해 왔다. 그는 무인도로 갈 거라고 말했다. 순섬은 잠시 망설였다.

"김복기 접주님, 이제 저는 집으로 가겠어요. 이창구 접주 시신도 수습해야 하니 혼자 가세요. 꼭 살아야 해요."

순섬은 김복기에게 더 이상 짐이 되고 싶지 않았다.

"형님 시신을 제 손으로 거두지 못해 죄송해요. 몸조심하고 계세요."

김복기가 순섬에게 큰절을 올리자, 이 진사 댁 하인은 김복기를 태우고 바다 한가운데로 신속하게 노를 저어 갔다.

"하늘님, 스승님, 김복기 접장을 보우하소서!"

순섬은 어둠 속으로 사라지는 배를 하염없이 바라보며 하늘님에게 심고했다. 순섬은 뒤돌아섰다.

이제 해야 할 일은 홍주성에 있는 이창구의 시신을 찾는 일이다. 부엉이가 우우우우 울었다. 순섬은 쇠학골로 향했다. 방갈리 최장수의 집에 들릴까 하다가 생각을 거두었다. 문장로와 문구석은 어떻게 된 것일까? 마지막으로 본 곳은 백화산이었다.

13장/ 염도 없이 곡소리도 없이

1.

백화산에서 일본군과 관군에 쫓긴 문장로는 아들 문구석의 손을 잡고 삼존불이 있는 바위 쪽으로 달아났다. 일본군 두 명이 총을 쏘며 그들을 쫓아왔다. 문장로는 잠시 뒤를 슬쩍 돌아보았다. 일본군은 멀리서 자신들을 향해 총구를 겨누고 있었다. 문장로는 문구석의 손을 바짝 당겨 그 자리에 쓰러지듯 엎드렸다. 바로 앞에 있던 바위에 총알이 박히면서 요란한 소리를 냈다. 순간 "아!" 하는 탄식이 문장로의 입에서 흘러나왔다.

"아들아, 하늘이 함께하고 있다. 죽기 살기로 달리자."

그들은 온 힘을 다해 삼존불 바위 앞에 도착했다. 그러나 더 이상 갈 곳이 없었다. 다행히 뒤쫓는 기척도 나지 않았다. 어느덧 날이 저물고 있었다.

"아버님, 이제 집으로 가시죠. 도망을 치더라도, 가족들과 함께해야 하지 않겠습니까?"

문구석은 애절한 표정으로 문장로를 바라보았다.

"그래, 가자꾸나. 그곳에서 다음 행선지를 찾아보는 게 좋겠구나."

두 사람은 서로에게 기대어 체온을 나누며 완전히 어두워지기를 기다려 산을 내려가기 시작했다.

"아버님이 곁에 계시니 얼마나 위로가 되는지 모르겠습니다. 양반들이 호의호식할 때 아버님은 곳간을 헐어 굶주리는 사람들을 구휼하셨지요. 아버님이 자랑스럽습니다."

"… 사지로 너를 내몰아서 미안하구나. 내가 동학에 뛰어들지만 않았어도 병석이와 너는 양반으로 편안하게 살 수도 있었겠지. … 그러나 구석아, 얼마나 사느냐보다 어떻게 사느냐가 더 중요하다는 걸 이 애비는 안다. 고통스럽고 험난한 길이라도 다른 사람들을 정성스럽게 모시며 함께 사는 그 길을 걷고 싶구나."

문장로는 음지에 남아 있던 눈을 퍼서 아들에게 건넸다. 문구석은 그것을 입 속에 넣었다. 차갑긴 했으나 갈증이 풀렸다. 보름인 듯 달이 거의 차 있었다. 동짓달의 달빛이라 차가워 보였다.

그런데, 정신없이 앞서 걷던 문구석이 언젠가부터 문장로의 걸음이 느려진 걸 뒤늦게야 눈치챘다.

"아버님, 어디 편찮으신 겁니까?"

문장로는 사실 온몸이 말이 아니었다. 무엇보다 백화산에서 일본군에게 쫓기면서 무릎을 크게 다친데다가 뻐끗했던 허리가 점점 아파 와서 제대로 걸을 수가 없었다. 사지를 헤맬 때는 그마저도 잊어버리고 죽기 살기로 산비탈을 기어오르고 뜀박질을 했으나, 오히려 평지로 내려서자 점점 고통이 밀려오고 있었다.

"아버님, 제가 부축하겠습니다. 진즉 말씀을 하시지요."

문구석은 무심했던 자신이 죄스러워 안절부절못했다. 그러다가 자식에게 걱정을 끼치지 않으려 고통을 참고 또 숨기며 숨을 헐떡이는 문장로의 모습에 눈시울이 뜨거워졌다. 문구석의 부축을 받으며 문장로가 어깨를 토닥였다.

"아들아, 괜찮다. 내, 언제 죽든 후회 없는 삶을 살았다. 그러나 내 목숨을 가볍게 여기지는 않을 터이니, 너무 걱정 말거라."

문장로와 문구석은 달빛을 등불 삼아 산속과 들판을 넘나들며 쉴 새 없이 길을 걸어 새벽녘에야 집 근처에 도착했다. 문장로는 집 뒤꼍에서 조심스레 집 안 동정을 살폈다. 다른 인기척은 없고, 마침 마당을 서성이는 부인과 최장수의 모습이 눈에 들어왔다. 문장로가 기척을 하자 최장수와 문장로 부인은 화들짝 놀라서 마중을 나왔다.

"아버님, 삼 일 전부터 일본군 야마무라 대위가 민보군을 앞세우고 도인 집들을 수색하고 있어요. 여기도 두 번이나 왔다 갔어요. 백여 명 정도가 체포되었고 접주들 삼십여 명이 잡혀 죽었어요. 여보, 힘들겠지만 아버님을 모시고 당장 여기를 벗어나야 해요."

"그렇잖아도 그럴 셈이오. 그러나 어머님과 당신을 두고 갈 수 없어서 이렇게 온 거요. 게다가 아버님의 몸이 성치 않으시어 당장 먼 곳으로 떠날 수는 없을 듯하오. 하루 이틀만이라도 아버님의 몸을 구완해야 하오."

최장수는 하는 수 없이 우선은 문장로와 문구석을 뒤뜰에 있는 토광에 숨어 있게 하고, 찢어지고 핏자국으로 얼룩진 옷을 갈아입게 했다. 문장로의 부인이 두 사람을 구완하는 동안 최장수가 나서서 섬으로 나갈 배편을 알아보기로 했다.

한편 인천수비대에서 파견된 야마무라[41]는 동학군을 색출하여 전원 살육한다는 목표 아래 일본군 열한 명, 순검, 민병 이십여 명을 한조로 해서 서산에 보내고 본인은 태안으로 들어왔다. 그는 민보군을 앞세우고 동학군의 집을 찾아다니며 잡히는 대로 죽이거나 인근의 관아에 수감하였다. 잡아들인 동학군 백여 명 중에서 삼십여 명을 골라 촌민들과 동학군들이 보는 앞에서 총개머리로 때려죽이거나 화형시켰다. 생전 보도 못한 화형을 목격한 사람들은 그 잔혹함에 치를 떨었다.

아침나절이 지나 정오가 될 무렵이었다. 갑자기 바깥이 소란스러워지더니, 귀를 찢는 최장수의 비명이 터져 나왔다.

"여기에 숨어 있으면 찾지 못할 줄 알았나? 니 시아버지 문장로는 어디 있어?"

해미의 민병장 김용산이 일본군 야마무라와 민보군 십여 명을 이끌고 대문으로 들이닥쳤다. 김용산은 일찍부터 문장로 집안을 잘 알고 있었다. 그러나 그는 오래전부터 동학군을 밀고해서 관 쪽에 줄을 대려고 혈안이 된 자였다. 최장수의 분주한 발걸음을 이상히 여긴 그가 뒤를 밟아 집으로 들이닥친 것이었다.

"왜들 이러세요. 시아버님은 집 나가신 지 오래 되셨어요."

최장수는 대문 앞에서 그들을 막아섰다.

"비켜. 집을 샅샅이 뒤져라."

김용산은 최장수를 내팽개치며 마당으로 들어왔다.

"네 이놈들, 감히 여기가 어디라고 분탕질을 치느냐. 네놈들 중에 우리 집 밥을 먹지 않은 자가 있거든 나와 봐라, 이놈들아."

문장로 부인이 버선발로 달려와서 몸으로 민보군을 저지하였다.

"뭣들 하는 거냐. 집 안을 샅샅이 뒤져라."

멈칫하던 민보군들은 민병장 김용산이 공중을 향해 칼을 치켜들자 문장로 부인을 밀어제쳤다. 그때였다.

"이놈들아, 내가 문구석이다. 와서 잡아 보아라."

문구석은 어느새 담 바깥으로 나와 나 잡아 보란 듯이 두 팔을 벌리고 서서 집 안을 노려보고 있었다.

"쫓아랏!"

김용산이 소리치며 대문을 돌아 나가 문구석을 향해 내달렸다. 민보군이 김용산의 뒤를 따르고, 일본군 야마무라가 그 뒤를 쫓았다. 그러나 문구석은 도망갈 생각은 애초에 없었다는 듯 그 자리에서 순순히 포박을 당하고 말았다.

문장로 부인이 아들 앞을 가로막았다.

"안 된다. 이놈들아, 나를 잡아가라."

문구석이 큰 소리로 외쳤다.

"어머님, 부디 이 아들을 용서하십시오. 저는 아버님을 따라갑니다."

김용산이 칼등으로 문구석의 등을 내리쳤다. 그러나 문구석은 꼿꼿이 서서 버텨 내고 있었다.

"문장로는 어디 있느냐? 순순히 대라!"

"네 이놈, 어디 그 더러운 입으로 아버님의 함자를 들먹이느냐. 아버님은 이미 의로운 죽음을 택하셨다. 이곳에 있을 턱이 있느냐!"

문구석의 벼락같은 호통에 김용산과 민보군들이 주춤했다. 바람이 세차게 불어오고 있었다. 어느 사이에 차려 입었는지, 그의 검은색 두루마기가 바람에 휘날렸다.

"여보, 안돼요."

최장수는 문구석의 두루마기를 잡고 막아섰다. 그러나 민보군은 그의 온몸에 오라를 지웠다.

"이놈이 나올 때는 순순히 나오더니 막상 나와서는 왜 이렇게 버둥거려? 거물을 낚아챘군. 문장로를 산 채로 잡았어야 하는데…. 아쉽지만 하는 수 없지. 자, 가자!"

김용산은 대어를 낚은 낚시꾼마냥 거들먹거리며 집을 나섰다. 아들의 이름을 부르는 문장로 부인의 절규가 고샅을 휘감았다. 최장수는 울지도 못하고 문구석 뒤를 따라나섰다. 그들이 도착한 곳은 남문리 정주 내 큰 개울가. 헐벗은 버드나무 가지가 겨울바람에 흩날리고 있었다. 올봄까지만 해도 아이들이 그 나뭇가지를 잘라 호드기를 만들어서 동학군의 귀를 즐겁게 해 주었었다. 민보군들은 야마무라의 지시에 따라 잡아 온 동학군 일곱 명을 버드나무에 묶었다. 최장수를 포함한 동학군의 가족들은 멀리서 이를 지켜보면서도, 행여 묶여 있는 이들의 때 이른 죽음을 자초할까 두려워 소리조차 못 내고 있었다. 먼발치에서 최장수를 본 민병장 김용산이 그녀 앞으로 다가왔다. 그는 멀찍이 서 있는 야마무라를 가리키며 말했다.

"야마무라가 네 남편을 살리고 싶으면 오늘 중으로 속전을 마련해서 가지고 오라 한다."

민병장의 말에 최장수는 정신이 번쩍 뜨였다. 김용산이 제 뱃속을 채우려는 속셈인 줄은 알았으나, 그렇게 해서라도 남편을 살릴 수만 있다면, 억만금이라도 내주지 못할 이유가 없었다. 최장수는 정신없이 집으로 왔다.

"그래, 하늘이 우리를 살렸구나. 천금을 주어서라도 우리 구석이를 데리고 와야지."

그 사이 문장로 부인은 문장로를 집에서 멀찍이 떨어진 뒷산으로 피신시켜 놓고 있었다. 두 사람이 토광에 있다가는 집 안을 뒤지던 민보군에게 발각될 것이 뻔한 것을 알고, 문구석은 일부러 담을 뛰어넘어 민보군에게 잡힌 것이었다. 문장로는 죽을힘을 다해 문구석을 붙잡았지만, 성치 않은 문장로를 뿌리치고 토굴 밖으로 나가는 문구석을 끝내 어쩌지는 못했다.

문장로의 부인은 최장수의 이야기를 듣고, 대문 옆 잿더미를 파고 그곳에 묻어 둔 오쟁이를 꺼내 최장수에게 주었다. 오쟁이 안에는 돈 이백 냥이 들어 있었다. 그것은 기포 비용에 대기 위해 팔았던 전 재산 중에 훗날을 위해 남겨 놓은 전부였다. 그녀는 그것을 가지고 김용산에게로 갔다. 민병장은 최장수가 건네는 돈을 받아 들었다.

"낼 아침 남문리 큰 개울가로 오라. 거기서 문구석이를 건네줄 것이다."

민병장은 선심을 쓰는 척 거들먹거렸다. 최장수는 반신반의하면서도 차마 딴생각을 하지 못했다. 집으로 돌아오니 시어머니도 수심을 감추기 위해 정좌를 하고 주문을 외고 있었다. 최장수는 청수를 사이에 두고 시어머니 앞에 마주 앉았다. 그 하루가 일 년 같았다.

다음 날, 그녀는 아침도 먹지 않고 남문리 큰 개울가로 갔다. '아, 하늘님', 그녀는 자신의 눈을 의심했다. 남편 문구석을 포함해 동학군 일곱 명 모두가 버드나무에 묶인 채 총에 맞아 죽어 있었다. 시신 아래로는 몸에서 쏟아져 나온 피가 흥건했다. 그녀는 어흑어흑 터져 나오는 참혹한 울음을 내뱉으며 정신없이 남편에게로 달려들었다. 그러나 동네 사람들이 극구 그녀를 막아섰다. 일본군이 너무 무서워서 아무도 시신을 거두지 못하고 있었다. 시신을 거두는 자는 동학군으로 몰려 잡혀가거나 죽음을 당한다는 말이 떠돌았기 때문이기도 했다.

그녀는 오지게 마음을 먹었다. 황천길을 가더라도 남편 시신만은 거두고 가야겠다는 생각을 했다. 의연한 표정으로 집으로 와서 시어머니에게 사정을 알렸다. 시어머니는 통곡을 쏟아 냈지만 곧 이를 앙다물고 울음을 그쳤다. 그녀 역시 말은 하지 않았으나 속으로 각오하고 있던 일이기도 했다.

최장수는 나무꾼으로 가장하고 청솔가지를 반쯤 쟁인 지게를 지고 남문리 큰 개울가로 다시 갔다. 근처를 오가며 상황을 살피기를 이틀. 시간이 지나자 버드나무를 지키던 민보군들의 감시망이 허술해졌다. 그녀는 사흘째 되는 날 새벽녘에 남편의 시신을 기어이 거두었다. 청솔가지로 시신을 덮고 칡넝쿨로 꽁꽁 묶은 후 시신을 지고 육십 리 길을 쉬며 쉬며 걸었다. 걸음을 뗄 때마다 그녀의 입에서 꺼억 꺼억 울음이 터져 나왔다. 집으로 돌아왔으나 시신을 묻을 곳이 없었다. 그녀는 시어머니와 함께 부엌으로 갔다. 부엌문을 걸어 잠그고 살강 밑에 놓여 있는 항아리들을 전부 들어내었다. 그리고 밤새 곡괭이로 바닥을 판 후 남편의 시체를 두루마기 입은 채로 묻고 청솔가지로 덮은 다음 흙을 덮었다. 염도 없이 곡소리도 없이 남편을 살강 밑에 묻었다. 다시 항아리를 옮겨 놓고, 고부는 그 앞에 앉아 심고를 드렸다. 누가 먼저랄 것도 없이 울음을 토해 냈으나, 그 소리가 밖으로 새어나지 않게 꾹꾹 눌러 담느라 온몸이 부서지는 듯했다. 시어머니는 며느리가 불쌍해서 울고, 며느리는 아들 잃은 어미가 가여워서 울었다.

"구석아, 묘도 없이 비석도 없이 이게 웬일이냐? 구석아, 구석아…."

기력이 쇠잔해진 문장로 부인은 최장수의 어깨에 기댄 채 넋두리했다.

"어머니, 약해지지 마세요. 동네 사람들 말이 그이는 끝끝내 쩌렁쩌렁 주문을 외웠다고 해요. 새 세상은 반드시 온다고도 했대요. 그이에 대해서 사람들이 전하는 말이 그의 비석이 될 거예요. 어머니…."

그렇게 말하는 최장수의 입에서도 울음이 터져 나왔으나, 최장수는 어머니처럼 슬퍼만 할 수가 없었다. 냉정하지 않으면 시아버지를 비롯해 가족 모두가 몰살될 판이었다. 모질게, 모질게 마음을 다잡았다.

2.

순섬은 의항 포구를 떠난 지 꼬박 하루 만에 쇠학골에 당도했다. 몸이 천근만근이었다. 그녀는 홍주성에 있는 팔랑이에게 사람을 보내 이창구 시신을 찾을 수 있도록 도와 달라고 부탁했다. 홍주성 앞 마부 임가네에서 만나자는 전갈이 왔다. 순섬은 아들 찬고와 함께 서둘러 홍주성으로 향했다. 찬고를 비롯해 본가 식구들은 이창구의 시신 문제를 해결한 후 일본으로 떠날 참이었다.

"왜군은 인천으로 떠났고 관군 병력은 비인과 남포에 가 있는 관계로 홍주성 수비가 허술합니다. 지금이 시신을 찾을 수 있는 적기입니다. 창구 나리 시신은 북문 옆에 있습니다. 겨울이라 시신은 많이 부패되지 않았습니다. 관졸을 시켜 북문 밖으로 시신을 담은 가마니를 던질 터이니 그다음은 알아서 하십시오. 들킬 경우는 저도 책임을 질 수가 없습니다. 모두가 잠들어 있을 시간인 축시경에 오십시오."

"알겠네. 고맙구먼. 관속과 관졸들에게 줄 사례금은 여기 있네. 알아서 하게나."

순섬은 팔랑이에게 돈뭉치를 건넸다.

순섬은 낮 동안 아들 찬고와 함께 홍주성 앞 마부 임가네 집에 틀어박혀 있었다. 이윽고 약속한 시간에 그녀는 임가와 찬고를 데리고 집을 나섰다. 그녀와 찬고는 북문 성루 밑 담벼락에 몸을 바짝 숨기고 임가는 지게를 대령한 채 좀 떨어진 곳에 있게 했다. 순섬의 눈에는 달빛 아래 어둠이 대낮처럼 밝게 느껴졌다. 구름이 나타나 달을 가려 줬으면 싶었다. 일각이 여삼추로 기다리던 끝에 커다란 가마니 하나가 성곽 아래로 내동댕이쳐졌다. 순섬이와 찬고는 한달음에 달려가 가마니를 헤쳐 보았다. 둘로 나뉜 머리와 몸통을 꽁꽁 동여맨 그것은 남편 이창구였다. 그 와중에도 두 사람은 아버지를, 남편을 부둥켜안고 소리 없는 울음을 내뱉었다.

순섬은 잠시 후 정신을 차리고 찬고를 다독였다. 두 사람이 양쪽에서 가마니째 들어 올려 임가가 있는 곳으로 시신을 옮겼다. 임가는 지게에 시신을 지고 송악산으로 향했다. 순섬이와 찬고가 백여 보를 앞장서서 걸으며 곳곳에 세워진 유막을 피하느라 걸음이 더딜 수밖에 없었다. 새벽녘에야 송악산 장수바위 아래 당도하여 시신을 묻고 바로 산을 내려왔다.

"네 이년! 감히 시신을 빼돌려? 시신을 어디다 숨겼느냐?"

이승우는 두 손이 묶인 채 동헌 아래 꿇어앉은 순섬을 향해 핏대를 세우며 호통을 쳤다.

"저는 모르는 일입니다."

"네가 아니면 이창구의 시신을 누가 가져갔단 말이냐?"

"제 남편을 누가 죽였습니까? 촌민들이 나서서 죽였다 하지 않았습니까?"

"그래서?"

"얼마 전 시신을 거래한다는 얘기가 장터에서 파다하게 오갔습니다. 저는 시신을 두고 그럴 수는 없는 일이라 추호도 미혹되지 않았습니다. 제발 제 남편의 시신을 찾아 주십시오."

순섬은 이승우를 당차게 쏘아보았다.

"충효가 이 세상의 근본 아닙니까? 예로부터 죽어 가는 아비 옆을 지키지 못한 자는 불효자라 하여 아비가 죽어 가면 아무리 멀리 떠나 있던 자식도 집으로 돌아왔습니다. 사또, 제 남편이 아무리 나라 법을 범하였다 하나, 사또님은 분명히 제 남편에게 송악산을 내려오면 모든 것을 용서하겠다고 말씀하셨습니다. 제 남편은 사또님을 믿고 산에서 내려왔습니다. 사또님은 신의를 버리셨습니다. 어쨌든 이제

다 끝났습니다. 시신을 찾아 돌려 주십시오."

순섭은 매서운 눈빛으로 이승우를 바라보았다. 이승우는 난감했다. 관아가 시신을 도둑맞았다는 소문이 나면 별로 좋을 게 없었다. 더군다나 엊저녁 동비 사십 명을 처형하였는데 그들의 죄가 즉시 처형할 만큼 현저한지 홍건이 이의를 제기하는 바람에 머릿속이 복잡했다.

"더 이상 말이 필요 없다. 너는 시신을 찾을 때까지 이 관아를 한 발자국도 벗어나서는 안 될 것이다."

이승우는 공방에게 순섭을 당분간 관노로 부리되 감시를 엄히 하라 명하고 내실로 들어갔다. 관졸들이 순섭을 포박하여 내실로 데려갔다. 끌려가면서도 순섭은 안도의 숨을 쉬었다. 시신 문제가 해결되니 걱정이 없었다. 관노라! 순섭은 하늘을 올려다보았다. 죽도록 일하면 되었다. 노비가 된다 해서 내 안의 하늘님이 사라지는 것은 아니지 않은가. 단지 육신이 고달플 뿐이었다.

순섭은 그날부터 관노가 되어 부엌살림을 맡았다. 해월 선생 왈 '사람의 평생을 고생이라고 생각하면 괴롭고 어려운 일 아닌 것이 없고, 낙으로 생각하면 편안하고 즐거운 일 아닌 것이 없나니, 고생이 있을 때에는 도리어 안락한 곳을 생각할 것이니라, 만사를 성취하기는 정성에 있나니 정성을 지극히 하는 마음에는 즐겁지 않은 것이 없느니라.' 하셨다. 관군과 민보군, 유회군들이 들이닥쳐 동비들을 잡으려면 밥을 든든히 먹어야 한다고 야단법석을 떨 때에도 그녀는 그녀 일에만 집중했다. 때를 기다리며 쌀을 씻을 때는 쌀 하늘님 감사합니다, 불을 땔 때는 불 하늘님 고맙습니다, 나물을 무칠 때에도 나물 하늘님 감사합니다, 설거지를 할 때도 그릇 하늘님 고맙습니다 하고 감사의 심고를 올렸다. 하늘님을 살피면 하루하루가 잔잔한 물결 흐르듯 흘렀다.

어느 날 점심때였다. 그녀는 밥을 차려 놓고 이승우를 기다렸다. 때가 훨씬 넘었는데도 오지를 않았다. 동헌에 가 보니, 이방이 문 앞을 지키고 있었다.

"지금 곤하여 낮잠에 드셨네."

순섬은 돌아와 음식을 모두 다시 데우기 시작했다. 한참 만에 이승우가 나타났다. 이승우는 부엌어멈으로부터 순섬이 식었던 음식을 다시 데우며 자신을 기다렸다는 이야기를 듣고 적잖이 놀랐다. 그렇잖아도 순섬이 관노로서 한 치의 흐트러짐 없이 행동하는 것을 눈여겨보고 있던 참이었다.

"너는 어찌하여 얼굴에 화난 모습을 드러내는 적이 없느냐?"

그는 그녀를 시험하고 싶었다. 거부이자 동비의 괴수인 이창구의 첩이 어느 정도의 소양인지 알고 싶었다.

"제가 화를 내면 하늘님은 사라집니다. 사라진 하늘님이 돌아오려면 하루 이틀 때로는 한두 달이 걸립니다. 하늘님이 없으면 저는 살수가 없기 때문에 화를 내려 하지 않습니다. 그것이 동학도로서의 제 마음입니다."

순섬은 이승우의 신분과 자신의 처지를 의식하지 않고 자신의 생각을 또박또박 말했다. 이승우의 노여움을 사서 죽는다 해도 두렵지 않았다. 동학의 도를 이야기하다가 남편 곁으로 갈 수만 있다면 후회하시 않을 수 있었다.

"너는 너의 남편을 죽이고, 너를 노비로 부리고 있는 내가 원망스럽지도 않느냐?"

이승우는 마음이 불편한 중에도 끝을 보고 싶었다.

"왜 원망스럽지 않겠습니까. 제 남편을 데려간 이들을 평생 해와 달을 보지 못하게 해달라고 청수를 올리기도 했었지요. 그러나 그것은 과거입니다. 지금 제가 여기 눈앞에 보이는 사람 하나마저 섬기지 못한다면 눈에 보이지 않는 조상님과 하늘님을 어찌 섬긴다고 할 수 있겠습니까? 사또님 역시 제겐 귀한 하늘님입니다."

"하늘님이라니? 너는 내가 두렵지 않느냐?"

이승우는 당찬 그녀의 말에 다시 놀랐다.

"해월 선생 말씀이 사나운 범이 앞에 있고 긴 칼이 머리에 임하고 벼락이 내리어도 무섭지 아니하나 오직 말 없고 소리 없는 하늘님이 무섭고 두렵다 했습니다. 제가 의롭지 않은 일을 했을 때 제 안의 하늘님이 두려울 뿐 사또님은 두렵지 않습니다."

순섬은 이승우에게 목례를 하고 총총히 방을 나왔다. 한때 야차처럼 느껴졌던 이승우지만, 그를 깨우쳐서 도인 한 사람이라도 살릴 수 있다면 살리고 싶었다.

 석 달이 지났다. 순섬은 홍건의 도움으로 관아 노비 신세를 면했다. 결국은 이승우의 묵인이 있었기에 가능한 일이기도 했다. 홍건은 작은형이 동학군들에게 잡혀 예산 대도소에 갇혀 있었을 때 이창구의 도움을 받았던 것을 항상 마음에 두고 있었다. 당시 이창구는 홍건 작은형을 가둬 놓기만 했을 뿐 어떠한 위해도 가해지지 않도록 배려했다. 홍건은 순섬이가 관노가 되는 날부터 알게 모르게 도움을 주고 있었다. 그는 이승우에게 죄상에 대한 근거가 없으면 처벌하지 말아야 한다고 하면서 순섬을 풀어 줄 것을 건의했다. 이승우는 홍건의 말을 물리칠 수가 없었다.

 순섬이 관아를 나온 지 며칠 후, 틀못 장이 섰다. 순섬은 동이 트기 전 아미산에 올랐다. 입춘이 다가오는 걸 알아챈 땅거죽이 여기저기서 봄기운을 뿜어내느라 산길이 질척거렸다. 하루가 다르게 땅 밑 얼음이 녹고 있었다. 얼음이 녹으면 나무와 풀들은 그 수분을 빨아 들여 새 생명을 피울 터였다. 어디선가 따르르륵 소리가 났다. 수컷 까막딱따구리가 참나무를 쪼아 벌레를 잡아먹는 소리였다. 곤줄박이들도 있었다. 날개는 비단처럼 고운 재색이요, 아랫배는 갈색이요, 머리는 검정 색인 것이 목에 흰 줄을 감았다. 그것들은 빨간 명과를 부리로 쪼기도 하고, 겨울 비바람에 퇴색해 버린 찔레 열매를 따서 물고 고개를 두리번거렸다. 새들이 어디론가 훅 날아가자 겨우내 달려 있던 빨간 명과와 찔레 열매가 후두둑 떨어졌다. 순섬은 산꼭대기에 다다랐다. 가져온 청수 잔에 물을 붓고 심고를 올렸다.

"하늘님, 스승님, 감응하옵소서. 저 김순섬은 가장 낮은 자세로 사람들을 모시며 살아가겠습니다."

그러고도 한참을 앉아 주문을 암송하였다. 시나브로 온몸에 생기가 차오르기 시작했다.

순섬은 산을 내려와 아침을 챙겨 먹고 그동안 어머니와 함께 짠 삼베를 이고 장터로 나갔다. 몇몇 참수된 동학군 부인들이 길바닥에 새우젓과 남초, 나물을 벌여 놓고 있었다. 죽은 남편을 대신해 집안 살림을 책임져야 하는 그들을 보고 있자니 순섬은 마음이 아팠다. 순섬은 그들 옆에 자리를 잡았다.

"남초 사세유. 질 좋은 남초 있어유."

"삼베 사세요. 좋은 삼베 사세요."

순섬은 지나가는 사람마다 말을 붙였다. 장터 사람들이 순섬을 알아보고 너도 나도 사 가는 바람에 사라는 말을 할 겨를도 없이 베가 동이 났다. 순섬은 흐뭇하면서도 그녀를 바라보는 사람들의 시선 속에서 남편의 그림자가 느껴져 처연한 심정이 되었다. 삼베란 대개 필요한 법이긴 했지만, 대체로 이창구로부터 받은 은혜를 갚는다는 생각으로 너도나도 순섬이 가지고 온 삼베를 먼저 사 준 것도 사실이었다. 주변 사람들의 인사를 뒤로 하고 장터를 막 벗어나려는 참에 뒤에서 부르는 소리가 있었다.

"이보시오, 혹시 순섬…?"

속삭이는 듯한 작은 목소리였다. 순섬은 고개를 돌렸다.

"아니…!"

순섬은 깜짝 놀랐다. 태안 접주 조석헌이었다. 그가 관군이나 유회군들 눈에 띄는 날에는 바로 붙잡혀 갈 게 뻔했다. 그는 아래 턱 수염을 깎아서인지 전혀 딴사람처럼 보였다.

"저기 건너편…."

순섬은 마주 보이는 초가집을 가리키며 거의 뛰다시피 앞장을 섰다. 조석헌도 그녀 뒤를 바싹 따라왔다. 마침 집주인은 집에 있었다. 그는 그들에게 뒷방을 내주었다.

"어떻게 지내셨어요?"

"박덕칠 접주와 함께 살고 있습니다."

"네?"

순섬은 그렇잖아도 박덕칠 접주를 보았다는 사람이 없어서 궁금하던 찰나였다. 순섬이가 박덕칠의 사정에 대해 궁금해 하자 조석헌은 생각을 더듬어 지난 일을 얘기해 주었다.

3.

홍주성에서 순섬이 일행과 헤어진 박덕칠 접주는 따르는 동학군들을 이끌고 덕산 역촌 쪽으로 도피하였다. 그곳에도 많은 동학군들이 집결해 있었다. 박덕칠이 그들을 수습하여 다시 진용을 짜려는데 갑자기 유회군들이 나타나 총포군을 앞세워 공격하면서 동학군들을 포위하려 했다. 동학군들은 급습을 당한지라 대응할 겨를도 없이 삽시간에 흩어지고, 박덕칠도 정신없이 도망을 갔다. 그나마 비가 내려 사위가 우중충한 까닭에 유회군의 추적을 따돌리기가 수월했다. 한참을 달리다 보니 어둠이 찾아들면서 뒤쫓는 소리가 끊어졌다. 겨울비에 젖은 옷이 얼기 시작하면서 뼛속 깊이 추위가 엄습해 왔다. 이제는 당장의 재기를 도모할 엄두를 낼 수 없을 것이다. 당장 위험을 벗어나려면 내포 지역을 떠나는 수밖에 없었다. 그렇게 갈 곳을 정하지 못하고 헤매던 중 태안 접주 조석헌을 만나게 됐다. 그는 조석헌과 함께 노잣돈을 마련하기 위해 예산 종경리 장석준 댁으로 향했다. 그가 왔다는 소식에 이웃 도인이 그의 부인을 데리고 왔다. 아내는 아들 문규를 업고 왔다. 아들은 그를 보고 방긋방긋 웃었다.

"부인, 그동안 애썼구려. 고마웠소. 나의 운이 다하여 먼 곳으로 피난을 가려 하오. 설혹 살아 오지 못한다 해도 하늘의 뜻이라 생각하고 서러워하지 마시구려. 도인들이 저렇게 목숨을 버렸는데 내 어찌 살기를 바라겠소. 아들을 잘 부탁하오. 부인도 몸 건강히 잘 있으시구려."

박덕칠은 부인의 손을 꼭 잡았다. 다시는 못 볼 수도 있었다. 아들 문규가 그를 보고 손을 뻗치면서 부인의 등에서 빠져나오려 안간힘을 썼다. 그는 아들을 불끈 안았다. 그의 굵은 눈물이 아들 뺨을 적셨다.

"당신을 하늘로 믿고 살아온 저예유. 어떤 어려움이 닥치더라도 저와 아들을 생각해서 버터 내세유. 안정되면 꼭 기별 주서유."

부인은 아들을 박덕칠의 품에서 떼어 내면서 얼른 떠나라는 손짓을 했다. 장석준 어머니가 돈 백팔십 냥과 함께 엿과 떡을 담은 바랑을 손수 가지고 나와 그에게 건넸다. 그는 머뭇거림 없이 뒤돌아섰다. 고샅을 나오는데 부인의 울음소리가 뒷덜미에 와서 박혔다. 뒤돌아 뛰어가서 처자의 얼굴을 다시 한 번 보고 싶었다. 그러나 옆에 조석헌이 있었다.

마을을 벗어난 두 사람은 당장 어디로 갈까 고민에 휩싸였다. 해월 선생이 있는 곳을 찾아가기로 우선 작정을 했다. 도처에 도인들의 집이 있으니 하루 이틀 묵어 갈 수 있는 곳은 얼마든지 있으리라. 낮에는 사람들의 이목을 피해 산속 바위틈에서 자고, 어둠이 깔리고 나면 다음 날 해가 뜰 때까지 걸었다. 바위틈에 필낭과 필묵, 환도를 묻었다. 당분간 통문을 쓸 일이 없으리라. 예산을 거쳐 공주로 향했다. 길목에, 전에 들른 적이 있는 한 도인의 재종형제 집에 찾아들었다.

"하룻밤만 재워 주시겠습니까?"

"안 됩니다."

주인은 일언지하에 거절하고 얼른 떠나기를 종용했다.

"그렇잖아도 관의 등쌀에 못 살 지경입니다. 지금까지 겪은 것만으로도 충분합니다. 더 이상 해를 당하고 싶지 않습니다. 얼른 떠나시오. 내 두 분을 못 본 것으로 하겠습니다."

그는 말이 끝나자마자 문을 닫고 방으로 들어가 버렸다.

박덕칠은 목까지 차오르는 말을 겨우 억누르고 발길을 돌려세웠다. 그때 다시 방문이 열렸다.

"이보시우."

그의 노모인 듯했다.

"잠시만 기다리시우. 애비야, 나 좀 보거라."

한참 만에 다시 집주인이 나왔다.

"우리 집 애비가 가족들의 안위를 생각해서 박절하게 대한 듯하오. 허나 내 조카를 생각해서라도 두 분을 그냥 보낼 수는 없겠소. 애비야, 손님들을 방으로 모셔라."

집주인은 잠시 머뭇거리다가 어머니의 말에 순응했다. 어머니의 말에 일언반구 대꾸도 없이 따르는 심성이 어진 사람이었다. 그런 그마저도 박절하게 곤경에 처한 사람을 내쳐야 할 만큼, 세상의 형편이 모질어져 있었다. 박덕칠은 자기의 속마음이 오히려 부끄러워 마음이 아팠다.

방으로 들어가니 밥상이 나왔다. 밥사발을 본 순간 박덕칠은 모친 생각이 났다.

'밥 때가 돼서 사람이 찾아오면 진지 드셨냐고 묻지 말고 얼른 밥을 내놓아라. 상대를 배려해서 먹지 않고도 먹었다 할 것이고, 먹을 것이 없어서 물로 배를 채운 이도 있을 것이다. 해 놓은 밥이 없거들랑 내 밥을 나누어 주고 밥이 충분하면 노인이든 장정이든 사발 가득 퍼

드려라. 많으면 알아서 덜어 낼 것이고 배고프면 다 먹을 터이니 나눔에 있어 주저하지 마라. 밥은 하늘인지라 나누는 것이니라.'

모친 덕택에 나누는 법을 배웠고, 그것을 필생의 덕목으로 실천하며 살아온 그였다. 그러다 보니 거지든 봇짐장수든 그의 집에서 먹고 자고 길을 가는 일이 태반이었다. 장삿길에 나서서 돈을 벌 수 있었던 것도 봇짐장수들이 전해 준 정보 덕택이었다. 어쩌면 오늘 이 낯선 곳에서 도움을 받는 것도 다 지난날의 보시 덕택이란 생각이 들었다.

다음 날 그들은 천안 태화산 곡도재로 향했다. 도인 한윤화 댁에 들르니 고미다락방을 내주었다. 거적이 깔려 있었다. 반은 앉고 반은 누워야 할 정도로 작았다. 손을 위로 뻗으면 천정 서까래가 닿았다. 쥐가 오가면서 천장에서 흙이 가끔씩 떨어졌다. 먹먹한 마음이 명치끝에서 올라왔다. 처자식과 일각에 이별을 고하고 집을 떠나와 친근치 못한 방에 누워 있으니 쓸쓸한 기운이 전신을 감아 돌 뿐이었다. 밤바람이 스며들었다. 뒤척거리며 모로 누워 보기도 하고 방바닥에 손을 대고 얼굴을 묻어 보기도 하고 손을 베게 삼아 머리에 대 보기도 하지만 보이는 것은 천정뿐이며, 코로 들어오는 것은 세월 먹은 기름종이와 지푸라기 냄새뿐이었다. 떠나올 제 울먹이던 처의 얼굴이 지나가고, 고향 집 뒤 야트막한 동산에 처량히 서 있는 육송나무 송진 냄새가 풍습으로 저려 오는 뼈마디에 걸려 있는 듯했다. 그러나 이마저도 호강이었다. 십여 일을 지내다 보니 태화산 곡도재 일대에 유회군의 수색이 시작되었다.

박덕칠은 유회표를 얻어 조석헌과 함께 다시 공주로 길을 떠나야 했다. 망태에 호두와 짚신을 넣고 장사치로 변장을 했다. 유생들이 유막을 세워 놓고 지나가는 행인들을 검문했다. 유회소에서 발급한 표가 있어야 통과할 수 있었다. 그렇지 않으면 관아로 무작정 끌려갔다. 밤이 되면 유막에서 흘러나오는 불빛으로 길가가 대낮 같았다. 멀리서 보면 마치 반딧불이 깜빡깜빡 빛을 내는 것처럼 보였다. 불빛처럼 유회군의 기세도 충천하였다.

박덕칠과 조석헌은 인적이 드문 산길을 택했다. 보름달이 휘영청 밤길을 밝혔다. 평소 그렇게 사랑스럽던 보름달조차 원망스러웠다. 관목에 짚신이 배겨 나질 못하였다. 바위틈에 몸을 숨기고 나무를 베어다가 이불로 삼고 밤을 지샜다. 한기가 몸속 깊이 파고들었다. 마음도 꽁꽁 얼어붙는 듯했다. 낮에 만난 도인의 말이 몸을 오싹거리게 했다. 박덕칠을 잡으면 만금 상에 청주 병사를 하사한다는 방문이 걸려 있다고 했다.[42]

"조석헌 접주, 시운을 보니 죽기 십상이라. 살기도 어렵고 설령 산다 해도 도인들이 죄다 죽은 마당에 내 무슨 면목으로 살겠는가. 지금 관에서 나를 잡고자 혈안이 되어 있다 하니 접주님은 살아서 예산 종경리에 가서 내가 어디에서 어떤 때에 어떠했는지 사실이나 전해 주오. 그리고 죄가 많은 사람이라 어딜 가더라도 살 도리가 없을 것이네. 여기서 끝을 내겠네."

그는 주머니를 뒤져 부시쌈지와 거울, 얼레빗을 꺼내 조석헌에게 주었다.

"망령된 말씀이십니다. 이제까지 저희 둘 생사고락을 함께하였건만 어찌 저만 살기를 작정하겠습니까. 여린 말씀 마시옵고 대의를 펼칠 생각을 하십시오. 천안 한윤화 댁에 가면 자리 하나야 마련해 줄 것이고 머물다 보면 차차 때가 올 것입니다. 저는 장사하면서 오고 가겠습니다."

조석헌은 그의 소지품을 받으려 하지 않았다.

"내 목숨을 끊자 함이 어찌 내 일신상의 편안함 때문이겠는가. 세상천지 모든 사람이 살고 싶지 죽고 싶지는 않을 것이네. 만약 내가 관군의 손에 이끌려 동지들이 보는 앞에서 능지처참 죽임을 당한 후에 나의 머리가 북문 밖에라도 걸리는 날에는 동학군들은 다시는 모일 엄두를 내지 못하지 않겠나. 그렇다면 죽어서도 영원세세 후회할 것이네. 이 세상 한 미물로 태어나 내 안의 하늘님을 믿고 살았으니 더 이상 여한 없네."

그는 다시 자결의 뜻을 강고하게 비쳤다. 그러나 조석헌의 주장 또한 너무 완고해서 그는 어찌할 도리가 없었다. 박덕칠은 다시 천안 도인 한윤화 집으로 돌아갔다.

순섬은 박덕칠의 자결 얘기가 나오자 숨이 탁 막혔다.

"기다리다 보면 좋은 시절 올 거예요."

"이제는 마음을 고쳐 잡으시고 죽어 가는 내포 동학을 살리겠다는 일념으로 때를 기다리고 계십니다. 저희가 지금은 천안에 근거지를 두고 있습니다만 곧 해월 선생 곁으로 가려 합니다."

"애쓰셨네요. 제가 도울 일이 있으면 말씀해 주십시오. 장터에서 장사를 계속할 생각입니다. 덕산 읍내 장과 틀못 장을 보려고 합니다."

"앞으로 박덕칠 대접주가 보내는 통문을 도인들에게 전달해 주십시오. 제가 자주 다녀가겠습니다. 그리고 참 박인호 접주님은 어떻게 됐습니까?"

"월화 도인이 보살피고 있답니다. 금오산 토굴에 계시다가 칠갑산으로 옮겼다 하는데 구체적인 장소는 알 수 없습니다. 박인호 접주님과 박덕칠 접주님 모두 만금 상금이 걸려 있는지라 사람들이 눈에 불을 켜고 대들고 있습니다. 조심하셔야 합니다."

"김복기 접주는요? 박덕칠 대접주님께서 제일 궁금해 하십니다."

"배를 구해 무인도로 갔는데 어떻게 지내고 있는지는 저도 잘 모르겠습니다. 좀 지난 후에 알아보려고 합니다."

"이렇게 뵙고 나니 한결 힘이 납니다. 이만 가 보겠습니다. 태안으로 들어갈까 합니다."

조석헌은 일어났다. 좀 전과는 다르게 그의 낯빛이 밝아졌다. 순섬이 역시 마음이 편해졌다. 그녀는 봇짐에서 돈을 꺼내 그에게 건넸다. 그는 잠시 머뭇거리더니 받아서 봇짐에 넣고 집을 나섰다.

4.

눈에 밟히는 동학군들의 참상을 돌아보면 더디기만 하던 세월도 지내고 보면 쏜살같아서, 어느덧 을미년도 섣달로 접어들었다. 두 달 전에 명성황후가 일본 공사 미우라의 흉계에 의해 일본군 후비보병 18대대 소속 미야모토 다케타로 소위와 시정잡배 같은 낭인 등에 의해 시해되고, 연이어 김홍집 내각이 변복령과 단발령을 내리자 유생들은 분노했다. 동학 봉기 이후로 이어진 대학살극을 겪으며 쥐 죽은 듯했던 백성들 역시 들썩이기 시작했다. 유생들은 국모 시해와 단발령에 반발하여 의병을 일으켰고, 백성들 역시 일본군에 당한 원한을 갚아야 한다며 속속 의병에 가담했다. 그 속에 스며들어 있는 세력이 바로 곳곳에 잠복했던 동학군들이었다.

장터는 의병 이야기로 와자했다. 홍성 지역에서는 홍건과 왕세자의 스승이었던 김복한이 중심이 되어 숙적 일본과 역적 개화파를 몰아내기 위해 의병 운동을 일으킬 거라는 소문이 자자하게 퍼졌다. 홍주 관찰사 이승우도 창의대장으로 나섰으며 노약자와 독자를 빼고 호당 한 명씩 참여해야 한다는 방문이 나붙었다. 임 진사 부인이 장터로 순섬이를 찾아왔다. 이승우가 의병을 일으킨다는데 홍주성으로 가서 의병들 식사 좀 해 줄 수 없냐는 부탁이었다. 홍주목 부엌살림에 익숙한 순섬은 선뜻 승낙을 했다.

초나흗날 순섬은 임 진사 부인과 함께 아침 일찍 홍주성으로 갔다.

홍건이 진두지휘를 하고 있었다.

"아니 팔랑이 도령?"

순섬은 홍건 옆에서 당당히 서 있는 팔랑이를 보았다. 팔랑이가 그녀를 보고 달려왔다.

"의병으로 나섰어요."

"잘했어요. 그간 잘 지냈어요?"

"그럭저럭 지내고 있습니다만 동학도라는 사실을 숨기고 살려니까 좀 힘이 드네요. 그렇지만 우리 도인 한 사람이라도 구할 수 있다는 생각을 하면 힘드는 줄도 모르겠어요. 이창구 나리 말씀이 맞았어요, 제 역할이 생각 외로 많더라구요."

팔랑이는 순섬을 보고 씨익 웃었다.

"그런데 이승우가 의병장 노릇을 하러 나타날까요?"

순섬이는 회의적인 눈빛을 팔랑이에게 보냈다. 순섬이는 이승우가 홍주 관찰사라는 직책을 맡은 것에 주목했다. 친일 세력에 철저하게 협력하지 않고는 그 지위는 주어지지 않을 터였다.

"이번 의병을 일으키기 위해 지난 팔 개월을 준비해 왔습니다. 설마 안 나타나겠어요?"

팔랑이는 고개를 갸우뚱하더니 홍건 곁으로 뛰어갔다. 사람들은 추운 날씨 속에서 발을 동동 구르며 이승우가 나타나기만을 손꼽아 기다렸다. 각 군현에서 의병으로 나선 관군들이 홍주부로 몰려왔다. 홍주성은 사람들로 북적거리는데 정작 나타나야 할 이승우는 깜깜

무소식이었다. 설마는 현실이 되었다. 그는 끝내 나타나지 않고 오히려 친일 내각과 내통을 해서 의병 지도자들을 잡아갔다.[43] 유생들은 이승우에 대한 분을 삭이지 못했다.

순섬이는 임 진사 부인과 함께 홍주성을 등지고 나왔다. 마음이 들떠서 나선 길이었건만 돌아오는 길은 쓸쓸했다.

"관찰사 이승우 말이네. 의를 위해서라면 생사를 걸겠다던 자가 배반이나 일삼다니…. 그를 떠받든 홍주 백성들이 바보인 게지. 관찰사가 동학 접주만도 못하다니. 내가 자네 보기가 다 부끄럽네…. 이보게나, 새파랗게 질린 하늘 좀 보게나."

임 진사 부인은 하늘을 보며 힘없이 말을 내뱉었다. 순섬은 이창구가 떠올랐다. 저 하나 잘살자고 수많은 사람을 배반하는 사람이 있는가 하면, 평범한 사람 하나 살리려고 죽음까지 불사한 사람이 있었다. 하늘빛이 하얗게 내려앉고 있었다.

14장/ 가장 낮은 자세로 모든 존재를 떠받치며 살리라

1.

유생들이 일으킨 의병 운동마저 실패로 돌아가자 일본의 조선 침탈은 가속화되었다. 동학 도인 한 사람 한 사람은 물론 민족 전체에 수난의 먹구름이 흘렀다. 동학 도인들은 동학의 뜻을 펼치고 싶었으나 실제로는 목숨조차 부지하기가 어려웠다. 그들은 고향을 떠나 기약 없는 피난살이를 해야 했다.

1905년, 일본은 마침내 강제로 조약을 체결하여 대한제국의 외교권을 박탈했다. 을미년과 같이 전국에서 또다시 의병들이 일어나 필사적으로 저항하였으나, 갑오년이나 을미년보다 훨씬 더 강고해진 일제의 무력 앞에 속절없이 희생자만 내고 말았다. 충의를 앞세운 대신들의 자결이 연이었고, 수십 명의 가솔을 이끌고 만주로 이민을 하는 양반들도 줄을 이었다.

순섬이도 오랫동안 마음에 담고 있던 계획을 실행에 옮기기로 하였다. 마침 태안 도인 문양목이 최장수와 함께 순섬을 찾아 장터로 왔다.

"순섬 접장, 우리 미국으로 갑시다. 어차피 이곳에서는 먹고살기도 어렵거니와 아들 찬고의 미래를 위해서도 미국으로 떠나는 것이 좋을 것 같습니다."

문양목은 태안 문장로의 집안사람으로 태안 도인 대여섯 명이 샌프란시스코에 있는 사탕수수 농장에서 일하기로 했다며 아들 찬고와 함께 순섬이도 떠날 것인지 의향을 물었다. 순섬은 2, 3년 전부터 하와이 사탕수수 농장에서 한국인 노동자를 모집한다는 소문을 듣고 있었다. 일당 십오 원에 하루 열 시간 노동을 한다는 조건이었다. 샌프란시스코 농장은 하와이 농장보다 임금이 두 배 정도 더 비싸다고 했다. 비록 사오십 도를 오르내리는 폭염 아래서 노동을 한다는 것이 쉽지는 않겠으나 모든 것을 빼앗긴 찬고에게는 그나마 기회인 것 같았다.

일본으로 가려 했던 이창구 가족은 재산을 모두 빼앗기는 바람에 가지 못하고 있었다. 민보군과 유회군들이 집에 들이닥쳐 이창구가 빼앗아간 재물과 가축을 내놓으라며 억지를 부렸다. 그들은 땅문서를 비롯해 집안 살림을 빼앗아 갔다. 경군 또한 기찰포교를 자처하며 죄목을 씌워 뇌물을 요구했다. 심지어는 산소 위치를 이유로 들어 산송(山訟) 소장을 낸 이도 있었다. 순섬의 본가에도 수난이 들이닥쳤다.

"마님, 잘 생각해 보세요. 사탕수수 잎이라는 게 우리네 수수대 같이 날카로워서 얼굴이 성할 날이 없답니다. 그리고 석회 가루를 바른 것처럼 허여멀건한 얼굴을 한 사람들이 말을 타고 돌아다니며 일을 제대로 하지 않으면 회초리로 말 때리듯 사람들을 때린답니다."

최장수는 자신 역시 힘든 도피 생활을 하고 있었음에도 순섬의 미국행을 달가워하지 않았다. 그녀 역시 동비의 부인이라며 태안 관노로 한동안 살다 몇 년 전에 풀려 나와 조개를 캐고 새우젓 장사를 하며 겨우 생계를 잇고 있었다.

"가겠습니다."

순섬은 아들 찬고를 위해, 동학 재건을 위해, 대한제국의 독립을 위해 샌프란시스코행을 결심했다. 오랫동안 염두에 두었던 일이기에 그녀의 결심은 단호했다.

한 달 뒤 순섬은 연둣빛 저고리에 꽃분홍 치마를 입고 아들 찬고와 함께 오사카를 거쳐 샌프란시스코로 가는 배에 올랐다. 그녀의 품 안에는 오직 둘, 이창구에게 받은 운혜 한 켤레와 최장수가 선물로 준 청수기가 들어 있을 뿐이었다.

두 사람의 마음을 잊지 않으리라. 가장 낮은 곳에서 모든 존재를 떠받치며 살리라.

배가 뚜우 기적을 울리며 물살을 갈랐다. 물방울 하나가 그녀의 얼굴에 톡 떨어졌다. 올려다보니 흰 구름이 두둥실 떠가고 있었다.

● 주석

1. 이름 쓸 난이 비어 있는 문서. 납속첩이라고도 하는데 베나 나락을 받고 임명하는 문서.

2. 조정에서 벼슬을 임명하기 위해 내리는 영수증. 고신이라고도 한다.

3. 서북의 아산만이 내륙으로 두 다리를 넓게 벌려 거대한 수삼 뿌리를 깊게 내리니 하나가 평택으로 난 곡교천이요, 다른 하나가 합덕 예산으로 난 삽교천이다. 이 삽교천이 튼실한 뿌리 하나를 하평리쯤에서 다시 한 번 내리니 그것이 무한천이다. 이 무한천 뿌리는 예산을 거쳐 대흥 봉수산을 지나 오서산 자락에 이르러 비로소 자기 생명의 젖줄을 찾게 된다.

4. 『유서 깊은 면천』, 면천군, 330쪽 ; 1883년도 면천 군수는 박제경(6월) 이휘웅(6월) 이원상(알 수 없음) 홍종한(8월)

5. 『개벽의 꿈』, 박맹수, 337쪽 : 광화문 복합상소 전날 저녁 공사관과 교회당 거리에 왜양을 배척하는 괘서가 나붙었다. 기존 연구자들은 광화문 복합상소는 북접 동학 지도자들이, 척왜양 격문 게시는 남접이 주도한 것으로 이해해 왔으나 저자는 이에 의문을 제기했다. 저자는 척왜양 요구가 동학이나 일반 민중, 동학내의 북접이나 남접이나 거역할 수 없는 시대적 요구라고 주장한다.

6. 위의 책, 338쪽 ; 광화문 복합상소 당시 일본측은 야에아마 함(八中山), 쵸카이 함(鳥海)을 파견하여 경계에 임했다. 이들은 인천항에 입항해서 전투 훈련 및 월미도 상륙 훈련, 영종도를 정찰하는 등 만일의 사태에 대비했다.

7. 『1894년 충남 면천 지역의 동학농민전쟁연구』, 김남석, 204쪽 ; 면천의 이창구가 박희인의 예포와 연관되어 있는지, 아니면 박인호의 덕포와 연관되어 있는지 불명확하다. 물론 『피난록』 저자의 설명에 의하면 "이창구는 木包의 首接主"라 하였다. 하지만 목포가 독립적인 포인지 아니면 예포의 '목소리'인지 알려지지 않고 있다. 한편 『개벽』지에서는 이창구를 면천에서 기병한 '산천포'라 하였는데 확실한 것은 그가 가장 많은 농민군을 보유하고 있었으며 활동 영역도 대단히 넓었다는 점이다.

8. 현재 합덕읍 합덕리.

9. 『1894년 충남 면천 지역의 동학농민전쟁연구』, 김남석, 196쪽 ; 이정규는 지금의 우강면 송산리의 안재명의 집에서 수일간 은신하다가 개성으로 야반도주했고, 한양에서 피신해 살다가 2년간의 유배형을 받았다. 충청 감영 조병호의

장계에 따라 宣川府로 귀양갔으나 이듬해 6월 조칙에 의한 대사령으로 방면되었다.

10. 김남석, 위의 책, 198-199쪽 ; 원평(원벌)은 행정구역상으로 홍주군 합북면 원당산북리, 원당산 남리였으나 1914년 서산군 운산면 원평리가 되어 지금에 이르렀다. 김윤식은 〈속음청사〉에서 "어제 동도 백여 명이 원평 민가에서 자고…"라고 밝혔으며, 원평 기포에 참여했던 홍종식은 "…순식간에 벌판을 덮다시피 몇 만 명 모였습니다."라고 했다.

11. 조선 후기 충청도는 네 개의 목(공주, 충주, 청주, 홍주목)이 있는데 그중 홍주목이 내포 지역 관할이다. 홍주목 산하에는 5개 군, 즉 서산 서천 태안 면천 온양이 있고 14개의 현 홍산 평택 청양 비인 남포 결성 덕산 대흥 보령 해미 당진 신창 예산 아산이 있었다. 태안이 갑오년에는 잠시 태안부로 승격되었다.

12. 박성묵, 『예산동학혁명사』, 예산동학농민혁명기념사업회, 2007 ; 막객은 조선 시대, 감사, 유수, 병사, 수사, 견외 사신을 따라다니며 일을 돕던 무관이다. 황현의 〈오하기문〉에 따르면 홍건은 홍주목사 이승우의 친우로 지내다가 이승우가 홍주목사로 특제되자 그의 막객으로 따라 내려와 동학군 진압에 깊숙이 관여한 인물이다.

13. 오시마 요시마사는 집단 자위권을 추진하고 있는 현 일본 수상 아베의 고조부다. 6월 하순까지 오시마가 이끄는 팔천 명 규모의 혼성여단이 한양과 인천사이에 배치되었다.

14. 조선말기 교섭 통상 사무를 담당하는 벼슬.

15. 훗날 영국에서 자국의 상선 고승호를 침몰시킨 일로 일본에 강력한 항의를 하였으나 일본은 전시상황에서 국제법이 정한 규칙에 따른 정당한 교전이었다고 강변하였다. 일본은 자국의 함대가 기습공격을 받아 할 수 없이 응전하여 전투 중에 일어난 일이라고 국제사회에 선전하였다. 모두들 일본의 억측임을 알아 챘으나, 현장 정보를 수집할 수 없는 입장인지라, 입증할 수 없는 일이었다.

16. 『동학농민혁명 국역총서』 4, 57쪽.

17. 그는 원래 삼남(충청, 전라, 경상) 선무사였으나 동학 세력이 점차 확산되자 조정에서는 그를 양호 선무사로 삼고 영남 선무사로는 이중하를 앉혔다.

18. 박성묵, 『예산동학혁명사』, 109쪽 ; 안희중의 『任城經亂記』를 참조할 것.

19. 조창이란 거둬들인 조세를 보관하는 창고를 말하며 나중에 거둬들인 곡물이나 물건을 배에 실어 한양으로 보냈다. 당시 아산만의 공세곶과 면천의 범근내포에는 세로 거둬들인 곡물이나 물건을 보관하는 조창이 있었으며 이 조창

을 감독 관리하는 향리가 판관과 색전이었다. 지역 수령은 미곡과 이를 나르는 배인 조운선을 감독한다.

20. 일본군 후비보병 19대대의 주력 소총으로 사격거리 350미터, 1분당 30발을 발사. 이에 반해 일부 동학군이 사용한 화승총은 사격거리 20-30미터. 1분당 2발 발사, 우천시에는 사용불가.

21. 『동학농민혁명국역총서 4』, 79쪽 ; "비도가 사방에서 일어나 현저하게 군사를 일으킬 조짐이 있어 동요가 날로 더하여 진정되지가 않았다. 광천의 시장 장사꾼 정원갑은 이창구의 심복으로… 먼저 가두고 감영에 보고한 자인데… 사람들의 마음을 진정시키기 위하여 때려 죽여서 적을 반드시 토벌한다는 뜻을 내보였다."

22. 『예산동학혁명사』, 112쪽 ; 기포 통문이 내포에 도달한 때는 구월 그믐날 오후 세시경이다. "『천도교회사 초고』에 기록된 구만리 기포에 관한 내용을 보면 다음과 같다. '1894년 10월(양력), 음력으로 구월 그믐날 자시…. 박인호는 諸頭領으로 四處에 기포케하시니…. 박희인(박덕칠)은 예산에서 기포하고…."

23. 왕의 초상을 대신하여 殿자가 새겨진 목패.

24. 지금의 삽교읍 성리.

25. 충청 수영은 한양으로 가는 조운선들을 보호하고 왜군의 침탈을 방지하기 위해 설치한 것으로 많은 무기가 보관되어 있었다.

26. 『홍양기사』, 85-86쪽 ; 이승우는 기율이 있어야 마음과 힘을 하나로 할 수 있다고 보고 군제 14가지를 만들어 각 진에 게시했다. 제멋대로 대열을 떠나지 말 것, 깃발에 따라 대오를 이룰 것, 식사할 때는 북을 치고 식사가 끝나면 징을 울려라 등이 있다.

27. 「동학농민전쟁기 충청도 내포지역의 반농민군 조직과 활동」, 이진영 : 동학농민전쟁기 내포 전지역에 민보군이 조직되었는데, 내포 민보군은 전직관료와 유림세력이 중심을 이루었고 호연초토영에 직접 편제되거나 직간접적으로 협력하는 관계였다.

28. 『홍양기사』, 96쪽 ; 덕산과 면천에 사는 수천 명의 촌민들이 한꺼번에 와서 오히려 이창구를 가볍게 처리할 것을 걱정하며 서로 앞을 다투어 말하기를 "이창구를 참수하는 것을 보지 않으면 돌아가지 않겠다"라고 하고 눈을 무릅쓰고 노숙을 하였기 때문에 바로 그날 한밤중에 도착하자마자 북문에서 목을 베었다.

29. 추사 김정희의 〈세한도〉 오른쪽 아래에 찍혀 있는 인장으로 '오래도록 서로 잊지 말기를'이라는 뜻이다. 〈세한도〉의 백미라 할 수 있다. 예산 출신인 추사는

제주도 유배시절 제자 이상적으로부터 받은 책과 정성(지조와 의리)에 대한 고마움으로 '세한연후지송백지후조(歲寒然後知松柏之後凋, 날이 차가워진 연후에야 소나무와 잣나무가 시들지 않는다는 것을 알게 된다)'라는 논어 글귀가 담긴 〈세한도〉를 선물했다. '장무상망' 인장은 중국 한나라 때 기와에 새겼다고 한다.

30. 하늘이 변하지 않듯, 도 역시 변하지 않는다.

31. 『홍양기사』, 10월 23일. 경군 50명과 일본군 교위 아카마츠(赤松國封)와 통역관 이이다(飯田)가 이끄는 일본군 100여 명이 예신의 신례원에서 묵고 덕산과 대천을 경유하여 면천으로 왔으나 동학군들에게 패해 홍주성으로 겨우 피신하였다.

32. 박맹수, 『남부병참감부 진중일지』 해제 : 동학혁명 당시 조선에 투입된 일본군은 4,500명, 그중 동학군 진압 전담부대인 후비보병 제19대대는 700명이었다. 이 19대대는 10월 5일 히로시마를 출발하여 9일 인천에 도착했다. 13일 이토 스케요시 남부병참감부 사령관으로부터 출동 명령을 받고 15일 대대장 미나미 고시로의 지휘 아래 동학농민군 진압을 위해 서로 중로 동로를 따라 용산을 출발하여 남하하기 시작했다. 19대대 병사들은 시코쿠 4개현 출신의 후비역 병사들로 최빈곤층이었다.

33. 김남석, 『1894년 충남 면천지역의 동학농민전쟁연구』, 215쪽 ; 내포지역에서 동학농민군을 진압한 부대는 서로의 제2중대로 본대와 지대로 나뉘어 본대인 모리오(森尾)부대는 양성-직산-천안-덕평-공주로 내려갔으며, 지대인 아카마츠(赤松國封)부대는 아산-신창-예산 -면천-덕산을 거쳐 10월 25일(양11.22)에는 홍주목에 도착하였다. 이들은 승전곡 전투와 홍주성 전투를 치른 뒤 11월 9일 홍주를 출발하여 이틀 뒤에는 공주에 도착하여 본대에 합류하였다.

34. 『홍양기사』, 100쪽 ; 예산의 군대가 갑자기 무너졌고 관병도 따라서 놀라 흩어졌다. 김병돈이 힘을 내어 수습하려 하였으나 … 끝내 죽음을 당하였다. 영관 이창욱, 주홍섭 창섭 형제 … 죽음을 당했다. 죽음을 모면한 이석범은 돌아오는 길에 일본군을 만나 함께 가서 공격할 것을 요청했으나 일본군이 따르지 않았다.

35. 위키백과 ; 한용운의 자이다. 용운은 불교 법명. 한용운의 아버지 한응준은 동학혁명 당시 홍주목(지금의 홍성) 관아의 하급 임시 관리로서 홍주감영 관군의 중군이 되어 동학도를 토벌하는데 참여했다. 을사조약 직후 홍주에서는 제2차 의병운동이 일어나는데 그때 한응준은 의병들에게 살해되었고 한용운은 무작정 가출, 백담사로 출가하였다. 한편 법륜 스님 말에 의하면 "백용성 스님이 출

가한 곳이 전북 남원 덕밀암인데, 그곳 혜월 스님은 최제우 선생을 6개월 이상 숨겨 주었으며, 수운은 그곳에서 동학의 주요 경전을 썼다고 한다. 훗날 용성 스님이 손병희를 만나자 '당신 스승과 나의 스승이 그런 인연이 있다'고 말했다고 한다."

36. 『동학농민혁명국역총서4』 ; 윤시영은 집이 덕산에 있어서 난리를 피해 들어와 있는 중이었다. 1차 봉기와 집강소 기간 호남 수령들은 대부분 임지를 떠나 목숨을 부지하였다. 그는 훗날 임지를 떠났다하여 견책을 받았다.

37. 『홍양기사』, 103쪽 ; 일본군이 대포를 잘 쏘아서 반드시 적중하여 조금도 빗나가는 것이 없었으나 저(동학군)들의 병기는 뛰어나지 못하고 서툰 자들이 쏘고 법도가 없어서 끝내 아군 중에 한 명도 해칠 수가 없었다.

38. 지금의 옥계리와 상가리.

39. 후일 민족반역자로 친일 인명사전에 등재되었다. 그는 명성황후 시해에 가담하였으며, 일본을 도운 댓가로 일제로부터 여러 차례에 걸쳐 거액의 상여금을 받았다.

40. 박성묵, 『예산동학혁명사』 : 이두황 부대는 해미 전투에서 동학농민군 40여 명을 사살하고 100여 명을 체포했다. 빼앗은 물품은 불랑기 11좌, 대포 4좌, 자포총 22자루, 천포총 10자루, 조총 43자루 등이었다. 다시 11월 8일 매현 전투를 끝내고 해미로 다시 돌아온 이두황은 생포한 농민군 이십삼 명을 총살한 후 공주 우금티 전투를 위해 공주로 이동했다. 일본군 후비보병 19대대와 발을 맞추기 위해서였다. 이두황은 이동 중 대흥에서 동학농민군 19명을 처형하고 유구에서는 천여 명을 생포했다.

41. 인천 수비대 야마무라(山村)부대는 11월 18일이 돼서야 인천으로 되돌아갔다.

42. 『북접일기』, 21쪽 ; 태안군 충청남도역사문화원; 박경암장(박덕칠)이 성근 씨와 담화하였다. 그 사람이 말하기를 "섶을 지고 불에 뛰어드는구나" 하며 그제 방문(榜文)에 '안교선을 잡으면 천금 상에 충주 병사를 내려준다'고 하고 '박경암을 잡으면 만금 상에 청주 병사를 내려준다'고 하였다.

43. 이승우는 홍건을 비롯해 김복한, 이설 등 스물세 명을 감옥에 가두고 며칠 뒤에는 이들을 경성으로 압송했다. 거의 세 달여 만에 이들은 공초를 받고 임금의 특명으로 풀려나 홍주로 돌아왔다. 이때 이승우는 홍주부 관찰사를 그만두고 함경도 관찰사를 대기하고 있었다. 홍주성 동문에 다음과 같은 걸개가 걸렸다. '천지에 면목 없는 승우, 일월같이 빛나는 육군자(김복한 이설 홍건 안병찬 송병직 이상린을 말한다)'.

● 참고문헌 및 자료

김남석, 「1894년 충남 면천지역의 동학농민전쟁연구」, 충남대학교 충청문화연구
소, 2010.

강명관, 『조선의 뒷골목 풍경』, 푸른역사, 2003.

김용휘, 『최제우의 철학』, 이화여자대학교출판부, 2012.

나카츠카 아키라, 『1894년, 경복궁을 점령하라』, 푸른역사, 1997.

나카츠카 아키라 외, 『동학농민전쟁과 일본』, 모시는사람들, 2014.

동학농민혁명참여자명예회복심의위원회, 『동학농민혁명국역총서4』, 2008.

동학농민혁명 태안유족회, 『성암 문병석 지사의 생애』, 2014.

동학농민혁명참여자명예회복심의위원회, 『동학농민혁명사일지』.

무쓰 무네미쓰, 『건건록』, 범우사, 1994.

박맹수, 『개벽의 꿈』, 모시는사람들, 2012.

박성묵, 『예산동학혁명사』, 예산동학농민혁명기념사업회, 2007.

『북접일기』, 태안군 충청남도 역사문화원.

신동엽, 『금강』, 창작과 비평사, 1993.

오문환, 『해월 최시형의 정치사상』, 모시는사람들, 2003.

오지영, 『동학사』, 대광문화사, 1984.

이동초, 『춘암 상사댁 일지』, 모시는사람들, 2007.

이상재, 『춘암 박인호 연구』.

이이화 외, 『충청도 예산 동학농민혁명』, 모시는사람들, 2013.

조경달, 『이단의 민중반란』, 역사비평사, 2006.

조성오, 『우리 역사 이야기 2』, 돌베개, 2009.

채길순, 『새로 쓰는 동학기행』, 모시는사람들, 2012.

충남대학교 내포지역 연구단, 『근대 이행기 지역엘리트 연구 II』, 경인문화사, 20
06.

표영삼, 『동학 1, 2』, 통나무, 2004.

연도(간지)	날짜 · 내용
1846 병오	●문장로 출생하다
1854 갑인	●박덕칠 출생하다
1860 경신	4월 5일 수운, 동학 창도하다
1861 신유	12월 수운, 교룡산성 은적암에서 지내며 전라도 일대 포덕하다
	해월 용담으로 찾아가 입도하다
1863 계해	8월 14일 수운, 해월에게 도통 전수하다(37세)
1864 갑자	3월 10일 수운, 대구장대에서 순도(41세), 해월, 高飛遠走하다
1870 경오	●김복기 출생하다
1871 신미	3월 10일 이필제, 영해 교조신원운동 일으키다
1872 임신	●문구석 및 최장수 출생하다
	해월, 태백산 적조암에서 49일 기도하고 동학 재건에 나서다
1880 중반	『동경대전』, 『용담유사』 목판본을 여러 지역에서 간행하다
1880 초반	해월, 충청도 평야 지대와 전라도에 동학 전파하다
1883 계미	3월 18일 박인호, 해월 찾아가 동학 입도하다
1884 갑신	10월 박인호 공주 가섭암에서 49일 수련하다
1890 경인	●3월 16일 서산 최형순, 해월 찾아가 동학 입도하다
1892 임진	10월 17일 해월, 공주 교조신원운동 허락하는 입의통문 하달하다
	10월 20일 공주집회, 11월 삼례집회 개최하다
	10월 27일 삼례 도소, 삼례 교조신원운동을 알리는 경통 발송하다
	●12월 28일 최장수, 동학에 입도하다
1893 계사	●12월 31일 이정규 징벌 위해 합덕에서 봉기하다
	●12월 초 박덕칠, 문장로와 문구석을 동학에 입도시키다
	2월 11일 광화문 복합상소, 3월 보은 집회 대대적으로 개최하다
1894 갑오	1월 5일 해월, 『동경대전』, 『용담유사』에 대한 교리 강론하다
	1월 10일 고부봉기-조병갑 축출하다
	3월 11일 보은 장내리에서 보은 취회 열리다
	3월 20일 동학군, 무장에서 1차 기포하다
	3월 25일 호남창의대장소(백산), 4대강령, 12개조 군율 선포하다
	4월 7일 동학군, 정읍 황토현에서 전라감영군 격파하다
	4월 9일 이진사 징벌위해 원벌에서 내포 동학군 봉기하다(날짜는 이견 있음)

4월 23일 동학군, 장성 황룡천에서 경군 격파하다
4월 27일 동학군, 전주성 함락, 조정은 청국에 동학 진압 요청하다
4월 30일 조정에서 청나라에 출병 요청하다
5월 2일 오오토리 공사, 군대 인솔하여 조선에 출병하다
5월 4일 일본 정부, 청국에 조선출병 통고하다
5월 6일 오오토리 공사, 인천 도착하다
5월 7일 동학군과 관군, 전주화약 체결, 동학군 집강소 활동하다
5월 7일 오오토리 공사, 경성 입성하다
5월 7일 청국 섭사성, 보병 천명과 함께 아산읍으로 향하다
5월 7일 섭지초, 보병 천오백 명과 함께 하륙하다
5월 8일 혼성여단 선발대 경성에 도착하다
6월 21일 일본군, 경복궁 기습 점령, 청일전쟁 도발하다
6월 23일 아산만 풍도 앞바다에서 청일전쟁 발발하다
7월 충청도, 경상도, 강원도, 황해도 동학군 본격 기포하다
7월 11일 대흥 동학 도인, 동학 반대 세력에 의해 상투 잘리고 밟혀 죽임 당하다
7월 15일 동학군 수만 명이 모여 남원대회를 개최하다
●8월 6일 선무사 정경원 홍주에서 동학 접주들 회유하다
●8월 7일 대흥 유림세력, 대흥 유회소 설립하다
●8월 12일 면천 농보군 조직하다
●8월 25~29일 박덕칠, 태안에서 교리 설명과 교세 점검하다
●9월 12일 대흥군수, 동학도 위한 연회 마련하여 흥선대원군 교유문 낭독하다
●9월 14일 별유관 김경제 홍주에 도착하다
●9월 14일 홍주 동학도, 서창에 보관된 쌀 탈취하다
9월 18일 해월, 제 2차 동학농민혁명 기포령 하달하다
●9월 21일 순무영을 설치하다
●9월 23일 홍주목에서 유회군을 조직하다
●9월 26일 홍주목, 정원갑과 이한규를 처형하다
●9월 29일 홍주목사 이승우 전라감사로 임명하다
●9월 30일 박인호, 내포 전 지역에 기포령 내리다
●10월 1일 내포 동학군 태안, 서산 관아 습격. 예포 대도소 설치하다
●10월 7일 보령 수영 전투 시작되다
10월 9일 동학군 토벌을 위한 일본군 인천에 도착하다
●10월 11일 홍주목 관군에 의해 예포대도소 습격당하다
10월 12일 전봉준 삼례에 대도소 설치하고 2차 기포하다
●10월 15일 일본군 서로 2중대 지대, 내포에 도착하다
●10월 22일 이창구 처형되다

연도(간지)	날짜·내용
	●10월 24일 면천 승전곡 전투 시작되다
	●10월 26일 예산 신례원 전투 시작되다
	●10월 28일 홍주성 전투 시작되다
	●11월 7일 해미성 전투 시작되다
	●11월 8일 서산 매현 전투 시작되다
	11월 8일 우금티 전투, 4~50차례 공방 끝에 패퇴하다
	●11월 9일 일본군 서로 2중대 지대, 홍주목을 떠나 공주 도착하다
	●11월 12~15일 일본군 인천 수비대, 태안 서산 농민군 참살하다
	●11월 13일 태안 백화산 전투 시작되다
	●11월 16일 문구석, 일본군에 의해 총살당하다
	●11월 16일 김철재 외 6명이 토성산성에서 작두로 처형되다
	11월 18일 일본군 인천 수비대, 인천으로 철수하다
	11월 24일 나주성 전투, 동학군 패퇴하다
	11월 27일 김구 등 황해도 동학군 해주성 공략, 동학군 패배하다
	12월 3일 김개남 처형되다
1895 을미	3월 29일 전봉준 최경선 손화중 김덕명 성두환 등 처형되다
1897 정유	12월 24일 의암(37세), 해월로부터 도통을 이어 받다
1898 무술	6월 2일 해월, 한양 육군형장에서 교수형으로 순도하다
1905 을사	12월 1일 의암, 동학을 '천도교'라는 근대종교로 개신하다
1907 정미	수운과 해월, 정부로부터 신원되다
1919 기미	●문장로 사망하다
1938 무인	●박덕칠 사망하다
1940 경진	박인호 사망하다
1951 신묘	●최장수 사망하다
1962 임인	10월 3일 정읍 황토현에 갑오동학혁명기념탑 건립하다
1964 갑진	수운, 순도 100주년 맞아 대구 달성공원에 동상 건립하다
1994 갑술	동학농민혁명 100주년 맞아, 동학에 대한 관심 고조되다
1998 무인	6월 2일 해월 순도 100주년 행사 거행하다
2004 갑신	3월 5일 동학농민혁명 참여자 등의 명예회복에 관한 특별법 의결되다
2014 갑오	10월 11일 동학농민혁명120주년 기념대회 서울에서 개최되다

여성동학다큐소설 내포편

내포에 부는 바람

등 록 1994.7.1 제1-1071
1쇄 발행 2015년 11월 25일

지은이 박이용운
펴낸이 박길수
편집인 소경희
편 집 조영준
디자인 이주향
관 리 위현정

펴낸곳 도서출판 모시는사람들 03147
       서울시 종로구 삼일대로 457(경운동 수운회관) 1207호
전 화 02-735-7173, 02-737-7173
팩 스 02-730-7173
인 쇄 (주)상지사P&B(031-955-3636)
배 본 문화유통북스(031-937-6100)
홈페이지 http://www.mosinsaram.com

값은 뒤표지에 있습니다.
ISBN 979-11-86502-26-6   03810

이 도서의 국립중앙도서관 출판시도서목록(CIP)은 e-CIP 홈페이지(http://www.nl.go.kr/
ecip)에서 이용하실 수 있습니다.(CIP제어번호:2015028250)

여성동학다큐소설을 후원해 주신 분들

Arthur Ko	김미영	김인혜	명천식	방종배
Gunihl Ju	김미옥	김재숙	명춘심	배선미
Hyun Sook Eo	김미희	김정인	명혜정	배은주
Minjung Claire	김민성	김정재	문정순	배정란
Kang	김병순	김정현	민경	백서연
강대열	김봉현	김종식	박경수	백승준
강민정	김부용	김주영	박경숙	백야진
고려승	김산희	김지현	박덕희	변경혜
고영순	김상기	김진아	박막내	(사)모시는사람
고윤지	김상엽	김진호	박미정	들
고은광순	김선	김춘식	박민경	서관순
고인숙	김선미	김태이	박민서	서동석
고정은	김성남	김태인	박민수	서동숙
고현아	김성순	김행진	박보아	서정아
고희탁	김성훈	김현숙	박선희	선휘성
공태석	김소라	김현옥	박숙자	송명숙
곽학래	김숙이	김현정	박애신	송영길
광양참학	김순정	김현주	박양숙	송영옥
구경자	김승민	김환	박영진	송의숙
권덕희	김연수	김희양	박영하	송태회
권은숙	김연자	나두열	박용운	송현순
극단 꼭두광대	김영란	나용기	박웅	신수자
길두만	김영숙	네오애드앤씨	박원출	신연경미
김경옥	김영효	노소희	박은정	신영희
김공록	김옥단	노영실	박은혜	신유옥
김광수	김용실	노은경	박인화	심경자
김근숙	김용휘	노평회	박정자	심은호
김길수	김윤희	도상록	박종삼	심은희
김동우	김은숙	라기숙	박종찬	심재용
김동채	김은아	류나영	박찬수	심재일
김동환	김은정	류미현	박창수	안교식
김두수	김은진	명연호	박향미	안보람
김미서	김은희	명종필	박홍선	안인순

양규나	이미숙	이혜정	정용균	주영채
양승관	이미자	이희란	정은솔	주진농씨
양원영	이민정	임동묵	정은주	진현정
연정삼	이민주	임명희	정의선	차복순
오동택	이병채	임선옥	정인자	치온랑
오세범	이상미	임소현	정준	천은주
오인경	이상우	임정묵	정지완	최경희
왕태황	이상원	임종완	정지창	최귀자
원남연	이서연	임창섭	정철	최균식
위란희	이선업	장경자	정춘자	최성래
위미정	이수진	장밝은	정한제	최순애
위서현	이수현	장순민	정해주	최영수
유동운	이숙희	장영숙	정현아	최은숙
유수미	이영경	장영옥	정효순	최재권
유형천	이영신	장은석	정희영	최재희
유혜경	이예진	장인수	조경선	최종숙
유혜련	이용규	장정갑	조남미	최철용
유혜정	이우준	장혜주	조미숙	하선미
유혜진	이유림	전근숙	조선미	한태섭
윤명희	이윤승	전근순	조영애	한환수
윤문희	이재호	정경철	조인선	허철호
윤연숙	이정확	정경호	조자영	홍영기
이강숙	이정희	정금채	조정미	황규태
이강신	이종영	정문호	조주헌	황문정하
이경숙	이종진	정선원	조창익	황상호
이경희	이종현	정성현	조청미	황영숙
이광종	이주섭	정수영	조현자	황정란
이금미	이지민	정영자	주경희	
이루리	이창섭			
이명선	이향금			
이명숙	이현희			
이명호	이혜란			
이미경	이혜숙			

여러분의 후원에 감사드립니다.

이름이 누락된 분들은 연락주시면 이후 출간되는 여성동학
다큐소설에 반영하겠습니다. / 전화 02-735-7173